U0925156

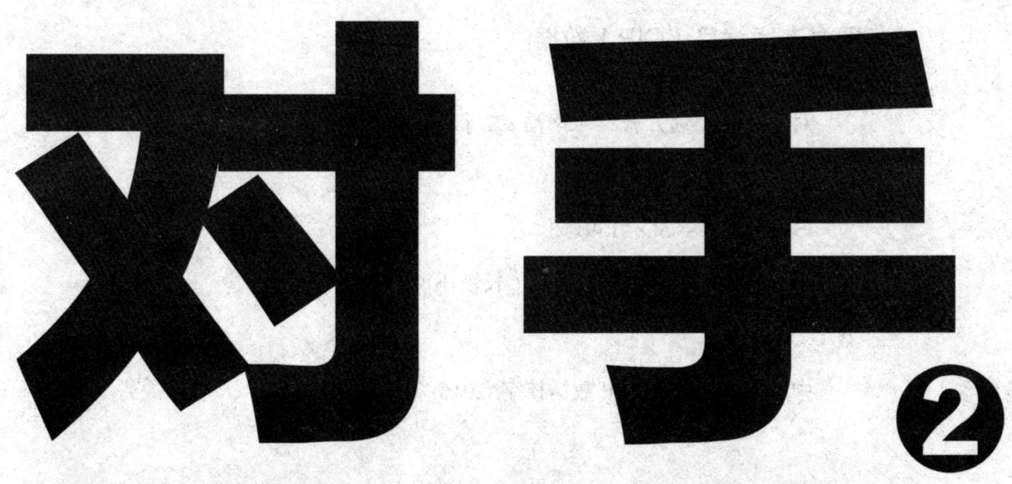

对手 2

圆通是做人智慧的最高境界

姜远方◎著

二十一世纪出版社集团
21st Century Publishing Group

图书在版编目（CIP）数据

对手．2 / 姜远方著．-- 南昌：二十一世纪出版社集团，2016.3

ISBN 978-7-5568-1591-3

Ⅰ．①对… Ⅱ．①姜… Ⅲ．①长篇小说－中国－当代 Ⅳ．① I247.5

中国版本图书馆 CIP 数据核字 (2016) 第 039338 号

对手.2 姜远方 著

责任编辑 张秋林 李一意

出版发行 二十一世纪出版社集团

（江西省南昌市子安路75号 330009）

www.21cccc.com cc21@163.net

出 版 人 张秋林

经　　销 新华书店

印　　刷 北京建泰印刷有限公司

版　　次 2016年5月第1版 2016年5月第1次印刷

开　　本 710mm × 1000mm 1/16

印　　张 22

字　　数 330千

书　　号 ISBN 978-7-5568-1591-3

定　　价 40.00元

赣版权登字—04—2016—132

如发现印装质量问题，请寄本社图书发行公司调换 0791-86524997

目 录

第一章　早知现在何必当初，省委空降强势市长

曲炜的去职给许多人留出了想象的空间，常务副市长李涛为人正直有才干，被大家认为接任市长人选大热门，但市委书记孙永以其年龄偏大又缺少经济工作管理经验而予以否决。斟酌间省委突然宣布，空降徐正为海川市市长。据传徐正是个强势的人物，他的来到必定会对孙永造成威胁。孙永不禁暗暗叫苦，早知现在何必当初。

冯舜敲门进来了，说："孙书记，王妍打电话来找您，接不接？"

孙永估计王妍又是为海滨大道地的事情找自己，心中未免有些厌烦，可是刚刚利用王妍整走了曲炜，也不好显得太过疏远。

孙永接过电话，说："王老板，找我有什么事情吗？"

王妍笑笑说："想问一下孙书记有没时间来一下。"

孙永笑问："有什么事情吗？"

王妍说："有一位朋友想跟孙书记见个面，谈一谈。"

孙永问："谁啊？有什么事情吗？"

王妍说："您认识的，有什么事情不方便在电话上讲，您什么时间能过来一趟？"

孙永心说，难道是吴雯？对啊，一定是吴雯，她大概是见到现在谁在掌控海川市了吧？

孙永笑笑说："你去安排吧，晚上我过去。"

当晚，孙永也没带秘书，兴冲冲来到了海益酒店，找到了王妍的办公室，

一进门就笑着问："是谁要见我啊？"

"孙书记，您来了。"余波从沙发上站了起来。

孙永愣了一下，心里未免有些失望。

余波赔着笑说："是我，我是想向您问一下，这不曲市长调走了，市里面对我今后的工作有什么安排？"

曲炜调走很匆忙，没来得及对身边的工作人员做出相应的安排。而余波一下子没有了靠山，在市政府的日子便过得有些凄惶，他自然不甘心就这么过下去，就找到了王妍，想要王妍帮他活动活动孙永，好给他重新安排一个好位置。

孙永看了看余波，笑着说："小余，你先别急，你的工作问题市里面会有所安排的。"

余波笑笑说："孙书记，我虽然是曲炜市长的秘书，可是对您向来很尊重，还希望您看在这一点上……"

孙永心中有些厌烦，原本傅华做曲炜的秘书的时候，曲炜跟自己还能相安无事，可换到余波来做这个秘书，曲炜跟自己就开始有了冲突，孙永觉得余波一定没起好作用。

于是，孙永打断了余波的话，笑着说："好啦，我知道你的想法了，你放心吧，组织上会认真考虑的。"

余波看了看王妍，示意王妍帮自己说几句话。王妍笑了笑说："孙书记，小余这人不错的，您就帮他费点心吧。"

孙永见根本就没吴雯什么事，说，"行了，小余的事情我记下了，我还有别的事情。"

孙永也没说什么，快步出了海益酒店。等在外面的司机见状，把车开了过来，余波抢前一步开了车门，等孙永上了车，他将一个厚厚的纸包放在了孙永身旁，说："孙书记，这是我的一点心意。"

孙永心里冷笑了一声，心说这小子见风转舵的速度还真快。孙永越发瞧不起余波这个人了，虽然他希望自己的下属都向自己靠拢，可是像余波这样另一个阵营叛变过来的人是很不可靠的，孙永相信一点。今天他可以叛变曲炜，明天他也可以叛变自己。他还是欣赏像傅华那样不卑不亢，保持一种超然态度的人，这种人对权势并不迷恋，因此也就不会为了权势去出卖什么。

不过，王妍对吴雯的事情只字未提，让孙永十分困惑，难道吴雯因为那天的事情打了退堂鼓了？如果这吴雯真退却了，自己还真拿她没办法。

程远将孙永找了去，就接替曲炜的人选征求他的意见，孙永是很希望让秦屯接任市长的，秦屯听话，如果当了市长，孙永就能完全掌控住海川市。李涛这个人虽然近期也有向自己靠拢的迹象，可他原来跟曲炜走得很近，个人能力也很强，让他接任市长，怕是会像曲炜一样不好对付。

孙永说："我个人认为，现在的常务副市长李涛虽然能力还可以，可是年纪有些大了，身体也不好，如果他来做市长，从我们市经济稳定发展的大局来看，不太适合。"

程远点了点头，说："我也觉得李涛同志的年纪大了些，怕是难以担负起海川市市长的重任。"

孙永说："我觉得秦屯同志年富力强，又很有战略眼光，倒是一个不错的人选。"

程远不置可否地笑笑说："你们市的其他同志呢？"

副书记张林很年轻，很有野心，孙永怕将他摆到市长位置上会是自己一个强有力的竞争对手，这也是需要否决掉的。孙永说："张林同志是搞党务出身，没搞过经济，怕是不能担此重任。其他的人就更不合适了。"

程远想了想，说："海川市是我们东海省的经济重镇之一，选这个市长省委要再三掂量才行，如果选错人，怕是会影响海川的经济发展大局。你的意见省委会认真考虑，你先回去吧。"

程远没有明确表态，孙永也不敢追问，看程远的神态似乎一时难以决断，秦屯也不是完全没有希望接任市长，但也没十分的把握，看来秦屯要自己加把劲才行，他已经没有继续为秦屯争取的可能，便告辞离开了。

孙永回了海川，就把秦屯叫了过去，把程远要自己推荐市长人选的情况说了，然后看着秦屯说："我能帮你做的都已经做了，下面当不当得上市长就要靠你自己了，你不是说那个许先生能行吗，那就赶紧找他加把劲，确保能将市长拿下。"

秦屯连忙说："那真是太谢谢您了孙书记，我回头马上就去找许先生。"

孙永总觉得许先生有些不靠谱，可是目前似乎也找不到更有力的人士，就交代了一下秦屯要抓紧，就让他离开了。

这时冯舜敲门进来，说王妍想要请孙永晚上去海益酒店吃饭。

晚上，孙永让司机将他送到了海益酒店，王妍将他领到了雅座坐下。

王妍笑笑说："您看现在曲炜被调走了，没有人再来阻挠，原来您答应我要帮海雯置业拿地是不是可以了？"

孙永道："王老板，不是你想得那么简单的。"

王妍笑着将一个塞得满满的袋子推到了孙永面前，说："我知道事情不会那么简单，不过我也相信孙书记有办法把事情简单化。"

第二天，孙永把李涛叫了过来，说："老李啊，有件事情我要跟你商量一下，有个开发商看好了滨海大道中段那个地块，向我询问我们能不能将它拿出来开发。这个开发商很有实力的，我很想将他留在海川发展，你看能不能把这块地放给他？"

李涛是知道滨海大道中段这块地的，曲炜没被调走之前，一直坚持不肯将这块地放出来，说要给海川市的老百姓留下这优美的风景。李涛也很赞同曲炜的观点，他认为海川可开发的地段太多，实在没必要非要将这块风水宝地浪费掉。所以有很多开发商找他公关要拿这块地，都被他拒绝了。现在孙永出面要帮人拿这块地，如果答应下来，滨海大道中段就会多出一块突兀的建筑，那可是要被老百姓指着脊梁骨骂的。

李涛可不想背这个骂名，便说道："孙书记，那块地段景色优美，历届海川市政府都有一个共识，那就是要把这块风景保留下来，这块地是不能拿出来开发的。"

孙永愣了一下，他没想到李涛竟然敢直接拒绝自己。他看了看李涛，心说这家伙为什么改变了迎合自己的态度了呢？

孙永不想失去主动权，毕竟自己还是海川市的市委书记，便冷笑了一声，说："别说什么历届政府了，你就说曲炜不同意就是了。"

李涛见孙永把话挑明了，索性大家摊开了也好，便说："是，曲炜市长是不赞同开发那里，这一点上我跟曲市长观点一致，我也不想为了一定微薄的经济利益而担上骂名。海川沿海的地块很多，如果你那位客商真心要留在海川发展，他可选择的余地很大。”

孙永说：“可他就是看好了滨海大道那里了，你说怎么办？”

李涛说：“我也只能很遗憾地拒绝他了。”

孙永说：“老李，别忘了你只是一个代理市长。”

李涛说：“我哪怕是代理一天市长，就要尽一天的责任。”

孙永道：“那好，我们就等新市长到任那天再来谈这件事情吧。”

郑老打来了电话，张口就说：“傅华啊，你这家伙是不是言而无信啊？”

傅华笑着问：“怎么了郑老，我答应你什么却没做吗？”

郑老说：“你答应我要带赵婷来我家做客的，怎么还不来啊？”

傅华笑了，说：“好的，好的，我马上约她。”

临近中午，傅华和赵婷买了礼物到了郑老家，老太太见了赵婷也很是喜欢，直夸赵婷俊秀，反倒给赵婷闹了一个不好意思。

众人说说笑笑，不觉就到了吃饭时间，保姆来说饭菜都已经做好了，郑老看看时间，说：“小莉也该回来了。”

老太太说：“上次我们回去不是说过要自己回去给华姐修坟吗，我们商量了一下，现在我们两个老人行走都需要人照顾，家里的人现在只有小莉能走得开，因此就想让她回去帮我们修一下坟，所以把小傅你找来问一下海川的情况，我们也好事先做些准备。”

如果赵婷没在郑莉的服装店发脾气，傅华一定马上就会承诺可以陪同郑莉回去，要为一位革命先烈修坟地方上是应该配合的，尤其是郑老这样的老干部。

但是现在，傅华不能不有所禁忌，他怕赵婷因此生气，便说道：“郑莉什么时间要回去啊？我可以让市里面事先做好准备工作。”

郑老摇了摇头说：“小傅啊，我们找你来问问情况，就是不想惊动地方，你如果要这么做，那还不如我直接打电话给程远呢。”

赵婷笑笑说：“郑爷爷，你就这样让郑莉姐一个女孩子回去办这样的事情，也不方便啊。”

郑老说：“小莉在社会上已经闯荡了多年，这么点事情应该能办得好的。”

赵婷说：“不行的，这回去又要雇工人，又要买材料的，哪是一个女孩子做的事情。”

这下换到傅华发愣了，他看了看赵婷，正要说些什么，郑莉一脚踏了进来，笑着说：“傅华、赵婷，你们早来了？”

傅华点了点头，赵婷说：“郑莉姐，我们来了一会儿了，正跟爷爷奶奶说你呢。听说你要去海川，我不放心你，让傅华陪你回去。”

郑莉笑了笑，说：“那怎么可以啊，傅华还要工作的。”

赵婷笑笑说：“没事的，让他请几天假不就得了，是吧，傅华？”

郑老说：“小傅啊，要不你就跑一趟吧，说实话，郑莉一个女孩子回去我也不放心。”

吃完饭，傅华送赵婷回家，一路上偷偷观察赵婷的神色，他搞不清楚赵婷突然这么大方地让他陪郑莉回海川葫芦里究竟卖的什么药。

赵婷神色间倒是毫无异常，这让傅华越是摸不着头脑。到了赵婷家，傅华停下车问道：“赵婷啊，要不回头你跟我一起回海川吧？”

赵婷笑了，说：“怎么了，怕我不放心你啊？”

傅华笑笑说：“我是想你还没跟我去过海川，不如这次一起去吧。”

赵婷笑笑说：“傻瓜，你以为你在想什么我不知道啊？你放心啦，我不会再吃你和郑莉的醋了。我如果要跟你去海川，我会要你全心全意陪我去，才不想你为别人分心呢。”

傅华笑了笑，说：“那我去了，就尽快回来。”

赵婷笑着说：“你总要把人家的事情办好吧，好啦，我没事的，你该怎么办就怎么办就行了。”

傅华这才不说什么了，目送着赵婷上了楼才离开。

第二天，傅华外出办事，路过郑莉的服装店就拨了一个电话问郑莉是否在店里。

傅华说：“我正好路过这里，想跟你商量一下行程。”

傅华停好了车，走进了郑莉的店里，郑莉正在陪一个三十多岁的美少妇试衣服，见到傅华就说：“你先坐一下，我一会就好。”

傅华冲着少妇点了点头。

少妇伸手出来，说：“我叫徐筠，是郑莉的好姐妹。”

傅华跟徐筠握了握手，说：“你们忙吧，我先过去坐着等。”

傅华就离开，去沙发坐了下来。

徐筠冲着郑莉眨了眨眼，轻声说：“这个男的不错，你可要把握机会啊。”

郑莉笑笑，说：“你知道什么啊，人家有女朋友的。好了，赶紧试你的吧。”

徐筠试了半天，最后买了两套衣服，跟傅华打了个招呼就离开了。

郑莉这才坐到傅华身边，笑着说：“不好意思，让你久等了，女人买衣服是很麻烦的。”

傅华笑笑说：“说吧，你打算怎么走，坐飞机还是坐火车。”

郑莉说：“飞机吧。哎，傅华，你不觉得你女朋友这一次有些奇怪吗?”

傅华笑笑说：“奇怪什么？她这个人相处久了你就会了解了，她是一个心地很好的人，我觉得你们应该可以成为好朋友的。”

郑莉不置可否地笑了笑，就把话题转向了出行日程的安排上。

两天后，傅华专门请了假，跟郑莉一起飞回了海川。一路上，俩人虽然是单独相处，傅华却因为这次出行是赵婷安排的，总感觉赵婷就在身边一样，反而没有了当初他们相处得那么自在，显得十分拘束。

俩人找到了章华的墓，就在周边找了几名泥水匠，问了一些村里老人，按照旧有的规矩将章华的墓修整了一番，给章华树了墓碑。碑树好了之后，傅华陪着郑莉在坟前祭奠了一番。

回到了海川市里，傅华问郑莉在海川还有什么事情要做，郑莉想了想，说：“我很想去你上次带我去的海边，你能再带我去吗?”

两人又来到了上次去过的海边，郑莉笑笑说：“看了这里的大海，就会觉得北京什刹海很可笑，明明就是一弯水，偏要叫什么海，真是可笑。”

傅华淡淡笑笑，说：“不过是一个名字而已。”

眼前的傅华让郑莉感到了一种疏离，甚至是一种很遥远的感觉，丝毫没有了当初刚认识他时的灵动和自然，郑莉苦笑了一下，说：“傅华，我突然觉得赵婷不像我们想得那么简单。”

傅华笑了，说：“怎么突然这么说？”

郑莉说：“你看虽然她不在面前，可我总觉得她就在附近一样，你的一举一动都在说你要跟我保持一定的距离，不能惹赵婷生气。”

傅华苦笑了一下，说：“对不起啊，我是觉得赵婷既然这么信任我让我单独跟你回海川，这是一种信任，我不能辜负她。”

郑莉叹了一口气，说：“这大概就是赵婷的高明之处吧？我总觉得她之所以放手让你陪我回海川，就是想要给你我一个单独相处的机会，让我们理顺一下彼此的关系。”

傅华笑了，说：“不会，你把赵婷想得太复杂啦，她是一个很简单的人，再说我们是朋友，这关系还需要理顺吗？”

郑莉看着傅华的眼睛，苦笑着说：“傅华，你是不是真笨啊？赵婷早就看出我喜欢你，你还没看出来？”

傅华眼神躲闪开了，他心底是有郑莉的影子的，不过已经选择了赵婷，自是不能再三心二意，便说：“我有什么好被你喜欢的，你别开玩笑了。”

郑莉说：“你看着我，躲什么，心虚了？是不是你心中喜欢的是我？”

傅华不再躲闪，看着郑莉说：“对不起，我是对你有好感，可是你也知道我的选择了。”

郑莉说：“为什么，赵婷哪点比我好了？就为了她当时倾尽全力来救你吗？傅华，我也可以为你不顾一切的，我想我能动用的关系和财富肯定比赵婷强，为什么你当时不来找我？”

傅华叹了一口气，说：“你和赵婷所拥有的实际上都是我可能拼尽一生之力都难以企及的，你们对我来说都是可望而不可即的。我这个人实话说没太大的野心，也不想因为婚姻去改变什么，所以如果不是我发生了被骗那件事情，我和赵婷之间也不会有今天这个样子。那件事情让我感觉到，这世界上除了我母亲，还有一个女人肯为我不顾一切，我怎么可以辜负她？”

郑莉叹了一口气，老天并没有给她一个可以为傅华不顾一切的机会，她在这个时候已经不能改变什么了，于是便不说话了。

傅华苦笑着说："我有时在想，这一切是不是有天意在，河流是前进着的道路，它把人带到他们想去的地方。"

河流是前进的道路，它把人带到他们想去的地方。这是《帕斯卡随想录》中的一句名言，当初他们就是谈福柯、谈帕斯卡而惺惺相惜的，此刻在郑莉听来却分外的刺耳，一样的帕斯卡，却是不一样的情境了。

郑莉挑破了那层窗户纸，让两人的关系更加尴尬了，原本返程机票是第二天返京，傅华当晚却改签了，他给赵婷的解释是他想去省城齐州去见见调任的曲炜，实际上他是很难面对郑莉，也不想让赵婷去机场接他的时候见到郑莉，那时俩人之间的尴尬就会呈现在赵婷面前，虽然没发生什么，可是却一定会让人误会发生了什么。

第二天，傅华送郑莉去机场，一路上俩人都沉默着，直到郑莉要去安检了，傅华伸出了手，说："一路保重。"

郑莉凄然一笑，握住了傅华的手，这是自己心仪男子的手，俩人是第一次有真正意义身体上的接触，却是彼此都明白，今生已经彼此错过，她想要紧紧抓住傅华的手，却分明没了理由，只能轻轻放开了。

郑莉的手柔软、沁凉，傅华心里有着一种隐隐的疼，其实在内心深处他更欣赏的是郑莉，可是人生就是这样，虽然两个人都在正确的时刻遇到了对方，老天却不因为他们都在做正确的事情而给他们在一起的机会，他们有缘，却是无分。

河流就是前进着的道路，它把人带到他们想去的地方。只是这个想去的地方可能是老天的安排，而不是人的选择。

在省政府，傅华找到了曲炜的办公室，曲炜见到傅华站起来迎了过来，笑着跟傅华握手，说："什么时间从北京回来的？"

傅华说："回来有几天了，陪朋友办点事情，就想顺便过来看看您，您在这里还习惯吗？"

曲炜笑着说："习不习惯工作还是要做的。"

傅华从曲炜脸上看出了几分落寞，从一个执掌一方的市长，变成了一个服务领导的副秘书长，这里面的落差怕是他一时半会难以适应的。

“你好啊，傅主任。”这时从曲炜办公桌对面站起来一个男人，四十多岁，粗粗壮壮，笑着跟傅华打招呼。

傅华这才认出，他是海川山祥矿业公司的董事长伍弈，便笑着说：“原来是伍董啊，这么巧在这碰到你。”

伍奕笑笑说：“我来省城办事，顺道来看看曲市长新的办公室。”

三人就到沙发那里坐下，曲炜看着傅华说：“我听说你前段时间提出辞职了？”

傅华笑笑，说：“闹了一点小情绪，最后被孙书记否决了。”

伍奕看着傅华问道：“哎，傅主任，我听说市里天和房地产公司得以顺利上市，你在其中功不可没啊。”

傅华笑笑说：“我哪有那么大的本事，谁在伍董面前瞎说八道的？”

伍奕笑了，说：“傅主任你别谦虚了，我儿子伍权跟丁江的儿子丁益是朋友，丁益喝酒的时候把你帮他们运作的情况早说出来了，还说他就是服你，你一出马，什么事情都能做得顺顺当当。”

傅华心里别扭了一下，这丁益四处瞎说什么啊，什么人面前都可以兜底吗？他也不看看这伍奕是什么人物。

伍奕在海川地面上算是个大腕级人物了，他把持着海川最大的一个铜矿山祥铜矿，据说他是海川首富，但却并没有准确数字来证实这一点。

伍奕的发达多少有些传奇色彩，若干年前，他还是一个开着破“解放”车给山祥铜矿拉矿石的一个小人物，只是他为人豪爽，头脑聪明，行事作风大胆。那时候山祥铜矿还是国营企业，经营规模不大，尚能维持。但随着国家经济形势的变化，山祥铜矿经营越来越困难，反倒是伍奕这原本不起眼的小人物财富日渐累积，最后竟然吞并了难以为继的山祥铜矿。这时候伍奕身上的经营才干得到了淋漓尽致的发挥，几年之间，他将一个濒临倒闭的铜矿，扩展成了一个规模很大的矿业集团，演绎出了一段从穷司机到海川首富的财富神话。

但与丁江父子不同的是，伍奕创造财富的过程是充满了争议的，他游走于黑白两道，心狠手辣，在黑道上甚至有“伍爷”的称号，傅华有所耳闻，自然对伍奕敬而远之。

傅华笑笑，掩饰说：“你别听丁益喝醉了胡咧咧，天和能够上市完全是丁江丁董运作的，我们驻京办只是帮他跑了跑腿，可能丁益不想露了他家老爷子的底，就把事情都说到我的头上了。”

伍奕笑着摇了摇头，说：“想不到傅主任还这么幽默，你这套说法说给三岁小孩子听他也不会信的。”

傅华心知也瞒不过伍奕这种聪明人，但他也不愿招惹他，便笑着说：“伍董不信我也没办法了，有些时候偏偏真话说出来没人相信。好啦，别光谈我了，我可是来看曲市长的，伍董别把眼光都盯在我身上啊。”

曲炜笑了，说：“我这个副秘书长也没什么好谈的了，到时间吃饭了，两位来看我曲炜，我很高兴，赏个光让我请请两位吧？”

伍奕笑着说：“这顿饭不能让您请，我请，一来庆祝您到省城上任，二来也为傅主任从北京回来接风。”

傅华笑笑说：“给我接风就算了，我明天就回北京了。”

伍奕说：“那就算是送行。”

傅华见伍奕的注意力完全集中在自己身上，心说难道这家伙有什么事情想要自己办吗？便想找理由推辞不去。

曲炜似乎看出了傅华的为难，便说：“这顿饭还是我请吧，毕竟两位都是冲着我来的，让伍董请客多不好。你们放心，我请你们吃顿饭的能力还有。”

伍奕还想争辩，傅华说：“伍董啊，曲市长既然这么说了，你还是给个面子吧。不然我也不好去叨扰。”

伍奕见傅华有离开之意，便笑笑说：“好啦，那我就跟傅主任一起叨扰曲市长一顿了。”

三人下了楼，伍奕说：“坐我的车去吧。”

三人随便点了一点菜肴，他们都是吃过太多酒席的，什么山珍海味吃到嘴里都是一个滋味，因此对菜的好坏并不十分在意，反而更喜欢一些清淡的菜肴。

伍奕和傅华接连敬了曲炜几杯，说辞无非是祝贺上任、工作顺利之类的空话，这些话虽然大家都知道假，可又不能不说。

接下来伍奕便把目标对准了傅华，非要敬傅华，说能在曲市长这里遇到就是有缘。傅华本来是来看曲炜的，却遇到这么一位家伙，心里烦得要命，只是碍于大家都是海川地面上有头有脸的人物，低头不见抬头见，也不好太不给伍奕面子。

伍奕哈哈大笑，说："没想到傅主任喝酒这么爽快，来满上。"

傅华哭笑不得，又拗不过伍奕，就被劝着又干了一杯。

伍奕冲着傅华点了点头，笑着说："傅主任行啊，回头我到北京去找你喝酒去。"

傅华不能说你别来了，只好说："吃菜，吃菜，我可要先吃点菜了，这两杯酒喝得我的胃直翻腾呢。"就着夹菜将这个话题含糊了过去。

喝完酒，伍奕急着赶回海川，就将曲炜和傅华送到了省政府开车离开了。临去，他还没忘记拍拍傅华的肩膀，说："傅主任，我们北京见了。"

傅华见没逃过这个话题，只好笑笑说："北京见。"

伍奕的车走远了，曲炜看着傅华，笑着说："你躲不开他的，这家伙怕是要让你帮他办什么事情吧。"

傅华笑着说："我猜着也是。"

曲炜说："这家伙极精明，他要求你办什么事，一定会缠上你的，你还是做好应对的心理准备吧。跟我上去坐一会儿。"

傅华就跟着曲炜去了他的办公室，坐定之后，曲炜说："我听说你辞职是因为跟秦屯发生了冲突？"

傅华点了点头，说："有这方面的原因，另一方面也是因为您的调离。"

曲炜笑笑，说："那为什么留下来？不会真的因为孙永的慰留吧？"

傅华笑着摇了摇头，说："我原本去意已决，可是听到通汇集团和章旻打算将海川大厦这个项目吃下来，将海川驻京办赶出局，我有点不忍心就这么亲手将我努力争取来的项目毁掉，恰好孙永来慰留我，我就顺势留下来了。"

曲炜说："我觉得你辞职这件事情做得有些不妥当的，有些冲动，今后你周围的环境还会发生变化，难道每变化一次你就撂挑子不干了？跟秦屯发生直接冲突也不对，他总是你的上级，你那么当着客人的面让他下不来台，你让他如何自处？你啊，还是少些磨练不够成熟，什么时候能做到处变不惊就好了。"

傅华笑笑说："我当时是气秦屯故意想难为我，事后想想，就算我不付那笔钱，也可以私下找一个婉转的借口跟他说明一下。"

曲炜说："你能检讨一下自己是对的，我跟你说，就我个人来说，我是不喜欢一个故意让领导下不来台的下属的，这是大忌，你以后要谨记。"

傅华说："您的话我记住了。对了，我感觉秦屯这次进京是为了活动想当市长的，您觉得他有没有机会？"

曲炜看了傅华一眼，笑着问："怎么现在害怕他当上市长了？"

傅华笑着说："我怕他干什么，大不了我再辞职。"

曲炜摇了摇头，说："你又来了。一位真正能干的官员是不会因为上级的变动就被撼动的，海瑞当年在那种贪污受贿成风的官场中一样屹立不倒，关键在于他自身正，自身正别人就不能拿他怎么样。"

说到这里，曲炜有些不好意思地摸了摸脑袋，说："其实我也是说得好听，我自己都没做到这一点。"

傅华说："您跟我这么说，是不是秦屯真有可能当上市长？"

曲炜说："很难说，有人说孙永已向程远书记推荐秦屯。不过就我的判断，秦屯应该是没有机会的。"

傅华说："为什么？"

曲炜说："孙永忽略了一个重要问题，那就是秦屯也是有生活作风问题的，东海省委怎么可能刚撤了一个生活作风有问题的曲炜，又换上一个生活作风也有问题的秦屯？"

傅华笑了，他心里暗暗松了一口气，如果秦屯真的当了市长，他这个驻京办主任还真是很尴尬，便说："对呀，孙永这一次是有点失策了，那您觉得市里面谁将会接任市长？"

曲炜说："原本李涛这个人是有机会的，他为人正直、有才干，很适合接任，如果孙永力荐，省里不一定不会同意。可是我听说孙永在程远书记面前否决了他，说他年纪大了，程远书记也有同感，就被否决掉了。其实李涛的年纪满可以再干一届的。张林资历尚浅，也没有从事经济工作的经验，眼下还不太适合。所以根据我的判断，这个市长很可能要从外面调过来。"

傅华笑笑说："我估计秦屯还在家做美梦等着当市长呢。"

曲炜说："当局者迷，旁观者清，秦屯是当局者，而且他也没能力看透海川这一盘棋局。孙永倒是应该能看透这一点，可惜他私心自用，妄想一手掌控海川政局，所以极力想推一个听话却没用的秦屯出来当市长，最终会自食其果的。"

就在傅华和曲炜讨论海川政局的时候，秦屯打电话到北京找到了许先生，想探问许先生跟那个某某说得怎样了。

许先生听完秦屯的来意，笑笑说："哦，不好意思啊，秦副市长，我还没腾出时间跟某某说这件事情。"

秦屯急了，叫道："许先生，你怎么还不去找他啊？这时间可是不等人的，再拖下去可能市长就成了别人了。"

许先生咂巴了一下嘴，似乎很为难的样子，说："你不明白的，你不明白的。"

秦屯看着许先生，问道："我不明白什么？许先生，你有话明说。"

许先生说："是这样的。我上次去见某某，他无意间说起他比较喜欢琉璃厂一家古董店里的一对乾隆青花瓷瓶，我想他既然提起，我就帮他买下送给他吧，就定下了这对瓷瓶，原本想拿着这对瓷瓶去让某某高兴高兴，但不凑巧的是，下了定金之后，我这边突然发生一件急事，用掉了一大笔钱，暂时拿不出钱来去将瓷瓶拿回来。不好意思秦副市长，你稍等几天，我的资金很快就能周转过来，那时候我拿了瓷瓶马上就去见某某，我想他见了瓷瓶一定很高兴，一定能帮你把这个市长拿下的。"

秦屯心说等你资金周转过来，我的市长早就飞了，就说道："嗨，许先生，你这人怎么这样，缺钱你跟我说嘛，你看耽误这个时间。说，缺多少钱？"

许先生说："这不好吧？是我要帮他买，怎么能让你出钱呢？"

秦屯说："我们没必要分得这么清楚，你赶紧说究竟缺多少？"

许先生看着秦屯说："那对瓷瓶讲好了六十万。"

许先生注意到了秦屯脸上有难色，知道让他一下拿出六十万怕有困难，就接着说："我手头连定金有三十万，所以还缺三十万。"

秦屯说："好，我马上让人打三十万到你的账上，你赶紧把乾隆瓷瓶拿回来，早一点去找某某，时间可是不等人的。"

随即秦屯就将三十万打到了许先生账上，过了两天，秦屯接到了许先生的电话，说某某批评他不该揽事，这种事情怎么能随便答应人家啊，是他一再帮秦屯说好话，最终某某还是磨不过面子，当着他的面给程远书记打了电话，程远书记接到某某的电话很高兴，已经答应了下来。最后，许先生让秦屯等着听好消息吧。

秦屯听了十分高兴，一连声的感谢许先生，许诺真的当上市长一定会厚谢。此后，秦屯便放下了一块心头的大石，安心地等着成为市长那一天的到来。

首都机场，傅华走出来的时候，赵婷冲到了他的面前就扑进了他的怀里，紧紧地抱住了他。傅华有点不习惯这么强烈的表达，在赵婷耳边轻声说："傻瓜，我才离开几天啊。"

赵婷这才恋恋不舍地松开了傅华，傅华拖着赵婷的手往外走，一边看着赵婷的脸蛋，笑着问："怎么了，我走这几天发生什么了吗？"

赵婷脸红了一下，说："是因为你不在我身边我才意识到我有多么想念你。"

其实过去的几天赵婷过得是十分煎熬的。她故作大方地让傅华跟郑莉一起回海川，心中还是不很踏实，即使傅华天天跟她通电话汇报在海川的情况，她还是常常会莫名焦躁，这是只有身处其中才能体会出来的情绪，难以言说。

在车上，赵婷静静地望着傅华。傅华信手打开了收音机。一阵悠扬的歌声传了出来：

我想告诉你一个爱的故事
故事里有他 和他爱的女人
男人常常说 幸亏一切有我
冬天来临时 往他的怀里躲
……

傅华听着听着，心中有所触动，是不是到了应该为赵婷的小手套上戒指的时候了？他感觉赵婷今天反常很可能跟自己这一次跟郑莉回海川有关，难道这丫头真的是像郑莉所说的在试探自己吗？且不论是真是假，他看得出，这一刻她全副心思已经都在自己身上。此刻，他在她的眼中看到了温存，看到了关怀，他想，这应该就是自己可以停泊的港湾了。

于是，傅华伸手捉住了赵婷的小手，送到嘴边轻轻吻了一下，然后看着她的眼睛说："你愿意跟我一起牵手，直到永久吗？"

赵婷愣了一下，旋即连连点头："说，我愿意。"

赵婷眼睛一直看着傅华，心中充满了幸福的感觉，半天她从迷怔中醒了过来，问道："傅华，你刚才这是跟我求婚吗？"

傅华笑了笑，说："你才反应过来啊，呵呵，可不准悔婚啊。"

赵婷伸手狠狠扭了傅华一把，说："你这家伙，趁人家十分想念你的时候，什么都没有就来求婚，真是差劲。"

恰好正路过一家花店，傅华就停下车，进去买玫瑰，在小姐的指点下买了十一支玫瑰，小姐说这代表一心一意，一生一世。

买了花，傅华就开着车直接去了东方广场。在东方广场的一家钻石店里，傅华选了一枚钻石戒指，又拿着鲜花带着戒指拉着赵婷跑到了东方广场的喷泉边，单膝跪了下来，一手举着鲜花，一手拿着戒指说："赵婷，你愿意嫁给我吗？"

赵婷接过鲜花，笑得合不拢嘴，连连点头。

傅华就温柔地把戒指套上了赵婷的手上，赵婷把他拉了起来，俩人也不顾及围上来看热闹的人，深深地吻在了一起。

东海省委，省委书记程远的办公室。程远看着省长郭奎，笑着说："老郭啊，海川市的市长悬空已经有些日子了，不知道你对人选是怎么考虑的？"

郭奎笑笑说："程书记可有看好的人选？"

程远摇了摇头，说："孙永推荐了秦屯，我觉得这个秦屯不靠谱。"

郭奎笑了，说："秦屯？孙永竟然推荐了这家伙？嗨，他是想用一个听话的傀儡吧？"

程远笑着说："我看也是。"

郭奎说："海川市是我们东海省的经济发展较好的城市之一，这个市长可不是随便什么人就可以当的。现有班子中我就觉得李涛的水平还行。"

程远说："李涛年纪大了，顶多干一届，这不利于海川市经济的持续发展。我们还是把目光放到全省吧，看看其他地方有没有适合的人选。"

郭奎想了想，说："你看杨城的市长徐正怎么样？这家伙去了杨城几年，把地方弄得有声有色，很有能力。"

杨城市是东海省一个内陆城市，没有优越的水陆交通环境，经济相对来说就有些落后。徐正担任杨城市市长这几年，因地制宜，在杨城市大力发展特色种植，并大搞农作物的深加工，让原本落后的杨城市经济大有起色。

程远笑着说："对啊，我怎么没想起他来呢，这家伙倒是一个很合适的人选。只是这徐正也是个性强硬的人物，怕是孙永不会高兴了。"

郭奎说："海川市就是需要一个强硬务实的人物当市长，不然顶不起来。若不搞那些花花事，原本曲炜这家伙是最合适的。现在融宏集团即将展开二期投资，曲炜不是海川市的市长了，还不知道陈彻是怎么个想法呢。我听说不少省份见我们将融宏集团拉了来，眼红得很，纷纷去广州拜访，想将融宏集团的后续投资拉到他们那里去，这个时候我们如果不能拿出一个让陈彻信得过的人物来，怕是就失去这个机会了。"

程远点了点头，说："你这个想法我很赞同，好吧，就尽快安排徐正去海川吧。"

省里突然传来消息说杨城市市长徐正即将出任海川市市委副书记、代市长，让还在做市长美梦的秦屯顿时傻了眼，自己可是花了大价钱想要争取这个位置的，怎么省委突然要任命别人了呢？会不会搞错了？

秦屯连忙打了电话给许先生，许先生听了，也迟疑了一下，说："不会吧？我是看着某某当着我的面给省委书记程远打电话的，程远当时答应得好好的。"

秦屯急躁地说："怎么不会，这个消息是省委一个很可靠的朋友透露给我的。许先生，你再让某某帮我落实一下，看看究竟是怎么一回事。"

许先生说："好好，你先不要急啊，我打电话落实一下。"

秦屯在办公室坐立不安地等了半天，许先生的电话打了回来，说："秦副市长，不好意思啊，我刚刚落实了一下，你得到的消息是真的。这次事发突然，原本程远是安排你接任市长，可是后来事情有了变故，有一个背景比某某更深厚的人士出面跟程远打了招呼，非要程远安排徐正接海川市长，程远没办法对抗，权衡之下只好把你换了下来。这件事情程远前天打过电话跟某某做了解释，只是某某工作太忙，还没来得及跟我说。真是抱歉啊，没有让你得偿所愿。"

秦屯心里一阵慌乱，消息真的得到了证实，让他大失所望，自己花了钱还没得到位置，这是怎么话说的，难道这笔钱白花了？他着急地说："那，那……"

秦屯实在是太着急了，半天也没说出个什么来。

许先生却没怎么紧张，他实际上早有准备，笑笑说："秦副市长，你是不是想把钱要回去啊？"

秦屯说："许先生，我总不能白花了三十多万吧？你总要给我一个交代啊。"

许先生笑笑说："对，对，钱是不能白让你花的，应该退还给你。只是我现在手头资金紧张，而那对乾隆瓷瓶现在某某那里，你看是不是这样，等我回头将那对瓷瓶从某某那要回来，想办法处理了再退钱给你，你看行吗？"

秦屯叹了一口气，三十多万不是个小数目，对他这个财迷来说比割了肉还令人心疼，可是这个亏又不能不吃，只好忍痛说："还是算了吧，那本来是我送给某某的一份心意，既然送出去了哪里还有再收回来的道理。"

许先生笑了，心说你还真是上道，你以为我真的要退给你啊？不过还是需要安抚一下这个傻瓜，便说："你也别太失望了，某某说这件事情是他没安排好，他当然不会就这么算了的，一定会想办法给你适当补偿的。所以他还是会帮你的，只是怕要等一下了。"

秦屯心中又燃起了新的希望，赶忙说："好的，好的，那我就先等着了，你替我谢谢某某，也帮我多美言几句。"

不久，东海省正式公布了对徐正的任命，他成了海川市市委副书记、代市长。为了表示对这次任命的重视，程远亲自送徐正到海川市上任。孙永虽然满面笑容地对徐正到海川工作表示欢迎，心里却暗自叫苦不迭。他早就认识徐正，他在杨城市雷厉风行的做事风格是早有耳闻啊，这来的哪里是一个合作者，完全是一个对手。

前门刚送走了狼，后门又迎来了一只老虎，孙永心中不免有些沮丧，暗骂秦屯，这么好的机会放到了他的面前，他都抓不住。

程远在欢迎会上讲了话，强调了省委对海川市各项工作的重视，表扬了海川市过去的工作成绩，要求徐正要像在杨城市那样立足于海川实际，挑起海川市经济工作的重担，让海川市的经济在现有成绩的基础上，再上一个台阶。同时程远也要求以孙永为核心的海川市领导班子搞好团结，全力配合好徐正的工作。

孙永和徐正各自表了态，无非是一定会团结好同志，努力搞好工作之类的。

程远中午吃完午饭就赶回了省城。孙永和市里的领导将徐正送到了他的办公室，寒暄了几句，就各自离开了。

李涛也要随着众人一起离开，徐正在背后叫住了他，李涛笑着说："徐市长，有什么指示吗?"

徐正笑笑说："老李啊，我能有什么指示，坐坐，我们谈谈。"

说着徐正将李涛让到沙发坐下，然后笑笑说："老李啊，我要跟你说声抱歉啊，我这一来等于是占了你的位置啊。"

徐正也是久经官场历练的，当然明白能够从副市长转正为市长对于一个李涛这种年纪的干部是多么重要，李涛失去了这一次机会可能就意味着，他这辈子再也没机会成为海川市的市长了。

"不过，这是组织上安排，说实话我接到这个任命也是觉得很突然。"徐正看着李涛接着说道。

李涛心里自然也有些失落，可是徐正来做市长他还是能够接受的，徐正年富力强，有能力，这可比秦屯强。

李涛笑了笑说："组织上这么安排自有组织上的考虑，我个人没什么意见。徐市长，你放心，我会积极配合你工作的。”

徐正笑笑说：“对对，我想我们的目标是一致的，都是想搞好海川的经济。”

李涛说：“徐市长跟我想到一块去了。”

徐正说：“关于这一点，我来海川之前，郭省长在跟我谈话的时候，专门提到融宏集团，要我特别注意一定要把他们的后续投资留在海川市了。这个工作我们可要及早抓起来。你能不能跟我谈谈这个情况？”

孙永回了办公室，冯舜就进来，说：“王妍打电话过来，让你什么时间给她去个电话。”

孙永烦躁地摆了摆了手，说：“好啦，我知道。”

冯舜出去了，孙永从桌位上站了起来，在房间里踱起步来，他心中知道王妍找他什么事，可这件事情现在有些麻烦了。

原本孙永以为自己推荐了秦屯，秦屯再自己找人活动一下就能顺利接任海川市的市长，到时候他想让秦屯干什么都可以，所以就答应了王妍，没想到徐正出任了海川市的市长。

又不能躲着不见王妍，想了想，孙永抓起了电话，拨给了王妍。王妍接通了，笑着问道：“孙书记，那件事情有眉目了吗？”

孙永笑笑说：“你不要急嘛，这不新市长刚刚过来，还需要熟悉情况，很多事情不得不暂时停下来，你再等我一段时间吧。”

王妍说：“吴雯可是催过我好多次了，再等下去我怕她没这个耐心了。”

吴雯已经来找过她几次了，王妍跟她讲了自己已经送礼给了孙永，孙永答应给办事了，要她有点耐心。

原来，王妍送钱的时间离吴雯跟她限定的一个月已经相差无几了，她知道限期之内根本无法办好，甚至可能连个苗头都没有，于是为了让吴雯放心继续让她办下去，那天她就在雅间里偷偷摆了一台小型摄录机，然后将孙永邀请了过来，在雅间里送了礼，并把过程全部录了下来。

王妍现在很想赶紧办完这档子麻烦事，然后就将饭店盘出去，离开海川。原本她回到海川是想在家乡疗好前夫带给他的情伤，谁知道会遇到了曲炜，反而将她伤得更重。

想到了曲炜，王妍更是百感交集，气头上她恨不得置曲炜于死地，可是回过头静下心来想一想，她又觉得曲炜对自己很好，是她不该贪图……可是现在，曲炜跟她已是陌路，今生今世怕再也难续前缘了。

走进了笙篁雅舍，坐电梯到了顶层，房产公司的人打开了房间，傅华一走进去就感觉十分敞亮，挑高的复式结构，落地窗，十分赏心悦目。

赵婷也很喜欢，四处看来看去。赵凯笑着问："怎么样，这房子还可以吗？"

赵婷笑着说："不错，我很喜欢。"

赵凯说："傅华呢，你觉得怎么样？"

傅华笑着说："很好。"

赵凯说："那就定下这里了。我找过风水先生看过，他说这栋楼就这户房子的风水最好。"

傅华笑笑说："叔叔您还信这个？"

赵凯说："建筑风水也是有道理的。我不是说一定要多好，但是我要避免大凶或者不吉利的东西。"

三人就跟着房产公司的人下楼去签合同，步出电梯，迎面一个少妇挽着一个中年男人走过来，少妇见到傅华，笑着说："哎，傅华，这么巧？"

原来是徐筠，傅华笑笑说："是巧，这位是我的未婚妻赵婷。这位是徐筠徐姐。"

赵婷伸手跟徐筠握手，这时那个中年男人看到了赵凯，笑着说："赵董，怎么会在这里碰到您？"

赵凯笑着跟中年男人握手，说："董律师也来买房子？"

老董笑着说："我住在这里。赵董是来买房的？"

徐筠含笑点了点头，并不因为赵凯是著名的企业家而有所特别的表示，看来也是见过大场面的人物。

徐筠又给傅华和赵婷介绍了老董，傅华和赵婷跟老董握了握手，互相问了好，就此分开了。

赵婷问赵凯："爸，你认识这个董律师吗？"

赵凯说："这个董律师是京城律师界的厉害角色。"

赵婷说："那是很有名气了？"

赵凯笑笑说："说到名气，要看怎么说，这个董律师很低调的，不是很多人知道他。但是在某个领域他大名鼎鼎，是这个领域的翘楚人物。"

傅华笑着说："术业有专攻，能精于一个领域也很不错的。"

赵凯笑着摇了摇头，说："你不明白的，你不了解这个人，他确实是术业有专攻，不过倒不是学识上的。"

说着三人走进了售楼处，这个话题就被搁置了下来。

房产公司的人员很快就打好了合同，签字的时候，赵婷善解人意的让傅华一起签，傅华笑笑说："不要了，这是叔叔买给你的，你签就好了。"

赵婷看着傅华说："你非要跟我分得这么清楚吗？"

傅华心中明白这是赵婷想永远和自己联结在一起，说："好的，好的，我们一起签。"

签完字，赵凯付了款，就自行离开了。

赵婷看了看傅华，笑着问："傅华，你是不是觉得娶我压力很大啊？"

傅华笑着说："要说我一点心理压力都没有，也是不可能的，不过，我既然爱上了你，就已经准备好接受你的一切了。"

赵婷握了握傅华的手，说："好，那什么都让我们共同面对。"

傅华走进了驻京办，伍奕从办公室走了出来，笑着说："傅主任，你这是去哪忙去了？"

傅华笑笑说："我去办了一点小事，伍董什么时间到北京的？"

伍奕说："我刚到，专程来给你送一个兵过来的。"

这时从伍奕背后走出了一名二十多岁秀气的女子，笑着说："您好，傅主任，高月前来报到。"

傅华连忙上前，跟高月握手，笑着说："欢迎你，高月同志。"

原来前几天海川市政府已经通知驻京办，将会派一名叫高月的女同志前来接替原来刘芳的工作。

这时林东和罗雨也从办公室里走了出来，林东笑着说："傅主任，你知道这高月同志跟伍董是什么关系吗?”

高月笑着说:“他是我亲舅舅。”

傅华愣了一下,他倒还真没想到伍奕这样五大三粗的家伙会有这样眉清目秀的外甥女。

众人就走进了办公室,坐定之后,傅华笑着问:“高月同志什么时间到海川市政府的,我怎么从来没见过你啊?”

高月说:“我原来是在下面县里,刚调到海川市政府,就被派过来了。”

伍奕笑着说:“傅主任,以后我这外甥女可就拜托你照顾了。”

傅华看着伍奕笑了笑,他很怀疑高月到驻京办来工作这件事情是由伍奕做的安排。

高月安排好了自己的随身物品,傅华就领着大家去了东海食府,他第一杯酒对高月表示了欢迎,高月并没有推辞,跟着大家把酒干掉了。

高月酒喝得很爽快,傅华是老上酒桌的,一看就知道这个女孩子酒量不低。通常酒桌上有几种人是不能忽视的,其中一种就是扎小辫的,意思是指在酒桌上喝酒的女人。傅华曾经见过一个到海川市政府办事的女人,当时曲炜开玩笑地说,如果女人能够跟在座的男人一样喝酒,他就批准女人的要求。没想到那女人爽快地同意了,不过提出她只喝白兰地。于是一场好戏上演了,女人一杯一杯跟在座的男人们喝起了白兰地,越喝越精神,最后喝得大多数男人都溜到桌子底下去了。

那一次以后,傅华在酒桌上再也不敢跟女人叫板了。

果然傅华敬完第一杯酒之后,高月站了起来,给大家满上了酒,笑着说:“今天能加入驻京办是我的荣幸,我还是第一次接触驻京办的工作,初来乍到,什么都不懂,这里我先敬傅主任、林主任以及各位同事一杯,希望日后各位能多多关照。我先干为敬了。”

说完,高月一口将杯中酒干掉了。

傅华和林东等人只好也将杯中酒干掉了。林东喝完,笑着说:“看来小高倒真是适合干接待工作啊,这酒量怕是在酒桌上没敌手啊。”

高月笑笑说:“林主任夸奖我了,不过到目前为止,我还真没喝醉过。”

傅华听了高月这么说,心里有点别扭,挺清秀的一个女孩子跟人讲说自己还从来没喝醉过，让人有一点风尘的味道，而且，他也见过很多在酒桌上夸耀自己的人最终都喝得一塌糊涂的，便笑笑说："高月啊，北京这个地方不比海川，这里藏龙卧虎，以后上了酒桌你不要再说这种话，很容易栽跟头的。"

伍奕笑着说："高月啊，这是傅主任的经验之谈，你好好听着。"

高月说："以后我会注意，谢谢傅主任了。"

伍奕说："傅主任，高月没见多大场面，有些事情还不是很懂，你以后要多教教她。"

海川市，徐正经过一段马不停蹄的奔波，对海川市有了一个大致上的了解，他虽然对融宏集团做了重点的了解，也很重视融宏集团，可是这毕竟是前任开了头的工作，即使做得再好，也不能凸显他的成绩。徐正很想找一个新的经济增长点，一个由他来开始的新的经济增长点。

徐正的目光放到了海川机场上，海川机场为军民合用机场，建成使用已经二十多年了，基础设施已经明显落后，不能适应海川经济的飞速发展。

徐正把李涛找了来，笑着说："老李啊，你有没有觉得我们的海川机场太过陈旧了？"

李涛笑了，说："徐市长是不是想打机场的主意？"

徐正说："怎么，你们原来考虑过这个问题？"

李涛说："曲炜市长和我都觉得现有的机场已经跟不上形势了，很想把机场改造一下，或者重建。曾经找过专家论证过，可是原地改造不合适，而迁址再建资金需求太大，市里解决不了，就暂时搁置了下来。"

徐正笑笑说："看来英雄所见略同啊，你先说说看原地改造为什么不合适？"

李涛说："专家说原址改造不可能主要是受限于下面几个因素，一是目前的海川机场已处于市区规划之中，随着城市的发展，将越来越影响城市居民生活和城市的发展规划。二是目前的海川机场地面空间已没有扩展余地，三是受净空条件制约，海川机场北部山脉也不符合民用机场建设第二条跑道的净空要求的。民用机场作为一个城市、一个区域的重要基础设施，首先应考虑它能否最大程度地为这一城市和区域的经济和社会发展提供航空运输和服务，能否最大限度地为这一个城市和区域打造航空经济区的发展平台。而目前海川机场的位置偏西，也不能很好地涵盖海川市全部的领域。”

徐正说：“那么专家认为在什么地方再建好呢？”

李涛说：“海东县的兴旺镇。”

李涛说着走到徐正身后的海川地图面前，指出了兴旺镇的位置：“我们海川市连接着长三角地区、西南地区与东北经济圈，特别是在全省实施的东海省高效生态经济区建设中，是战略的中心城市。海东县正处于沿海经济产业带的中心位置，是环海地区乃至东北亚地区一个重要的节点城市。在这里建设新民用机场，航空辐射半径比较大，能有效地改善全市的运输条件，助推海川北部沿海经济产业带的大发展。”

徐正听得连连点头，说：“这个规划很好啊，兴旺镇这个意头也很好，意味着海川兴旺发达，预计大约需要多少资金？”

李涛说：“专家初步论证说要六十亿。”

徐正说：“是不少，不过我们可以分三步走，自筹一部分，向省里面要一部分，再试争取国家发改委的支持，将机场的改建列入国家的发展规划，那样国家会补助一部分资金。这样资金不就解决了吗？”

李涛笑笑说：“这个任务可是很繁重的，我和曲炜市长当时都认为暂时不适合启动。”

徐正笑着说：“坐而论道，不如起而行之。我觉得这个方案可行，你准备准备，我把它送上常委会。”

李涛笑着说：“徐市长，我算服了你，你还真是雷厉风行啊。”

徐正找到了孙永，把想启动海川机场的迁址改建计划说给他听。孙永表示支持，说：“这是海川人的一个梦想，是时候启动了。”

随即在常委上，表决通过了正式开始筹建海川新机场的计划。在会议上，孙永表达了对徐正的强烈支持，对计划的通过起了关键性的作用。

常委会结束，孙永让徐正跟他去办公室谈谈。

到了办公室，孙永笑着说：“徐市长，这个机场计划启动起来，你的担子就重了，省里和北京要多跑跑了。”

徐正说：“一步步走吧，谢谢孙书记对这个计划的支持。”

孙永笑笑说：“不用客气啦，我们一起搭班子，是需要互相支持的。”

徐正笑着说：“对对。”

“对了，”孙永似乎在无意间想起了什么，说：“对了，徐市长，前段时间有人跟我提到过，他们看好了滨海大道中段那块地，想用来开发别墅，你看你们市政府是不是可以把地放给他，这对发展经济也是有好处的。”

徐正看了孙永一眼，他很怀疑孙永此刻提出这件事情是想要自己对他支持机场计划的回馈，心里不由有些反感，倒也不好顶撞他，便笑笑说：“孙书记，你说的这个情况我还不是很熟悉，不过你放心，这件事情我记下了，回头我们市政府研究一下，尽快给你答复吧。”

孙永心里暗自别扭了一下，心说这家伙怕是跟曲炜一路货色，看来自己想趁他不熟悉情况让他同意这件事情已经是不可能了，孙永强笑了一下，说：“好吧，你们尽快研究吧。”

徐正说：“再是既然市里面通过了这个新机场计划，我想尽快去北京一趟，到国家民航总局、发改委相关部门把我们市里的想法跟他们汇报一下，征求一下他们的意见，也寻求他们的支持。”

傅华接到了市政府办公室的通知，说新任市长要到北京来，他的心里是忐忑的，他已经从杨城市驻京办那里大致了解了徐正的情况，知道这是一个很严厉的领导，不得不小心应对。

过了一天，傅华在机场接了徐正和秘书刘超，将他安排到了酒店住下，就说：“徐市长，您先休息一下，过一会儿我来陪你吃饭。”

徐正笑笑说：“你先别急着走，坐下，我想跟你聊聊。傅主任，你的情况我大致了解了一下，前段时间你干得不错，尤其是在为市里招商这一部分，很有成绩嘛。”

傅华笑笑说：“也没什么了，碰巧找到了几个投资客商而已。”

徐正说：“你也不用谦虚，确实很不错。不过，要说驻京办也不是一点欠缺都没有的，你们和在京部委的沟通有待加强。”

傅华笑着说：“徐市长批评的是，驻京办正在加强这方面的工作。”

徐正说："可能你也听说了，市委市政府刚通过了要迁址改建海川机场的计划，这个计划投资巨大，如果要顺利执行，是离不开国家民航总局和发改委的支持的，今后一阶段，驻京办要把工作重点转到这上面去。"

傅华说："发改委我还能找上关系，我认识里面一个司长，至于民航总局，目前我还真不认识人。"

傅华跟贾昊介绍给他认识的刘杰司长一直有联系，经常会约着一起打高尔夫，至于民航总局，由于专业性太强，傅华很少有机会接触到里面的人。

徐正说："能不能找找别人看，有没有认识民航总局里面的人的?"

傅华说："要不要问问郑老，也许他有部下在民航总局工作。"

徐正说："也可以，为了完成这个机场迁址改建的计划，市里面要动员一切可以动员的力量。你跟郑老约一下，我明天登门拜访，跟他汇报一下我们的规划。"

又谈了一些工作上的事情，不觉就到了吃饭时间，徐正就和傅华一起在酒店里的餐厅吃便餐。

傅华对这个新市长印象不错，他的做事风格跟曲炜很相似，甚至比曲炜更积极。

第二天一早，徐正和傅华登门去拜访郑老，郑老很高兴地听取了徐正关于机场的规划，说："这是一件大好事啊，应该办。"

傅华笑着说："郑老，我们想把这件事情跟民航总局的领导汇报一下，可是不得其门而入，您有没有熟人啊?"

郑老笑笑说："倒是有一个部下在那里，姓于，现在是副局长了吧。"

于是郑老就打了电话给这个于副局长，于副局长说让他们过去找他就可以了，他会做出安排的。

徐正和傅华又聊了一会儿，这才告辞要离开。老太太把傅华拉到了一边，说："小傅啊，你什么时间去看看小莉吧，她从海川回来就病了一场，后来病虽然治好了，可一直打不起精神来，这孩子也怪可怜的。"

傅华心里痛了一下，他心里很清楚郑莉为什么生病，可是他却不能为郑莉做一点实际的事，只好对老太太点了点头，说："好的，我会去看她的。"

下午，徐正带着傅华去了国家民航总局，找到了于副局长，于副局长听徐正说明来意之后，笑着说："你们要建机场啊？"

徐正说："是啊，我们想要把海川机场迁址改建。"

于副局长笑着说："那你们等着赔钱吧。我在这里工作十几年了，还没见过一家机场整体盈利过呢。你知道吗，去年新建投入使用的十家机场，有九家是亏损的。"

徐正说："这个情况我也大体知道一点，可是我们着眼的是兴建机场对海川经济的整体带动。"

于副局长笑笑说："我知道，这对你们地方的 GDP 是一个很大的带动。你等一下，我把规划发展司的人给你叫过来，你跟他们谈一下。"

说着于副局长打了电话，一会儿一位中年男子走了进来。于副局长介绍说："这位是规划发展司的张副司长，你们把情况跟他谈一下，他知道具体的程序应该怎么办。"

张副司长就将徐正和傅华领到了自己办公室，听完徐正的来意，张副司长笑笑说："你们想从我们这搞一部分资金是吧？"

徐正点了点头，说："这个投入太大，我们单靠自身的力量难以解决。"

张副司长说："我们民航总局倒是有这方面的资金，来源自民航基础建设基金和机场建设费。不过这笔资金数额有限，通常只能给列入国家机场建设发展规划的投资巨大的机场。"

徐正说："我们也想争取加入到国家机场建设发展规划中去，不知道应该怎么做。"

张副司长说："海川地属于民航华东局，让你们省的发改委先向华东局提出申请，华东局同意之后，会把你们的申请递交总局的。你们现在就来找总局有点早了。"

徐正笑笑说："那我们先回去争取看看，谢谢张副司长了。晚上有时间吗？一起吃顿饭。"

张副司长笑着摇了摇头，说："你们先回去办着看看，如果省里办成了，我们有的是时间一起吃饭。"

第二天，傅华带着徐正找到了刘杰，进门相互介绍完毕，傅华笑着说：

“给你带了一点小东西。”说着将一个透明的盒子递给了刘杰，盒子里是一颗高尔夫球。

刘杰接了过去，打开盒子拿着球看了看，看到了小球上的签名，笑着说：“老虎伍兹的签名球，你哪里弄来的？”

傅华笑着说：“赵婷他老爸的，原本想过几天打球时带给你，今天正好过来就带给你了。”

这个球是别人送给赵凯的，傅华在他书房见到了，拿着把玩，赵凯就送给了他。傅华记得刘杰在一起打高尔夫时说过他是老虎伍兹的球迷，所以今天就忍痛割爱带给了刘杰。

刘杰确实很喜欢，将球端端正正放在了案头，这才说：“你们说的事情是属于基础产业司管的，我带你们过去，找找基础产业司民航处的周处长吧。”

刘杰就带着到了民航处找到了处长办公室，他似乎跟处长很熟悉，也没敲门，直接就打开门就往里走。

一进门，听到“啪”的一声摔东西的声音，就看到办公室内一个四十出头的男人指着一个五十多岁的男人说：“什么你想，你想算怎么回事？要按照国家规定办事，连这你都不知道，亏你还是一个副省长。”

男人骂完，这才看到刘杰带着人进来了，便对那个男人说：“你先拿回去修改吧。”

那个男子拿起桌上的文件，灰溜溜地出去了。

傅华猜测这个发脾气的男人大概就是民航处的周处长了。果然，刘杰对他说：“周阳，你怎么又乱发脾气了？”

周阳不好意思地笑了笑，说：“刘哥，你别见笑，我的脾气控制不住，这份文件让他们改过几次了，可怎么教就是教不会。这两位是你的朋友？”

刘杰点了点头，介绍说：“这位是海川市的徐市长，这位是海川驻京办的傅华，我的小兄弟。他们有些事情想要过来问询一下。”

周阳一一握手，让到沙发上坐下，徐正讲明了来意，周阳笑着说：“这事情好办，刘哥的朋友就是我的朋友，只要你们省里没问题，到了我这里也就没问题。”

傅华心说，这个周处长倒是江湖得很。

徐正和傅华又询问了一些细节方面地问题，周阳很给刘杰面子，一一都给予了细致的回答。

谈完之后，徐正很高兴，他看着刘杰和周阳，笑着说："谢谢两位了，尤其是周处的指点，让我们海川市受益匪浅啊。"

晚上，徐正和傅华设宴答谢刘杰和周阳。傅华让高月一起参加了宴会，一来有个女人在场，酒桌上的气氛会活跃些；二来他也想让高月见见大场面，熟悉一下接待工作。

酒宴定在了昆仑饭店的上海餐厅，上次秦屯让傅华到上海餐厅参加宴会，傅华见识了这里环境的优雅，而且菜的口味也很不错，所以他选择了这里。

徐正坐在了主陪的位置上，刘杰和周阳分坐在徐正的左右两边，傅华副陪，高月坐在了傅华的左手边，徐正的秘书刘超坐在了傅华的右手边。

点了菜之后，开了干红，徐正首先敬酒，说："今天感谢发改委的两位领导能够赏光，在这里祝两位领导身体健康，工作顺利。"

刘杰笑着说："徐市长，到这里不要说什么领导了，大家都是朋友。"

徐正笑着说："对对，大家都是朋友，来来，我们先干了这一杯。"

众人都喝了，傅华敬了第二杯，大家也是都喝了。酒杯再次满上，高月站了起来，笑着说："刘司、周处，我来敬两位一杯。"

刘杰笑了，说："女士敬的酒不能不喝。"

高月跟众人碰了一下杯，仰脖一口喝干了，刘杰和周阳也都喝了，刘杰笑着对傅华说："傅华，强将手下无弱兵啊，你看这小高喝了三杯了，脸上一点都没变色，看来是有点酒量的。一会儿要单独跟她喝一杯。"

傅华不想让高月喝得太多，笑着说："你别看她现在这个样子，也就是程咬金的三斧头，没有后劲的。"

刘杰笑指着傅华说："老弟，要做护花使者是吧？好啦，不喝就不喝嘛。来，我敬徐市长一杯，感谢徐市长的盛情款待。"

敬酒的矛头转向了徐正，酒宴继续进行下去了。

很快一个多小时过去了，互相之间穿插敬酒，基本上都喝了很多，只有高月受了傅华的保护，并没有喝得太多，她的酒量本来就大，因此看上去跟没喝一样。

酒宴就进行到了尾声，徐正敬了最后一杯酒，傅华便让高月出去买单。

这时，周阳喝得有点兴奋，笑着说：“刘哥，下面去哪里啊？去唱唱歌如何？”

刘杰看了看徐正和傅华，笑着说：“算了吧，都喝得不少了，回家吧。”

傅华看看徐正，他不知道徐正本人什么意思，也就不好表态转不转场。

徐正笑笑说：“时间还早嘛，刘司急什么去休息，让傅华陪你们去唱唱歌娱乐一下也不错啊。傅华，一会儿一定要陪好刘司和周处啊。”

傅华说：“好的，我一定奉陪好两位领导。”

徐正对刘杰和周阳说：“只是我有点不舒服，要回去休息了，就不奉陪两位了。”

两名伴唱小姐走进了包房，傅华让她们坐在了周阳和刘杰身边，自己和高月不远不近地坐着。

傅华点了一瓶轩尼诗，要了一些瓜子小菜果盘之类的佐酒。

于是开始点歌唱歌，没唱歌的就玩骰子猜点数喝酒，包间里热闹了起来。傅华到了此刻，也随着包厢里的气氛欢闹了起来，也就不再去管高月喝不喝酒了。

闹起了酒喝得就特别快，很快一瓶轩尼诗就见了底，傅华就让服务员再开一瓶送进来。

这时正好轮到了傅华和高月点的合唱《想念》，俩人就站了起来，拿着麦克风跟着节奏唱了起来。

门开了，服务员端着托盘送酒进来，傅华正唱着“当我思念时你正入眠”，门外一个经过的客人听到这么熟悉的声音，不由得往包厢里看了一眼，正看到傅华和高月对唱，俩人正沉湎在歌曲营造的气氛中，互相情意绵绵地对视着，根本没注意门口站着的人。

门很快被关上了，门口站着的人摇了摇头，他是欢场老手，从包厢内三男三女以及坐着那两位女的衣着的暴露程度，很容易就判断出这些男女之间的关系。

这个人脸上露出了邪恶地笑，他看了看包厢的号码，拿出手机拨起号来，一会接通了："赵婷啊，我是杨军啊。"

赵婷那边在电话愣了一下，自从发生杨军欺骗傅华事件之后，她跟杨军就算没了什么联系，此刻已近半夜突然打来电话，不由得有些惊讶。

杨军笑笑说："赵婷，我听我妈说你跟傅华快要结婚了？"

赵婷说："是啊，快了。"

杨军说："我刚看到一幕你可能很不愿意看到的情形，不知道应不应该告诉你。"

说完杨军不等赵婷有所反应，扣了手机，哈哈大笑起来。

在傅华的包厢里，一曲思念唱完，刘杰和周阳一边鼓掌，一边示意两名小姐上前敬酒。两名小姐很乖巧，端着酒杯上前递给傅华和高月。

高月此时已经喝得很兴奋了，接过酒杯，一口就喝掉了，然后向刘杰和周阳轻轻鞠了一躬。

傅华知道自己差不多了，再喝就失态了，便往一边躲，端着酒杯的小姐不肯放过他，追着他要他喝掉，刘杰和周阳尖叫着，要小姐把酒杯塞到傅华嘴边，逼他喝掉。

这边正闹着，高月胃里翻江倒海起来，她压了半天也压不住，一口将胃里的酒现场直播了出来。房间里的人愣了一下，傅华赶紧跑过去，见高月满脸痛苦，知道她还要吐，连忙搀扶着她进了包厢内的洗手间。

刘杰和周阳也没了兴致，问傅华一个人能照顾高月吗，傅华心知这两位肯定不是伺候人的人，便笑着说："好了，我自己能行的。"

傅华进了洗手间，见高月已经吐完，歪倒在马桶旁的地上，神志不清，苦笑了一下，将高月搀了出来，服务小姐已经把高月吐得东西清理掉了，这时站在那里看着傅华，傅华苦笑了一下说："你们再等一会儿吧，她现在这个样子显然无法离开。"

傅华将高月搀到沙发那里，将她放平躺下。

傅华在包厢里转来转去，他不想就这么在这里待一夜，可是又没有招数将高月搬运回去。

正在傅华束手无策的时候，躺在那里的高月一边扯着衣服，一边嘟囔道："我好热啊，水，水。"

傅华连忙拿了一瓶矿泉水走到高月身边，打开了瓶盖，扶起高月的脑袋，把矿泉水瓶嘴塞进她嘴里，高月咕咚咕咚喝了起来。

这个时候门被人打开了，傅华回头一看，赵婷满面怒容的站在门口看着自己，他愣了一下，旋即困惑地问道："小婷，你怎么来了？"

赵婷看到傅华正抱着衣衫不整的高月，心里不由得大怒，几步冲到傅华面前，叫道："傅华，你在干什么？"

傅华说着低头一看也吓了一跳，喝多了的高月浑身发热，已经把自己上衣撕扯开。他慌忙伸手去拉高月的衣襟，不想越是慌乱，越是出错。

赵婷本来已经火冒三丈了，见到傅华这个时候还毛手毛脚去摸高月，再也难以控制自己了，叫道："傅华，你竟然敢这样！"说完，伸手狠狠扇了傅华一个耳光，转身哭着跑了出去。

傅华被打愣了，半晌才反应过来，叫道："小婷，你听我解释，不是你看到的样子。"

等傅华起身追出去的时候，赵婷已经发动了车子离开了。傅华想要去追，却怕在房间里的高月再呕吐发生点意外就不好了，只好一边往回走，一边拨了赵婷的电话。赵婷的电话通了，可是她一直不接，过了一会儿，见傅华不停地拨打，赵婷索性关掉了手机。

回到了包厢，高月还在人事不知地呼呼大睡，傅华晚上喝得酒也不少，这么一番折腾，也是十分疲劳一点气力都没有，索性一屁股坐到了沙发旁边的地上，身子依靠在沙发上，傻傻地苦笑着。

傅华就这么坐着，脑海里一片混沌，不知道该做些什么，不一会儿他的酒意上来，也失去了知觉。

傅华是被一声尖叫惊醒的，他睁开眼睛看到高月一边手忙脚乱系着上衣的纽扣，一边惊恐地看着自己。

傅华疲惫地笑笑，说："你不用看我了，你的衣扣是你喝多了自己扯开了，不关我的事。"

高月确认了自己身上其他部位一切正常，这才羞愧地看了看傅华，说："不好意思啊，傅主任，我没想到自己昨晚会这么失态。"

傅华苦笑了一下，说："吃一堑长一智吧，以后你要经历的这种场面还很多，对自己要有点数，也要知道爱护自己，你以为酒是什么好东西吗？”

“对不起啊，你脸上的巴掌印不会是我打的吧？”高月胆怯得指了指傅华的脸，脸上有着一个鲜明的巴掌印。

傅华摸了摸脸，昨天喝多了还没觉得，此刻摸上去火辣辣的疼，看来赵婷真是气急了，下手这么重。

傅华苦笑着说：“你别害怕了，不是你打的，不过是拜你所赐了。”

高月偷看了傅华一眼，问道：“究竟是怎么回事啊？”

傅华浑身酸痛哪里都不想去，可是也不得不强撑着去见徐正。俩人就各自收拾了一下，高月回了驻京办，傅华去了徐正下榻的酒店。徐正正在房间里吃早餐，见傅华进来，差一点将嘴里的饭喷了出来，说：“傅主任，你的脸这是怎么了？”

傅华尴尬地笑了笑说：“昨晚高月喝多了，有点失态，没想到让我未婚妻看到了，发生了一点小误会。”

徐正笑笑说：“看来是‘一向发娇嗔，碎挼花打人’了。”

傅华说：“徐市长，您就别开我玩笑了，您今天安排做什么？”

徐正笑着说：“我今天要去财政部跑跑，看看能不能为海川争取一点扶农资金。你这个样子今天就不要跟着我跑了，回去休息一下，赶紧想办法把你的未婚妻哄回来吧。”

在回驻京办的路上，傅华已经想了很多，越想越觉得昨晚的事情有些蹊跷，他最后和刘杰转场到休闲总汇，并没有通知过赵婷，赵婷怎么就知道了自己在休闲总汇，甚至直接找到了包厢，肯定是有居心不良的人通风报信。这个居心不良的人是谁呢？他都跟赵婷说了什么让赵婷那么生气？

傅华再次拨打了赵婷的手机，手机仍然是关机。傅华就发了一条短信过去，说明了一下自己昨晚的情况，高月是因为喝醉了而失态，与自己无关，同时提醒赵婷注意通知她去休闲总汇的人肯定是别有居心，希望她不要上当。

短信发出去之后，傅华无聊地望着窗外，宿醉过后的他头痛欲裂，心中实在很后悔昨晚不该领高月出来应酬。

赵婷一个上午都没什么回音，傅华喝了一上午的茶，头脑清醒了很多。他开始检点自己跟赵婷的关系，他发现在他接受了赵婷之后，这段关系开始变得沉重了起来，他很多时候在赵婷面前不得不小心翼翼，生怕一不小心惹翻了赵婷。变成这个样子难道是自己爱之适足以畏之吗？还是因为感恩？

傅华想了半天也没想清楚，他和赵婷之间确实很复杂，不是因为感恩，他可能不会接受她，但单纯因为感恩他也不会接受她。

令傅华更加苦闷的是，他找不到可以帮他理顺这段关系的人，所有的东西必须他自己去判断。

这个时候，傅华想起了郑莉，可是他已经因为赵婷拒绝了郑莉，不好再去把这段感情放到郑莉面前剖析了。而且郑莉上次回来就病了一场，自己还没有劝慰她，此时更是不适合把这件事情端到郑莉面前。

赵凯带着妻子去国外谈一个项目去了，目前无法联系上，傅华少了一个很好的沟通渠道。

第二天，傅华陪同徐正参观了海川大厦的建设工地，徐正对工程的进度很满意，表扬了傅华，说期待一个崭新的驻京办的诞生。

第三天，在交代傅华要跟民航总局和发改委保持密切联系之后，徐正飞回了海川，他还有自己的一块业务要管理，而且海川新机场要想顺利启动，必须先沟通好省里面，而这是需要徐正回去坐镇调度的。

这三天，傅华一直不定时地拨打赵婷的电话，给她发短信解释，说对不起，可是都如石沉大海。

傅华慢慢也有点恼火了，索性他也不打电话，不发短信了。

可是傅华心里总是挂记着赵婷，虽然不去联系，心里却格外的郁闷，不知道该如何化解这个僵局。

又过去了两天，赵婷还是沉寂着，傅华开始有点坐不住了，他发现自己似乎习惯了跟赵婷之间的打打闹闹，习惯了赵婷不时出现在身边跟自己斗嘴，习惯了赵婷带着亲密的纠缠，他想到了曾经听过的一句很有哲理的话，用这纠缠，让你知道我存在，让你知道我在你的生活里，你在我的日子里。

傅华突然意识到在潜移默化中，赵婷已经成为了他生活中的一部分，原本她叽叽喳喳在身边的时候并没有意识到她的重要性，这一刻她不在身边，他的心中就空了一块，这是与郑莉不一样的感觉。对郑莉是一种欣赏，一种知音的感觉。这种感觉可以让他们惺惺相惜，却并不能达到那种亲昵无间的状态。而赵婷虽然大剌剌，虽然常发自己的脾气，虽然并没有跟自己谈过什么帕斯卡、福柯，可偏偏早已融入他的心里，成为了他不可或缺的一部分。想明白了这一点，傅华不免有些怅然若失，心中暗问，难道赵婷不理自己，真是要闹分手了吗？

就在这个沮丧的时候，手机响了起来，傅华看了看，竟然是郑莉的号码！她这个时候找自己干什么？

郑莉笑笑说："傅华啊，你跟赵婷之间发生了什么事啊？"

傅华已经闷了几天了，所以也顾不上去问郑莉究竟是怎么知道他和赵婷之间出了事，上来就跟郑莉诉苦。

郑莉叹了一口气，说："真服了你们俩了，明明都不舍得对方，偏偏还要去折磨对方，你过来吧，赵婷在我服装店这里。"

傅华惊喜地叫了起来，用最快的速度杀到了郑莉的服装店，进了门，就看到郑莉陪着赵婷坐在沙发哪里，他快步冲了过去，抓住了赵婷的胳膊，说："小婷，对不起，是我错了，你原谅我吧。"

赵婷眼圈红了，嗔道："明明就是你做错了，这两天还敢不理我？"

郑莉这时在一旁笑着说："好啦，好啦，既然傅华已经认错了，赵婷你就给他一个机会吧？"

原来赵婷这几天冷静下来也慢慢回过味来了，她知道杨军通知自己本身就没什么好意，那天在现场，虽然高月有些衣衫不整，可是傅华后来的解释倒也说得过去，她还是相信傅华了。可是她不甘心就这么原谅傅华，想拖几天，让傅华难受几天，惩罚一下他。不料，傅华在道歉未获得回应之后，竟然连续两天没再露面，也没电话，也不发短信了，这下换到赵婷心里发慌了，她怕傅华恼怒之下不再理自己了。

犹豫再三，赵婷找到了郑莉，她觉得傅华很可能找郑莉倾诉这件事情，因此郑莉应该有所了解这件事情，而且在赵凯不在家的情况下，她只有找郑莉帮她沟通这一条渠道。另外，她也很害怕郑莉这个情敌会在这个时候乘虚而入，让傅华转投她的怀抱。

交谈之下，赵婷发现郑莉这几天根本未见过傅华，也就无从知道她和傅华之间发生的争执，这让赵婷心中暗喜，起码情郎并没有把郑莉当做疗伤的医生，这让她心里舒服了很多，看来郑莉在傅华心中也并不是十分的重要，她今后可以不必顾忌这个情敌了。

于是赵婷讲了这几天跟傅华的争执，委婉地表达了想要跟傅华和好的意思，希望郑莉帮她打电话给傅华，帮他们和好。

郑莉心中有些哭笑不得，她正在为情所苦，抢走情郎的人却来要求她帮助闹意见的他们和好，这老天爷也真是会捉弄人。郑莉知道火候差不多了，就拉过赵婷的手塞到了傅华手里，说："我是帮你们俩，傅华，我可告诉你，不准再欺负赵婷了。"

傅华握住了赵婷的手，说："不会了，一定不会了。"

赵婷故意想要往外挣脱，傅华手上加了一把劲，另一只手随行过去揽着了赵婷的肩膀，将赵婷揽到了怀里去，赵婷这才不再挣扎，听凭傅华拥着她。

郑莉心里酸了一下，她此刻已明白，眼前这俩人之间不是感恩那么简单，傅华看来是与赵婷真心爱上了。

郑莉强笑了一下，说："真是受不了你们，你们就肉麻当有趣吧。"

赵婷脸红了，身体却更偎紧了傅华。

傅华脸也红了一下，他赶紧转了话题，说："郑莉啊，前几天我和我们新任市长去拜访郑老，你奶奶说你病了，现在好了吗?"

郑莉从这件事情中也看出来了自己在傅华心目中的位置，自己都病了几天了，他这才想起来问候。

郑莉的心越发灰了。

第二章　都说伴君如伴虎，一着不慎满盘输

徐正是个工作狂，到岗后，心急火燎忙于做出一番政绩来。他急着要去拜访融宏集团老总陈彻，希望落实后续投资，不料陈彻却一点不给面子，直接拒绝。徐正认为傅华办事不力，心生不满，若换作别人，他一定会立即加以惩处，但眼下着手做的项目还离不开傅华，徐正只能把不满压在心底。

开门的时候，傅华这才注意到高月跟在身后，笑着问："小高还有什么事情吗?"

高月摸了摸脑袋，说："傅主任，有件事情我一直想跟你说，这几天看你心情不好就没敢说。"

傅华笑笑说："什么事情啊，我现在心情好，你说吧。"

高月说："是这样，我舅舅想要单独约你出去吃顿饭。"

上次送高月来的晚上，伍奕专门请了驻京办工作人员的客，当晚闹腾了一番之后伍奕就离开了，傅华满心以为伍奕离开了北京，没想到他还滞留在北京没走。

高月说："他这次来还有别的事情要办的，办完后就说让我请你出去吃饭，结果你跟赵婷闹了那么一出，我就没敢跟你说，他却坚持要单独请你，所以就等下去没离开。"

傅华心里大概猜到了伍奕为什么非等自己，便说："哎呀，其实你舅舅对我有所误会，他以为我能帮他的忙，其实我是真的没这个本事。"

高月说："傅主任，不管你能不能做到，你就去应酬一下他吧，不然的话

他该骂我没用了。求求你了，就当帮我一个忙。”

傅华想想，也确实需要当面直截了当的回绝伍奕一次，不然他还会不断地想办法来找自己。

傅华说：“你可以去跟你舅舅说我愿意见他了，只是你告诉他，我可能达不到他的满意。”

下午，傅华接到了伍奕的电话，伍奕说：“傅主任能吃得惯素菜吗？”

傅华有点意外，他还真没想到伍奕会领自己去吃素菜。

晚上，在功德林三楼的单间雅座里，傅华见到了伍奕。伍奕笑着说：“我选在这里吃饭，是因为这里虽然身在闹市，可是总有几分的佛门清净，傅主任可以跟我心平气和地谈一谈了吧？”

傅华笑笑说：“这里的环境确实很像佛家，不过我对伍董并没有什么意见，什么时候都可以心平气和谈话的。”

伍奕摇了摇头，说：“其实不然，我知道傅主任大概从心眼里看不起我这个大老粗吧？”

傅华没想到伍奕会这么直白，尴尬地笑了笑说：“哪里，伍董真是多疑了。”

伍奕笑着看看傅华，说：“你不用遮掩了，高月一再嘱咐我不要做什么出格的事情，她这么紧张说明你答应她的时候说过什么，也说明你对我有戒心。”

傅华点了点头，说：“伍董果然是聪明人，不错，我对和你接触并不是十分的愿意，伍董在海川的风评不佳，这一点相信你不会否认吧？”

伍奕说：“这一点我不否认，我确实做过一些让人看不惯的事情，不过，那都是过去了，而且傅主任今天尽管放心，今天是高月帮我约你来的，我一切都会规规矩矩的，高月是我的家人，我并不想让她不好做。”

傅华哦了一声，再没说什么了。

伍奕笑着把菜单递给了傅华，说：“这下你可以点菜了吧？不要客气，捡贵的点，这里有最低消费的，我们俩怎么也要吃到最低消费的数额。”

傅华看着菜单，点了几个菜单上比较贵的菜，什么功德三宝、红烧南美参、椒玉藏珍宝、绣球富贵翅之类的，这些菜不知是什么材料做的，但肯定不会是真的海参、鱼翅，价格却一点也不比真的便宜。

傅华看着伍奕，问道：“伍董，我们开门见山吧，你究竟想要我帮你做什么？”

伍奕笑了笑，说：“我也不绕弯子了，我想让傅主任像帮天和公司上市一样，帮我们山祥矿业上市。你放心，天和公司给你多少好处，我一点都不会少，甚至我可以加倍。”

傅华说：“看来我如果说我没拿天和公司一点好处，伍董一定不会相信了？”

伍奕愣了一下：“不能吧，丁江那是个人精，这点人情世故还懂的，你帮他这么大忙他能一毛不拔？”

傅华笑了，说：“信不信由你了。天和公司上市是靠他们公司本身过得硬，基本上与我无关。其实，你要找我办什么事情，我早就猜到了，不是我不愿意帮你这个忙，实在是你的公司各方面都不规范，跟天和公司不能相比，就算我愿意帮你这个忙，你们公司也不一定能上得了市。”

伍奕笑着说：“这简单，不规范我可以规范，这难不倒我。”

傅华笑着说：“我不是怀疑你的能力，而是感到你的能力太大了，会超出界限做一些不应该的事情。”

伍奕笑了，说：“傅主任你也太看得起我了，其实把山祥矿业弄上市是我早就有的想法，可是我找过很多门路，始终不得其门而入。”

傅华说：“其实上市并不是一个企业发展的唯一路径，据我所知，国际上很多大企业都选择不上市，他们发展也挺好。”

伍奕说：“这我倒不清楚，我清楚的是很多企业是实现了上市才得到跳跃性发展的。其实我们矿上很多设备早就应该更新了，可是限于资金，我不能更新。如果我能上市，就能把矿业集团变成一个国内一流的企业。傅主任，我的山祥矿业也是海川的企业，我也不求你必须给我办成了，你就帮我引见一下不行吗？”

傅华笑着摇了摇头，伍奕说到这份儿上，他已经没办法拒绝，只好说。“伍董，要不这样，我帮你问一下吧，见不见你要看对方了。”

伍奕点了点头，说："谢谢，谢谢，不成的话我也不会怨你的。"

傅华说："伍董啊，我现在真的有点服你了，你为了这件事情竟然对我这么客气，我都有些怀疑，你是我风闻中的伍爷吗？"

伍奕苦笑了一下，说："你别来打趣我了，什么时候轮到我来称爷了。跟你说句实话吧，我就是胆子大点，脑筋活点，拳头狠点。当初我到山祥铜矿拉矿石，每天从早到晚拉矿石赚一点辛苦钱，也就是想要改善一下家人的生活，那时候我的旧解放车还是借钱买的，一心想要赶紧赚钱把账还掉。谁知道矿上有一帮地痞非要收保护费，我气不过就联合了几个司机兄弟将他们打跑了，自此，矿上的人就说我能打，再也没人惹我了。这对我来说是一种保护，我也就在人前人后做出一副很横的样子，慢慢也就成了一种习惯。一来二去，就有人叫我伍爷。"

傅华笑笑，原来伍爷是这么来的。

伍奕说："说起来我算什么爷，真正的爷是不会在街头横的，你知道这些年我给多少人磕头捣蒜过？你别看我外表风光，你知道每到过年过节我要给人送多少东西吗，一个环节我打点不到，就能让我不好过。那些人才是爷，我是孙子。"

傅华没想到伍奕还有这么一番心酸，看来家家都有本难念的经啊。

伍奕说："傅主任，你不是从底层一步一步打拼起来的，你体验不到底层这些人的辛苦。我最困难的时候，手里一分钱的资金都没有，工人的工资要发，外面的关系要打点，外面的欠款要不回来，那个时候真是有走投无路的感觉。有时半夜我做梦，我都能一个高跳起来，恐惧啊，生怕那种场面重演。我之所以想尽办法要把公司弄上市，也是想通过上市让公司规范起来，形成一个稳定的局面，不要让公司再有这种走投无路的危险。"

傅华说："看来我以前对伍董还真是有些误解。"

伍奕笑笑说："这不是你傅主任的问题，本来我做事就有横蛮的一面，加上这几年我多少有点钱了，说七说八的就更多了，我已经习惯了，心说我赚我的钱，你说你的，管他呢。其实我每年捐给养老院也不少钱，可是好事没人记住，坏事却是人人清楚，这就是现在的世道。"

俩人随便吃了点就结束了晚餐。走出功德林。

傅华找到了自己的车，无意中看到旁边的宝马车竟然是吴雯的！看来吴雯今晚也在这里吃饭，这家伙也不知道什么时间回北京了。

这时傅华的电话响了，看看竟是吴雯的号码："吴总，你什么时间回北京了?"

吴雯笑笑说："别说这个了，我听说你们准备迁址改建海川机场?"

傅华笑着说："你的消息挺灵通的嘛。还在申请立项阶段，目前还不算正式启动。怎么，你感兴趣?"

吴雯说："我感兴趣也没用，那要专门的机场建设公司才能做，只是今天我干爹提起过，所以我问一下。"

傅华愣了一下，如果说吴雯在海川知道这个消息他还能接受，因为这件事情毕竟上过常委会，海川消息灵通人士肯定都知道了。可吴雯的干爹身在北京，他能得知这个消息的渠道只有国家民航总局和发改委，这家伙还真是神通大得很啊。

傅华说："好吧，你在海川那边有什么事情可要跟我说一声。"

第二天，傅华打了电话给贾昊，说："师兄啊，不好意思，又要麻烦你了。"

贾昊笑笑说："不用这么客气了，什么事情啊?"

傅华说："我们海川市一家矿业集团看到天和房产上了市，有些眼热，找到了我也想上市，你能不能给看看，他们能不能上。"

贾昊笑了，说："师弟啊，你以为上市就这么容易吗? 这可不是我说一句话两句话的事情。"

傅华赔着笑说："他求到了我，师兄你就指点指点他吧。"

傅华就通知了伍奕，让伍奕带着公司的资料去办公室找贾昊。

当晚，傅华接到了伍奕的电话，伍奕说："那个贾主任不置可否，约他也不出来，只是说有什么情况会跟你说，你看你是不是打个电话给他，问问情况?"

傅华就拨了贾昊的电话，问："师兄啊，你看那个公司究竟怎么样?"

贾昊说："不行啊，这家公司跟天和公司简直没办法比，这样的公司如果也能上市，证监会会被骂死的。”

傅华说：“那就一点办法都没有了吗？”

贾昊说：“在国内是一点办法都没有。”

傅华笑了，说：“国内没办法那就是没办法了，难道你想让他去美国上市啊？”

贾昊说：“这世界除了中国大陆，不是只有美国一家有股市的，还有香港啊新加坡之类的。”

傅华笑笑说：“恐怕他们是更没有办法了。”

贾昊说：“其实去香港上市是有捷径可走的，比起在大陆上市相对简单得多。我知道有人做过，就是在香港购买一只仙股，然后注入资产，曲线上市。香港的审查制度相对比较内地来说，还是宽松一些的，所以这种可能性还是存在的。”

仙股之说，最初源于香港的股市，“仙”（仙：cent）的音译是香港人对英语“cent”（分）的译音。仙股就是指其价格已经低于一元，只能以分作为计价单位的股票. 在英语中被称为 penny stock 。在美国股市，如果股票的价格长期低于某一价格就会被摘牌，而在香港摘牌的门槛是指低于一角。仙股虽然现实的投资价值不大，但很适合作为某些公司借道上市的“壳”。因此，某一“仙股”一旦被选中注入新资产，就会身价百倍，股价通常会一步登天，持有者就会发大财。在中国传统观念中，一步登天就是意味着成仙，因此这种股票叫“仙股”，香港爱图个“口彩”。

傅华说：“师兄的意思是还有操作的可能？你总是行内人，指点一下他们吧。”

贾昊说：“这类事情专业性太强，不是我一句话两句话能教会他的，你让他去找专门性的机构咨询一下吧。”

傅华说：“我对京城内的律师行并不熟悉，师兄能告诉我行内谁是做这个的？”

贾昊说：“我听朋友说过一个名字，叫什么董升，是北京昌荣律师事务所的主任，是行内做这个的翘楚。”

董升？傅华愣了一下，他忽然想到了徐筠的男朋友老董，他有一种感觉似乎这俩人应该是一个人。

徐正回到了海川，马上就去了齐州，找到了郭奎，汇报了想兴建海川新机场的计划，郭奎听完，笑着说：“你这个徐正啊，就是心急，这么快就想动这么大的手笔?”

徐正笑笑说：“我们这也是根据省里面的规划设想出来的，海东县正处于沿海经济产业带的中心位置，这个点盘活了，整个东海省沿海一带就能被带动起来。”

郭奎笑着说：“能带动你们海川市的GDP倒是真的，说吧，究竟想要省里如何支持?”

徐正说：“我们想加入到国家机场建设发展规划中去，这需要省里面首先同意我们立项，然后向民航华东局提出申请。”

郭奎又问起了关于融宏集团后续项目投资的事情，徐正说还没着手跟陈彻接触，郭奎有些不太满意，说：“你不要轻视这件事情了，据我所知，有几个省的领导最近专门去广州拜访了陈彻，你如果让别人把这个到嘴的肥肉抢走了，到时候省里批评你可别叫屈。”

徐正笑笑说：“行，我回头马上就抽时间专门去拜访一下陈彻。”

徐正从郭奎办公室出来就去了曲炜的办公室，曲炜看到自己的后任，笑着说：“什么风把徐市长吹过来了?”

徐正笑笑，说：“今天专门来拜访，是想请教一些关于融宏集团的事情。”

曲炜笑了，说：“徐市长不会是还没去拜访过陈彻吧?”

徐正说：“还没有去拜访过。”

曲炜摇了摇头，说：“我说一句不该说的话，你有点太轻视融宏集团了。实际上自从融宏集团在海川设厂以后，我一直很关注这个企业。这个企业已经形成了一种模式，一种可以无限复制繁殖的模式，任何他们接到的电子类代工产品都可以在短时期内形成规模化量产，这种企业的扩张速度是很可怕的，对所在地的经济拉动也是很强的。”

徐正说：“我也大体上研究了一下融宏集团，它也不是没有缺陷。相对来说，创新性和科技含量就有点低。”

曲炜笑了，说："你不要犯这种低级的错误。不错，创新性和科技含量高确实能带来更高的效益，可是这种企业的数量是有限的，而且通常创新性和科技含量高的企业对人才的要求是很高的，这可不是我们海川市所能供给的。我们多的是从土地上闲置下来的劳动力，多的是土地，很是需要这种规模大，用工多的企业。"

徐正点了点头，说："可能我看得有点偏了。回去我就准备去拜访陈彻，他这个人怎么样，好接触吗？"

曲炜说："他是一个很直率的人，也是一个极精明的商人，不好应付啊。你如果要去的话，我建议你带着傅华一起去，他对傅华的印象还不错。"

徐正说："我刚从北京回来，为了启动海川新机场的事情去探路，傅华这个同志确实很有能力，不愧是你带出来的。"

曲炜说："我听李涛说你要启动新机场建设，这当初也是我的一个心愿，不过你比我有魄力。"

徐正说："这也是海川很多人的一个梦想，大家就共同努力把它做好吧。"

周末，傅华和伍奕应约来到了高尔夫球场，赵婷也跟着来了。

在董升带来的人当中，除了徐筠，傅华意外发现还有一个他认识的人，那就是刘杰的同学，就职于商务部的崔波，便笑着说："崔司长，怎么这么巧啊？"

崔波跟傅华握了握手，笑笑说："老董是我以前的同事，他约我来玩玩的。这家伙比我聪明，早几年就下海奔着赚钱去了。不像我还坚守在岗位上。"

原来这董升是这样一个背景，傅华笑笑说："真是没想到。"

董升笑着说："我如果能混到司长这个位置，我也选择坚守，可惜我没你这个能力啊。"

崔波笑着说："你这家伙净说风凉话，你一年比我多赚多少钱啊，还不知足？"

董升带来的另外两名男子是他律所的同事，相互介绍之后，一行人就下场开始打球，赵婷和徐筠因为都是女人，就凑在一起，傅华、伍奕因为有事要请教，便跟董升走得比较近。

傅华简单将来意讲给了董升听，董升听完笑了，说："这件事情可不是一句话两句话就可以说得清楚的。"

伍奕说："我就是想请教一下董律师要怎么去做，具体细节可以以后慢慢研究。"

董升说："要说流程也很简单，首先要设立离岸公司，然后选取一个香港经济行帮你做庄收购仙股，收购成功之后，再反过来收购你国内的公司置于上市公司之中。"

伍奕笑笑说："那就说我这个公司能够在香港上市了？"

董升说："运作得好的话，当然可以。"

伍奕笑笑说："那如果委托董律师帮我做这件事情，应该没问题吧？"

董升说："回头你到昌荣所来，我们详谈吧。"

傅华的手机响了起来，是徐正的秘书刘超打来的。

刘超说："徐市长让我问一下你，陈彻方面你还有联系吗？"

傅华说："我有他助理的电话，徐市长要做什么？"

刘超说："徐市长想要去广州拜访他一下，你跟他助理约一下，别去了扑个空。"

傅华就调出来陈彻助理的电话，拨了电话过去，讲明了徐正市长想去广州拜访陈彻的意思，问陈彻什么时间在广州。

助理笑笑说："傅主任，这个我需要问过陈先生，等一会我给你电话吧。"

助理挂了电话，去了陈彻的办公室。听说海川市市长徐正想要来拜访，陈彻笑了，他早就得知曲炜被更换的消息，他对曲炜被换掉心中是有些不满的。可是他也知道大陆的官场运作方式，他不能改变什么，只能接受。原本他以为曲炜的继任者徐正一上任就会来拜访他，毕竟他的融宏集团在海川市投资了一大笔钱，可以说是单项投资最大的一家公司，而且预计还会有后续投资项目落户海川，没想到在他期待的时间内徐正却迟迟不来，直到过了这么长时间才想起要来拜访。

陈彻认为自己受了轻慢，跟曲炜一比较，陈彻就感觉到了徐正的差距了，当初曲炜为了招揽融宏集团去海川设厂，亲自带着招商局长劳动局长等一众部下赶到广州，闯上门来，让自己也为他的诚意所打动。眼下这个徐正还要跟自己先约一下，显然是还怕来了扑了个空，而且还是打发手下来跟自己约，明显是抬高身份。

陈彻说："你跟傅华说，我最近工作较忙，没办法跟徐市长约时间，让他替我跟徐市长说声抱歉了。"

傅华听完助理转述陈彻的话，不由得愣了，陈彻这是话中有话啊，连忙问助理："陈先生是不是对我们海川有些不高兴啊？"

助理笑笑说："不好意思，傅主任，我不能随便揣测陈先生的意思，他最近确实很忙，很难找出空闲时间。"

傅华赶忙拨通了刘超的手机，把陈彻那边的回复转告给了他，让他转告徐正。刘超也迟疑了一下，他也感觉这个答复明显是对徐正有意见了。

傅华就去打球去了，刚打了一会儿，手机再次响了起来，这一次竟然是徐正座机的号码，连忙接通了："徐市长，您好。"

徐正说："傅主任，陈彻究竟是什么意思啊？什么他最近工作比较忙，四处飞，没办法跟我约时间，难道他不想见我？"

傅华有点尴尬地说："我想他大概是这个意思。"

徐正说："我们这里对融宏集团是照顾的，原有的优惠政策都没改变，工商税务也不敢去骚扰他们，按说他们应该没什么不满才对。"

傅华没办法发表意见，只是拿着手机听。

徐正说："郭省长专门交代过我，一定要把融宏集团的事情处理好，现在陈彻连见都不见我，傅华，当初是你把陈彻引到海川的，你对他一定有所了解，说说你对这件事情的看法吧。"

傅华说："我个人觉得我们对融宏集团可能不差，只是别的地方可能比我们做得更好。这些年大家都在招商，搞的这些外来客商自己觉得自己身价倍增，我们稍稍有些不周到，他们就挑毛病。再有一种可能，陈彻希望能借助这一次拒绝，提高他在后续投资谈判中的要价。"

现在不是"士农工学商"商人敬陪末座的时代了，从新闻联播中都可以看到跨国集团的总裁来中国，我们接待的规格都是极高的，不能否认商人在这个时代是大受欢迎的，那些拥有富可敌国的财富的商人是很多政府的座上宾。而且就目前融宏集团的规模来看，陈彻也有这种资格摆谱。

傅华跟徐正的关系还算是很陌生，根本达不到跟曲炜那种亲密的程度，因此即使知道问题的所在，他也无法像当初在曲炜面前那样直言不讳。他只能等着徐正来结束这场谈话。

徐正可没一点想要结束谈话的意思，他叹了一口气，接着说道："不过，郭省长既然交代了，这件事情就必须办好。傅主任，我知道你当初跟曲市长是直接闯上门去的，要不你陪我去一趟广州，我们也直接闯上门去？"

傅华心里苦笑了一下，现在闯上门去怕也是晚了，这有点闹意气的意味，人家都说不在了，你却非要来，到时候如果陈彻就是不给面子说不在广州，那要怎么办？而且看眼前这位市长的脾气似乎很火爆，那时候被当面回绝，他会是怎样一个心情可想而知，事情可能就会闹得更僵。就算退一万步来说，陈彻见了你，可是他心里会高兴吗？这种合作是你情我愿的事情，一方心里别扭，就算达成继续合作，怕也是不能长久。

傅华小心翼翼地说："徐市长，这样不好吧？如果到时候陈彻确实不在广州呢？"

徐正也是聪明人，马上就明白了傅华话中的意味，咂巴了一下嘴，说："那怎么办啊？他就是不见我，我们什么都不能谈啊？"

傅华想了想说："我倒是想到了一个办法，只是怕徐市长不愿意去做？"

徐正说："什么办法，说说看？"

傅华说："我觉得眼前这个局面徐市长您亲自出面已经不够了，既然这件事情是郭省长十分重视的，你看是不是请郭省长出马？"

徐正愣了一下，说："你让我向郭省长求助？"

傅华说："据我所知，当初陈彻刚到我们这里投资的时候，曾经到省里拜访过郭省长，俩人相谈甚欢，如果郭省长能够出面，我想陈彻不会再拒绝了。"

如果要请郭奎出面，徐正就要解释为什么陈彻不肯见他，这是傅华拿不准徐正愿不愿意这么做的原因。但是如果没有一个更有力的人士出面，目前这种陈彻避不见面的僵局是无法打开。

果然徐正有些为难，说："这个嘛，请郭省长出面就能行吗？"

傅华苦笑着摇了摇头，他看出徐正跟曲炜之间虽然做事都是雷厉风行，可实际上还是略有差别的，曲炜如果感觉这么做能对解决事情有好处，他是不会顾惜自己的面子，立马就会去行动的；而这个徐正，明显有点自重身份，不肯去找郭奎，因为那样做他肯定会受到郭奎的批评。

但这件事情又是不可避免的，郭奎既然叮嘱过徐正要处理好融宏集团的投资，就说明郭奎对融宏集团是十分重视的，徐正如果不找郭奎出面，陈彻很可能将后续投资转到其他地方，那他可能将要面临郭奎更大的批评。这种一看就知道结果的事情，还能有什么考虑的余地吗？

打完球，一行人就在俱乐部吃饭。席间傅华注意到，虽然崔波说他跟董升是以前的同事，相约出来玩玩的，可是行动之间董升和他两位同事对崔波十分尊敬，这怕不是简单前同事关系，而更可能是董升有求于崔波的一种表现。

另一件让傅华十分意外的事情是，徐筠对董升十分体贴和关爱，在桌上不断地给董升夹菜、倒水，甚至可以说体贴到了一种令人肉麻的程度，但是董升却是一副若不在乎的样子，似乎徐筠那么对他是理所当然的。原本傅华自以为徐筠相对董升年轻漂亮很多，应该是董升追求的徐筠才对，可徐筠的表现让傅华觉得董升才是这段关系的主宰，徐筠是被主宰的，也不知道这董升怎么就这么手腕高超，让徐筠这么服帖。

吃完饭，几人在俱乐部分了手。伍奕说：“傅主任，你既然牵了这条线，一定要帮我负责到底，你要知道我是大老粗一个，没读过很多书，你到时候要帮我把把关。”

傅华笑着说：“我又不懂什么投资兼并之类的法规，我能把什么关，你太瞧得起我了。”

伍奕笑着说：“反正你不能置身世外，就是帮我参谋一下也行。”

徐正经过一番考虑，还是决定把陈彻拒绝跟自己见面的情况跟郭奎通报一下，他并不笨，他知道这个问题无可回避，一旦陈彻选择投资在别处的话，郭奎肯定是会知道的，那时候自己是无法交代的。

徐正打了电话给郭奎，郭奎听完情况，不高兴地说：“徐市长，你究竟做过什么事让陈彻竟然拒绝见你?”

徐正苦笑了一下，说：“我只是按照您的吩咐想要跟他约一下，见个面。没想到他就这么拒绝了。”

郭奎问道：“你自己打电话跟他约的?”

徐正说：“我忙着熟悉海川的情况，一直也没来得及跟他通电话。上次您提起要我重视融宏集团，我就安排去见他了，哪知道会是现在这个样子。”

郭奎说：“你倒好大的架子，前段时间我记得你参加过了去昆山学习招商引资的参观团，人家昆山的领导可以喊出他的电话二十四小时为外商开着，你呢，境内有这么大一家企业，到任这么长时间竟然还没跟人家董事长沟通过，你就是这么为外商服务的吗？你在昆山都学到了什么啊?”

徐正说：“对不起，郭省长，我可能觉得融宏集团已经落户海川，对他们有所忽视。”

郭奎说：“你这个同志啊，你让我说你什么好呢？昆山经验你到底吃透没有？昆山经验中不是有一条吗，坚持将促进企业增资扩股作为扩大利用外资的重要手段。昆山市坚持新批外资项目与促进现有企业增资扩股并重，千方百计促进已有外资企业增资扩股，这样外资到账快，引资成本低。在融宏集团这个问题上曲炜同志已经为你打好了基础，你应该更进一步才对。怎么不进反退了?”

徐正说：“我也在着手想办法解决这个问题，所以想请郭省长您帮我们海川市个忙。”

郭奎并不想让徐正太过于难堪，毕竟徐正当上海川市长当初是他引荐给程远的，就说：“你等一下，我打电话给陈彻试一试吧。”

郭奎就找出了陈彻留给他的联系方式，拨通了电话。

郭奎说：“您好陈先生，最近身体怎么样?”

陈彻笑着说：“挺好的，劳您挂念了。”

郭奎笑笑说：“自您上次来东海省，一晃大半年我们没见面了吧？我还记得当时跟您谈得十分愉快，真的很想再跟您深谈一次，您也不要整天忙于工作了，什么时间有空再来我们东海省走走吧。”

陈彻笑着说：“那次深谈我也受益匪浅，也很想再见见郭省长，可惜啊，一大堆工作等着我做呢，抽不出时间来啊。”

郭奎说：“既然您抽不出时间来，那我过去看您如何？”

陈彻笑笑说：“郭省长真是太客气了，我当然是欢迎之至了。”

郭奎说：“我冒昧地问一句，陈先生，海川这一次有什么地方做得不好吗？”

陈彻自然不肯说明他不见徐正的真实原因，那会显得有些小气，便笑着说：“只是我最近确实比较忙，所以婉拒了徐市长见面的约请。”

郭奎接着说道：“关于曲炜被调职，陈先生这您要体谅一下我们省里，事发突然，我们也是不得已。”

陈彻笑着说：“郭省长，我真的没有怪罪你们的意思，不过你既然提起曲炜先生，我也有日子没见过他了，倒还真是很想再见见他，他是一位有能力又务实的好干部啊。”

郭奎笑着说：“您要见他简单，这一次我让他跟我一起去广州。”

傅华被紧急通知去广州跟市长徐正会合，这一次是省长郭奎带队，到广州的融宏集团参观学习。

傅华只好放下手头的工作飞往广州，跟徐正郭奎一行会合。当了广州，傅华被直接带到了郭奎的房间，这才知道这一次参加的人中有曲炜。

郭奎看见傅华，说：“你就是那个驻京办主任吧？”

傅华笑笑说：“是我。”

郭奎说：“当初你跟曲炜同志为海川争取到了融宏集团的落户，立下了第一功，今天把你叫过来是我们要全力争取把融宏集团后续的投资留在海川。”

傅华说：“我一定会全力配合好徐市长的工作。”

郭奎看看徐正，说：“徐市长，我推掉了手头的工作为你飞到广州来，能调集的人马我都给你调集来了，希望你这一次一定要把陈彻拿下来，不要辜负我这一番苦心。”

徐正笑笑，说：“郭省长，您放心，我们一定全力争取。”

出了郭奎的房间，傅华跟在徐正的后面问道：“徐市长，有没有需要我做的工作？”

徐正说："准备工作市里面都已经做好了，叫你来，是因为郭省长感觉当初是你把陈彻引到海川的，你来了多一个保险，没什么要你具体做的。你明天小心应对就好了。"

说话间就到了徐正的房间，刘超开了门，傅华见徐正并没有请自己进去的意思，只好说了一声："徐市长您休息吧。"

徐正嗯了一声，刘超冲傅华笑笑，就关上了房间门。

傅华感到了一种被冷淡的滋味，轻轻摇了摇头，看来徐正虽然还是请郭奎亲自出马了，可是心中并不是十分愿意接受这种局面。

傅华找到了曲炜的房间，敲敲门，曲炜开门让他进去了。

傅华说："您这一次怎么也来了？"

曲炜笑笑说："陈彻跟郭省长说想见我，我就来了。徐正刚才交代过你什么吗？"

傅华说："只是要我明天小心应对。他似乎有点不高兴。"

曲炜说："此次如果有成绩，郭省长亲自出马了，自然轮不到他；如果有什么失误了，事情本来就是因他而起，自然是他承担。这种有过无功的事情他怎么会高兴？"

傅华笑着摇了摇头，说："早知道这样，我不建议他找郭省长出面就好了。"

第二天，郭奎带队到了融宏集团，陈彻已经等在大门口，郭奎一下车，他就快步迎上去跟郭奎握手，笑着说："郭省长，欢迎来我们集团参观。"

郭奎笑着说："陈先生不嫌我们麻烦就好。"

陈彻笑着说："怎么会，您能来我们蓬荜生辉啊。"

郭奎又介绍了徐正："这位是我们的徐正同志，海川市的新任代市长。"

陈彻笑着说："您好，徐市长，前段时间我真的很忙，没能跟您见面真是抱歉。"

陈彻是说场面话，徐正还是笑着说："陈先生客气了，是我约的时间不恰当，不关你的事的。"

这时陈彻看到了站在那里的曲炜，伸出手笑着说："曲市长，不，现在应该是叫曲副秘书长了，我们又见面了。”

曲炜跟陈彻亲热地握手，笑着说：“陈先生，你的身体还是这么棒，我真是有点羡慕你啊。”

“呵呵，忙碌就是最好的补药，我忙起来浑身都有劲。”陈彻这时看到了站在人群之后的傅华，笑着向他招手，说：“过来，小傅，想不到你也来了。”

傅华有点尴尬地走到了陈彻面前，他越是不想引起众人的关注，偏偏陈彻越是关注他，他笑着跟陈彻握了握手。

陈彻笑着说：“你这个小傅啊，把我们融宏集团引到海川之后，就没影了，也不来看看我老头子。”

傅华笑着说：“我是怕来打搅您，到时候被我一耽搁，不知道你又要少赚几个亿了。”

众人都笑了，陈彻也哈哈大笑，傅华这个玩笑开得十分恰当，确实以陈彻的身家称得上是财神，他自己听了心里也十分熨帖。

傅华不敢在陈彻身边耗得时间太长，玩笑过后，就赶紧闪到了一边，陈彻就跟其他人匆匆握了握手，握手完毕，转身领着郭奎往厂区里走，一边走，一边亲自讲解，他虽贵为这个厂区的主人，却对厂区的每一个生产细节都了若指掌，一一讲解下来，竟然比一线的工人还熟悉情况，让郭奎等人暗自叹服。

讲解过程中，陈彻虽然也顾念徐正是市长，也跟徐正偶尔说几句话，但大多数的话是跟郭奎、曲炜、傅华几个说的，傅华由于级别低走在后面，陈彻便不时回过头来跟他说几句，弄得他不时要走到前面去，陈彻不讲话了，他又得自觉地落后一点，本来傅华想谨守本分，不想却弄得比徐正更受欢迎。

中午，陈彻并没有因为郭奎的到来就大摆宴席，还是像当初接待曲炜一样，带他们到了食堂，各自取了自己的菜，坐到了一起，徐正曲炜很自然坐到了郭奎的身旁。

傅华取了菜，走向海川市跟来的随从人员，他们的级别最低，自然离郭奎他们这一桌比较远一点。这是很正常的官场伦理，通常官员都会按照自己的级别自然的排定离主要领导的远近。

郭奎看到傅华走到旁边去，就叫了一声：“小傅，过来坐。”

傅华心里很不情愿，守着大领导吃饭说话都得小心，会十分拘束的，不过郭省长叫了自己，他没办法再躲开，就拿着餐盘坐了过去。

坐下去就听郭奎笑着说：“陈先生，你这种用餐的方式真的很好，又随意，又吃得好。”

陈彻笑着说：“只要郭省长不嫌我简慢就好。”

郭奎笑着说：“我们都是直率人，就不用客气了。我想这一次我来的目的陈先生早就明了了，那我就不转弯抹角了。”

陈彻笑笑说：“直截了当最好。”

郭奎笑着说：“就像小傅说的，陈先生本身就是一尊财神，我们来呢，也是想陈先生能够把您的财富往海川多放一点，大家共同发财。原本您在海川投资的时候，就预计会有第二期的投资，您如果对海川没有什么意见，是不是可以启动第二期的投资了？”

陈彻笑着看了傅华一眼说：“什么财神啊，那是小傅的玩笑话。”

陈彻并没有直接答复要不要开启第二期投资谈判，只是用玩笑闪了过去。郭奎看了看陈彻，说：“您如果觉得海川方面有什么做得不好，今天徐市长就在这里，您提出来，我马上责令他改正。”

徐正也看了看陈彻，表态说：“陈先生，如果我们政府方面做得不好，我向你保证，立马纠正。”

陈彻笑了，说：“郭省长、徐市长，你们这可是步步紧逼啊。”

曲炜笑着说：“陈先生，我虽然不是海川市的市长了，不过我感觉从您的角度出发，第二期投资继续安排在海川对您是十分有利的，古人做战，讲求天时地利人和，融宏集团在海川已经有了成熟的厂区，又有我们徐市长这些愿意跟您配合的政府官员，地利和人和已得其二，您如果舍此而去他地，实非智者所为。”

傅华说：“陈先生，您当初选择海川，肯定是有很多海川适合融宏集团发展的理由，现在融宏集团在海川发展得确实很好，您为什么不继续您当初英明的决策呢。”

陈彻笑了，说：“好啦，我决定继续在海川投资。其实，西北省份的一些领导跟我们融宏集团交涉过，想要我们去他们那里投资，他们的条件是比你们优惠得多的，我本来想响应一下国家开发大西北的政策的，不过郭省长和徐市长既然亲自到我们融宏集团来了，这分诚意令我陈彻十分感动，冲着两位，我不去西北了。”

傅华上了飞机，直到看到在首都机场迎候他的赵婷的开心笑脸，他的郁闷才一扫而光，不管怎么样，还有一个知心的爱人跟自己共同面对这一切，就算徐正给自己出点难题又能如何呢？

傅华笑着把扑过来的赵婷揽进了怀里说：“你跑这么远来接我干吗，让驻京办来接我就好了嘛。”

俩人相拥着上了车，赵婷发动了车子，驶离了机场。

晚上，两人一起回了赵婷家，赵凯已经忙完工作回到了家，大家就开始吃饭，席间赵凯聊了一些这次去国外的见闻。

晚饭后，赵凯把傅华叫到了书房去，赵凯笑着说：“傅华啊，我看你这次去广州回来的心情不是很好，怎么，事情办得不顺利？”

傅华笑笑说：“被叔叔看出来了，事情倒是办得很顺利，可是我感觉有点惹到了新来的市长，把关系搞得很僵。”

赵凯说：“那个市长是叫徐正吧？”

傅华笑着说：“叔叔你的消息倒很灵通。”

赵凯说：“他是你的领导，我自然是想多了解一点情况。”

傅华有点感动，说：“谢谢叔叔的关心了。”

赵凯说：“徐正在原来的杨城市官声还不错，为当地百姓做了一点实事，算是一个能吏。但是有些时候越是这种能吏，越是不好相处。人没有十全十美的，这方面没毛病，那一方面就肯定有问题。明朝的海瑞一生清廉正直，刚直不阿，算是中国历史上少见的清官，但是他这个人实际上并没有什么干事的能力，也有狷介偏执的一面，竟然因为五岁的女儿受人一饼而将其幽禁致死，实在不通情理得很。李贽说他是万年青草，能够傲风雪而不能充栋梁，实在是很恰当。”

傅华笑笑说：“我也知道人无完人的道理，可是这一次我明明是想帮徐正把事情办好，偏偏他觉得我根本没尽力，实在是没道理。”

傅华就把过程讲给了赵凯听，赵凯听完，含笑不语，傅华看他是这个神态，便说："难道叔叔也觉得我做得不对？"

赵凯笑着说："其实大多时候人们都认为自己的选择是对的，但在别人看来就未必了。项羽乌江自刎，本身是被刘邦打得没了脾气，连东山再起都不敢想了，绝望之下才抹了脖子，实在是懦夫的行为，可在李清照看来，他就是莫大的勇气，生当为人杰，死亦为鬼雄，恐怕是和李清照满腔的悲愤有关。同样的道理，徐正判断你做这件事情的对错，也是从他自身的利益出发的。"

傅华笑了，说："这次事情虽然解决了，徐正在郭奎省长面前却弄得灰头土脸，他自然无法高兴起来。"

赵凯说："我觉得你也没必要去在乎他的态度，你想要什么？要升官吗？你要升官，非要离开驻京办才行。你要吗？我看你对财富也不是很热衷，发财大概也不是你的理想。你既然没什么有求于徐正的，那你在乎什么？"

傅华被赵凯说得心情一下子开朗了很多，俩人又谈了一些海川大厦的工程上的事务，傅华看看时间不早了，就站起来告辞。

傅华和赵婷就去办了结婚登记手续，虽然没举办婚礼仪式，可也是合法的夫妻了。

徐正回到了海川，这一次虽然跟融宏集团的后续投资谈判正式启动了，可是并不顺利，郭奎的亲自出马为陈彻增加了要价的砝码，这个老谋深算的商人提出了更多新的要求，而徐正却并没什么还价的余地，他的底牌已经被看穿，他并没有拒绝融宏集团后续投资的可能。

徐正感受到了一种挫败，他甚至一度认为，他第一次求见陈彻被拒绝是陈彻和傅华布下的一个局，好逼他向郭奎求助，从而为融宏集团增加要价的本钱。

这不是不可能，现在的商人为了获得更多的利益，往往无所不用其极，什么手段都使得出来。而现在的很多官员什么都可以出卖，包括他们的良心。

如果换做是别的属下，起码也要把他从驻京办主任位置上换掉。偏偏这个人是傅华，一个刚刚想要辞职却被市委书记亲自挽留的干部。徐正可不能拿傅华不在乎的东西威胁他。

这有点像寓言中那个艾子和神像的故事了，艾子乘船在河上旅行，途中看见一座庙。庙虽矮小却装饰得气象庄严，干净整齐。庙门前有一条小河沟。这时，有个人来到了沟边，发现不能趟水过去，便朝庙里看了看，随即将庙里的大王像搬出来，横架在沟上，当成独木桥，然后踏着大王像走过河沟，扬长而去。

接着又来了一个人，见到刚才的情形，连声叹息说，真不像话！对神像这般糟蹋，简直是亵渎神灵！说着，便将神像扶起来，用自己的衣服擦掉上边的泥土，然后恭恭敬敬地捧回到庙里的宝座上，并对着神像叩拜了两次，才起身离去。

过了一会儿，艾子听见庙里的小鬼说："大王，您是这庙里的神，享受着附近百姓的供奉和朝拜，今天反遭不信神的人侮辱，为什么不降灾祸给予他惩罚呢?"

大王说："要降灾祸的话，应当降灾祸于后来的那个人。"

小鬼听了很奇怪，先来的那个人用脚踩了大王，没有比这更大的侮辱了，却不降灾祸于他，后来的那个人那么尊敬大王，反而要遭祸，这是为什么呢?

大王说："先来的那个人根本不信神，我有什么办法降灾祸给他呢!"

傅华现在对徐正无所求，就是一个不信邪的人，而且这一次在广州，郭奎亲自喊傅华到他身边吃饭，显见郭奎是很赏识傅华。

可是，徐正有一种被算计了的感觉。他很想迁怒于傅华在海川的朋友，可是傅华的朋友像丁江之流的都是在海川地面上吃得很开的人物，属地头蛇的，在海川的人脉资源盘根错节。

虽然徐正心怀不满，时光还是在照常流逝着。

这天在工地上忙碌着的傅华接到了章旻的电话，这段时间章旻因为北京的海川大厦和海川的酒店项目进展比较顺利，并没有待在北方，都在顺达酒店管理公司的总部。

章旻说"傅华，你跟海川主管城建的李涛副市长关系如何啊?"

傅华说： "李副市长这人不错，我跟他关系尚可，你有什么事情要找他吗?"

章旻说："我们顺达酒店在海川的项目出了点小麻烦，你知道我们是跟海川市驻地区政府签订的土地使用权转让合同，办理了相关权证，现在区政府这一边没有在海川市国土局及时备案，海川市国土局主张说我们的土地使用权转让合同是无效的，要取消我们的土地权证，将该地块重新拿出来挂牌出让。”

傅华说：“这本来是政府的问题，怎么能让你们公司承担后果呢？”

章旻说：“我们公司在海川的负责人和区政府的领导一起找过海川国土局，可是他们坚持我们超过了备案时间，这块地必须拿出来出让。如果曲炜市长在的话，他就会帮我们处理了，现在海川市这一边我就跟你熟悉，你是不是可以帮我跟李涛副市长协调一下？”

傅华说：“这件事情错不在你，我想国土局应该可以通融吧。你等一下，我跟李涛市长通报一下，看他如何答复再给你回话吧。”

傅华就打了电话给李涛的秘书，说有急事找李涛，讲了顺达酒店管理公司土地使用权转让出现问题的情况。

李涛知道顺达酒店这个项目，当时曲炜跟顺达酒店管理公司的章旻走得很近，他说：“等我了解一下情况再说吧。”

傅华说：“李副市长，这件事情关键违规的不是企业，他们什么都按照规定去办了，我们不能因为政府的失误而让企业承担责任，否则日后谁还敢到我们海川来投资啊。”

李涛就打了电话给国土局局长周然，问顺达酒店土地使用权的情况。周然说：“李副市长，这有专门的规定，我们局也是依法办事。”

李涛笑了笑说：“周局长，规定是死的，人是活的，这也不是顺达酒店故意违规，你们就是要罚也应该罚没有备案的有关部门，至于顺达酒店，他们是外来客商，你们坚持说他们的土地使用权合同不合法，取消他们的使用权证，他们会怎么看待我们的政府部门啊？怕是对我们海川整体形象有很大的损害吧？”

周然说：“我们也是依法办事，可能这有点不近人情，但法律就这么规定了，我们只有执行的份儿。”

周然这么坚守原则，很是出乎李涛的意料，印象中这种枝节上的瑕疵还是能够通融的，他有些不高兴地说：“周局长，难道就不能有一点机动性吗？”

周然听出了李涛的不高兴，说："李副市长，这件事情我比较难办，不是我要查这件事情的，我也不想让下面的有关部门难堪，但是有人关注过这件事情。"

李涛愣了一下，确实是以前周然很少办这种得罪人不讨好的事情，便问道："谁关注了这件事情？"

周然说："前天徐市长到我们局里座谈，不知怎么就问起了顺达酒店的情况，得知酒店的土地使用权证还没在市里面备案，就要求我们依法办事。你说我能怎么办？"

徐正决定的事情，李涛这个副市长自然无法干涉，尤其是徐正新到任不久，正是需要树立权威的时候，李涛并不想干涉这件事情从而让徐正误会自己要挑战他的权威。

李涛随即把情况告知了傅华，说自己没办法帮他解决了。傅华赶忙打了电话给章旻，他以为是顺达公司做了什么触犯徐正的事情了。章旻听完，想了想说："我们跟徐正根本就没搭过腔啊，怎么可能惹到他？"

傅华就不知道什么原因了。

章旻说："要不你帮我们跟徐正沟通一下，我们顺达集团总是你引进海川的，就算多少罚一点款我们也可以接受。"

傅华有点为难，他是明白自己目前不受徐正待见的，便说："我怕说了效果适得其反。"

章旻说："你先试试吧，我目前在海川也只能找到你一个人了。"

傅华也觉得自己有义务帮助章旻，毕竟章旻是自己海川大厦的合建方，对海川大厦的建设提供了很多的帮助。

傅华就找到了徐正，说了海川大厦合建方的章旻找他想要解决土地使用权证的事情，徐正很冷淡地说："这件事情我知道。"

傅华小心地说道："徐市长，他们可能在工作方面有所疏失，但他们也算是我们海川市政府的合作者，在海川建酒店也是看好海川未来的发展，您看这一次是不是就算了？"

徐正说："你拿国家的法律和政策当什么？儿戏吗？"

傅华赶忙解释说："不是，这一次他们只是一种疏失，并不存在从中牟取不当利益的问题。”

徐正说：“你怎么知道没有牟取不当利益？你替他们着的什么急？是不是你在其中有什么利益？我告诉你，我最讨厌那种跟社会上的商人不法勾结私下收取利益的官员，如果让我查到了，一定严惩不贷。”

傅华被说得不知道该如何解释了，他定了定神，说：“徐市长，我不知道您这么说究竟是什么意思，我只是觉得这件事情中顺达酒店是无辜的，至于我个人，我敢保证，没有一点不正当的利益在其中。”

徐正说：“最好是这样。”说完就挂了电话。

傅华心中越发坚信这一次徐正是因为自己迁怒于章旻的。

章旻听完傅华说的情况，想了想说：“看这个样子，要想在海川解决这个问题怕是不太可能了。”

傅华问道：“你想做什么？”

章旻说：“我要亲自到东海省里面想想办法。我想去找吕纪副省长，他原来在我们那里工作过，我来海川之后，曾经去拜访过他，他说有了什么事情可以找他。后来因为曲炜市长很帮我，这段关系就没用得上，现在是启用的时候了。”

章旻去了东海省省政府，他先去拜访了曲炜，曲炜见了章旻很是高兴，迎上前去紧紧握住了章旻的手，摇了摇，心中百感交集，这已经不是当初俩人在海川市把酒言欢的时候了，曲炜半天没想出说什么话合适。

章旻能够体谅曲炜的心情，一个年富力强正想做点事情的人，突然被扔进一堆的杂七杂八的日常事务中，壮志在一天天被消磨，难免有英雄迟暮的感觉。曲炜被调到省政府副秘书长的位置上，实际上已经宣告了他政治生涯到达了顶点，除非出现奇迹，他已不可能再往上进一步了。

俩人到沙发那里坐下，曲炜笑着问：“章董这一次到省里来有什么事情吗？”

章旻说：“顺达酒店在海川出了点小麻烦，我到省里来想找一下吕纪副省长，顺便来看看您。”

曲炜叹了一口气，说：“不好意思，我走得太过于匆忙，没顾得上处理好你们公司的事情。”

章旻笑笑说：“曲市长就不必要想那么多了，那个时候您自顾尚且不暇，又哪里顾得上我们，大家都是朋友，不必这么客气的。”

章旻说了事情的经过，曲炜笑着说：“这还是得找吕副省长，徐正这个人不好打交道的。”

章旻说：“我知道，吕副省长在家吗？”

曲炜说：“在家，你稍等一下，他有客人，一会儿我带你过去。”

闲聊了一会儿。章旻发现曲炜苍老了很多，说话也没有了当初的锐利和快速，看来他已经适应了省政府这舒适的环境，身上的棱角慢慢要被这舒适淹没掉了。章旻心中暗自惋惜，这曾经是一个多么有魄力的人啊。

坐了一会儿，曲炜领着章旻去了吕纪的办公室，吕纪看到章旻，笑着说：“小章啊，什么时间到省里面来的？”

曲炜出去了，吕纪笑笑说：“你这个家伙，上次露了个头就再没了踪影。”

吕纪跟章旻家族关系是很不错的，尤其是跟比章旻长一辈的亲属交集较多，这也是章旻不很愿意跟吕纪打交道的一个原因，他已经闯出了一番自己的天地，不想再有一个老资格的人在一旁指手画脚，偏偏吕纪说话就愿意拿出一副老气横秋的姿态来。

章旻笑笑说：“我知道您忙，所以没什么事也不敢来打搅您。”

吕纪笑了，说：“这么说你是有事了？”

章旻说：“我在海川遇到了一点麻烦，自己解决不了，只好向您求助了。”

章旻就讲了事情的经过，吕纪疑惑地说：“徐正是怎么了，到处都在招商引资，他这么做不是把客商往外赶吗？你等一下，我打个电话给他。”

吕纪就拨了电话给徐正，笑着说：“徐市长，有个情况需要向你了解一下。”

徐正知道吕纪是一个工作过很多地方的领导，尤其是在南、北方都任过要职，有人私下说他很可能是下一任省长，这样正处在上升期的人物他可是不敢得罪，便说：“吕副省长，您需要了解什么？”

吕纪说：“一个商界的朋友向我反映说他们在你们那征了一块地，要开发建酒店，他说他履行了一切政府要求他履行的手续，却突然要被取消土地使用权证，他实在搞不明白是因为什么。据你们国土局说，是因为下级的有关部门没有及时备案。我有些奇怪，这不是你们政府部门内部的问题吗？”

徐正赔着笑说：“不好意思，吕副省长，我不太清楚具体的情况。”

吕纪笑笑，他是想解决问题，并不是想跟徐正叫板：“偌大的海川市要你事事都清楚也不太可能，我就是向你反映一下这个情况，真实与否我也不是很清楚。我这个朋友跑来向我诉苦，说海川市的投资环境十分恶劣，他们想要撤资。说实话我被说得很不好意思，我这个副省长这些年就在致力改善东海省的投资环境，现在身边的朋友都说我们东海的投资环境恶劣，说明我做得很不称职啊。你去查一下，如果确实是我们政府的问题就纠正一下，如果确实是严格依法办事，就麻烦你跟我这个朋友解释清楚，别让他误会我们欺负外来的投资商。”

徐正慌忙说：“吕副省长，这可能是基层有关部门相互之间有所冲突或者误会，与您没什么关系，就是有责任，也应该是我的责任，我马上调查，查出问题一定严肃处理，确保给您一个满意的答复。”

吕纪笑笑说：“我也觉得可能是下面部门内部有些误会造成的，就安抚住了我的朋友，回头我让他亲自去拜访你，把情况向你反映一下，我觉得是一个小问题，你依法帮他解决就是了。我可提醒你，我这个朋友的家族生意做得很大，在南方是很有影响的，千万不要给他留下投资环境不好的印象，那影响的可能不止海川，还包括东海省整体的形象。”

挂了电话，章旻笑着冲吕纪竖起了大拇指说：“您真高，几句话就把问题解决了，看来我要跟您学习的地方还很多。”

吕纪笑着说：“别拍马屁了，回头你去海川市见见徐正，我想他会给你一个满意的交代的。当然你不要因为我出面了就盛气凌人，你如果还想在海川发展，跟徐正把关系处理好是必须的。”

吕纪说得很有道理，一个企业要想不被地方上打麻烦，是不能把希望寄托在某一个人身上的，曲炜就是一个很好的例子，曲炜离开海川，顺达酒店就出现了麻烦。酒店是建在海川的土地上的，无法搬走，只有跟海川每一任的主政者搞好关系才能顺利发展。

徐正在办公室见到章旻的时候，快步走上前去握住了章旻的手，说：“不好意思，不好意思，章董，因为我们底下一些人没搞清状况，给贵公司造成了一些不必要的麻烦。我已经查明了事情的真相，命令国土局把你们公司的土地使用权备案给补上，你们的土地使用权证还是有效的。”

章旻笑笑说：“谢谢徐市长啦，吕副省长跟我说徐市长您做事干练，雷厉风行，今天一见果然是这样啊。我原本以为这件事情还要打很大的麻烦呢，没想到徐市长这么快就解决了。谢谢。”

徐正笑笑说：“吕副省长谬赞了，说来徐某主政这海川，没有约束好下属，给贵公司造成这么大麻烦，我也是有责任的。”

章旻笑着说：“徐市长真是严于律己啊，现在漫天的云雾都散了，海川市由您主政，我对投资更有信心了。”

徐正示意章旻喝茶，一面似乎漫不经心地问道：“章董，你是怎么认识吕副省长的?”

章旻笑笑说：“吕副省长曾经在我们那个市做过几年市长，那个时候他就对我家的企业十分支持。他是一位有能力懂经济又有战略眼光的好领导，对我们家族帮助很大。”

徐正说：“吕副省长到东海省工作以来，东海省的经济工作就上了一个新的台阶，确实是一位很有能力的领导。”

俩人都在示好对方，因此聊得很开心。不觉就到了中午，徐正说：“章董，我来海川还没有机会跟你坐在一起吃顿饭，今天赏个脸一起吃顿便饭吧?”

章旻笑了，说：“徐市长，您这是抢了我的台词啊，我也正想这么说。”

一行人就去了海川大酒店，坐定之后，徐正笑着说：“章董啊，今天见到你，我真是有点英雄出少年的感觉，我在你这个年纪，还是什么都不懂的傻小子呢。”

章旻笑笑，说：“我这是家族余荫而已，不值一提。您如果当我是朋友，不要叫我章董了，叫我一声章老弟就可以啦。”

俩人就开始称兄道弟起来，酒桌上的气氛越发亲热了。

章旻说：“您也知道我们顺达酒店管理公司的重心不在海川，我不能时时都在这边，所以对海川这边的业务难免有照顾不过来的时候，就想劳烦大哥多关照一下。”

徐正说：“老弟，帮忙照顾可以。”

章旻说：“其实我需要大哥关照的地方很多，我和傅华建的海川大厦也是你的管辖之下的，前段时间傅华还跟我说起落成之后想要请您过去给我们的海川大厦剪彩呢。”

徐正笑笑说：“老弟既然开口了，这个彩我剪定了。”

经过孙永运作，由市委副秘书长许朝任海西县县委书记的决定在常委会上表决通过了，同时通过的还有原曲炜秘书余波出任海西县副县长的任命。孙永在常委会上充分肯定了余波的能力，说这样一个硕士研究生是一个难得的人才，要给他一个充分展示才能的舞台，发挥他在经济建设方面的长才。原本曲炜一方的人没想到孙永竟然这么支持曲炜的前秘书，他们没有理由反对，这一任命竟然全票通过了，达到了海川常委会历史上罕见的一致。

徐正在这两桩人事决议案中也都投了赞成票，虽然他并不了解许朝和余波这两个人，可他新接任代市长，正需要广交人脉，以便将来去掉头上的代字，所以也不会强逆众议来反对。

晚上，孙永应酬完回到家中，老婆过来接下了他的文件包，说：“小余来了，等你好长时间了。”

孙永心说这家伙消息倒灵通，常委会刚过，他就跑来了。

这时余波已经从客厅那里走了过来，满脸赔笑地说：“孙书记回来了。”

孙永面无表情地点了点头，说：“过来坐吧。”

余波跟着孙永到客厅坐了下来，孙永说：“我今天在常委会上可是把你说得跟花一样，你去了海西，要配合好许朝同志的工作，做出点成绩给大家看看。”

余波说：“我一定会努力，不辜负孙书记对我的期望。”

孙永说：“你知道这一点就好。好啦，我要休息了。”

孙永疲惫地靠在沙发上，他的心情并不轻松，余波的事情算是解决掉了，可是王妍的那件事情还头疼着呢。自从上次跟徐正提了一下海滨大道中段的土地开发之后，徐正就没再提起这个事情，几次想跟徐正坐下来好好说说这件事情，可是徐正这家伙这些日子一会儿北京一会儿广州的，一直抓不到人，弄得自己没有机会跟他细谈。可是王妍已经等得不耐烦了，几次打电话来催办这件事情，让孙永实在头大。

第二天的书记碰头会开过之后，孙永让徐正留一下笑着说："老徐啊，我上次跟你说的那块地的事情，你们市政府研究过了没有啊？"

徐正还真就这件事情跟李涛探讨过，他并不知道海滨大道中段那块地的具体情形。李涛就讲了那块地段的优美风景和保留下来对海川市民的重要性，当初见海滨大道之时，海川社会上就有一个共识，不要随意在海滨大道周边乱建一些建筑物，破坏海滨大道的整体和谐。李涛特别点出，如果拿出来开发成别墅，一定会引起海川广大市民的反感。徐正听进了心里，尤其是引起海川市民反感这一点让他最忌惮，他一个立足未稳的代市长，还不具备这种底气敢逆民意而上。

现在已经不是以往封闭的时代，民意已经不可轻视，尤其是网络媒体这么发达，如何能随便掌控？怕是到时候网上的反对声会铺天盖地，这可不是他一个代市长可以承受的。他目前只想多做几件让海川百姓高兴的事，好顺利转正。

因此徐正在跟李涛讨论之后，决定将孙永的要求放到一边不表态，让孙永自己知难而退。

没想到沉寂了一段时间之后，孙永还是没有忘记这件事情，又主动问了起来，徐正见无法逃避，笑笑说："孙书记，那个地段实在不合适开发别墅，你看是不是劝你朋友另选别的地方，我们市政府一定会尽量给他优惠的。"

孙永心中大约猜测到了会是这样一个答案，可还是有些不甘心，便说："可是我的朋友偏偏看中了这个地方，你们能不能想想办法。"

徐正没想到孙永会这么坚持，这有点令人反感，尤其是他本是就是一个强势人物，并不喜欢孙永插手应该属于他管辖的范围，他不想让孙永以为可以帮他做主，便严肃了起来，说："对不起，孙书记，这块地不行。"

孙永被直截了当的拒绝，心中十分恼火，可是他并不能真的拿徐正怎么样，便说："行啊，徐市长，你行。"便站了起来，走出了小会议室，狠狠地把门摔上了。

徐正冷笑了一声，收拾起东西也离开了小会议室。

孙永回到了办公室，冯舜跟着就走了进来，说："海益酒店的王妍找您。"

孙永刚才没发泄出去的怒火此刻再也难以控制住了，他将手中笔记本狠狠地摔到桌子上。

孙永没说什么，冯舜就出去了。冯舜出去后，孙永颓然坐了下来，他心里明白自己已经没办法完成王妍的委托了。

身在北京的吴雯忽然接到了王妍的电话，说孙书记已经把事情跟国土局的有关部门交代好了，要她马上赶回海川去，国土局要跟她签订土地转让合同。

吴雯就回了海川，王妍带了两名穿着国土局服装的人跟吴雯找来的专业人士一起里里外外把海滨大道中段的土地量了一个遍，量完之后，王妍拿出一份国土局已经盖好章的土地使用权合同给吴雯，让吴雯签名。

吴雯满心欢喜，在合同上盖了海雯置业的章。

王妍见吴雯盖好了章，笑着说："吴总，事情已经办了决定性的一步，你是不是可以再打点钱给我？"

吴雯愣了一下，她总感觉这件事情有点不太真实，便笑笑说："王姐，你放心，我们之间不是有合同在吗？只要你办好了，我一定会按照合同的约定给付你剩下的五百万的。"

王妍苦笑了一下，说："就不能先付一点吗？你知道我为了活动这个已经垫付了不少钱了。"

吴雯笑笑说："反正早晚我会给你，等我见到了土地使用权证，马上就付给你。"

王妍要把合同收走，吴雯说："王姐，你怎么要把合同都拿走啊？"

王妍笑笑说："这要拿回国土局去办手续的。"

两名国土局服装的人说："吴总，按照局里的规定是要先收回去的，等土地使用权证批下来，这合同也会返回给你一份的。"

吴雯看了看王妍，说："起码你们也该给我一份凭证吧，要不复印一份给我？”

王妍只好让吴雯去复印了一份，然后说：“吴总，你回去等着吧，土地使用权证一批下来，你把钱准备好，手续下来之后肯定是要先付转让金的。”

吴雯就回了北京，等着土地使用权手续批下来的那一天。

不觉就到了傅华结婚的前一天，晚上吃过晚饭之后，赵凯来到了笙篁雅舍的房子里，傅华已经住了进来，明天他将从这里出发去迎娶赵婷。

赵凯四处看了看，确保屋里没什么不妥当的了，就坐到了沙发上。

赵凯笑笑说：“傅华，现在心情怎么样啊？”

傅华笑了笑，说：“说不清楚，一种既兴奋又惶恐的感觉。”

俩人相视一笑，两个并无血缘关系的男人因为深爱着同一个女人，（当然这是不同的爱意，一个是对女儿，一个是对情人，）相互之间就有了一种浓浓的亲情。

赵凯拿出了一块翠绿的翡翠玉菩萨，递给了傅华，玉菩萨绿意欲滴，一看就是上等的翡翠雕成的，傅华接了过来笑着说：“谢谢叔叔啦，不过我一向不喜欢戴首饰的，我先收着吧。”

赵凯说：“结婚了你就是一个独立的成人了，遇到事情多考虑考虑，要知道你今后肩负的可是一个家庭，要照顾小婷，还有要照顾将来的孩子。这些话本来应该是你父母交待你的，现在他们不在了，就由我来交代你。希望你好好努力，做一个好丈夫，未来更要做一个好父亲，让你的父母在另一个世界里也可以放心。”

赵凯离开了，傅华坐在屋里心潮起伏。他和赵婷去登记的时候还没觉得怎么样，此刻即将举行婚礼了，心中竟然莫名的慌乱，心情久久不能平复。

第二天一早，驻京办和婚礼公司的人就来了，虽然傅华是新郎，是今天的主角，可他感觉自己更像一只木偶，一举一动都需要按照婚礼公司预定的程序去做。

在酒店里，喝过交杯酒之后，傅华赵婷去敬酒，客人来得很多，可以说是冠盖云集，除了驻京办的工作人员和少数几个傅华的同学和朋友，大多是赵凯生意上的伙伴和朋友。

郑老两口是坐在主桌上的，傅华和赵婷把他们当做自己的爷爷奶奶，郑莉给赵婷做了伴娘，她对傅华心淡了很多，现在已经成为了赵婷的闺蜜了。

傅华也曾邀请过曲炜，曲炜忙于工作，只是在电话上祝贺了他，并没有到场。丁江父子、伍奕也被邀请了，不过，傅华已经做好打算，会将二人的礼金稍稍象征性地收取一点，其余的璧还。

在赵凯邀请的客人中，傅华见到了百合集团的高丰，自曲炜调职之后，他还是第一次见到高丰。敬酒之后，傅华问起百合集团是跟海通客车的兼并谈判。

高丰笑笑说："谈判停了下来，你们海川市坚持要保留对海通客车的控制权，谈判就进入了僵局，加上曲炜市长调职，新市长态度不明，兼并谈判就彻底停了下来。我还想等傅主任忙完结婚，帮我再探探你们新市长的意图呢。"

傅华知道海通客车的状况决不会允许海川市政府拖延太长时间的，便笑笑说："你放心吧，海川市政府很快就会找您的。"

好容易忙活完酒宴，傅华累得仰躺在笙篁雅舍家里的床上，赵婷也累得一塌糊涂，说："结个婚还真累啊。"

傅华伸手将赵婷揽进了怀里，笑着说："你以为把我这样的帅哥占为己有是一件容易的事吗？"

傅华将赵婷抱紧了怀里，狠狠地亲了一下。赵婷挣扎着，无意中碰扯到了傅华带着的翡翠菩萨，没想到看上去系得很结实的红绳竟然断了，翡翠菩萨掉了下来，在床上顿了一下，掉到地上断成了两半。

傅华愣了一下，这是赵凯送他的礼物，没想到就这么毁了。

傅华笑着说："碎碎平安，这是一个喜兆。只是这是爸爸非让我戴的，回头你要帮我跟爸爸解释一下了。"

第二天醒过来的时候已经是上午十点钟了，快到中午的时候，手机响了起来。

傅华看了看，是吴雯的号码。

傅华笑着说："那块地进展如何？"

吴雯说："有眉目了，前几天我去海川跟国土局签了土地使用权合同了，现在就等着批准了。”

傅华愣了一下，他本身是随口一问，没想到吴雯竟然说真的将海滨大道那块地拿了下来，他有点不相信地说：“真的吗?”

吴雯笑着说：“当然是真的了，我们都跟国土局的人一起丈量过土地了。”

傅华还是不相信。

吴雯笑笑说：“你们的市委书记都亲自出马了，在海川还有什么办不成的事情啊?好啦，我打电话就是想给你道一声恭喜，不耽搁你们小两口甜蜜了，再见了。”

傅华挂了电话，心中十分困惑，他始终觉得吴雯说将地拿下来了不太可能。

王妍跟吴雯演了一场戏，让吴雯以为自己已经帮她拿到地了，暂时拖延了时间，可是危机并没有解除，她知道这样下去很快就会露馅，接连几天都打电话找孙永，她知道目前这个状况只有孙永能救她。

偏偏，王妍从冯舜那里得到的回复总是孙书记很忙，在开会，不能接电话。

王妍有些恼火，可是她并不敢拿孙永怎么样，她现在给外面人的印象是孙永在支持她，她可以找孙永办事，如果再像当初告曲炜那样把孙永告了，那她在海川地面上生存的基础就完全没有了，只有灰溜溜离开海川一条路了。

关键是，王妍回海川这几年已经把手头的钱折腾得差不多了，要离开海川，手头也已经没多少钱了，尤其是还欠着吴雯一百万呢，她根本就还不起了。

想来想去，王妍决定铤而走险。既然已经走上了一条不归路，那就索性走到底吧。

第三章 作风强势是把双刃剑，伤了别人也会伤自己

徐正对傅华心生芥蒂，对傅华引进的百合集团兼并本市亏损企业海通客车的提议也显得不冷不热。傅华再三向他催问对兼并项目的意见时，他很不屑地说，君利集团也有意兼并海通客车，政府正在进行全面评估。傅华认为君利集团根本没有兼并实力，很可能会弄巧成拙。

蜜月很快就度完了，傅华开始上班。一上班他就接到了高丰的电话，高丰的意思是，他现在很想恢复跟海川方面关于兼并海通客车的谈判，要傅华想办法帮他试探一下海川市政府的意思。

傅华推辞不过，就打了电话给李涛，讲明了高丰想要恢复谈判的意思，问市政府方面究竟是怎么想的。

李涛说："现在徐市长一门心思都在海川新机场和融宏集团第二期投资谈判方面，暂且还顾不上海通客车。这件事情可能还需要缓一缓。"

傅华笑笑说："那好吧，我告诉百合方面先等等吧。"

李涛说："你这么告诉他们，东海省里的君利集团目前也有意要兼并海通客车，我们市政府正在全面评估有哪一家兼并较好，所以暂且不能继续谈判了。"

傅华笑了，他很清楚所谓的君利集团的实力，这是一家相对于百合集团规模小很多的公司，如果说百合集团兼并海通客车尚且吃力的话，那君利集团就根本没这个兼并实力。李涛这么说，实际上是想摆出一副皇帝女不愁嫁的架势，提高海川市政府的要价实力。

傅华觉得李涛和海川市政府有点小瞧高丰的商业智慧了，他觉得高丰既然要兼并海通客车，必然会做多方面的评估，有没有公司接盘海通客车他们肯定很清楚，这点小伎俩肯定是瞒不过高丰的。

不过李涛既然这么吩咐了，傅华自然不便质疑，便笑笑说："好的，我会跟他说的。"

傅华忽然想起吴雯说她拿到海滨大道中段的事情，他始终觉得这件事情有问题，倒是可以跟李涛落实一下。

傅华问："李副市长，我刚听到一个消息，海滨大道中段那块地放出来了?"

李涛愣了一下，说："没有哇，你听谁瞎说的?"

傅华说："是我在海川一个做生意的朋友说的，难道这消息是假的吗?"

李涛很坚决地说："绝对是假的，关于那块地，前不久我和徐正同志还讨论过，徐正同志跟我是有共识的，绝对不能不顾海川广大市民的感受将地拿来开发，我们俩要为海川保留一块优美的风景。"

见李涛说得这么坚决，傅华知道这块土地要放出来的可能性已经没有了。

傅华开始感到困惑了，李涛说那块地不可能拿出来开发，可是吴雯说她已经跟国土局签了土地使用权转让合同，这其中一定有一个人搞错了，或者被骗了。李涛身为主管城建方面的常务副市长，这么重要的土地要被放出来，他显然是不可能不知道的，而吴雯是一个精明透顶的女人，她弄错的几率也不大，最大的可能是她被王妍骗了。

傅华对王妍的印象是很恶劣的，这个女人为了个人利益不惜把情人拉下马，实在是很残酷的，要说她可能为了自身的利益欺骗吴雯，他是深信不疑的。

傅华打了电话给吴雯说："我刚刚跟我们的常务副市长李涛通过电话，他说这块地不可能放出来开发，其中肯定有问题。"

吴雯愣了一下，旋即笑笑说："也许是你们的市委书记部署的，这个李涛并不知情呢?"

傅华说："一听就知道你不了解政府的运作规律，土地开发是政府的权限范围，常委副市长就是分管这个的，他怎么能不知情。"

俩人就约了一间咖啡屋，吴雯将合同的复印件给傅华看了，傅华认真地看了看，并看不出什么问题，就把合同放下来了。

吴雯一直盯着傅华，见他放下合同，问道："你看出问题了吗？"

傅华摇了摇头，说："我看不出什么来，反正这件事情有蹊跷。你们在什么地方签的这个合同？国土局？"

吴雯摇了摇头，说："不是，王妍拿来这合同是国土局已经盖好章的，我们在外面签的。"

傅华说："这么重要的合同应该在国土局里签订的，这一点就很可疑。"

吴雯说："也许这是孙永私下运作的，不怎么见得了光，所以就偷着拿到外面签订。"

傅华说："我觉得这王妍可能是在骗你的，这种土地转让合同完全是一种格式合同，随便人都可以搞到，至于国土局的公章，在街边花几个钱就有人能帮你刻，这份合同很难确定真假。"

吴雯吃惊地说："那可怎么办？"

傅华说："目前还好说，王妍并没有骗你多少钱，一旦她要你将土地转让款付清，那可是一大笔钱，你一定要谨慎，到时候你要到国土局核实一下，明白吗？"

吴雯点了点头，说："土地转让款是很大一笔钱啦，我是应该找国土局核实的。谢谢你了，傅华。"

傅华说："客气什么，如果当初没有你帮我，现在我也许已经不在这里了。"

傅华看着吴雯离开。之后，他摸出了手机打电话给高丰，把李涛的那套说法告诉了高丰。

高丰听完，笑了，说："看来海通客车成了香饽饽了，行啊，你告诉李副市长，什么时间海川想要开始谈判了，找我就好，他知道我电话的。"

傅华感觉李涛有弄巧成拙的可能，甚至这场兼并可能会破局，可他也没办法，便笑笑说："好的，我会跟他说一声的。"

一晃又过去了两个周，吴雯再次接到了王妍的电话，说土地所有的批复手续都已经办下来了，要她回海川办理后续事宜。

王妍突然办事办得这么麻利，不免让吴雯心生疑窦。加上傅华的提醒，她不免有所警觉。

不管怎么样，要先看到批复的文件再说。

回到了海川市，吴雯到海益酒店找到了王妍。王妍马上就把《关于海滨大道中段 D12567 土地开发的决定》、《对“海滨大道中段 D12567 宗地”的收复意见》、《关于海滨大道中段 D12567 土地转让合同生效的决定》、《关于海滨大道中段 D12567 上市公告的决议》等文件拿给了吴雯，说：“你看看吧，这是关于海滨大道中段土地开发的所有文件，拿到这些文件，交了土地转让金，这块地就是你的了。”

吴雯翻看着文件，从外表上她看不出有什么异常，这些文件一份份都是很正规的红头文件，文件号什么都有，她无法表示怀疑，可是她也不敢就这么相信。

吴雯想先把文件接下来，找机会验证一下再说，便笑笑说：“谢谢王姐了，没想到事情会办得这么顺利。”

王妍笑笑，说：“我跟你说过了，孙永书记出面了，海川的什么事情办不到？好了，这里是海川国土局的账号，你把合同约定的土地转让金全部打上去，就可以拿着文件办土地证了。”

吴雯看了看王妍，王妍心慌了，脸不自觉地抽动了一下，干笑着说：“我是希望这件事情早一点完成，我好拿到我的酬金。”

吴雯笑着接过了账号，说：“你就放心吧，只要我办好手续，答应你的酬劳一分都不会少的。”

吴雯离开海益酒店，马上就打了电话给在北京的傅华，说：“你要帮我一个忙了，你在国土局有熟人吗？我现在在海川，王妍给了我几份文件，说是海滨大道中段的土地批复下来了，要我付清土地转让金，好办理土地使用权证。我想找人验证一下这几份文件的真伪。”

傅华说：“好吧，我跟国土局的办公室主任钱港关系不错，我跟他说一下，你去找他吧。”

傅华就给吴雯联系了钱港，吴雯就带着文件去了国土局办公室。

钱港看了文件，马上就说：“这些文件都是假的，你从哪里弄来的？”

吴雯倒抽了一口凉气，心说幸亏傅华一再提醒自己王妍不可能把这件事情办成，否则如果真的相信王妍，把几千万打进她给的账户，可能就被王妍卷跑了。

钱港看了看吴雯，说：“我们最近一段时间根本没研究过要将海滨大道中段土地出让的事情，而且据我所知，以后也不会有这个出让的意向。”

吴雯离开了国土局，便打了电话给傅华，说：“傅华，真的被你说中了，我被骗了。”

傅华说：“那没别的办法了，你赶紧到刑警队报案吧，王妍这是诈骗。”

吴雯犹豫了，她意识到自己委托王妍办这件事情本身就不一定合法，便说：“傅华，你说这里面会不会有我什么责任呢？”

傅华说：“别管那么多了，先想办法把钱拿回来再说吧。”

吴雯这时又想到了王妍给她拷贝那份录像，这是一份秘密武器啊，可以以此为要挟逼迫王妍和孙永把钱全部给吐出来，不过把王妍送进监狱里去倒也没必要。吴雯想到这里，心神定了很多。

挂了傅华的电话，吴雯回到海益酒店。王妍见她这么快就回来了，愣了一下，说：“你这么快就把钱打进账户了？”

吴雯冷笑了一声，说：“我如果是把钱打进账户，你是不是就可以拿着钱跑路了？”

吴雯从包里把文件拿了出来，狠狠地摔倒王妍面前，冷笑了一声，说：“你这个把戏实在不高明，你想要付这么大一笔钱我能不事先验证就给你吗？”

王妍偷眼看了看吴雯，问：“既然已经被你拆穿了，你想怎么办吧？”

吴雯说：“本来我的朋友想让我举报到刑警队，说你诈骗，可是我考虑到大家都是女人，在这社会上立足也很不容易，没必要非逼你走绝路，我也不想把你怎么样，只要你把钱老老实实退出来，我可以当没这么回事。”

王妍松了一口气，赔笑说：“好的，好的，我一定尽快把钱退给你。”

吴雯说：“三天，三天如果你不能还给我，那我们刑警队见了。”

王妍苦笑着说：“吴总，你这不是要我的命吗？三天时间我上哪给你凑一百万啊？”

吴雯冷笑了一声，说："你别揣着明白装糊涂，钱你都送给了谁你不知道吗？别忘了你还给我了一份录像存证的，这么好的凑钱渠道你怎么不用呢？"

王妍说："我也没全部送给孙书记啊，钱被我花掉了一部分。"

吴雯笑着说："虽然没全部送给孙书记，可是你留下了录像，我相信孙书记为了赎回这份录像，一定会帮你想办法凑钱的。"

吴雯气哼哼地走了，王妍颓然瘫软在椅子上，浑身都没了气力，她原本预计吴雯会将钱打进她的账户，她就可以卷了钱逃跑，没想到吴雯技高一筹，没上她的当。

半天，王妍恢复了理智，吴雯说得对啊，她手头还握着送钱给孙永的录像呢，这可是一张王牌。

王妍又拨通了孙永的电话，又是冯舜接通了电话，冯舜开口就说："不好意思，王老板，孙书记正在开会，不方便接听你的电话。你是不是改个时间再打电话来？"

王妍冷笑了一声，说："冯秘啊，我不用改个时间再打电话了，你跟孙永说一声，不要以为躲着就没事了，我的钱他不能白拿的，我可是有证据的，聪明的话他就马上给我回电话，否则我会让他后悔莫及的。"

说完，王妍狠狠地将电话扣掉了，留着冯舜在电话那一边愣了半天。王妍这么一发狠，他倒不知道该如何去跟孙永汇报了，尤其是王妍提到了说孙永拿了她的钱，这可是一个领导最忌讳秘书知道的东西了。

冯舜又不敢隐瞒，王妍的语气很不善，如果事情闹大了，孙永出了状况，他这个秘书也是不能独善其身的。

想来想去，冯舜还是去了孙永的办公室，小心地说："孙书记，王妍又来了电话了。"

孙永头都没抬，不高兴地说："不是告诉过你王妍的电话我一概都不接吗？"

冯舜吞吞吐吐地说："这一次她有些不同，她说……"

冯舜说了半天，也没敢把王妍的话说出来。

孙永抬起了头，说："她说什么了，别吞吞吐吐的。"

冯舜说："她说您拿了她的钱不能白拿，她有证据，让您赶紧给她回电话，否则她就将让您后悔莫及。”

“啪”的一声，孙永满面怒容地狠狠拍了下桌子说：“胡说！谁拿她的钱了！我看这个女人真是疯了，我堂堂市委书记怎么会拿她的钱！这家伙咬了曲炜不说，现在还咬上了我了。”

孙永虽然声色俱厉，可是心中也在打鼓，他并不清楚王妍手中有什么证据，因此心中侥幸地认为王妍只是在虚张声势地恐吓他。自己已经这么长时间没见王妍了，如果有证据王妍早就拿出来了。

冯舜干笑了一下，说：“我知道孙书记一向很清廉，我怎么会相信她呢?”

说着冯舜就要转身离开，孙永这时说：“小冯啊，你先等等，再有王妍的电话你不要接了，她如果来找我，告诉门卫，不要放她进来，我不想再听到这个女人的任何情况了。”

王妍没有等来孙永的回电，再次拨打了孙永办公室的电话，对方却连接都不接，直接就挂掉。王妍顿时心凉透顶，她此时明白孙永是跟自己耍起无赖来了，这家伙根本就是想要赖掉自己送钱给他这一事实。

王妍心中越发愤愤不平，她也不甘心就这样被孙永扔到一边，便找到了市委。门卫给她登记之后打电话给孙永的秘书冯舜，冯舜说：“孙书记不想见到这个人，把她马上赶走。”

王妍心中气极，很想就在这市委大门口闹开，可是她也知道自己不干净，她还骗了吴雯一百万呢，如果就闹大了，孙永栽进去无所谓，自己也难免牵连着坐牢。她可不想坐牢，只好无奈地离开了。

回到海益酒店的王妍已经对孙永不抱希望了，她明白自己目前的处境恐怕只有跑路一条途径了。她原本就想在骗了吴雯的土地转让金之后逃跑，因此早做了一些准备。此刻万般眷恋地看了看一手创立的海益酒店，想想自己回海川这段时间的生活，顿时泪流满面。她有点懊悔，如果不去参与什么拿地活动，也许她和曲炜还甜甜蜜蜜地生活在海川呢，此番却要逃离海川，还不知道有没有机会再回来了。

真是自作孽啊。

当晚，在海益酒店送走了最后一批客人之后，王妍锁上了大门，开车消失在茫茫夜色中了。

海益酒店老板娘跑了的消息很快就在海川政坛传播开来，人们对这个当初告倒曲炜的女人并没有什么好印象，在猜测她跑路原因的同时，也对这个女人的遭遇有些幸灾乐祸。

冯舜很快就知道了这个消息，赶紧汇报给了孙永。孙永听了有些意外，他还以为王妍会跟他纠缠些时日，没想到她这么快就离开了海川。是不是有什么特殊原因呢？这是很让孙永困惑的地方。另一方面，孙永心里也放下了一块石头。

吴雯知道这个消息就比较晚了，她是快到三天期限的时候经过海益酒店的，见海益酒店大门上锁，她马上意识到王妍跑掉了，下了车一问周围的人，果然。她有些后悔，不该没有听傅华的话，赶紧收拾了相关资料，去海川公安局报了警。

刑警队给吴雯做了笔录，接收了相关证据，便说会展开相关调查，要吴雯回去等候。至于吴雯手头掌握的关于王妍行贿孙永的录像，她并没有提供给海川警方，一来她感觉这是在海川地面上，孙永完全掌控局势，如果贸然递上去，有可能被孙永的人想办法湮灭证据，并且受到打击报复；二是吴雯也不清楚自己在这种事情中是否有违规的行为，如果递上录像，说不定反而会证实她对王妍行贿是知情的，甚至是背后的指使者，那样说不定她也要承担责任。

综合这些因素，吴雯隐瞒了这份录像。

孙永私下里也在密切关注海益酒店和王妍的后续情况，从公安局了解到吴雯举报的情况之后，他才明白王妍为什么这么快就逃离了海川。原来王妍为了骗取钱财，竟然不惜伪造公文，被识破之后才不得不仓皇逃窜。弄明白了这一点之后，孙永放心了，看来王妍当初那么急找自己是想让自己退钱给他，在不能得到回复之后，只好逃离。他可不知道王妍之所以没揭发行贿他的事实，倒并不是因为没掌握证据，而是王妍怕自己也跑不掉。

傅华是在跟海川一个朋友聊天后得知这一消息的，之后他第一时间打电话给吴雯，询问吴雯有没有追回那一百万。吴雯叹了一口气：“谁知道王妍跑得这么快，这笔钱怕是要损失了。”

傅华很奇怪地问道："我不是跟你说要马上报警吗？你为什么当时不去报警呢？"

吴雯苦笑了一下，说："我是不想把王妍直接送进监狱里去，哎，一念之仁。"

吴雯还是隐瞒了王妍向孙永行贿录像这件事情，确实，即使揭发孙永，顶多也就是坏了孙永的前程，对损失没有丝毫弥补的可能，吴雯也只好暂时忍下这口气，徐图后计。

傅华刚挂了电话，办公室的门就被推开了，伍奕走了进来，笑着说："傅老弟，你这个人不仗义啊，我就随了一点礼金而已，你还给我退了一大半回来。"

傅华笑笑说："你的礼金也太过丰厚了，我可不敢承受。"

伍奕摇了摇头，说："反正你这个人就是不实在。"

傅华笑笑，说："你就说你来找我干什么吧。"

伍奕说："我找你啊，是想你跟我跑一趟香港，带着弟妹一起去吧，费用我全给你们包了，当我给你们补办一次蜜月旅行。"

傅华笑笑说："你是要去跑你的股票香港上市的事情吧？"

伍奕点了点头，说："我香港的朋友帮我约了一个金牌经纪，原本想跟董律师一起去看看，可是董律师说他有事无法分身，让我自己过去先跟对方谈一下。我一个大老粗办这种事情没经验，就想请你陪我一起过去走一趟。"

傅华笑笑说："这方面我也没经验的。"

伍奕说："你就陪我一起去吧，你总比我读的书多吧。"

傅华说："你先跟我说说这一次要去见的人是谁吧？"

伍奕说："是一个叫江宇的香港人，五十多岁，做过多年的证券业务，在股市上有翻云覆雨的能力，他发家就是操作了几家仙股公司，经过重组和注资，转手售出谋取了暴利，成了亿万富翁。我在香港的一个朋友跟他关系特别铁，此次我托朋友帮我寻找证券经纪，他就给我推荐了这个江宇。"

傅华对这样一个人物也很感兴趣，一个人能累积起亿万资金，说明其有足够的智慧。

香港，海景酒店位处荃湾宁静的海滨旁，酒店是两座相连的大厦，两座大厦是以一道底部由玻璃制造的桥梁连接。酒店号称拥有全港最大最高的酒店大堂，大堂装潢格外富丽堂皇，墙灯还有随着时间而改变颜色的功能，让傅华感到很有意思。进了酒店房间，迎面就是维多利亚海港全景，可以俯瞰大帽山蓝巴勒海峡等怡人美景，十分的赏心悦目。

伍奕所说的这个江宇，傅华已经搜集了一些资料。这确实是一个厉害的角色。最经典的是一个操作仙股公司的例子：他用了几十万吸收筹码，然后经过闪转腾挪，不但救活了一家公司，几年后更是获利三个多亿港币，简直是创造了香港股市上的一个奇迹。江宇也因此一战成名，奠定了他在香港证券市场独特的地位。

晚上九点，伍奕的朋友香港丽鑫集团的罗董到了海景酒店，接伍奕和傅华去夜总会。罗董也是五十多岁，他的祖父是解放前去香港发展的东海人，通常国人到一个远离家乡的地方，都是会先跟自己家乡出来的凑到一起，伍奕也不例外，他到香港也是先找到了东海的同乡。

到了富都夜总会，前台小姐认识罗董，笑着说："江董已经来了，在贵宾室等着呢。"

一行人就进了 VIP 包房，一个很雄壮的五十多岁的男子已经在包房里了，见他们进来，赶忙站了起来，笑着说："罗董，这就是你说的朋友?"

罗董笑着："这位是伍奕伍董，东海省海川市山祥集团的董事长，这位是傅华，海川市的驻京办主任。这位是江宇江董，德记证券的董事长。"

江宇就跟伍奕和傅华握了握手："欢迎两位到香港来做客。"

傅华上下打量了一下江宇，江宇头发微卷，戴一副黑框眼镜，很平常，甚至略有些猥琐，但是在房间暧昧不清的灯光下，江宇的一双眼睛却在眼镜后面显得分外锐利，提醒着傅华他是一个不可小觑的人物。

江宇说："伍董的事情，老罗已经跟我说了，时机赶得很巧，我最近正好看上了一家仙股公司，是一个很好的壳资源，倒是可以跟伍董合作一把。"

伍奕说："如何合作还要请教江董。"

江宇说："说起来简单，就是先用现金取得控股权，然后采用不断供股的方式进一步控股。在取得公司绝对控制权后，通过购买或者兼并方式把你内地的产业置于到上市公司中去，一举达到你公司上市的目的。”

傅华有点不明白，问道：“请问江董什么是供股？”

江宇笑笑说：“你们是内地过来的，对香港的证券制度不熟悉。所谓供股，是上市公司董事会受股东大会之命，定向增发已发行总股本百分之二十之内的新股份，该权力使公司实际控制人可以不断增持股份而巩固控制权，该股份的发行定价，原则上以当时该公司股票市场交易价为准，可以略微溢价或折让。这是香港并购高手惯用的一种策略。”

伍奕说：“那么江董，我在这其中需要做什么？”

江宇说：“取得控制权的现金部分需要伍董支付，再是内地恐怕对外资购买兼并你的矿业集团方面可能有所限制，这个伍董必须能够确保这部分资产能够注入上市公司，否则，没有新的资产注入，你买到的壳是没用的，你的企图还是无法实现。”

伍奕说：“我明白了，江董的大概意图是我们先用资金掌握控制权，然后利用控制权增发公司的股份，由于这种增发是定向的，而且是可以低价折让的，可以用很少的代价摊薄其他股东的权益。然后再通过购买方式把资产注入，一方面可以回收一部分资金，另一方面也改变了公司的基本面，实现了公司股票的增值。”

江宇被说得愣了一下，他看了看罗董，说：“老罗，你跟我说伍董没读过什么书，没骗我吧？”

罗董笑了，说：“我骗你干什么？不信你问伍董自己。”

伍奕笑了，说：“我没念什么书，不代表我就是个笨蛋啊。”

江宇哈哈大笑，说：“对，对，想来伍董能把山祥矿业运作这么大，自有一定的头脑。好，我喜欢跟聪明人合作，伍董，我们来好好合作一把，香港遍地都是黄金，让我们赚个盘满钵满吧。”

罗董就给众人倒上了酒，说：“来我们喝一个，预祝伍董和江董合作愉快。”

众人碰了一下杯，各自抿了一口。

傅华放下酒杯，笑着说：“江董，我可能插这句话不合适，不过我觉得还是丑话说在前面比较好。”

江宇说："你要说什么就说吧。做生意是要把丑话说在前面，不要最后闹得不愉快。"

傅华说："我就是想问一下你这一套操作手法合法吗？我们可不想上市后面对一大堆的麻烦。"

江宇呵呵大笑了起来，拍着傅华的肩膀说："小老弟啊，你以为这是内地吗？这里是香港，你稍稍违规一点，商业罪案调查科就会找上门来的，我可不想承担违法的后果。"

罗董笑笑说："傅老弟，你不明白，香港的经济是很自由的，它就是以自由的经济体系和完善的法律制度闻名于世的。只要法律不禁止，它就是被允许的。江董这么做并没有违背香港政府任何一条法律规定，所以他并不违法。"

江宇笑笑说："在这里违法的成本是很高的，政府可能罚得你倾家荡产。我虽然这么大年纪了，可是股票市场的守则条例，我背得滚瓜烂熟。可能很多人认为我是一个专门利用灰色地带或者专门钻法律空隙赚钱的人，但是我在道德上丝毫不感到内疚，因为我完全依据游戏规则办事。股票市场无疑是一将功成万骨枯，但投资者都知道这像赌钱一样，有人输，有人赢，我承认在股票市场赚了很多钱，可我赚的都是见得光的钱。"

傅华笑笑说："看来是我多虑了。"

江宇笑笑说："无所谓了，话说开就好了。伍董，你如果决定要这么做，你到我们公司来，我们再敲定相关的细节。"

伍奕说："行，我和江董就合作这一把了。"

第二天吃过早茶之后，伍奕就被江宇派人接去了公司，伍奕临走前说让傅华没事去中环逛一逛，那里是香港的中心地带，香港著名的几栋地标性建筑都在中环，那里名牌云集，是最繁华的购物之地。

傅华对购物没有什么兴趣，但对香港的地标性建筑却是很感兴趣，尤其是著名的中国银行大厦。傅华问了去中银大厦的行进路线，便坐上了地铁。之后，他在中环站下来，上到皇后像广场，皇后像广场的旁边便是立法会大厦；背对皇后像广场的便是汇丰银行大厦。这里拥有世界最长的独立无支柱电动扶梯。汇丰银行大楼的底楼是开放式的，没几根柱子，整幢汇丰银行大楼的外观丰富多变，与传统的摩天楼迥然不同。八组参差的组合柱，仿佛有贯穿苍穹的气派，使人联想到哥特式的建筑，而对称的格局，又让它显得庄重典雅。到底是一家百年银行，到处流溢着浓厚的古典主义的味道；简单优雅的风范与重技派风范的背后，亦不缺乏新颖灵活的结构理念，不愧为世界上最好的银行大厦之一。

汇丰银行往东，便是中国银行大厦。中银大厦是中国银行香港总部所在地，建筑设计是出自华人建筑大师贝聿铭的手笔。他设计的中银大厦就像一根竹子，寓意中国银行节节上升。而此大厦顶端的三角几何形状，就好比一个一个蓝色的水晶叠在一起。

傅华登上了中银大厦四十三层的免费观景台，俯瞰香港中环的美景。

傅华对中国传统文化很感兴趣，他听过很多关于中银大厦的风水传说，有人说中银大厦顶端的三角有如一张张锋利的镰刀向外挥舞，对邻近的大厦以至前港督府具有很强的威慑力，因此中银大厦附近的建筑物都有一些风水方面的设计，比如李嘉诚的长江集团中心及万国宝通银行大厦的外形，长江集团中心有如一个身穿金属保护衣的铁甲人，而万国宝通银行大厦则似一个拿着巨型盾牌的武士。

更有趣的是前港督府。当时的港督卫弈信虽然是英国人，却也入乡随俗，在港督府对面中银大厦前种了六棵柳树，据说是风水师的指点，可以以木克金，化解中银大厦的杀气。

因为这个风水之争，甚至当年还有一段外交轶事。据说驻英大使冀朝铸夫妇回国休假路过香港，香港总督卫奕信爵士夫妇设宴招待。晚饭后，港督夫妇陪大使夫妻俩到花园里散步。港督说，中国银行的大楼像一把刀一样对着我们，因此，我们种了几棵树挡住那把刀。大使夫人汪向同半开玩笑地对卫奕信说，那不是一把刀，那是一枚古钱（战国时期的刀币），你们这样做是把中国的钱给挡住了。此番话语一语双关，无形中化解了某种敌意，也让卫奕信领教了中国外交官的智慧。

风水之争见仁见智，傅华站在中银观景台上，看到几处大厦各自勾心斗角的设计，不免感到十分的有趣。

看过了中银大厦，傅华又在中环转了一下，各种顶尖名牌琳琅满目，让人目不暇接，他转了半天，给赵婷买了一瓶名牌香水就打道回府了。

刚回到酒店，傅华就接到了伍奕的电话，说是让他在酒店等着，他和江宇来接他晚上去赌船玩一下。

很快，伍奕和江宇就过来了，接了傅华就去了天星码头。在天星码头，一艘驳船把三人送上了一艘大油轮：天皇星号。

赌船真可谓是一个小型的娱乐总汇。什么中西餐厅啦，娱乐场所啦，卡拉 OK 夜总会啦，桑拿浴室啦，按摩房啦，美容中心啦，免税店啦，等等，应有尽有。船上的服务员都认识江宇，很快就将伍奕和傅华的上船手续办好了，将三人领进了贵宾房。

江宇点了一些饭菜，三人便坐下来吃。江宇笑着问傅华："小老弟今天都做什么了？"

傅华笑着说："我去看了看中银大厦。"

江宇说："中银大厦有什么好看的？"

傅华说："我觉得中银大厦的风水设计很有意思啊，这一攻一防很有中国文化的风味。"

江宇摇了摇头，说："其实，很多人都误会了贝聿铭，他们觉得那个中银大厦是有风水设计的，那么设计是有意向港督府示威，实际上香港的一些风水名师都认为中银大厦最欠缺的就是风水设计。这可能与贝聿铭的西方教育出身有关，他脑海里并没有中国的风水观念。所以中银大厦很符合西方建筑几何学上的审美观，可是并不符合中国风水学说。"

傅华愣了一下说："这种说法我倒还是第一次听说。"

江宇笑笑说："其实风水是与中国文化密切相关的，小老弟你说中国文化最讲究什么？"

傅华想了想，说："中庸和谐吧？"

江宇笑着说："对呀，中庸之道是我们民族文化的根本，奉行的是人不犯我，我不犯人，中国人喜欢同化别人，而不是硬硬地去攻击别人。就像中银大厦这样张扬的，弄得像几把刀砍向周围建筑的，哪里符合我们传统的中庸之道了？"

傅华笑笑说："这倒也是。"

江宇说："中银大厦这么一搞，搞得四邻都不安，据说汇丰银行更是在楼顶按了几门大炮，炮口直冲中银大厦，生生要把中银的杀气顶回去。周围其他大厦也都做了一些回击，这些对中银大厦也是不好的。"

傅华笑着说："也是，杀气被返了回来，对自身也是不利的。"

江宇说："有风水师说那个楼顶的三角形设计也是有问题的，尖尖的三角并不稳定，象征着中银香港的高层坐不稳江山。呵呵，当然这也是一家之说。"

三人谈谈笑笑，不觉就到了九点钟，江宇笑着问傅华："小老弟，会玩百家乐吗？"

傅华笑着摇了摇头，说："电影里看过，倒没玩过。"

江宇笑笑说："其实不玩也不错，赌钱都是十赌九输的。"

傅华笑着说："很多人知道赌钱十赌九输，可还是控制不住自己。不知道江董玩这个是输还是赢啊？"

江宇笑了，说："小老弟，你想说我可能也是输家对吧？呵呵，你猜错了，跟你说，我是十赌九输中的那个一，我可是赢家。"

傅华笑着问："那江董是有什么诀窍吗？"

江宇笑笑说："其实还真是有诀窍，赌其实跟你炒股票是一样的，知道什么时候应该停手才是高手。好啦，我看过黄历，今天是旺日，我可要大战一场了。"

小姐给江宇和伍奕换了筹码，伍奕拿了一叠筹码放到了傅华面前。

于是傅华也拿着筹码到百家乐台前坐下，这里是贵宾房，单独为江宇开了一台百家乐。伍奕以前就上过赌船，对百家乐怎么赌很清楚。傅华并不懂百家乐的玩法，前几把只是坐在旁边看。

傅华慢慢也看出了一点门道，知道百家乐基本上就是庄家给玩家和自己各发两张牌，谁的接近九，谁就是赢家。

江宇似乎赌得很小心，下注的筹码不是很多，但手风很顺，几把下来，他面前已经小赢了一些。

傅华忍不住也有些手痒，便试着跟江宇一起下注。由于手风很顺，江宇下注开始大了起来。他下注很有特点，只赌庄和闲，从不赌和，这有点一定要分出胜负的意思，倒是很符合他勇于搏杀的特点。傅华只是跟着江宇，随便扔几个筹码，是个参与的意思。

几个小时之后，江宇面前的筹码已经增加了很多。傅华跟着他赌，也是小有斩获，只有伍奕输掉了不少。

江宇打了一个哈欠，看了看傅华和伍奕说："我有些困了，两位还要继续吗?"

傅华本来就是跟着随便玩玩的，因此笑笑说："我也有些困了，不玩了吧?"

伍奕输了不少的钱，有些不想放弃的意思，傅华笑着把自己面前的筹码推给了他。

伍奕笑笑说："你赢了应该算你的，别推到我这里来。"

傅华说："这本来就是你的筹码，你收回去就是了。"

江宇笑着说："伍董啊，这位小老弟看来并不在乎这点钱，你收回去吧。"

结算筹码，服务员就问江宇要不要去休息一下，江宇看了看时间说："算了，再有两小时就是船靠岸的时间了，我们上甲板吹吹风吧。"

三人上了甲板。茫茫大海四边都望不到边，海风呼呼地吹，带海水咸味的海风拂面，让傅华感受到一阵清爽的感觉。

江宇深吸了一口海风，笑着对傅华说："小老弟，你不错嘛，懂得跟着赢家下注，而且竟然不为赌场所惑，能够说收手就收手。你这个状态很具备成为赌场赢家的资质。"

傅华笑笑说："其实我是跟着江董走的，我倒是真的佩服江董，你赢了那么多还能及时收手。"

江宇呵呵笑笑，说："在赌场里，不知道什么时间该离开是赌客最大的弱点，你看赌场里通宵灯火通明，亮如白昼，就是不想给赌客时间感。股市上有句名言，知道什么时间进场是徒弟，知道什么时间出来才是师傅，赌场也是一样。其实每次我进赌场，都是给自己预设目标的，赢到或者输到多少，我自己就会逼自己收手。今天赢到了五百万，达到了我预定的目标了，而且我的头脑已经有点昏沉，无法再算计得很清楚，所以马上就收手。"

伍奕问道："江董，你说这百家乐能够计算？"

江宇笑笑说："自然了，你可以记牌的。伍董，你如果只是把百家乐当做一种玩乐的游戏，那你很难赢到钱的。实际上高手是可以计算大致输赢概率的，只有赢的概率很高他们才出手。"

伍奕笑笑说："这一点我还真是做不到。"

傅华看着江宇，心中暗自钦佩，看来一个人能够成功真是有其独到之处的。

远处天际间，升起了一道红红的抛物线。这线闪着金光一直往上冲，转瞬间太阳飞跃而出，万点霞光洒在大海上，绚烂多彩，蔚为壮观。

江宇笑笑说："我就喜欢在船上看日出，真是令人心情舒畅。"

傅华笑着说："尤其是在赢钱之后吧。"

江宇笑得越发开心说："当然。"

这时，一个四十多岁的中年男人走上了甲板，笑着说："江董心情舒畅了，看来这一次又斩获不少了啊。"

江宇回头看了看中年男子，笑了，说："怎么，吕董心疼了？"

中年男人笑着说："当然是有点心疼，如果每个人都像江董这么赢了就走，我这赌船怕是要开不下去了。"

江宇笑了起来，说："吕董，你这话说得真是没意思，谁不知道你这里每天都日进斗金，财源滚滚啊。你如果开不下去了，转手给我好了。"

中年男人笑着说："那是，幸亏没人能够做到像江董这么有数，我还能稍有赚头。这两位是你朋友？"

江宇笑着说："大陆来的两位朋友，来我给你们介绍：这位是东海省山祥矿业集团的董事长伍奕先生，这位是东海省海川市的傅华先生。这位是吕鑫吕董，是我们脚下站着的这条船的东主。"

江宇怕傅华介意显露他官员的身份，因此只是介绍了他的名字，并没有介绍他是做什么的。

吕鑫笑着跟伍奕和傅华握手，一边把名片递给了俩人，说："感谢两位光临我这条小船，日后两位再有机会登船，有什么事情可以跟我联系，江董的朋友就是我的朋友。"

几个人又聊了一会儿，就下去一起吃了早餐。此刻，船已经开回了香港海域，江宇、傅华和伍奕就下了船，江宇将二人送回了海景酒店就离开了。

傅华和伍奕回了房间，傅华问道："忙活了半天，你们都谈好了吗?"

伍奕点了点头，说："谈好了，整个情形我大致上都明白了。对了，你觉得这个江宇怎么样?"

傅华笑笑说："很知进退的一个人。关键不在我对他的印象如何，是你觉得他可信吗?"

伍奕笑笑说："我觉得还行，尤其是罗董跟我说江宇这个人是很讲信誉的。"

傅华说："这么说你决定要做了?"

伍奕说："对，我决定要做了。"

北京，吴雯和一个五十多岁的男人坐在一起看录像。画面上清楚地显示着王妍将钱塞给了孙永，并要求孙永帮忙协调拿地。孙永一脸笑意，满口应承着。

男人看到这里，摇了摇头说："古人说盗亦有道，做什么都有其必须遵守的伦理。现在这些官员是怎么了，你拿了钱就应该帮人办事，或者你办不到就老老实实把钱退出来，这家伙竟然拿了钱还会对人家的事情置之不理，真是混账。"

原来这五十多岁的男子就是吴雯的干爹，他看了吴雯一眼，说："看来这个家伙确实办不到你想要做的事情，不然的话也不能收了钱不办事。"

吴雯说："那您说我要不要将这盘录像交出去?"

干爹想了想说："这家伙一点道义都不讲，我们是不敢跟他合作的，录像带虽然对我们没有利用价值，可也不能经我们的手交出去。"

吴雯看了看干爹，说："干爹，我们不能用这个胁迫孙永帮我们办事吗?起码我们可以胁迫他将我们的钱退回来。"

干爹摇了摇头，说："关键你现在并不明确逃走的王妍对这盘录像持什么态度，如果你用了这盘录像胁迫了孙永，而王妍又将孙永揭发了出来，那就将我们也牵连进了这个乱局中，怕是到时候得不偿失啊。"

吴雯说："那索性揭发他算了，为什么您说我们还不能交出这盘录像带？"

干爹笑笑说："你以后还要在海川地面上活动，如果官员们都知道你揭发了孙永，谁还跟你谈合作啊？"

吴雯知道干爹社会阅历丰富，他这么说自有他的道理，就说："那就先便宜孙永这家伙吧。干爹，您说让我回来商量海雯置业的发展，您有什么想法吗？"

干爹看了看吴雯，说："小雯，这件事情没让你觉得自己做事有问题吗？"

吴雯苦笑了一下，说："干爹，我知道让公司损失一百万是我的错，我愿意承担这个损失。"

干爹呵呵笑了，说："你觉得我是在乎这一百万的人吗？这一百万是为了公司的发展付出的，不需要你个人承担。但是你有没有思考一下，这件事情你错在哪里？"

吴雯想了想说："我错在不该这么信任王妍，我把全部希望都寄托在这个女人身上，才导致最终的失败。"

干爹摇了摇头，说："不对，你还是没找到问题的根源。要我说，你错在明知不可为而为之。"

吴雯说："我不过就是想做出一点成绩给别人看看嘛，难道这也错了？"

干爹说："是错了，而且是大错特错，你这是犯了商家大忌知道吗？一个聪明的商人要懂得顺势而为，而不是逆势而上。这件事情那个傅华明明跟你说做不到，你还偏偏强要做到，结果怎么样呢？"

吴雯低下了头，说："我当时生气傅华不肯帮我的忙，有点赌气了。"

干爹说："你这一赌气可好，一百万没了。"

吴雯说："这一次我知道自己做错了。"

干爹说："你如果真要在海川做出一番事业来，光有那一点钱肯定是不行的，你知道你目前最欠缺的是什么吗？"

吴雯问："是什么？"

干爹说："你最欠缺的是人脉。你虽然是海川人，可是你的父母都是底层的小市民，他们的社会关系是不能帮到你什么的。至于傅华，他虽然在海川有一定的社会关系，可是他的社会关系都是以曲炜为核心建立的，曲炜一离开，他的那些关系也无法在海川呼风唤雨了。现在傅华的工作重心已经迁移到了北京，在海川有些隔靴搔痒，难以掌控，你想借用他的关系网，怕也很难达到你的企图。你目前最需要的是建立自己的人脉，只有你自己的人脉才能真心地帮助你。”

吴雯点了点头，说：“干爹，您说得太对了，我原本想借用傅华的关系开展我的业务，没想到他虽然帮我介绍了市长秘书余波，可是他对我并没有什么用处，只能帮我一点小忙，看来我开始就想错了。”

干爹笑了笑说：“你目前在海川的状态就像一株没根的浮萍，可以说任何人都能撼动你。你想要凭自己在海川打一番天下，这本身是好的，可惜你没考虑到环境因素，即使那里是你的家乡，没有根基你也是寸步难行的。”

吴雯看了看干爹，说：“那您说我应该怎么做？”

干爹说：“你也别急着一下子就去做什么惊天动地的大事了，还是先扎扎实实扎下根基再说。我替你考虑过了，海川市西郊有一座西岭宾馆，背山面海，风景优美秀丽，是一个很好的避暑胜地，可是最近几年经营得并不好，我想你去承包下来，作为你在海川建立人脉的基地。”

吴雯说：“您让我经营宾馆？我能行吗？”

干爹说：“我跟你这么说就是有了一定的打算的。西岭宾馆隶属于东海省人事厅，是他们的干部培训基地，我跟他们的厅长周铁关系还可以，这件事情我们大致谈过，周铁原则上同意了。”

吴雯看了看干爹，说：“原来干爹您早就做了筹划了。”

干爹说：“我原本想让你放开手脚自己去折腾一番，可目前看来，你选的路有点不太对。我帮你筹划这个，也是给你建立一个跟海川政商两界接触的平台，希望你能有所作为。”

在香港休息了一天，傅华和伍奕就匆匆告别江宇和罗董，回了北京。傅华有工作要做，伍奕也想跟董律师汇报一下。

董律师听完了伍奕所说的情况，说：“可以进行操作了，你先按照江宇的要求注册离岸公司吧。”

于是伍奕就去找了董律师推荐的一家代理公司，开始办理离岸公司的注册手续。

所谓“离岸公司”，是指凡是在原居住地以外注册成立的公司，一般可统称为海外离岸公司。非当地居民在英属维尔京群岛、纽埃岛、塞舌尔群岛、马绍尔群岛、巴哈马群岛、巴拿马及开曼等这些岛国或地区注册的公司，都属于这一类别。

以上这些国家和地区有许多曾是英国的殖民地，在很大基础上保留了英国的法律体系和司法制度，当地政府又以法律手段制订并培育出一些特别宽松的经济区域，允许国际人士在其领土上成立国际贸易业务公司，对这类公司没有任何税收，只收取少量的年度管理费。同时，所有的国际大银行都承认这类公司，为其设立银行账号及财务运作提供方便。通常情况下，这类地区和国家与世界发达国家有很好的贸易关系。无论在上述任何一个国家或地区注册的海外离岸公司，均具有高度的保密性、减轻税务负担、无外汇管制三大特点，因而吸引很多商家与投资者选择海外离岸公司的发展模式。

伍奕在代理公司讲明了自己的要求，付清了代理费，注册程序就开始了。经过十个工作日，他就拿到了在开曼群岛注册的公司所有相关的手续。这个速度让伍奕感到十分惊讶，他对傅华说：“我还以为他们一定会找这样那样麻烦拖延时日，没想到竟然说到做到，说十个工作日就十个工作日，一天都不拖延！你还真得服老外这种工作效率。”

傅华笑了：“这都是些小国，他们是要靠这种注册赚钱的，拖延是他们自己的损失。”

伍奕也笑了：“真该让国内有关部门也靠注册企业收费吃饭，那样他们的速度就会加快了。”

傅华笑着说：“真要那个样子，怕收费也收得你怕了。”

伍奕说：“那倒也是。我就离开北京了，要回去海川筹措启动收购的资金。你没什么事情要我去办的吧?”

傅华笑笑说：“我没什么事情，祝你收购成功吧。”

此时，吴雯已经回了海川，正坐在海川西岭宾馆总经理的办公室里。西岭宾馆的总经理叫王华，是一个四十出头瘦高个子的男子。他倒好了茶，递给了吴雯，说：“吴总，你们公司的情况周厅长已经讲了。厅里面现在有意把干部培训基地和宾馆业务分开了，把宾馆业务交给社会去办，贵公司既然有意接手，真是太好不过了。”

吴雯笑笑说：“周厅长把这件事情跟我们公司的刘董谈过，刘董觉得我是海川人，熟悉情况，不妨把宾馆接手过来好好经营下。”

王华看了看吴雯，笑着说：“没想到吴总还是海川人，想不到海川还有这么美丽能干的人才啊，那日后宾馆就拜托吴总了。”

客套话说完，王华就领着吴雯参观了宾馆，这所宾馆当初是人事厅花费了很大一笔资金建起来的，资金充裕加上又是政府部门的投资，各方面的基础设施都选材精良，吴雯看了看，知道只要简单收拾一番就可以重新开始营业了。

王华有些遗憾地说：“这个宾馆设施精良，风景优美，唯一可惜的是有点偏，厅里也不重视，所以这些年经营方面都差强人意，希望吴总能够好好经营，让我们宾馆焕发生机。”

吴雯笑笑说：“王总客气啦，以后我们就是一家人了，我相信只要我们同心合力，一定会把这个宾馆经营好的。”

基本的条件实际上吴雯的干爹和周铁事先已经大致谈过，吴雯和王华落实了一下细节，就签订了承包合同，王华随即将宾馆的经营权移交给了吴雯。

吴雯就投入资金将宾馆各方面的设施进行了简单修缮，更换了一些看上去已经有些旧了的地毯之类的外表上的设施，清洗粉刷了宾馆的外墙和玻璃，招聘和培训了一批年轻漂亮的服务员，让宾馆有一种焕然一新的感觉。吴雯又将西岭宾馆的厨师做了更换，客人到宾馆来，住只是一方面，吃也很重要，没有好的厨师也是无法留住客人的。

做好了这一切，吴雯要西岭宾馆重新开张了。她把情况跟身在北京的干爹作了汇报，干爹听完之后说：“这一次你要做得高调一点，回头我跟周铁通个电话，让他出席西岭宾馆的重张典礼，然后你就以周铁要出席为名义，邀请孙永和徐正出席，把这一场典礼给我办得风风光光的。”

吴雯说：“好的，我一定好好安排。”

干爹想了想说：“这些还不够，到时候你以海雯置业的名义向海川市慈善基金会捐款一百万，用于扶助下岗职工再就业，把这个捐款和重张典礼一起举办，要一下子就让海川人知道你。”

吴雯于是主动找到海川市慈善基金会，把捐款的意图做了说明，表示海雯置业为了庆祝西岭宾馆重张，愿意捐款一百万用于扶助下岗职工的再就业。慈善基金会的工作人员十分高兴，双方商定了捐款仪式的举行方式。不久，人事厅就通知海川人事局和西岭宾馆，厅长周铁要来参加西岭宾馆重张和海雯置业捐款的典礼。海川市人事局听到厅长要到海川来，自然不敢怠慢，连忙把情况跟孙永和徐正作了汇报，并邀请他们出席重张和捐款仪式。孙永和徐正清楚自己同级的官员到了海川，惯例上是要出面招待的，也都答应了出席典礼。

只是孙永听到海雯置业这个名字的时候，心里有些打鼓，他并不清楚海雯置业的老板吴雯对当初王妍找自己拿地的事情究竟知道多少内情，他有些担心吴雯知道王妍给自己送钱的事情。不过随即他想到王妍逃离海川已经有些时日了，没有了这个当事人，吴雯就是知道什么也无法对证，他的担心就烟消云散了。

布置好这一切之后，吴雯打了电话给傅华，把自己承包了西岭宾馆的事向他做了通报。傅华听完，心里为吴雯感到十分高兴，他觉得吴雯总算开始走上经营的正轨了，虽然跟如当初设想要做别墅有些差别。

傅华笑笑说：“祝贺你啊，希望你生意兴隆。”

吴雯笑着说：“你帮我邀请一下你在海川的朋友，主要是商界的朋友。政界这一次由海川人事局来安排了，省厅的周铁厅长要来。”

于是，傅华就给天和房地产的丁江和山祥矿业的伍奕等朋友打了电话，说这个重开张的西岭宾馆是一个很重要的朋友承包的，希望给个面子捧场一下。

丁江和伍奕等人自然一口答应，说到时候一定会送花篮到场祝贺。

开业前一天晚上，周铁就到了西岭宾馆，吴雯、王华和人事局长一起迎接了他。周铁个子不高，保养得很好，除了头发有些白了，还真看不出是一个已经五十的男人。他看到焕然一新的宾馆十分高兴，笑着说：“王华啊，你看看人家海雯置业，早这样宾馆的经营早就好了。你要跟人家多学习学习。”

王华连连点头，说："是，周厅长指示的是，我是需要跟吴总多学习学习了。"

吴雯笑着说："周厅长太夸奖我了。"

周铁笑笑说："你做得确实不错，强将手下无弱兵啊。老刘这家伙忙什么，把我叫到这里，他却在北京躲清闲。"

吴雯笑着说："干爹在北京有他的事情要忙，他还特意交代我一定要好好招待您呢。"

周铁表现得跟吴雯的干爹好像是多年的老朋友一样的，这些都看在人事局长和王华的眼中，他们心中对吴雯的估计又上了一个层次，心说这个女人绝对不能慢待。

当晚，周铁就留在了西岭宾馆。

第二天一早，陆续就有人送来庆祝重张的花篮和牌匾，有海川市各政府部门和一些海川市重要的企业。拉出来的横幅上写着海雯置业向海川市慈善基金会捐款及承包西岭宾馆重张仪式，两旁都是某某单位祝贺的字样，挂的宾馆前面满满当当。看得出来，这一场仪式备受重视。里面自然有天和房产和山祥矿业等傅华的朋友祝贺条幅。

由于有重要领导出席，东海省和海川市的电视台都派出了记者，两家电视台架好了机位，在现场拍摄。

徐正先于孙永到了现场，跟在门口迎候的吴雯热情地握手，他已经知道今天的会议流程，笑着说："吴总，我替海川的下岗职工感谢你啊。"

吴雯优雅地笑笑，说："徐市长，您真是客气了，我们海雯置业只不过尽了我们企业应尽的社会责任罢了。"

徐正笑着说："哪里这么简单，多少企业比你们实力雄厚，可是却对我们的慈善事业一毛不拔。"

吴雯笑着说："那是他们还没意识到，善尽企业的社会责任本身就是对企业自身的提高。"

徐正连连点头，说："对对，吴总说得简直太好了。"

周铁得知徐正到了，也从房间里出来，笑着跟徐正握手，说："徐市长，感谢你来给我们西岭宾馆捧场。"

徐正笑了，说："我倒觉得应该感谢周厅长对我们海川市企业的支持啊。"

周铁哈哈大笑，说："说来我们都算是西岭宾馆的地主，今后这里还需要徐市长多关照啊。"

徐正笑着说："西岭宾馆有这么美丽的当家人，我当然要多来几次了。"

吴雯做出了一副害羞的样子笑着说："不来了，徐市长怎么拿我开玩笑。"

这时孙永也到了，老远就笑着向周铁伸出手来，说："周厅长，你可是好久都没到我们海川市指导工作了。"

贵宾都到齐了，仪式正式开始，先举行了海雯置业向慈善基金会捐款的仪式，吴雯手拿着一张做得很大的巨型百万支票转交给了海川市慈善基金会的领导，基金会的领导讲了话向海雯置业表示了感谢。随即吴雯讲了海雯置业承包西岭宾馆的承包情况，感谢周铁厅长、孙永书记、徐正市长已经海川社会各界对西岭宾馆重张的支持。

接着孙永、徐正和周铁陆续讲了话，都表示对海雯置业积极做慈善的肯定，祝贺了西岭宾馆的重张。

讲完话之后，各位领导一字排开为西岭宾馆重张剪了彩。

剪完彩，众人被请进了宾馆的餐饮部，西岭宾馆设宴宴请到场的嘉宾。

吴雯首先为表示对各位领导到来的感谢敬了一杯，随即周铁端起了酒杯，说："西岭宾馆是人事厅的下属宾馆，现在经过一番重整重新开张，今后希望孙书记和徐市长这些海川的领导对我们多加支持。"

孙永和徐正各自表示今后对西岭宾馆一定会全力支持的。

其后吴雯又到各桌去敬客人。这一次可算是海川市政商名流的大聚会，吴雯的亮丽也成了众人瞩目的焦点，客人们在称赞菜肴口味的同时，目光都没离开她一颦一笑，纷纷表示今后一定来宾馆做客。

吴雯早就已经习惯了男人的目光围绕着自己转，于是自如优雅地应酬着，心中对自己再次成为众人的瞩目焦点感到高兴，暗自佩服干爹的设想高妙：经过这一场仪式，海川还会有谁不知道自己呢？她原来因为王妍而受的一肚子闷气此刻都一扫而光了。

周铁吃了一些之后，急着赶回省城，吴雯和孙永等人送他出了宾馆，周铁上了车，挥手跟众人告别。周铁走了，孙永随即也要离开。吴雯和王华将他送到了车边，在跟吴雯握手的时候，孙永说："吴总啊，当初拿地的事情真是不好意思啊，其实我问过市政府了，结果市政府对那块地有别的规划，这个情况我及时跟王妍都做了说明，遗憾的是我没当面跟你说一下，让你受了王妍的欺骗，是我不应该啊。"

孙永说这一番话，是想试探一下吴雯对王妍送钱给自己是否知情。

吴雯笑着看看孙永说："孙书记真是客气了，错不在您，都怪那个王妍不是东西，什么事办不成还骗我的钱，我相信她骗了我的钱也不会有好下场的，老话不是说吗，善有善报，恶有恶报，不是不报，时机不到。"

经过这一番试探，孙永心中基本可以肯定吴雯对王妍送钱给自己并不知情，或者她并没有证据能够证实这一点。这让孙永多少有些放心了。

司机发动了车子，孙永上车离开了。

徐正也告辞了，他走的时候，特别表示说，吴雯如果有什么困难，可以找他，他一定会尽力帮助她解决的。

工地上，傅华看着眼前矗立的海川大厦主体建筑，心中暗自惊叹，现在的建设速度真是令人惊叹，几个月之前眼前还是一片荒地，现在一万多平米的建筑框架已经整体形成了。建筑公司的工人在忙活着拆脚手架，下一步安装好门窗，就要开始进行海川大厦内部的装修了。

傅华心中油然浮起一种成就感，这是他一手创造出来的，就像他自己的孩子一样。进行到下一步就是对海川大厦进行整体装修了。手机响了起来，看看是赵婷的电话，连忙接通了。

赵婷说："你赶紧回来吧，徐筠邀请我们参加红酒派对。"

因为郑莉的关系，赵婷和徐筠也成了很好的朋友，她们三人现在经常会凑到一起，谈天说地。看赵婷、徐筠和郑莉成了越来越好的好朋友，反而让傅华感到十分的尴尬，他不知道这些女人在一起会不会嘀咕什么，尤其是郑莉曾经和自己互有好感，他很害怕郑莉不小心惹到赵婷，让赵婷打翻醋坛子。赵婷的冲动性格很难掌控，傅华很害怕受到无妄之灾。偏偏他又不能阻挠女人之间的友谊发展，只能在一旁担心地看着。

傅华笑着问："她为什么举行红酒派对啊？"

赵婷嘿嘿笑着说："人家的老董要过生日，她组织红酒派对为他庆祝啊。"

傅华笑了，这个徐筠一门心思都放在董律师身上，董律师过生日她自然很紧张。

傅华说："那我马上回去。对了，既然参加红酒派对，我们要不要带瓶红酒去啊？"

赵婷笑笑说："我早准备了，顺了爸爸两瓶澳洲的澳丁格贝西拉干红。"

澳丁格贝酒庄位于南澳葡萄酒产区的麦格拉伦谷，距美丽的 Aldinga Bay 沙滩仅两公里，全年海洋性气候的影响以及夏日午后的海风为葡萄生长提供了非常好的温度环境。澳丁格贝是麦格拉伦谷最大的私人酒庄之一，酒庄主管尼克先生为澳大利亚最著名酿造师兼品酒人，酒庄拥有大面积葡萄种植园及酿造厂，长期致力于生产澳洲高等级葡萄酒的生产。澳丁格贝西拉干红算是新世界葡萄酒的代表之一，虽不及法国葡萄酒的历史悠久，可是口感并不差，去参加徐筠组织的派对也不掉价。

傅华赶回了家里，简单冲洗了一下，换好衣服，就和赵婷去了董律师家。敲门过后，徐筠出来开门，赵婷把红酒递了过去，笑问道："徐筠姐，寿星公呢？"

徐筠笑笑说："在客厅，还有几个朋友聊天。"

赵婷笑着说："生日快乐，董律师。"

董升没显出特别高兴的样子，有些淡然地说："快乐什么，又老了一岁。"

徐筠脸上有些尴尬，看来她准备的这个庆祝并不十分让情郎满意。

傅华笑笑说："没想到董律师这么计较自己的岁数，通常都是女人怕自己又老了一岁。我倒是觉得男人要有些年纪才有味道。"

赵婷也笑着说："对啊，男人要成熟一点才有魅力嘛。"

听赵婷这么说，董升脸上才有了笑意，开玩笑地说："是吗？跟我相比你是不是觉得你们家的傅华同志幼稚了？"

赵婷笑着说："他才刚刚有点熟，我会慢慢把他养熟的。"

傅华和赵婷、徐筠去了客厅，郑莉、商务部的崔波夫妇已经在座。

徐筠把傅华带来的葡萄酒放到了茶几上，笑着说："赵婷和傅华带的是澳洲的澳丁格贝西拉干红，很不错啊。"

赵婷一眼就看到茶几上放了一瓶拉菲，笑了，说：“徐筠姐，比起这瓶拉菲，我们带来的酒真是不值一提了，这谁带来的?”

郑莉笑了，说“还会有谁，徐筠疼她家的老董，专门去买来的。”

徐筠笑笑说：“也没什么了，这个是去年才出的拉菲，比起八二年的酒王还是有段距离的。”

赵婷识货，笑着说：“那也是价格不菲的，今晚算是来着了。”

郑莉笑着说：“你别眼睛专门盯着最贵的酒，崔司长带来的玛格红亭也很不错。玛歌酒庄历来以优雅迷人与浓郁醇厚著称。”

崔波看郑莉夸他带来的酒，笑笑说：“郑小姐不要光说我了，你的木桐赤霞珠也不错啊，起码酒标是最漂亮的。”

傅华笑笑说：“各位都是出手不凡，被各位这么一比，我和赵婷这奥丁格贝还真是有点拿不出手了。”

崔波笑笑说：“好了，傅主任，你不要妄自菲薄了，其实你们拿的澳洲红酒跟我们拿的法国红酒是两种风格，你们的代表着时尚，代表着年轻、新鲜，而我们的代表着经典，代表着传统。其实，我更想先品尝的就是这澳洲的红酒。”

董升笑笑说：“那我们就先开这澳丁格贝吧。”

傅华心里明白，崔波虽然说得好听，实际上还是看不起他们带来的澳洲红酒，喝酒是不能先品尝最好的酒的，否则好酒一喝，再品那些差酒就没了滋味了。

其实，崔波还真是小看了这澳丁格贝西拉干红，这酒是一个客户送赵凯的，口感以及酒标都不差于法国红酒，只是没有法国五大酒庄那么大的名头。这酒的浆液宝石红色，莹亮透明。以水果的甜香味为主体的基础上，香气丰富多变。在黑莓与樱桃的甜香感之后，香草与巧克力的气息弥漫开来，同时，丝丝肉桂的辛香令人精神振奋，甘草、李子干、烤面包与恰到好处的橡木味道让人欲罢不能。酒尚未入口，可是其热情奔放的性格已经将品尝者感染。

董升开了一瓶西拉干红，给众人斟了，郑莉品了一口，有些惊讶地说：“还真是不错啊，入口圆润、微热，余味长，甘草与橡木的味道在口中萦绕不绝。我还是第一次喝澳洲红酒，想不到这么好。”

赵婷听郑莉夸奖自己带来的酒，十分高兴，笑着说："郑莉姐，你真懂葡萄酒。"

董升也品了一口，笑着说："还真是不错啊，我看比拉斐要好啊。"

傅华看到徐筠的脸上有些不是滋味了，他觉得董升这么说有点不太顾及徐筠的感受，徐筠辛苦为他操办这一场派对，他就是为了体贴徐筠也不应该拿拉菲跟不见经传的澳丁格贝西拉干红比较。傅华似乎感觉董升有点故意贬低徐筠的意思，便笑笑说："这酒好就好在很多人还没喝过，一喝就给人一种耳目一新的感觉，其实离五大酒庄，尤其是离拉菲酒王还是有些距离的。"

傅华有些圆场的意思，徐筠的脸色这才好看了一些。众人各自取食徐筠准备好的佐酒菜，开始边品酒，边闲聊。

傅华想起那天江宇说到的关于外资购买内地矿业可能有所限制，便笑着问董升："董律师，那次我陪伍奕去香港，那边的人说外资购买矿业企业怕有所限制，伍奕这一次到香港借壳上市到时候不会被卡住吧？"

董升笑了，说："有商务部的领导在，你问他吧。"

崔波笑着说："有限制就申请核准呗，这一部分国家虽然在控制，可是并没有说一刀卡死，还是有余地。再说就是因为有限制才好啊。"

傅华愣了一下，笑问道："怎么会有限制才好？"

董升笑笑说："有限制才需要运作，有人运作，才会让这个社会产生效益啊。"

傅华心中明白了，有限制才会给某些掌控权利的人以寻租的空间，有寻租的空间才能产生效益。他看了看崔波和董升，恍惚知道为什么这两个人关系处得这么亲密了。在一起打高尔夫，在一起开红酒派对，这是因为俩人基本上就是一种很亲密的合作伙伴关系。董升之所以在企业兼并这个行当中赫赫有名，估计是离不开崔波这个商务部的实力人物支持的。

徐筠这时看着郑莉，笑着说："郑莉啊，你可要抓紧了啊。"

郑莉笑着说："我抓紧什么，没头没脑的。"

徐筠笑着说："你看我们都一对一对的，只有你形单影只，应该抓紧赶紧找另一半了。"

傅华看徐筠哪壶不开提哪壶，生怕惹祸上身，连忙低下头装作吃菜，不敢抬头看郑莉。

郑莉笑着问：“你别光关心我了，你跟你们家老董在一起也有一段时间了，什么时候请我们吃喜糖啊？”

徐筠闻言，笑着说：“这要看我们家老董什么时候想娶我了。”

郑莉转头笑着问董升：“董律师，你打算什么时候迎娶我们的徐筠姐啊？”

董升愣了一下，随即说：“澳丁格贝我们喝得差不多了，下一瓶大家准备喝什么啊？”

郑莉也呆了一下，她没想到董升会王顾左右而言他，不搭自己的茬。她疑惑地看了一眼徐筠，想从徐筠那里寻找答案，见徐筠却是满脸热望，很期待董升的答复，不免暗自感叹多情女子薄情郎，便想为徐筠出头，逼着董升给徐筠一个满意的答复。

郑莉盯着董升的眼睛，笑着继续追问道：“董律师，你没听清楚我问你什么吗？你什么时候准备娶徐筠姐啊？”

董升此时避无可避，看了一眼徐筠，然后硬硬地说：“我目前没有这个规划。”

全场的温度顿时降到了冰点，徐筠脸上挂不住了，她看着董升，问道：“老董，你这话是什么意思？”

董升一再被追问，也有些火大，便叫道：“我说的可是中国话，你听不懂吗？那我再说一遍，我没有想娶你的意思。”

崔波禁不住瞪了董升一眼，说：“老董，你这是怎么说话的，徐筠跟了你这么长时间了，你总要给人家一个交代啊？”

董升说：“我要交代什么啊？我跟你说徐筠，你不要对我这么好，我也不高兴别人对我这么好，而且并没有要娶你的打算。”

在座的人都愣住了，傅华心中甚至有董升心理不正常的感觉。徐筠眼睛里已经含着泪了，她强忍着叫道：“那你跟我住在一起算什么？”

董升叫道：“大家都是成年人了，有需要就住到一起了，难道一定要结婚啊。”

徐筠再也控制不住自己了，眼泪终于流了下来，叫了一声。“你混蛋”转身跑了出去。

郑莉和赵婷心跟着追了出去。崔波老婆说道："老董啊，我觉得你也太过分了，还不去追？"

董升却倔强地说："追什么追，爱跑就让她跑好了，我又不求她什么。"

崔波又瞪了董升一眼，说："你怎么回事啊，你不要以为你的前妻对不起你，你就对女人有报复心理，人家徐筠对你多好啊，你过生日，人家买酒王给你庆祝，你还要干什么？"

董升却丝毫没有去追的意思，反而站了起来，笑着说："别管她了，说到酒王，还有拉菲没开呢，来，我们别浪费了。"

崔波夫妇再也看不过眼了，站了起来说："老董，你就作吧。"说完就要离开。

董升挽留道："老崔啊，别为了一个女人就要走啊。"

崔波瞪了董升一眼，说："什么为了一个女人，我是看不过你这种对待人的态度。人家徐筠对你多好啊，你的心怎么这么冷啊？"

董升说："我又没叫她对我这么好，她越对我好，我心里越烦，她对我好不就是想要我娶她吗？我现在对婚姻都有一种他妈的恐惧感了。"

傅华看出董升心态是有些不正常了，他也站了起来，说："董律师，我要先走了。"

傅华上了电梯，崔波夫妇跟进了电梯。在电梯里，崔波看着傅华说："傅主任，回头你能不能帮我一下忙？"

傅华笑笑说："什么忙啊？"

崔波说："老董这个人心眼并不坏，可是因为他前妻背叛了他，让他对婚姻产生了怀疑，可能一时半会儿转不过这个劲来。其实我觉得老董对徐筠也是有感情的，在朋友面前也很维护她。我看你妻子跟徐筠关系很好，你让她帮我劝劝徐筠，别太生老董的气了，让她再给老董一点时间，也许老董慢慢会接受她的。"

崔波这么说，让傅华有些意外，似乎崔波很重视徐筠和老董这段感情，不过崔波这么做也在情理当中，谁都想让自己的朋友过得好一点，帮朋友在感情方面上操些心也很正常。

傅华点了点头，说："好的，我会跟我老婆说的。"

到了楼下，赵婷和郑莉正在劝说徐筠回去，见傅华和崔波夫妇下来了，便下车问傅华："老公，董律师呢?"

傅华苦笑了一下，说："他不肯下来。"

赵婷火了，叫道："什么东西啊，人家徐筠姐这么辛苦为他操办生日派对，他气了人不说，还摆什么架子？不行，我要上去跟他理论去。"

说完赵婷就要冲进大楼去，傅华连忙一把拉住了她，说："你别火上浇油了好不好。"

崔波这时走到车边来，说："徐筠啊，你也知道老董是什么情况了，我看这样吧，你体谅体谅他，先回去吧，等过两天大家都冷静了下来，我让老董去给你赔礼，好吗?"

徐筠抬起头来，眼睛已经哭得有点红了，苦笑了一下说："崔司，不好意思，我今天有点失态了。"

崔波笑笑说："你别这样，又不是你的错。听我的话，你先暂且回去吧。"

傅华也劝说道："徐筠姐，我看董律师是对婚姻还有些恐惧感，他倒不是对你有什么意见，你听崔司的话，让一点空间给董律师，我想董律师不是不讲情理的人，他很快就会想通的。"

徐筠苦笑着说："算了吧，也许我跟他之间真的有问题，你们不用劝我了，我决定跟他分开算了。"

说完，徐筠发动了车子，说："我要回家了，不好意思，这场派对没开好。"

崔波夫妇见徐筠离开，也开着自己的车离开了。

傅华看着郑莉说："你知道这个老董究竟是怎么回事啊?"

郑莉苦笑了一下，说："我倒是听徐筠说过，这个老董很爱他的前妻，一门心思地对他前妻好，可是他前妻不知道怎么啦，身在福中不知福，跟她的一个同事关系暧昧，结果终于有一天被老董撞上了俩人偷情，老董无法接受，只好离婚。离婚后，老董还是有些舍不得他前妻，为情所苦。后来一次朋友的聚会中，徐筠和老董相遇了，徐筠是因为丈夫不忠而离婚的，对老董这种痴情种子自然有好感，一来二去，二人互生好感，就搬到了一起。"

傅华苦笑了一下，说："徐筠这不是自讨苦吃吗？老董痴情是对他的前妻，可不是对她。”

郑莉说：“有时候爱是不由自主地，徐筠总以为会有一天能打动老董，让老董对她痴情的。”

赵婷说：“这种事情很难说的，恐怕老董会不断地拿前妻跟徐筠姐相比较，徐筠姐再怎么好，怕还是会被老董挑出毛病的。不过幸好，徐筠姐自己看开了这一点，终于自己决定结束这一段没结果的来往。”

傅华摇了摇头，他看徐筠从楼上跑下来却迟迟不肯离开，直到自己和崔波夫妇下来，说老董不可能下来之后才离开，说明他心中对老董尚且抱有一丝希望，便笑着说：“徐筠真能做到跟老董分开吗？我看够呛。”

郑莉也笑着摇了摇头，说：“这一次我看徐筠真是陷得够深的，希望她能下得了这个决心。好了，我也要回去了。”

郑莉离开了，赵婷不满地说：“你们这些臭男人真是的，徐筠姐对老董多好啊，他怎么一点都不领情。看他文质彬彬的，想不到是这样的人。”

傅华笑着说：“其实，我是觉得错也不完全在老董，徐筠对老董是过于好了，好到老董有点无法接受了。”

赵婷说：“怎么，女人对你们男人好也错了？”

傅华笑笑说：“女人对男人太好男人会觉得压力很大，会想要一点自己的空间的。”

赵婷笑了：“我明天要不要去看看徐筠姐啊？我看今天她这个样子还真可怜。”

傅华笑着说：“你想去看就去看吧，不过我可提醒啊，多做撮合，少给我棒打鸳鸯啊。”

傅华想到崔波在电梯里要求自己帮忙让老董和徐筠和好，所以就提醒说。

第二天，赵婷一早就约了郑莉一起到了徐筠家里，徐筠开门的时候，已经没有了昨天难过的样子了，见到二人笑笑说：“我正想打电话给你们呢，没想到你们却找上门来了。”

郑莉上下打量了徐筠，她还是从徐筠的脸上看出一丝淡淡的忧郁，知道徐筠是一个要强的人，现在只是强行掩饰着自己，便笑笑说：“你能看开就好，说吧，你找我和赵婷有什么事情啊？”

徐筠说：“要麻烦你们两位陪我跑一趟，我很多东西还在老董家里，我要去拿回来。”

赵婷想起傅华让自己劝和的话，便说：“徐筠姐，你是不是先冷静一段时间再说啊，我看你跟老董之间原来相处得很好的，可能他只是一时不想结婚啊，等过了这段时间说不定他改了主意了。”

徐筠笑笑说：“昨晚老董都那种态度了，我再留下去也没意思了。”

三人就去了笙篁雅舍。徐筠有董升家的钥匙，开了门就要开始收拾东西，没想到董升没有去上班，还在家里。董升看到三人，赔笑说：“你们来了。”

徐筠黑着脸走了进去，说：“你放心，老董，我不是要赖着你，我是来收拾我自己的东西的。”

说着，徐筠就开始收拾起自己的物品。

董升上前拦住了徐筠，赔笑说：“你还在生我的气呢？我想了一晚，昨晚是我不对了，你知道我对结婚这个东西有些过敏了，筠，你别生气了，再给我一段时间好不好，让我有个缓冲？”

郑莉有些不太相信地说道：“董律师，你这是搞什么，昨晚你那是什么态度啊？你根本就是让徐筠下不来台。”

董升赔笑说：“不好意思，不好意思，我昨晚确实过分了，我道歉，我愿意道歉。”

赵婷说：“岂止是过分了，你那个样子根本就是想赶徐筠姐走，对不对啊，徐筠姐。”

徐筠眼圈红了，扭过头去了。

董升双手合什，央求道：“两位姑奶奶，我已经知道错了，我这不是在道歉吗？你们是不是帮我说几句好话啊？”

郑莉说：“董律师啊，不是让我们解气，是让徐筠姐解气，你起码要让她感受到你的诚意吧？”

“好，我就让你们看看我的诚意。”董升冲着徐筠扑通一声跪了下来，说：“筠，我知道错了，你说吧要怎么才能原谅我，现在除了结婚，我什么条件都能答应你。”

徐筠慌了，赶紧伸手去拉董升，说：“老董，你这是干什么，你赶紧起来，郑莉和赵婷都看着你呢。”

老董转头对郑莉和赵婷说：“两位，你们是不是可以先离开一下，让我和徐筠好好谈一谈？”

郑莉和赵婷知道徐筠已经心软了，都摇了摇头离开了董升家，在楼下的车里等着，郑莉摇了摇头说：“这个徐筠啊，怎么这么立场不坚定啊？”

俩人在车里闷坐了一会儿，郑莉的手机响了，看看是徐筠的号码，接通了，徐筠说：“郑莉啊，你和小婷不要等我了。”

郑莉明知故问地说：“怎么不搬东西了？”

徐筠不好意思地笑了笑，说：“我跟老董谈了谈，可能我有点逼他逼得太紧了，他说需要一点时间，我觉得还是有道理的。”

郑莉扣了电话，看了看赵婷，说：“人家两个和好了，没我们什么事了。”

第四章　城门失火殃及池鱼，雪中送炭反败为胜

海通客车厂工人索要拖欠工资，群情激奋围堵市政府。孙永在市委会上借题发挥，批评徐正工作失误。徐正无奈，只得回头再找百合集团。在傅华推动下，百合集团老总高丰立即投入五千万发放拖欠工资，平息工人情绪；同时建议市政府建设规划一个规模庞大的海通汽车城，与兼并海通客车厂同步，将周边的配套工厂也一并纳入规划。

同一时间，海川，市委书记办公室里，孙永烦躁地走来走去，他上嘴唇起了一个偌大的粉刺，动一动就很疼，又是在面部三角区的危险地带，碰不得挤不得，搞得他十分难受，一如他现在对徐正的感受。

孙永现在越来越感受到了徐正的威胁。徐正笼络住了常务副市长李涛之后，很快就以李涛为基础，顺利地接收了原本跟随曲炜的部属。这些人对孙永利用王妍逼走曲炜一直耿耿于怀，徐正的到来让他们找到了新的领头人，于是结成了跟孙永分庭抗礼的一股新势力。

而徐正也确实做得很不错，他以其干练的做事风格，很快就在海川做出了成绩，他的新机场规划得到了郭奎大力支持，市政府已经争取东海省省发改委同意向民航华东局提请将海川新机场项目调整进入国家机场建设规划，同时东海省政府也已经同意将新机场项目列为全省拉动内需重点项目之一，将会在资金和政策上给予重点扶持。

同时，跟融宏集团的第二期谈判进展顺利，徐正因为一开始上任的时候，忽视过融宏集团，被陈彻小小地惩戒了一下，为了纠正给陈彻和省长郭奎造

成的恶劣印象，他答应了陈彻提出的十分苛刻的条件，马上就雷厉风行地实施了。从第二期谈判签约开始，一个月之内就完成了开工立项，三个月就按合同约定提供了融宏集团新项目开工所需要的厂房，并且让所需的工人到位，让融宏集团得以及时开工。陈彻对这一速度也十分惊讶，在二期投资项目正式投产的时候，亲临到海川主持了投产典礼，并且当着来参加典礼的郭奎的面，大大称赞了徐正一番，郭奎也当面表扬了徐正，称他创造了一个海川速度出来，郭奎原本对徐正怠慢融宏集团的不满也就一扫而空了。有了政绩的支持，徐正在海川做起什么事情来全然是一副理直气壮的样子，孙永感觉他越来越不把自己放在眼中了，甚至有些事情做得比曲炜在海川的时候还过分。

孙永心中暗自叫苦不迭，他没想到整走了曲炜，换来了一个更厉害的对手，甚至这个徐正风头更劲。

还有一桩令孙永烦心的事情，就是吴雯在海川隆重的亮相，原本他并不是很在意这件事情。可是一个令他不想看到的局面出现了，西岭宾馆因为那一次重张典礼，美丽的老板娘加上可口的饭菜、优质的服务以及人事局的背景支撑，吸引了海川政商两界，西岭宾馆成了海川餐饮界的热点之一。宾馆门前整天车水马龙，一副热闹景象，让西岭宾馆成了海川官员和商界名流常去的宴客和会务之所。甚至徐正也成了西岭宾馆的常客，市政府的一些活动也经常会安排在西岭宾馆。

孙永很不愿意看到吴雯和徐正走得这么近，他虽然认为王妍贿赂自己的事情可能吴雯并不知情，但是保不住吴雯会知道点什么，这样的人跟自己的政敌走得这么近，并不是一件让人放心的事情。

门被敲响了，冯舜走了进来，说：“孙书记，到时间去参加市作协的座谈会了。”

孙永收拾好文件包，递给冯舜，俩人就离开办公室往外走，冯舜说：“孙书记，车停在后面，我们从后门出发。”

孙永不高兴地说：“为什么要走后门啊？”

冯舜说：“刚才门卫说前门被上访的工人堵住了。”

孙永说：“怎么回事啊，工人为什么上访啊？”

冯舜说：“是海通客车的一些工人，他们说他们厂里的工资早就应该调整了，可是市政府一直压着不让涨，搞得他们的工资都是刚刚够最低工资标准，他们想来市委问一问，他们本来是国营大厂，为什么却无法跟国营大厂相匹配的工资啊？”

孙永说：“既然是工资，海通客车应该是市政府管理的，他们要闹，为什么不去市政府闹去？”

冯舜说：“据说去过市政府了，李涛副市长曾经答复说尽快解决，可是工人们等了一段时间，根本就没下文了，他们就来市委了。”

孙永说：“没通知市政府过来解决问题吗？”

冯舜说：“市委办公室已经把情况跟市政府通报了。”

孙永没再说话，电梯到了一楼，他走出了电梯，径直往前门走去，他忽然觉得这是一个很好的修理徐正的机会。

冯舜还没搞明白孙永的意图，在后面说：“孙书记，车在后面呢。”

孙永说：“什么后面，我们这些党的干部什么时候要躲着人民群众了？群众有了问题，就是需要我们去解决的。”

冯舜见孙永要出面去见工人，连忙快走几步，冲到了前面。

市委的大门口，一群工人密密麻麻静静地坐在大门前，堵住了大门，让出入的车辆无法通行，一条横幅拉在了工人的前面，上面写着：按照国家的规定涨工资，维护工人的合法利益。

冯舜在最前面，很快就走到了工人面前，他冲着工人叫道：“工人同志们，市委书记孙永同志来为大家解决困难来了。”

工人听说市委书记来了，便纷纷站起来，围了过去。保安见状为了维护孙书记，连忙跟过来围在了孙永周围。

孙永推开了保安，冲着工人说：“工人同志们，你们好，我是市委书记孙永，你们有什么情况可以向我来反映。”

人群中便有人叫道：“孙书记，我们工人真是苦啊，辛辛苦苦干了一个月，就拿那么点工资，现在物价那么高，我们维持生活都很困难。人家是人，我们也是人，人家其他国营的厂子工资已经调涨了几次了，可我们这么多年都没动过了，还让不让我们活了？”

这时，李涛从外面赶了过来，连忙跑到孙永面前，说：“孙书记，我来了，这件事情交给我来处理吧。”

孙永一脸严肃，毫不客气地斥责道：“李副市长，交给你来处理？工人同志们如果是信任你们，又怎么会找到市委来了？你退后。”

李涛被说得满脸通红，退到了一边。

孙永说：“工人同志们，我先跟你们道个歉，我的官僚作风太严重了，直到今天才知道你们生活的艰辛。我们党是工人阶级的代表，是必须维护工人同志们的合法权益的。现在你们的困难我已经知道啦，我绝对不能坐视不管，我会马上召集相关的人员会议，研究解决你们的困难。”

工人中有人问道：“孙书记，你真的能帮我们解决问题吗？别像李副市长那样敷衍我们。”

孙永神态坚决地说：“你们放心，如果三天之内不解决这个问题，你们再来找我孙永。”

工人们热烈鼓掌，冯舜向人群摆了摆手，说：“工人同志们，请安静下来，这里是市委办公的地方，你们堵在这里会影响市委的办公秩序的。现在孙书记已经答应你们解决问题了，你们就先回去吧。”

工人们三三两两地离开了。

看着工人离开了，孙永看看一旁的李涛，脸色铁青地说：“李副市长，麻烦你通知徐正同志，让他马上召集相关部门的责任人到市委来开会。”

半个小时之后，徐正带着劳动局和财政局等相关部门的负责人以及海通客车的厂长辛杰匆匆忙忙来到了市委会议室里，孙永已经一脸严肃地等在那里了。

看相关人员都到齐了，孙永咳嗽了一声，说：“开个紧急会议，今天海通客车的工人同志把市委的大门给堵了，向市委反映情况，我听了听，感觉问题很严重，很多工人同志拿那点工资连维持正常的生活都很困难。海通客车的问题到了必须要解决的时候了。现在我们有些同志只把目光放在那些能出政绩的事情上，能出政绩的事情拼命地去做，这一类民生疾苦的事情困难重重，不好解决，也就不能出政绩，就不管不问。我觉得这个态度是很成问题的，有点本末倒置。群众真正需要我们解决的，是他们的温饱问题，如果你连老百姓的温饱都解决不好，又谈什么政绩啊？”

徐正马上就听出了孙永话中的弦外之音，孙永这是在敲打他，说他只顾政绩，不顾民生疾苦。不过孙永说的都是大道理，都是可以写进教科书中的大道理，他无从反驳，也不能反驳。

孙永看了看海通客车的厂长辛杰，问道："辛杰同志，我想问你一下，为什么海通客车的工人工资几次应该调涨市里面都压着不给他们涨？问题究竟在哪里？"

辛杰说："海通客车这几年都经营不善，就是一种亏损状态，只能勉强维持发上工资，根本就没有能力涨工资。这个问题由来已久，甚至形成于曲炜同志在任之前，是一个历史遗留的老大难问题。"

孙永火了，狠狠地拍了一下桌子，叫道："什么历史遗留问题，这是推卸责任，不要什么都往历史遗留问题上扯。这根本上是一个民生艰困的问题，是对人民群众的感情问题。我们在座的这些同志每个月都拿着高高的工资，出行有车，每天大鱼大肉地吃着，可曾想到这些工人辛辛苦苦每个月只赚那么一点微薄的薪水，连维持一个基本的生活都不够？我们这些干部要扪心自问一下，对他们的困境有没有感同身受？我知道我听了他们的境况，我是感到很心痛的。徐正同志，你到海川来已经有些时日了，你有没有认真考虑一下海通客车的问题？我记得曲炜同志调走之前，已经做了一些工作，怎么又停下来了？你来了之后可为海通客车做过什么吗？"

李涛见孙永炮火直冲着徐正，心中有些愤愤不平，插嘴说道："孙书记，这个事情我要检讨，当初曲炜同志还在海川的时候，有关百合集团兼并海通客车的谈判是由我负责的，后来因为双方对企业的控制权方面有所分歧，谈判就陷入了僵局。徐正同志一来，就为了新机场规划和融宏集团的事情忙得不可开交，并没有时间处理海通客车的事务，所以这件事情就搁置了下来。要讲有责任，这个责任应该由我来负。"

孙永说："我现在不是想追究哪个同志的责任，我是想问一下我们这些干部对人民群众应该有一种什么样的态度。是解决民生疾苦重要，还是出政绩重要？虽说两者都不可忽视，可对干部来说，民生疾苦是最需要急切去解决的。新机场和融宏集团的事情可以一步一步慢慢解决，可人民群众生活艰困，我们是深有感受的，这个问题你不解决，让人民怎么看我们的政府，怎么看我们这些干部?”

孙永越发上纲上线，徐正心中虽然十分恼火，也只能接受他的批评，当着这么多人又不能没有个态度，就看了看孙永说道：“孙书记批评得很对，我们这些党的干部就是应该把民生疾苦放在首位。海通客车的事情确实是市政府的疏失，也是我这个当市长工作的失误，这个责任应该由我来承担，我向市委检讨。”

徐正低头认错，让孙永心中十分舒坦，但表面上他还是一脸严肃地说道：“徐正同志这个态度还是比较端正的。不过目前当务之急不是追究谁的责任，而要切实解决问题。徐正同志，这是市政府分管的事务，你拿个办法出来吧。”

徐正想了想说：“应该先解决问题，依我看这样，让财政先想办法筹措一部分资金，给海通客车的工人们涨一点工资，安抚安抚他们的不满情绪。同时，海通客车的问题也需要从根本上予以解决，我觉得在解决海通客车的问题上，我们需要放开手脚了，不要老纠缠在什么企业的控制权上面，我们现在倒是百分之百掌控海通客车，可是，我们却没有能力拯救这个企业。孙书记，您看只要对方有能力拯救海通客车，我们是不是可以在控制权方面做些让步?”

孙永愣了一下，徐正要他表态支持海通客车谈判上放开手脚，尤其是可能放弃掉控制权，这怎么看怎么像一个陷阱，孙永相信只要自己一表态，日后海通客车的兼并出了什么问题，他首当其冲就要承担责任。可是不表态吧，自己刚刚慷慨激昂地说要解决民生疾苦，转过头来却在最关键问题上不置可否，变成了缩头乌龟，在场的这些官员们都是些人精，心里跟明镜似的，这会让今天这一次会议变成一次大笑话。

孙永暗骂徐正狡猾，不过他是政治老手了，岂能被徐正这小小的伎俩难住，于是笑了笑说：“徐正同志，海通客车是你们市政府的直属企业，如何处置应该由市政府决定。再说关于兼并的具体情况我并不是很了解，不能盲目地去下判断。但我想我们应该本着这样一个原则，只要符合人民群众利益的，有利问题解决的，都应该去做。你说呢?”

这下子轮到徐正心中暗骂孙永狡猾了，徐正不是没想过海通客车面临的问题，可是要想打破跟百合集团谈判的僵局，关键就在于海通客车的控制权的问题。这不是几十万或者几百万甚至几千万的资产，这是海川市十几亿的投资，一旦有什么闪失，责任肯定不能轻了。徐正自己不敢贸然下这个决心，因此他想借今天孙永向自己发难之际，逼着孙永对控制权这件事情表态，只要孙永做了表态，不论有什么结果，都可以由孙永来承担责任，就算不是全部责任，最起码也是共同责任。

没想到孙永也不是省油的灯，说了几句很原则的话，就把问题四两拨千金地化解了。

归根结底，孙永的意思还是，责任应该由市政府方面来承担，他显然是不想承担责任的。

但孙永可以回避问题，徐正却不能回避这个问题，海通客车终究是海川市政府的直属企业，问题已经摆在那里，他必须解决。

徐正心说我可不管你回避不回避，这么大的麻烦不能我一个人去解决，我怎么也要把你拉进来，反正你说了只要符合人民群众的利益，有利于问题的解决都可以去做，那我就当你是支持我放开手脚的，便笑笑说：“孙书记既然做出了重要指示，海通客车的问题我们市政府一定会认真研究，在孙书记的指示精神框架里确保问题得到很好的解决。”

孙永心说我做了什么重要指示了？你这家伙不过就是想把我拉进这潭浑水里罢了，可是他也无法去分辨自己有没有做出指示，便说道：“那好吧，希望你们市政府方面早一点拿出解决方案，我可是跟海通客车的工人同志们做出过承诺的，不想再看到他们出现在市委的大门口。散会。”

孙永说完，拿起东西就离开了会议室。徐正和李涛也收拾了一下自己的东西，一起离开了会议室。回到了市政府徐正的办公室，徐正把相关的责任人并没有放走，一起带了过来。

徐正首先询问了财政方面能够挤出多少资金，财政局长做了汇报，徐正听完，觉得财政能够挤出的资金还是不够，就让财政局从自己的市长基金里拨出了八百万，先想办法给工人普调一级工资。做好了安排，徐正把李涛留了下来，把其他人都打发走了。

看别人都离开了，李涛看了看徐正，笑笑说：“今天这个阵势，孙永可是直冲你来的。”

徐正苦笑了一下，说：“没办法，这一次他抓住了理，我也只能让他发作发作了。老李啊，海通客车的问题也确实到了应该解决的时候了，百合集团那边现在有没有什么动静啊？”

李涛说：“前段时间，驻京办主任傅华倒是打过电话回来，说高丰想要恢复跟我们之间的谈判，可当时我们都忙于新机场规划和融宏集团的二期投资，并没有时间顾及海通客车，我也想提高一下我们的议价能力，就跟傅华说省里的君利集团也想兼并海通客车，市政府方面还在评估哪一个方面兼并比较有利，暂时不想恢复谈判。”

徐正笑笑说：“这些商人比猴都精，你玩不过他们的。眼下我们找不到别的更好的买家，还是要跟百合集团恢复谈判。”

李涛说：“行啊，我可以低低头给高丰去个电话，说我们愿意跟他们重启谈判。”

徐正摇了摇头，他心中担心上次让傅华约陈彻被拒绝的事情重演，那样市政府怕要付出更大的代价，便说：“这个电话你别打，让傅华去打，你就跟傅华说，市里面安排他通知百合集团，我们愿意跟他们恢复谈判。”

在北京，海川大厦的工地上，赵婷见到了傅华，笑着说：“你知道发生了什么事情吗？”

傅华笑着说：“看你这个心里不舒服的样子，不会是徐筠和老董和好了吧？”

赵婷看着傅华脸上的困惑，笑笑说：“你也想不通是吧？我跟郑莉嘀咕了半天，也没想通其中的道理。只能说这个老董翻手是云，覆手是雨，有点神经不正常了。”

傅华心说如果没有外力在其中，董升这么大的转变大概也只有神经不正常来解释了。不过，傅华很怀疑崔波在其中起到了什么作用，看情形，崔波是很不愿意老董和徐筠分手的。

崔波为什么这么做？难道他有什么畏惧徐筠的地方？

傅华看看赵婷，说：“你跟徐筠认识这么久了，可知道徐筠究竟是做什么的?”

赵婷说:“我也不太很清楚,只是听郑莉说过她是做生意的,看徐筠家里,似乎很有钱,她的房子差不多有我家大了,要买得起那样的房子,身价不可能低了。”

联想到徐筠自小跟郑莉在一个大院长大,傅华心里猜测这个徐筠肯定是有背景的,而这个背景可能让崔波感到畏惧,所以他不想董升惹怒了徐筠,他怕惹恼了徐筠,后果他们无法承担。

傅华的心思却想到了另外一方面去了,人真是不可貌相,这个董升长着一副憨厚的样子,可办起事来轻易就变来变去,性情飘忽不定,十分不可靠,现在伍奕委托他办理兼并的事情,可别被这家伙出卖了啊。

傅华第一次对帮助伍奕搭上董升这条线感到一丝不安,他慢慢已经品出了一些滋味,董升和崔波之间并不是简单的前同事关系,董升傍着崔波肯定是有目的的,而崔波处处维护董升,也说明二人是一种利益联盟的关系,虽然他目前并不很清楚二人之间具体是怎么操作的,可是影影绰绰他嗅到了一丝不合法的味道。

伍奕的上市行动已经全面开始了,他前几天还打来电话,说已经收购了一家香港仙股公司股份的百分之十九点七,他并没有透露收购仙股公司的名字,他说这都是江宁在运作,公司名字不方便让太多人的知道,否则哪家公司泄露出去,别的人会趁机吸纳,从而增加他买壳的成本。而之所以收购百分之十九点七,是因为按照香港证券的有关规定,收购一家公司股份如果达到百分之二十的话,股票需要停牌和收购也需经过股东大会决议批准,要想通过股东大会决议批准是需要做很多工作的,低于百分之二十这个数字,可以避免这个麻烦,这是江宇兼并公司的重要财技之一。

收购的第一步既然已经迈出去了,开弓便没有回头箭,此时伍奕已经无法回头了,否则他会损失惨重的。傅华虽然心中有些担忧,可是也不得不静观事态的发展了。

傅华正在担心着伍奕,手机响了起来,看看是李涛的电话号码,赶忙接通了:“您好,李副市长,有什么指示吗?”

李涛笑笑说:“傅华啊,是这样,市里面想要恢复跟百合集团的谈判,你能不能通知一下高丰高董?”

傅华也估计市政府这边对百合集团兼并海通客车的谈判不会拖延太久，因此对李涛这个电话并不意外，笑笑说：“好的，我马上就跟高丰联系。”

李涛说：“有个情况需要跟你说一下，刚刚海通客车的工人们堵了市委的大门，孙永书记为此很不高兴，指示市政府这一边必须尽快解决海通客车的问题，所以这一次你需要尽量让百合集团回到谈判桌上，知道吗?”

下午，傅华拨通了高丰的手机，高丰接通后，笑着问道：“傅主任，你来找我，是不是你们市里面准备恢复跟我们集团的兼并谈判啊?”

傅华笑了，说：“被高董猜中了，我们市里面经过评估，觉得还是百合集团更有实力，因此谢绝了君利集团兼并要约，要恢复跟百合集团的兼并谈判。不知道高董现在身在何方？可以马上就恢复谈判吗?”

高丰笑笑，说：“老弟啊，不好意思，我现在福州，跟福州一家洗衣机厂谈判合作的事宜，怕是难以抽身啊。”

傅华愣了一下，骤然间他很难判断高丰是真的没时间，还是因为海川方面提出了一个君利集团惹到了高丰，他故意找个由头来难为海川方面。

傅华心里犯难了，他已经答应了李涛，要尽力让高丰回到谈判桌上去，此刻高丰这个态度明显不愿意回到谈判桌上。

傅华决定试探一下虚实，便半真半假地说：“高董啊，您这样可是有点小气了，您是不是因为君利集团的介入对我们市政府有些意见了?”

高丰笑笑说：“我真的在福州，要不傅主任跟李副市长说一声，让他先等一下，我处理完福州这边的事务，马上就去海川。”

傅华越发有些怀疑高丰是故意难为自己，便说道：“高董啊，我不知道您在福州处理什么重要的事务，他比您的汽车梦还重要吗？难道您忘了您要打通客车生产上下游，形成一个产业链条的远大规划了吗？我怎么觉得您现在不是那么急迫了?”

高丰笑笑说：“傅主任，我怎么听着是你比我还急呢?”

傅华觉得不应该再遮掩下去了，他认为还是开诚布公比较好，便说道：“高董，我跟您说句实话吧，我确实是比您还急，现在海通客车的工人们因为不满他们的待遇低下，已经闹到了市委，我们市政府目前急于解决这个问题。

我想这对高董来说，可是一个谈判的大好机会啊。”

高丰笑了，说：“不是单纯工人闹事那么简单吧？我听说你们的市委书记为了这件事情拍了桌子。”

高丰的讯息竟然这么快，孙永召开会议是上午的事情，刚刚过了午饭时间，高丰竟然连会议的细节都知道了，傅华惊讶地说：“您怎么知道?”

高丰呵呵笑了起来，说：“兼并海通客车可能涉及到十几亿的资产，我在海川没有一个耳目怎么能行?”

傅华笑笑，说：“看来你对海川方面的动向一直持续在关注着呢，说明您还是很想兼并海通客车的，所以您在福州的事物是不是可以先放一下，您既然在海川有耳目，肯定了解我们新市长目前很想把这个问题给解决掉，是不是可以麻烦您现在就移驾海川呢?”

高丰笑笑说：“傅华啊，你们市政府不想谈的时候就给我整出一个君利集团来，想谈的时候就希望我立马重归谈判桌，好事都是你们的是吧?”

傅华说：“我看您是真心想要这个项目，既然这样，您就要知道一点，就算您百分之百控股海通客车，离开了地方政府的支持，您还是无法把这个企业经营好。反之，您如果多考虑一下地方政府的利益，我想地方政府给您的回馈不会少于您的让步的。当然您如果真的不想做这个项目，那您怎么做都是可以的。”

高丰想了想，傅华虽然没有明说什么，可是他也知道，过于难为地方政府的官员将来会吃亏的，而且他也确实很想要这个海通客车项目，看来自己的思路是要调整一下了，便说：“好吧，你可以通知海川方面，我处理一下福州的事务，两天后去海川。”

两天后，在海川机场，徐正和李涛亲自迎接了高丰，徐正笑着跟高丰握手，说：“高董，欢迎您。”

高丰也很热情地说：“徐市长，怎么好麻烦您亲自来接我呢?”

徐正说：“应该的，对来这里投资发展的朋友，我们海川市政府十分欢迎。”

高丰又笑着跟李涛握手说：“李副市长，我们又见面了。”

晚上，在酒宴上，几番礼节性的敬酒之后，高丰笑笑说："徐市长，我这一次的行程安排比较紧张，我想直接谈一下对谈判的意见好吗?"

徐正愣了愣，随即笑着说："我这个人做事比较急性子，没想到高董比我的性子还要急。"

接下来高丰的表态更是让徐正大大出乎意料之外，高丰说："一个好的生意是对生意双方都有利的，要共赢。这一点我想徐市长不会反对吧?"

徐正笑笑说："高董说得对，只有让双方都觉得有利可图，这段生意才有成立的基础。"

高丰说："前段时间我们两方纠缠于企业的控制权方面而陷入了僵局，让谈判停了下来，这对我们双方都是一个很大的损失，不过也让我有时间思考了一下，既然生意要共赢，伙伴要什么？这样一思考，我就觉得我们可能并没有全面考虑贵方的利益，而且如果我继续坚持以前的观点，我们的僵局还是无法打破。所以我想我们这一方面应该做一些改变。"

徐正笑着说："高董说得真对，谈判其实是一个双方协调的过程，只有双方把自己的意见协调到都可以接受的程度。这个过程自然需要双方都做些妥协的。"

高丰说："同时，我也重新思考了海通客车这个项目的定位问题，我觉得仅仅局限于海通客车自身的生产是不行的，应该扩展开来，以海通客车为核心基础，把周边给海通客车配套的厂子也纳入，让这个项目发展成为一个海通汽车城。"

高丰把整个谈判范围扩大了，他已经不想仅仅去拯救一个常年亏损的汽车厂，而是想利用海通客车储备的大量土地，把这次兼并扩展成一个汽车城的项目。这让徐正和海川市的人员都有些意外，也有些惊喜，意外的是高丰的调整很突然，惊喜的是海通客车之所以拥有那么多土地储备，原本海川市政府就是打算在以海通客车为核心的基础上，发展一个海川的汽车城。后来因为海通客车一开始就亏损，这个宏大的汽车城计划最终胎死腹中。

高丰接着说道："基于这个新的思路，我们百合集团决定对谈判的条件做些调整：一是，百合集团愿意降低持股比例，持股可低于百分之五十，相应出资也要降低，但是我们公司需要掌控海通客车的生产经营权。二是，我们认为发展海通汽车城可以作为拯救海通客车的一个重要举措，我希望海川市政府能够支持这个项目，并给予必要的政策扶持。三是，鉴于海通客车目前的经营困难，我们百合集团愿意先期支付五千万资金，一来作为我们愿意投资预付的定金，二来也让目前的海通客车避免资金链断裂。我听说海通客车的工人同志们已经闹到了市委，我想这笔资金可以暂且发一些给工人，解决一下他们的实际困难。条件我就摆在这里了，希望徐市长和各位能够认真研究一下。”

高丰谈的这些条件在徐正看来对海川市是十分有利的。首先一点，高丰放弃了控股权，这起码让徐正这些官员可以说海通客车只是跟私营企业合作，而不是被兼并了，没有改变国有控股企业的性质，也就相应的不存在什么国有资产流失的问题了。这是一个很重要的关键，徐正是真心想要拯救海通客车这个企业，但这个真心要以不危及他的职务为前提。他并不是那种大刀阔斧、锐意改革的先锋人物，他也不想做这种先锋人物。他知道做这种先锋人物是备受争议的，没有很强的背景，这种先锋人物的后续发展并不十分让人羡慕。再有一点，高丰愿意先期支付五千万出来，虽然是以定金的名义，可是这五千万可以暂时缓解海通客车的困境，可以安抚住海通客车的人心，这是一个很令徐正感到诱惑的条件。至于汽车城项目，这原本就是海川市的设想，徐正也有把这个项目做大的想法，百合集团的加入，让这个设想有了实现的可能。

唯一让徐正感到困惑的一点就是，这些条件好得令人不敢相信。

徐正笑笑说：“高董，我觉得你这一次的方案比以前你跟我们谈得转变很大，我能知道是什么原因促成这样的吗？”

高丰笑笑说：“其实是你们的驻京办主任提醒了我。”

徐正原本想试探高丰真实的意图，没想到高丰说是傅华起到这么大的作用，有些惊讶地问道：“你是说傅华同志？这件事情与他有什么关系吗？”

高丰笑笑说：“我今天的让步完全是因为傅华提醒了我。他跟我说如果我真想要在海川运作海通客车这个大项目，肯定是离不开你们海川市政府支持的。我想如果大家在细节方面纠缠不休，就算我勉强拿下这个项目，也会闹得大家都很不愉快的，还不如把我们的合作建立在和谐的基础之上，只有我们相互支持，才能把海通客车这个项目运作成功。说实话，徐市长，你们的驻京办主任真是很不错啊。”

徐正点了点头，他心中对傅华开始有了些正面的印象了，他实际上跟曲炜是有共同点的，都是一个喜欢做事的人，对一个能做好事的下属自然就会有好感。

徐正说：“傅华这个同志确实很有工作能力。”

随即徐正开了市政府常务会议，研究了高丰的几条意见，市政府一干人对海通汽车城这个项目也持肯定态度，徐正也就这件事情专门向孙永做了汇报，孙永也表示赞同，于是海川市跟百合集团草签了合作的框架协议。

协议签订后，高丰就离开了海川，继续去进行他百合帝国的扩张去了，随行的工作团队留下来，继续跟海通客车方面进行谈判，敲定合同的一些细节。

高丰离开海川之后，李涛专门打了电话去驻京办，对傅华这一次出色地完成联络工作给予了表扬，说徐正市长对他也很满意，曾经在高丰面前赞扬了他的工作能力。

对这么快就达成了合作的框架协议，傅华心里也很高兴，他笑笑说：“谢谢李副市长的夸奖，这也是我们驻京办分内的事情。”

可是当傅华听完高丰的原因以及整个框架协议之后，他的高兴劲就没有了，他才不相信高丰仅仅是因为自己的那一席话就被打动了，一个有战略眼光的商人才不会因为那么一点说辞就做出这么大的让步，他更相信高丰现在需要这个海通客车的项目。

而且对高丰把海通客车项目进一步扩大成为海通汽车城，傅华也是有所担心的，百合集团仅仅兼并一个海通客车就已经很吃力了，哪里还有余力来搞什么汽车城，这很可能是高丰已经有了算计，而出让控股权只是为了达成这一阴谋而做出的小让步。拿走了生产经营权，就等于掌控了企业，那个所谓的控股权只不过是一个虚的东西。这个虚的东西在大多时候是起不到什么作用的。

傅华觉得应该提醒一下李涛，便说道：“李副市长，我怎么觉得这件事情不是那么简单，百合集团跟融宏集团是不同的，融宏集团的实力强大，它在海川铺再大的摊子，我也认为他们能做到。可是百合集团的实力不足，我总觉得他们不足以运作汽车城这么大的项目。”

李涛笑笑说：“你呀傅华，就是疑神疑鬼，原本曲炜市长听了你的意见，坚持要控制权，才导致双方的谈判陷入僵局，现在人家不要控股权了，你又怀疑对方的实力。你放心吧，我们也不都是傻子，哪里那么容易就被骗了。”

傅华知道在市政府一班人都高兴达成合作框架协议的时刻，自己提这些有些不合时宜，便笑笑说：“反正我觉得市里面小心些比较好。”

又过去一周，章旻带着两个人到了北京，男的四十多岁，叫李强，个子不高，略显干瘦，章旻介绍说是他们顺达集团的工程部主管，此次来是负责海川大厦内部装修的。女的叫章凤，三十岁左右的样子，染着黄头发，虽然不瘦，可是因为南方人的缘故，显得娇小玲珑。章旻说章凤是他堂姐，此次来是要做海川大厦顺达酒店的总经理的，包括海川大厦的装修以及未来装修好之后的酒店管理都由她负责。

傅华笑着跟章凤握手，说：“欢迎你，章总，日后需要长期合作了，还请多多关照。”

章凤蜻蜓点水一般握了傅华的手一下，就不怎么搭理傅华了。

倒是李强十分热情，跟傅华用力握手，说今后要有一段时间共同工作，希望傅主任多指教。

傅华领着三人看建好的大楼，章旻和章凤在大楼里不时指指点点，说这里要做什么，那里要做什么，李强也参与意见，三人谈的东西很专业，反而让傅华被冷淡在了一边。

过了一会儿，章旻笑着回头看看陪在一旁的傅华说：“是不是很没意思啊？”

傅华笑笑说：“你们谈你们的，这是专业的东西，我插不上嘴。”

李强也回头冲着傅华笑了笑，章凤却连回头都没回头，自顾自地继续往前走。傅华心里别扭了一下，不知道章旻为什么要派这样一个女人过来。他实际上希望章旻能派来一个好相处的人做这个总经理，这样冷的女人专业性可能是够强了，可就怕是不能合作愉快。

看完之后，傅华请三人吃饭，由于章旻不怎么喜欢喝酒，席间的气氛就有些冷清，章凤更是板着脸，只顾低头吃饭。

傅华说：“下一阶段海川大厦就要全面装修了，章总和李主管就要长期待在北京，不知道章董对他们的住宿要怎么安排？

章旻笑着说：“北京现在你比我熟，你说怎么安排比较好？”

傅华说：“如果不觉得不方便的话，就请两位住到我们驻京办去吧。那里的条件还可以，互相之间也有个照应。”

李强笑着说：“好哇，我没意见。”

章凤这时抬起了头，冷冷地说：“我不去驻京办，我要自己租房子住。”

章旻笑笑说：“我堂姐不喜欢凑热闹，回头我们公司会给她安排租房子住，你别管了。”

章凤说：“我自己能行，不需要帮忙。”

章旻没再说什么，傅华也无法说什么，这顿饭就在冷淡的气氛中结束了。

第二天章旻飞回了顺达酒店的总部，李强搬到了驻京办住下，而章凤自己找了一个单身公寓租了下来。随即，两人开始联系装修公司，让装修公司根据他们顺达酒店的整体装修风格进行设计，海川大厦的装修工作开始启动了。

一切都在有条不紊地进行着。

经过半个多月的谈判，百合集团和海通客车谈好了合作的一切细节，双方正式签订了合同。晚上，徐正在西岭宾馆宴请了百合集团参与谈判的工作人员。

席间，吴雯来给徐正敬酒，成了宾馆的承包者之后，吴雯忙碌了起来，一些比较尊贵的客人来宾馆吃饭通常她就会出来敬酒。酒宴进行正酣，徐正因为解决掉了海通客车这个包袱，心里痛快，也和大家一样喝得面红耳赤。见到吴雯进来说要敬酒，他现在经常会到这里吃饭，跟吴雯已经很熟悉了，便笑着说：“吴总这么美丽的老板娘敬的酒，大家一定要喝。”

酒宴散的时候，吴雯从办公室里出来送徐正，徐正有些喝兴奋了，看到吴雯出来送他，笑着说：“吴总啊，我常来常往的，不用老是这么迎来送往这么客气。”

吴雯笑笑说：“徐市长您能光临，是我们西岭宾馆的荣幸，这些是礼数，应该的。”说着吴雯送徐正到了车边，帮徐正打开了车门。

徐正上了车，就要离开，他忽然想起了什么，降下了车窗，看着吴雯，说：“哎，吴总，你被王妍骗走一百万的事情有线索了吗?”

吴雯苦笑了一下，说：“石沉大海了，我问过几次公安局，公安局都说正在找人。徐市长你怎么知道这件事情的?”

徐正笑笑说：“昨天他们闲聊，说起你来了，我这才知道你的海雯置业还有这么一段被骗的往事。”

实际上吴雯和西岭宾馆已经成了海川政坛的一个小小的话题，这么美丽的女人又那么风光地在海川市政商两界名流面前亮相，要想不成为话题也是很难的。人们纷纷谈论起她的八卦，开始发掘她的来历。关于吴雯的来历众说纷纭，有人说她是某某高官的私生女，当年被高官送给他人收养，现在高官得势，就回来帮助自己的女儿；也有人说她其实出身平凡，可是被某某高官包养，成了小三，这才有了现在这个身价。种种说法不一而足，也难以证真或者证伪。

不过大家可以查到的事情是，海雯置业被原来曲炜的情人王妍骗走了一百万，王妍逃走之后，吴雯还在海川公安局报了警。这件事情不但没有让吴雯的身份显得更清楚，反而让吴雯的背景更加复杂，因为有关王妍的八卦在海川政坛已经流传很久了，很多人都认为王妍在曲炜离开海川之后，又搭上了现在的市委书记孙永，那么吴雯的被骗是不是与孙永有关，这又是一个暂时没有答案的谜。

美女，加上身上有这么多解不开的谜团，自然吸引了海川众多上层人士的注意，这也是西岭宾馆热闹起来的原因之一，人们都是有好奇心的，喜欢来西岭宾馆见见这个美丽的老板娘，一探她的究竟。

吴雯笑笑说：“那是我刚开始从商没有经验，盲目地想要做点成绩，这才上了王妍的大当。”

徐正笑笑说：“其实谁一开始都不是什么都精通的，经验是在实践中摸索出来的，你现在怎么打算的，吃了一次亏，就对我们海川市的地产行业失去了信心吗？要甘心做这个西岭宾馆的迎来送往的老板娘？”

吴雯笑着说：“其实做老板娘也挺好的，忙忙碌碌，一天就过去了。”

徐正笑了，说：“你这句话明明就透着不甘心，好啦，周铁厅长对你和海雯置业一直很关心，他前几天还打电话过来，让我多关照一下，我跟周铁厅长是党校的同学，关系一直不错，你如果想在海川做什么项目，我多少还能帮上点忙，有需要的话找我吧。不过，海滨大道那边你就不要再去想了，没可能的。”

吴雯愣了一下，她并不清楚徐正跟自己说这些的真实意图是什么，她也是在这社会上打过滚的人，知道除了几个像傅华、干爹那样的人之外，这社会上没有几个人帮你是真心而无所图的。她不相信徐正仅仅因为周铁的几句话就肯帮自己，那徐正说要帮自己，他想要什么回报呢？

吴雯摸不清底细，便笑笑说：“徐市长您这么关心我，真是太谢谢了。只是目前我还没有看中什么发展项目，还是等我有了合适的项目再麻烦您吧。”

徐正看出了吴雯的谨慎，便笑笑说：“其实海川可发展的项目很多，等你看好了什么项目，过来跟我说说。在不违反大原则的前提下，小小的忙我还是能帮的。”

徐正升起了车窗，司机发动了车子，车子驶离了西岭宾馆。徐正靠上了座椅的后背，闭着眼睛，若有所思。

其实在听到吴雯被骗的经过之时，他就知道了一点，吴雯跟孙永之间是要牵连的。他记起了当初刚到任的时候，孙永跟他提起过一个朋友想要发展海滨大道中段这块地，而吴雯被骗也是因为她想要拿海滨大道中段这块地。徐正不相信这只是巧合，尤其是联系到有人说王妍在曲炜调离海川之后，跟孙永走得很近这个情况，越发让他认为吴雯跟孙永之间是有牵扯的，只是他弄不清楚究竟是王妍自己找的孙永，还是吴雯和王妍一起找的孙永。但不管是谁找的孙永，这个人跟孙永之间绝对不仅仅是清水之交的朋友，一定有某种利益输送存在，因为徐正清楚地记得孙永为了拿这块地，在自己面前费了不小的心思，最终很不高兴，这里面如果没有利益关系，孙永是不会这样的。

海通客车工人上访的事件，让孙永在市委大大地发作了一番，把徐正弄得灰头土脸，也把俩人的矛盾公开化了。

徐正并不是一个懂得谦让的人，他很强势，并没有因此而有所收敛或者让步。但这并不意味着徐正对孙永的咄咄逼人没有心生警惕，他很明白官场有如战场，失去了仕途的良好势头，就只能在一个无关紧要的位置上蹉跎终生，曲炜就是一个很好的例子。这让徐正意识到孙永是为了维护自己的权威，一定会无所不用其极的。因此，只是防范肯定是不够的，他更需要反击。

吴雯、王妍、孙永、海滨大道中段的土地，这四者之间的联系让徐正有充分的理由相信，吴雯肯定知道孙永些什么。因为没有确切的可信之处，吴雯不太可能将一百万交给王妍，如果前期王妍能取得吴雯的信任还是因为曲炜的缘故，那后期吴雯迟迟不追讨这笔钱很可能就是因为孙永。

因此徐正主动提出要帮忙吴雯就有了别的意图，他很想利用这种帮助，去获取孙永不法的一手资料。

想到自己还没有正式成为海川市市长，就和市委书记陷入了明争暗斗之中，徐正在心里厌烦地摇了摇头，他很讨厌这些相互掣肘的事情，他有些怀念还在杨城市做市长的日子。杨城市的市委书记对他的工作很支持，让他可以毫无后顾之忧地做他想做的事情。孙永就没有这种度量，他把海川市视为禁脔，想要一手把持，因此就把自己这些不肯受其摆布的人视为对手。

徐正现在倒不担心孙永会在自己正式成为市长这件事情上下什么绊子，自己成为市长是组织上的意图，如果在这过程中任何程序上出什么问题，孙永这个市委书记是要承担首当其冲的责任的，那样即使自己当不成海川市市长，孙永在省委领导心目中也会被打入另册。这种共同受损的傻事相信以孙永的政治智慧肯定是不干的。徐正现在害怕的是孙永像对付曲炜一样对付自己，用女人或者受贿来打击自己。想到这里，徐正越发感觉自己在海川如履薄冰。

傅华、赵婷和赵凯一起去了高尔夫球场，高丰人逢喜事精神爽，早早地就到了球场。

一一握手之后，傅华笑着说："高董啊，真要恭喜您啊，股票大赚。"

高丰笑笑说："是啊，我最近在股票上是很有斩获，不过，傅华啊，我想你应该也小赚了一笔吧?”

傅华心里有些诧异，笑着问道:“高董，为什么这么说?”

高丰说:“实际上你可能是最早知道我们百合集团和海通客车合作具体内容的那部分人之一，你应该知道这对百合集团是一个大利好，一定会拉升我们公司股票的。我相信以你的经济头脑，肯定早就事先布局进场了，逢低吸纳，现在股票连拉三个涨停，百分之三十以上的收获也算可以了。”

傅华笑了，说:“高董啊，你搞错了，我可没有利用你们公司的内幕消息赚钱，我不讨厌钱，可是应该取之有道。”

高丰有些惊讶地看了看傅华说:“这么大好的机会你都放过了? 让我怎么说你好呢? 你有赵董这么有钱的岳父，拿点钱出来玩玩应该不成问题的。哎，你要知道，好多人都对这种机会梦寐以求，实际上每次这种兼并重组的事件发生，都可能促使某一小部分先知先觉的人富起来。就说这一次吧，据帮我操盘的操盘手说，他们监测到海川和东海省的一些证券营业部这段时间出现了大量的买盘，你说这不是一些知道内幕消息的人做的又能是谁啊?”

傅华笑着说:“这种钱不赚也罢。高董，您这一次完成和海通客车的合作协议，弄出来一个汽车城的项目，不是为了配合你们公司的股票炒作吧?”

高丰笑笑说:“被你猜中了，我的公司很长一段时间没有大的利好消息出来了，我需要这样一个合作来提振公司的士气。”

赵凯笑笑说:“你是想提振你们公司的股价倒是真的。”

高丰说: “赵董见笑了，其实股票市场上大家都是这么做的，我也不例外。”

傅华看了看高丰，问道:“高董，我对百合集团还不太了解，你们公司有这个实力运作那么大一个汽车城项目吗?”

高丰笑笑说:“傅华啊，我知道从头到尾你对我们百合集团的实力是有所怀疑的，其实你这是杞人忧天了，我们有证券市场这个很大的平台，只要我们的业绩良好，我们完全可以利用这个平台筹集到跟海通客车合作所需的资金啊。这次的汽车城项目正好给了我们一个增资配股的很好的理由，我们公司可以筹资发展这个项目为理由，向股东们增发股份。”

傅华有点明白了高丰为什么突然提出一个汽车城的概念来，比起拯救亏损国企，这个汽车城的项目的概念自然更吸引人，而且汽车行业目前在中国的发展正是方兴未艾，还属于暴利行业，以这样明星的项目，自然更好在股市上圈钱。

高丰无愧是一个资本的大玩家，他把一个风雨飘摇的企业包装成一个很有想象前景的汽车城，用这个概念在股市上圈钱，反过来再用圈来的钱收购海通客车的股份。他玩了一场空手道，却换来了海通客车实实在在的股份。

这时，赵婷有些不满地笑着说："你们是来打球的，还是来探讨股市的？"

高丰笑了，说："对啊，我们是来打球的啊，来来，下场。"

一行人下了场，高丰心情好，打起球来也十分手顺，在一个三杆洞竟然一杆进洞，抓了一个老鹰球，他兴奋得有点呆了，醒过味来之后狠狠做了一个下拉的动作，叫了一声。

赵婷笑了，说："高叔叔啊，看来您的运势真是太旺了，势不可挡啊，今天一定要请我们吃一顿好的。"

在回家的路上，赵婷看着赵凯笑着问："爸，你怎么就不想跟高叔叔这样玩一玩什么资本运作啊？你看人家玩了玩什么汽车城的概念，好像就赚了个盆满钵满的，多好啊。"

赵凯笑了，说："我没有你这个高叔叔聪明，我只想做一点实业，我喜欢能够实实在在看得到的东西，心里踏实。"

傅华笑笑说："我看高丰现在玩得是风生水起，爸爸怎么似乎有点不屑于他的做法啊？"

赵凯笑笑说："现在很多人都在说要学西方玩什么资本运作，他们实际上并没有弄明白资本运作的真正含义。他们以为兼并重组、拆分或者换股就是资本运作了。其实他们只是学了一点皮毛，没学到真正的资本运作的实质。资本运作的核心是什么？是要壮大或者拯救企业，然后，通过企业的壮大或者被拯救获得巨额的利益。我们现在的资本运作呢，全冲着那能够获取的巨额利益去了，根本没考虑什么对企业的壮大或者拯救，本末倒置。"

赵婷笑了，说道："爸爸，你这么说可就有点经验主义了吧？德隆的唐万新您知道吧，人家可是资本运作的英雄，创造了德隆神话，刚刚上了福布斯富豪榜，排名第二十七位呢。怎么样，比您是不是强太多了？"

赵凯笑了，说："小婷啊，出息了，竟然知道注意财经消息了。"

赵婷嘿嘿笑了笑，说："我闲着没事看了点傅华订的财经杂志。"

赵凯笑着说："不过，财经杂志上只是一些浮在表面的东西，你不要把上面的东西当成是真的。《福布斯》中国富豪榜在中国号称杀猪榜，上了榜并不是什么好事。这个唐万新不错，是一个很有头脑很有激情的资本运作大鳄，不过这家伙是一个赌徒，他的德隆已是强弩之末了。什么是神话？神话是只能存在于虚构中，无法成为现实的故事。"

傅华说："爸，你是说德隆要出问题了？"

赵凯说："迟早的事，根据可靠的内部消息，德隆现在每月股市上护盘的资金就达到亿元，他向社会融资的利率已经高达百分之二十，你说他还能撑到什么时候去？"

傅华说："那还真是可惜了，其实我感觉唐万新这个人还是很不错的，很多人跟着他还是赚了钱的。"

赵凯说："唐万新人是不错，很仗义的，不过他现在已经是一个赌疯了的赌徒，你知道他那句名言吗？但凡我们用生命去赌的，一定是最精彩的。他怕是要一语成谶了，虽然德隆是一个精彩的神话，可他最后是要赌到一无所有的。"

傅华笑笑说："眼看他起高楼，眼看他宴宾客，眼看他楼塌了。"

赵凯笑笑说："有些时候强大只是一种表象，要崩塌只是瞬间的事情。前段时间你没听说过吗，三株药业，原本销售额都达到了八十亿了，也是医药销售行业的一个神话，却因为一个病人的死亡事件，瞬间就一蹶不振了。你老爸我这种做企业的，每天都小心翼翼，生怕出了一点差错，企业会毁到我手里。我倒没什么，可是还有多少人跟着我吃饭呢。"

傅华更关心的是高丰的百合集团，便问道："爸，看您这个意思，似乎百合也有问题？"

赵凯笑笑，说："对啊，高丰现在是在玩火，不过，百合的事情你不要跟别人说，爸爸现在跟高丰在合作，可不想看到百合集团出现什么问题。"

傅华笑了，说："我总觉得高丰有什么不对的地方，可是却找不出来，您能告诉我问题在哪吗？"

赵凯说："傅华啊，你的第六感还是很灵的，高丰确实有问题，不过这个问题需要很专业的人才能看出来，你不过是一个驻京办主任，看不出来也很正常。我是因为在跟高丰合作，不得不关注高丰的一举一动。"

傅华笑了，说："爸爸您不会是找人做了你的间谍，从中打探了一些内部消息了吧？"

赵凯笑笑，说："那倒没有，其实他的问题在他上市公司的公告中就有，但除非是专业人士，否则根本就看不出来。我研究过他收购百丽洗衣机集团的过程，百丽洗衣机那时连续亏损两年，眼见就要退市，被他收购后，第三年就大幅扭亏，盈利了一亿元。"

赵婷说："您还说人家做资本运作，本末倒置，只图赚钱，无法真的拯救企业，百丽这不是被拯救了吗？"

赵凯笑了，说："百丽如果真的被拯救我就不说他了，实际上他玩的只是账面游戏。首先他加大了前一年的亏损额，而把前一年的部分销售收入延后入账，再是他采用了压货销售，根本没有发生实际交易，只是把产品在账面上做成卖出去的假象，实际上这些货物还原封不动地在百丽的仓库里，从而形成了销售收入，造成账面上利润虚增的假象，第二年再直接从账面上进行退货处理。再有一点，他把本年的费用延后到第二年去处理。种种手法，不一而足，目的只是让本年度扭亏，而百丽的状况根本没有改变。"

傅华说："原来是这样啊。"

赵凯说："不过这种情况如果百丽不配合，也是很难做到的，这是一个你情我愿的游戏，百丽也通过这种方式才保住了上市的资格。"

傅华有点担心地说："这家伙别在海川也来玩这一手啊。"

赵凯笑笑说："你也别以为你们市政府那些人都是傻瓜，这些事情如果没有你们企业的人配合，他也是很难做到的。你看像我吧，我就要求高丰只提供资金，我负责经营，盈利按照预定分配，他就是想算计我也算计不到。"

傅华笑了，说："我们市政府那些人可没您这么精明。"

赵凯说："高丰虽然是你领到海川去的，可真正要合作成功，需要经过很多谈判，对高丰的判断和接受是领导们做出的，就算出了事情也没有你什么责任，我想你就不用那么操心了。"

花开两朵，各表一枝。跟赵凯、傅华分手之后的高丰并没有回家，而是开车直奔首都机场，他要迎接一位下午到北京来的客人。

虽然高丰显出一副跟海通客车合作汽车城项目信心满满的样子，可内心里他很清楚事情绝对不像他说得那么轻松。汽车城项目是给他的百合集团股票拉了三个涨停板，可在这其中运用了多少资金炒作才支撑下来，他是很清楚的。因此他的股票上升只是暂时的，后继乏力。至于他说的靠增发股票来筹集资金运作汽车城，这只是去除傅华疑心的一个说辞。那也是需要经过一个漫长过程的，眼下海川市政府就在等着他的资金到位，远水解不了近渴。

高丰需要在近期内就筹集到合同约定的十亿元，这对他这种财技高超的人并不是什么大问题，他可以在旗下的几个公司之间倒十亿元到海川来，问题是这十亿元进到海通客车之后如何再倒出来。

高丰倒是真心想要做好客车行业，可他也真是没有足够的资金来运作这个项目。梦想和现实之间还有着那么大的差距，这在别人来说，是一个很大的问题，可在高丰来说，却一点都不是问题。他自认为财技惊人，长袖善舞，可以拆借旗下公司的资金来解决这个问题。

高丰已经有过成功的经验了，当初他为了让公司达到收购百丽公司的六亿元注册资金的标准，他一天之内将一点六亿在两个银行之间来回汇了四次，从而获得了六亿多的进账单，达到了注册资金的标准，最终得以顺利收购百丽公司。

想到这些，高丰脸上露出了笑容，对于他这个聪明人来说，规则是可以通过种种手段绕过去的，傅华还傻乎乎地追问自己收购资金的来源，如果自己没想出怎么来运作这笔资金，又怎么会跟海通客车签什么合作协议呢？

高丰的设想是这样的，首先达成跟海通客车合作汽车城项目的协议，然后利用这个利好，通过炒作自家股票获利，这部分获利就作为运作汽车城项目的首期资金。至于海川市方面要求的汇入海通客车账上的十亿元资金，除了首期资金之外，他可以通过旗下公司各挪借一部分。

现在股市上的获利已经到手，下一步就是需要挪借各旗下公司的资金了，但是为了确保挪借的资金能够顺利还回来，他必须预先做好安排。

这个安排就需要海通客车的人配合了，没有海通客车高层的配合，高丰是不可能将资金再挪出来的，而今天高丰要接的这个人就是能够配合他的人。

到了首都机场，来自海川的航班已经抵达，过了半个小时，高丰就看到了海通客车的厂长辛杰，他连忙迎了上去，笑着说："辛厂长，一路辛苦了。"

辛杰笑着跟高丰握手说："高董，真是不好意思，还要麻烦你来接我。"

高丰将辛杰送到了北京饭店，进了房间，两人的神态变得放松起来，高丰笑着说："老辛啊，这一次我们合作成功，有你很大的功劳啊。"

辛杰笑了，说："高董客气啦，我只不过给你透露了一点消息而已。"

高丰说："别看这一点消息，对我来说可是十分的重要，知己知彼，才能百战百胜嘛。"

高丰埋伏在海通客车的线人竟然是辛杰。

原来高丰在第一次去海通客车认识辛杰之后，就通过关系私下跟辛杰见过几次面。交谈中，高丰了解到辛杰的儿子很想出国留学，就通过在国外的关系公司赞助了辛杰的儿子留学的所有费用，让辛杰了却这桩心事。辛杰对此自然很感激，海通客车的一些情况就通过他及时地让高丰知道。

但是高丰并没有让辛杰公开地帮百合集团什么，他只是让辛杰尽厂长的本分而已，甚至高丰想要重启谈判，也不是找辛杰传话，他找的是傅华，就是不想暴露辛杰这个很有力的内线。

高丰不让辛杰暴露，还有一个重要原因，那就是他拿辛杰是有大用的，这个大用，就是预备将来百合集团的资金进了海通客车之后，辛杰作为海通客车的重要管理者可以协助高丰将资金再转出来。

不过，要想让辛杰帮自己这么大的忙，光赞助辛杰的儿子出国留学是不够的，高丰必须彻彻底底地收服辛杰为己所用才行，因此高丰就在合同达成的第一个周末特别邀请了辛杰来北京。

高丰接着拿出一张金卡，递给了辛杰，说："这是我们集团的一点谢意。"

辛杰笑着推辞说："这不好吧？高董给我的帮助已经不少了。"

高丰笑了，说："老辛啊，你这个人啊，就是太厚道了，比起你对我们集团的帮助，这一点点谢意实在微薄，你不嫌弃就好了。"

辛杰没再推辞，说："那好，我就先收下了。"

见辛杰收下了，高丰满意地笑着说："这就对了，我们既然达成了合作协议，你我就是一家人了，不需要客气。你先好好休息一下，晚上我带你去见识一下北京的繁华所在。”

晚上，高丰亲自开车，拉着辛杰去了北京郊区，在一座没什么标志的别墅面前停了下来。

辛杰看了看别墅，别墅的外表装饰很朴素，看不出什么特别，便问道：“高董，这是什么地方啊？”

高丰笑笑：“这里是北京顶级的休闲场所了，只有地址，没有名字的。”

下了车，来到别墅门口，门马上就开了，一个身着旗袍的美女站在门旁，笑着说：“高董来了，您可是有段时间没过来了。”

美女让在了一边，高丰和辛杰就进了别墅的门厅，这里显然是别有洞天，有别于外面朴素的装饰，门厅的装饰就是极尽豪华的，水晶吊灯悬垂而下，片片晶莹剔透，墙壁上古罗马风格的画栩栩如生，裸女极为丰满，男人则雄壮无比，充分体现了人体的美感。这个时候辛杰才开始有点相信这里面是顶级的休闲场所了。

又一个穿着旗袍的美女走了过来，笑着说：“高董，跟我来吧。”

高丰就带着辛杰一起跟着美女上楼，美女的旗袍开叉很高，随着往楼梯上迈步，白皙滑腻的大腿全看在了辛杰眼中，让他心痒不已，心说这老祖宗还真是会享受，发明旗袍这种衣服，这不是摆明着诱惑男人们犯罪吗？

到了楼上，美女将二人领进了一个套间，套间的装饰就更为豪华了，一套红木家具厚重奢华，里间是一个红木大床。

美女出去了，高丰坐到了沙发上，辛杰则站在那里打量着房间内的装饰，有点羡慕地说：“这里面的装修比我家里都奢华。”

高丰笑着拍了拍沙发，说：“坐吧，老辛。这是什么地方，顶级会所，销金之地、温柔之乡、销魂之窟，来往的非富即贵，不弄好一点谁会来啊。”

辛杰坐到了沙发上，点了点头。

门开了，一个高挑漂亮的女人走了进来，看到高丰，笑着就去坐到了他的身边，轻轻地捶了高丰一下，撒娇说：“高董啊，这些日子去哪里了？”

高丰淫邪地笑着，伸手捏了一下漂亮女人的脸蛋，笑着说：“好了，别撒娇了，我上次跟你说的事帮我安排好了？”

女人点了点头，笑着说：“高董吩咐，我自然不敢怠慢了，早就给你准备了。”

高丰指着辛杰笑笑说：“那好，这位是辛董，我就是为他安排的，你把她请出来吧。”

辛杰清醒了过来，他想起了昨晚发生的一切，这个叫做小红的少女给了他完全不同于其他女人的一种感受，新鲜、娇嫩，犹如一朵含苞待放的带露玫瑰，他让这朵玫瑰彻底开放了。

有人轻轻地敲门，辛杰赶忙抓了几件衣服穿上，过来把门开了一个缝。

高丰站在门外，指了指手腕上的手表，说：“真是良宵苦短呢，你看看时间。”

辛杰看了看高峰手腕上的表，竟然十一点了！他这一次可是偷着来北京的，周一他还要回海通客车上班，必须要坐今天的飞机回海川。

俩人上了车，高丰发动了车，驶离了别墅。

高丰看着辛杰说：“怎么，老辛，你舍不得这小红？”

辛杰笑着摇了摇头，说：“舍不得又怎么样呢？我又不能天天来北京见她。”

高丰笑笑说：“你如果真的舍不得，我可以把她送到海川去啊。”

辛杰愣了一下，连忙摇头说：“那可使不得。”

高丰笑笑说：“怎么使不得，这件事情交给我了，你放心，费用问题我来解决。”

辛杰看了看高丰，他心里清楚高丰给他的回报已经远远大于他的付出，他并不是傻瓜，当然知道对方付出越多，所求也就越多，便问道：“高董，你可是超出我的预期很多，究竟想要我做什么？”

高丰笑了，说道：“老辛啊，我们现在是合作伙伴了，下一步我们百合集团要进厂经营了，我希望我们能够配合好。”

辛杰笑笑说：“配合好贵方这是应该的。”

高丰笑着看着辛杰问道：“那我能够认为你已经理解我的想法了吗？”

辛杰笑笑说：“大家现在在一条船上，高董是掌舵人，你说我能不和高董一条心吗？更何况高董对我这么好。”

高丰呵呵笑了起来，说：“听到你这么说我太高兴了。老辛啊，现在企业就是缺乏这种上下一心的合作精神。有你这句话，我对经营好海通客车更有信心了。你放心，如果我把海通客车运作好，一定不会亏待你的。”

辛杰笑笑说：“高董真是明白人，相信我们一定合作愉快的。”

俩人就在首都机场吃了一点饭。吃饭的时候，高丰大致谈了一下他的经营思路，他想多利用海通客车的土地发展汽车城的房地产，而改善海通客车生产技术和引进设备方面，他想要先暂缓或者尽量拖延。

高丰说：“老辛啊，你要知道，这十亿资金真正要铺开的话，是远远不够的，我们需要先靠地产累积起财富来，然后再全面思考汽车城的发展。”

高丰打算先利用海通客车的土地资源发展地产，是因为这不需要占用他多少资金，而且资金回笼快。如果上来就引进设备，他挪借过来的十亿资金很快就会被消耗殆尽，而且回报周期长，资金难以回笼，这可不是他乐见的。

为谨慎起见，高丰并没有提及他想把资金转回百合集团的念头，这倒不是他不信任辛杰，而是这些事情非到办理前的那一刻，泄露出去是有很大的风险的。

辛杰对高丰的想法表示了赞同，笑着说：“还是你高董有脑筋，你说我们这些国企的人不是傻吗？怎么就没想到开发地产呢，这不是抱着金饭碗要饭吃吗？你高董一来，汽车城的概念一出，海通客车的棋就满盘皆活啦。”

辛杰坐飞机回了海川，他这一趟行程神不知鬼不觉。高丰随即就打发亲信将小红送到了海川，并给辛杰买了一处海川的房产，让他可以金屋藏娇。

辛杰笑纳了这一切，作为一个国企的管理者，他并不是企业的主人，虽然企业的好坏也是与他休戚相关，可是那一点微薄的收益哪里敌得过高丰私下给他的丰厚贿赂。有些时候他心里还愤愤不平，凭什么同样是管理一大笔资产，别人就可以花天酒地，为所欲为，而自己只能拿到一点微薄的工资，就是享受点什么，也需要私下做手脚，不敢明目张胆。

辛杰自觉不低人一等，甚至他觉得自己比那些私企老板能力强得太多。他早就不甘心这种守着大笔资产过穷日子的生活了。因此他对高丰找上门来十分高兴，他觉得上天终于开始眷顾他了，他跟高丰可谓一拍即合。

高丰见辛杰收下了小红，便知道他已经收服了辛杰，可以在海通客车做他想做的事情了。

高丰先期支付的五千万，顿时让死气沉沉的海通客车有了生机。工人们随即涨了几级工资，虽然并没有补发前面应涨没涨的部分，可是工人们还是十分高兴，都觉得百合集团给他们带来了盼头。

在海川市政府大力的支持下，海通汽车城很快就得以立项，汽车城开始大量招商搞建设，到处一片红火的景象，似乎百合集团真的拯救了海通客车。

但是很多人都不知道高丰真实的想法。人们只是看到了他给海通客车带来了新的活力，他被海通客车上下视为企业的救星，被海川市政府认为对国企脱困做出了重大贡献的人，他成了海川市政府的座上宾，甚至后来徐正还一度有授予他荣誉市民称号的念头。

潮水上涨的时候，是没有人知道谁在裸泳的。

北京，已是深夜，傅华和赵婷已经入睡，手机突然响了起来，铃声在寂静的夜中分外刺耳。傅华被惊醒，连忙抓起手机接通了，低声问道："谁啊?"

电话那边一个男人说道："傅主任，是我，李强。不好意思这么晚还要打搅你。"

原来是顺达酒店派过来的工程部主管李强。傅华心里一惊，他以为装修工地上出了什么事情了，赶紧问道："怎么了，李主管，工地上出什么问题了吗?"

李强说："不是，不是工地上的事情，是我们的章总出了点问题。"

傅华愣了一下，他虽然不喜欢章凤，可是总是章旻派来的人，出了什么事情他也不好交代。

李强说："章总在三里屯一家酒吧喝醉了，酒吧从她的手机里找到了我的电话，打了电话给我，让我过去接她，可是我北京的路不熟，我也不知道该怎么去，只好打电话给傅主任了。"

傅华急匆匆穿好了衣服，蹑手蹑脚地离开了家，就到办事处接了李强，俩人往酒吧赶。

俩人找到了酒吧，一进门就听到章凤的声音在大叫，傅华和李强冲到了吧台前面，见章凤满脸红晕，酒气醺醺，正拍着吧台冲着酒保叫喊着。

傅华冲着酒保说："对不起，我朋友喝多了。"

酒保大概见惯了这个场面，笑笑说："好啦，赶紧把你朋友带走吧。"

李强说："章总，好啦，我们走吧。"

章凤瞪了李强一眼，说："要你管我，我不走，我还要喝酒。"

傅华看章凤喝多了已经失去了理智了，知道这么劝是劝不走她的，便上前一把将她扛起来就往外走。章凤还是不依不休，捶打着傅华的后背，叫道："把我放下来，我不走，我还要喝酒。"

傅华并不理章凤的叫喊，自顾自地往外走，章凤见傅华不理她，在经过一张桌子的时候，伸手就去抓住了桌子。傅华正闷头往外走着，没想到章凤会这么做，他的冲劲太大，竟然带着章凤一下子将桌子拉倒了。桌子上客人点的啤酒和佐酒的瓜子、果盘一下子就摔到了地上。

一男一女两个酒吧的客人原本正在酒吧暧昧昏暗灯光下抱在一起卿卿我我呢，这下子不干了，男客人站起来一把抓住了傅华的胳膊，叫道："你们怎么回事啊？"

傅华也自知理亏，转过头来连声道歉："对不起，对不起，我的朋友喝多了，打烂的东西我们赔偿好了。哎，董律师，这么巧，怎么是你啊？"

傅华惊讶地发现这个男人竟然是董升。

董升也没想到扛着女人的男人竟然是傅华，他有些尴尬地笑了笑，说："是傅主任啊，你也来玩？"

傅华扫了一眼董升身旁的女伴，虽然酒吧灯光昏暗，女人也扭着头没正面对着傅华，可是傅华还是可以确信这个女人不是徐筠。再说，如果是徐筠她也会站起来跟傅华打招呼。

董升笑笑，说："律所的一个当事人，我们在谈点事。"

傅华心知当事人不会这么晚还在酒吧里谈什么事，这女人肯定是董升今晚的女伴，他并无心去干涉什么，便笑笑说："你打烂的这些需要多少钱，我赔给你啊。"

董升笑笑，说："傅主任，你这样就见外了，我原来是没认出你来，走吧，赶紧送你朋友回去吧。"

傅华将章凤放了下来，打开车门就往里塞。章凤不甘就范，还要挣扎着往酒吧里走，傅华自然不能放开章凤，仍然使劲地把她往车子里推，章凤没傅华力气大，眼见就要被推进车里，她不甘心，张口就狠狠地咬了傅华的胳膊，傅华受痛不过，松开了章凤，章凤起身就往酒吧里跑。

傅华火了，伸手一把拽住了章凤，另一只手顺手就狠狠地给了她一耳光，叫道："别闹啦，你醒醒酒吧。"

章凤被打得呆了一下，旋即就叫嚷着伸手去抓傅华，傅华早有防备，使劲地按住了章凤，见章凤还是不停地叫嚷挣扎，就叫在旁边手足无措的李强道："李强，你把矿泉水打开，给我浇到她头上。"

李强手哆嗦着打开了矿泉水就要往章凤头上浇。章凤杏眼一瞪，大叫了一声："李强，你敢。"

李强被吓得一哆嗦，矿泉水瓶一下子掉到了地上。傅华越发火大，一下子就将章凤放倒在地，一手按住她，一手抓起矿泉水瓶，就将瓶中水全部浇到了章凤脸上。

这一幕幸好发生在深夜，并没有人注意，不然看在不知情人眼中，一定会以为傅华这个大男人在欺负一个弱女子呢。

水浇到了章凤脸上，她多少有些清醒了，她躺在地上不再挣扎，说了一声："你们这些臭男人就会欺负我！"两行眼泪就流了下来。

李强过来拉起了章凤，章凤没再挣扎，傅华打开了车门，章凤默默地坐到了车里，傅华关上了车门，发动了车子。

傅华停下了车，章凤下了车就往里面走，傅华伸手拉住了她问道："你没事了吧？"

章凤一把甩开了傅华的手，就走进了楼道里，傅华示意李强跟着上去了，过了一会儿，李强下来，说章凤已经进了家，傅华这才放心了。

李强上了车，傅华看了看他，问道："你今天晚上叫我来，不是单纯找不到路吧？"

傅华已经回过味来了，章凤今晚的表现充分说明李强根本就无法一个人带她回家，李强找自己来，根本就是想要借助自己的力量带回章凤。而章凤这个样子，似乎也不是喝醉过一次两次。

李强干笑了一下，说："被傅主任猜到了，我想只有傅主任能帮这个忙，别介意啊。"

傅华笑笑，说："冲着章旻，这个忙我也是应该帮的。对了，章凤怎么回事啊？"

李强说："具体情形我也不是太清楚，只是章董走的时候交代过我，说章凤有些不开心的事情，到北京来，也是想给她换个环境，要我在北京多留意，多帮忙她。"

敢情章旻把章凤放到这里是为了给她疗伤的，难怪一上来就感觉有些别扭，傅华心里有些不舒服，这根本就没拿海川大厦这一边当回事情。章旻也真是的。

傅华没再说什么，将李强送回了驻京办就回了家，这一晚他已经被折腾得筋疲力尽，回了家倒头就睡。

早上睁开眼睛的时候，傅华发现赵婷正虎视眈眈地看着自己，便笑笑说："怎么了，这么舍不得我吗？需要眼睛一眨不眨地看着我吗？"

赵婷瞪了傅华一眼，说："老实交代，你昨晚干什么去了？"

傅华笑笑说："哎，说起来够上火的，半夜被人叫去把一个酒鬼送回家。"

赵婷一把抓起傅华的胳膊，指着上面的牙印说道："你可不要告诉我，这也是酒鬼咬的。"

这时傅华的手机响了起来，傅华指指手机，说："我先接电话你再来扭我好吗？"

傅华拿过手机来，一看却是董升的号码，心说这家伙大概是为了昨晚的事情心虚吧，就笑着接通了。

董升说："傅主任，昨晚的事情，我需要跟你再解释一下。"

傅华笑了，说："我了解，你跟当事人谈事情嘛，没什么啊。"

董升说："确实是这样，不过，那种情形比较容易引人误会，所以还请傅主任不要随便跟人说，可以吗？"

傅华看了看身旁的赵婷，见赵婷正一副若无其事的样子，估计她没听到，便笑了，说："好，我知道了。"

董升嘿嘿笑了起来，他有点找到了同盟的味道，说："谢谢了。哎，伍奕最近要过来北京了，到时候我们聚一下。”

傅华说：“好哇，他的事情办得怎么样了？”

董升笑笑说：“香港那边办得挺顺利的，已经收购了一家公司的百分之七十的股份，控股了该公司，下一步就是怎么将山祥矿业置于上市公司之中了。”

傅华惊讶地说：“这么快？真是没想到会这么迅捷。”

董升笑笑说：“是啊，香港是号称世界经济最自由的地方，只要你符合相关的法律规定，什么事情都会办得很迅捷的。更何况这一次伍奕找的人很对路，江宇在香港证券界是有快刀之称的。反倒是下一步关于外资收购山祥矿业的审批会慢一点了，有一些必要的审批程序要走的。”

傅华说：“董律师才是关键人物，我等着听你的好消息了。”

董升笑笑说：“我是受委托办事，只要钱拿到了，没有不尽力的。好啦，伍奕来了我们一定要一起聚一下啊！”

董升挂了电话，这时赵婷看了看傅华，问道：“老董让你帮他隐瞒什么啊？”

傅华见躲闪不过去了，笑笑说：“昨晚我在酒吧碰到了老董，他正和当事人喝酒，俩人闹得不亦乐乎，很不堪，看见我就有些尴尬，他也不想让这件事情叫徐筠知道，所以醒了酒就打来了电话，其他的只是跟山祥矿业有关的情况，你在旁边都听到了。现在都说给你听了，你可别跟徐筠说。”

傅华技巧地隐瞒了跟老董在一起的当事人是一个女人，而且俩人不是因为喝酒而不堪这一点，他不想告知赵婷，是因为赵婷实在不是一个能保住密的人，而且个性仗义，说不定听了之后反而会主动告知徐筠。

赵婷看了看傅华，说道：“真的吗？老董喝多了酒真的见不了人吗？”

傅华笑笑说：“你见了也会觉得好笑的。好啦，把电话给我，我打个电话过去问一下，别出了什么事情我跟章旻不好交代。”

赵婷把电话递还给了傅华，傅华拨通了章凤的手机，响了一会儿，手机接通了，傅华说：“你醒酒了吗？”

章凤冷冷地说：“醒了。”

傅华说：“对不起啊，我昨晚可能下手有点重，没打坏你吧？”

章凤冷笑了一声，说："行了，别假仁假义的了，我不是泥捏的，你那一巴掌还打不坏。你是不是觉得这么装模作样地跟我道一下歉，我就应该感激地跟你说声谢谢啊？对不起，我怕是不能满足你的虚荣心了。"

傅华心里别扭了一下，心说这个女人还真是不知好歹，便冷笑了一声说："我最讨厌那种自作聪明、自以为是的人，其实我真的不觉得你聪明，相反我觉得你傻得可怜。"

章凤愣了一下，旋即叫道："你够了吧，别给你三分颜色你就开染坊。"

傅华笑笑说："我说错了吗？章凤，你就是一个傻瓜，我不知道你究竟发生了什么事情，可是我知道一个人想要靠作践自己让自己不痛苦是根本不可能的，那样只会越来越痛苦，好了，其实说这些可能你也听不懂的。"

章凤越发火大，叫道："傅华，你算什么东西啊，你凭什么来教训我？"

傅华冷笑了一声，说："你不用这么凶，越凶越说明你没理。你弄这个样子给谁看啊？不是关心你的人谁愿意搭理你啊？说实话，你冷得像冰一样，不是看在章旻的面子上，我连话都懒得跟你讲。"

章凤叫了起来："傅华，你混蛋。"

傅华笑了，说："穷凶极恶了吧，你除了这么叫嚷还能做点什么？好啦，我一会儿还要上班，不跟你费这种没用的口舌了。"

傅华挂了电话，一旁的赵婷看了看他，说道："别对人家女孩子这么凶，你这样骂她，出了什么事情可就不好了。"

傅华说："这种女人不值得可怜。"

赵婷说："也许她真有什么伤心事，你这么骂她不怕她性子一急，真的做什么傻事吗？"

傅华愣了一下，有些担心地说："也是，我被这个女人气糊涂了，你这么一说还真有这种可能的。怎么办呢？"

傅华就打了电话给李强，说让他去章凤住的地方看看，章凤别做什么傻事。李强答应了下来，傅华又叮嘱他看完给自己来个电话。

傅华到驻京办的时候，李强的电话就打了过来，说去看了看章凤，章凤的神情看上去倒没有什么，不过脸上五道指痕清清楚楚，看来昨晚傅主任你那一巴掌打得还真是不轻。

傅华笑了，说："我当时也是有些气急了。我还是生平第一次打女人呢。好啦，打在脸上的伤容易好，可章凤不能再这个样子下去了，你是不是跟你们的章董说说这件事情，章凤真要有个什么闪失，你我都担不起的。"

李强说："对，我马上打电话给章董，跟他汇报一下这件事情。"

李强打电话跟章旻汇报去了，傅华就去办理驻京办的事情。临近中午，章旻打过电话来了。

章旻说："不好意思，傅主任，我这也是受家族中老一辈的拜托不得不为之。他们原本想我堂姐换个地方会好一点，没想到会变成这个样子。不过你放心，我堂姐这个人工作能力还是有的，海川大厦的装修工程她一定会安排好的。"

傅华苦笑了一下说："工作方面我不怀疑她，再说还有李强在，应该出不了大问题。问题是你堂姐别在别的方面出状况，我可是担待不起的。"

章旻说："这个你不需要担心了，我刚才跟她做过沟通，问她是不是不想呆在北京，如果她不想，我可以将她调到别的地方，她说既然已经来了，就留在这里吧。我堂姐跟我保证了，不会再有类似状况了。"

傅华苦笑了一声，说："希望吧，对了，章凤没在你面前骂我吗？李强说我打她那一巴掌实在不轻。"

章旻说："她倒没埋怨这个，可在我面前埋怨你说话恶毒，一点不给她留情面。"

傅华说："唉，我那是被她气得，你以为我想说？她这是出了什么事情啊？"

章旻说："说来她也很可怜，跟她相恋三年的男朋友就在要谈婚论嫁的时候移情别恋了，一个女人哪里受得住这个，当时她整个人都变了，其实她原本是一个很热情的人，我想她之所以变得这么冷，也是一种自我保护吧。"

跟章旻通过电话之后，接连几天，傅华都没有去工地上，他怕去了工地见到章凤脸上的指痕尴尬。

章凤却一点都不体谅傅华的心情，见傅华连续几天都不去工地，就打了电话过来："喂，傅华，你什么意思啊，海川大厦你不管了是吗？别忘了你们驻京办还有一层办公室也需要装修的。"

傅华说："我这几天事情多，没顾得过来。"

章凤冷笑了一声，说："芝麻绿豆大的小官，也能忙成这样？别装了，赶紧过来，我有些你们驻京办部分的装修事宜要跟你商量。"

傅华心里也有点打怵章凤，便说："好好，我马上就过去。"

到了海川大厦的工地上，傅华找到了章凤，章凤板着脸，领着傅华到了驻京办分配到的楼层，说："你们驻京办跟酒店之间的过渡部分，我觉得应该做些修改。"

章凤就开始谈修改的方案，傅华偷眼去看章凤的脸颊，虽然已经过去了几天了，章凤也用粉底做了些遮掩，可那天傅华打的指痕还是依稀可见。

章凤察觉了傅华在看她，冷笑了一声，说道："在看你的爪子印是吧？"

傅华也觉歉然，干笑了一声，说："我那天下手真是有点重了，真是抱歉。"

章凤冷冷地说："不用抱歉了，我想我咬你那一口也不会轻了，我们算两抵了。"

傅华呵呵笑了起来，说："是啊，我老婆看到你的牙印，还查问我半天究竟做了什么呢。"

章凤有点绷不住了，扑哧一声笑了，这一笑将脸上的寒冰化去，显出了与她年龄相称的青春靓丽。

傅华笑笑，说："原来章总也会笑啊。"

章凤再次把脸绷紧了，说："别说那么多废话了，我们还是谈正事要紧。"接着章凤再次谈起了装修方案的修改，傅华听着感觉比原有方案更好些，便赞同了。

谈完之后，傅华告别要回驻京办，他转身离开，已经走出了一段距离了，章凤在身后喊了一声。

傅华回过头来，问道："还有什么事情吗？"

章凤说："你如果不好跟你老婆解释，我可以跟她解释一下。"

傅华笑了，说："没事了，我老婆还蛮信任我的。不过我倒是觉得你们可以互相认识一下，你在北京也没什么朋友，认识了我老婆也算有了一个朋友。"

傅华是想像章凤这样受过情伤的女子，如果老是封闭在个人的空间里，不但不会疗好伤，说不定反而会更坏，还是给她一个有朋友相处的环境，也许她会在朋友圈子的帮助下，走出感情的困境。

章凤没想到傅华会这么说，愣了一下。

傅华看章凤的语气已经不是那么冷淡，知道她有些心动了，便笑笑说："我老婆很好相处的，要不我叫她来中午一起吃午饭？"

章凤想了想说："好吧，我们今后可能要长期合作了，认识一下你的家人也是应该的。"

看来章凤已经慢慢卸下心防了，傅华暗自松了一口气，觉得可以不用担心章凤以后再闹什么状况了。

傅华就打了电话给赵婷，让她过来一起吃饭。赵婷正在家闲着无聊，高兴地答应了下来。

介绍了之后，赵婷看了看章凤，笑着说："姐姐脸上还真有傅华的指痕啊，这家伙真是差劲，怎么对女人下这么重的手？"

傅华在一旁怕章凤难堪，笑着说："小婷啊，你别哪壶不开提哪壶好不好？"

章凤笑了，说："好了，这件事情怨我，我当时喝多了，话说我也狠狠地咬了他一口，妹妹没心疼吧？"

赵婷呵呵笑了，说："男人没那么娇贵的，管他呢。"

章凤似乎很喜欢赵婷的直爽，她完全跟在傅华面前变了一个模样，说起话来都是满面带笑，这让傅华看得有些傻眼。

章凤和赵婷的家世背景有点相似，谈起话来自然有很多共同感兴趣的话题，赵婷又隐约感觉章凤有一段伤心事，她本来就是一个很仗义的人，谈话间便有些小心维护章凤的意思，这一段饭吃下来，两个人竟然十分合缘，虽然还没到好朋友的程度，可是相互之间已经是十分热情了。

第五章　干事业借力打力，抓政绩风风火火

孙永本想借海通客车厂事件给徐正一个下马威，不承想徐正却借力打力，不仅促成了海通客车和百合集团的兼并，并且将汽车城项目搞得风风火火。弄得孙永也只好顺水推舟送人情。徐正确实是个干事业的人，做起事情来雷厉风行，环环相扣。这边汽车城项目才落实，他立马赶赴京城，联手傅华，去争取海川市新机场项目审批。

经过一段时间的考察，吴雯看上了一个地块，有消息说国土局已经决定将这一地块放出来招标，这是一个热门地块，吴雯相信肯定会有很多人想要参与投标，她决定把这个事情跟徐正谈一谈，看一看徐正究竟是个什么态度。

这天恰好徐正来吃饭，离开的时候，吴雯出来送他，笑着说："徐市长，我记得那天您跟我说，如果有什么事情可以找您？"

徐正笑笑说："对啊，怎么你有事情需要我帮忙？"

吴雯点了点头："您什么时间方便我去找您谈谈？"

第二天上午，吴雯精心打扮了一番。她很清楚自己的魅力，一个漂亮女人本身就是一件攻关的良好武器。打扮停当，吴雯又准备好了一张银行卡，她并不知道徐正究竟想从自己这里得到什么，多准备一点东西，以确保此行马到成功。

因为王妍那件事情，吴雯其实是很受伤的，她是一个自傲的女人，但让她自傲的却并不仅仅是她的姿色，她实际上是认为自己的头脑不输于姿色的，她并不是一个没大脑的美丽女人，也正因为如此，她才不甘雌伏回海川经营

起房产公司来。她当初是以为自己一出马肯定能赚到盆满钵满的，她以为找到王妍就可以走一条捷径，哪知道聪明反被聪明误，阴差阳错之间，不但被骗了一百万，还什么事情都没做成。这让她在干爹面前灰头土脸，几乎抬不起头来。

因此这一次吴雯找徐正就做了十分充足的准备，她容不得再一次的失败，否则干爹就该怀疑她的办事能力了。

刘超将吴雯领进了徐正的办公室，徐正正坐着批文件，见吴雯进来，连忙站了起来说："吴总一来我的办公室，我都有蓬荜生辉的感觉啊。"

吴雯笑笑说："上一次您跟我说的话，我回去想了想觉得很有道理，海雯置业原本是想在海川有所作为的，如果因为王妍骗我受了点小小挫折就止步不前，真是有点因噎废食了。徐市长的话让我再度思考海雯置业的未来，我觉得我还是能够为海川房地产发展近一点绵薄之力的。"

徐正笑着点了点头，说："王妍的事情是你走了弯路，不是因为我们海川投资环境不好，你也是海川本地人，是理应为海川发展尽一份力的。"

吴雯说："徐市长说的很对，这一次我又看好了一块地，听说国土局那边准备拿出来招标，我很想把这块地作为我们海雯置业发展的第一个项目，只是不知道有没有这个机会。"

吴雯就把她知道的那块地的情形跟徐正说了，她现在海川已经今非昔比，在海川的消息渠道很多，甚至也有国土局的人士是西岭宾馆的座上宾，因此她了解到的情况十分准确。

徐正听完，看了看吴雯，笑着说："吴总，你的消息很灵通嘛，这块地是要放出来开发，只是你的资金实力够吗？"

吴雯点了点头说："我的资金实力是够了，只是海川有我这样资金实力的公司不少，我的公司又是新设立不久的，怕是挣不到手啊。"

徐正笑笑说："那你就去参加投标吧。"

吴雯看了看徐正，笑着问："徐市长您是说我可以参加？"

徐正笑笑说："放心吧，我让你去你就去，你不会失望的。"

吴雯笑笑说："不会让徐市长您难做吧？"

徐正笑了，说："难做？不会的。我们私下里说吧，其实虽然国土局那边搞土地出让看上去都在走招投标这一套，似乎很公平，实际上很多房地产公司私下都是有默契的，有意的公司为了能够中标，往往都是事先找人一起来围标。这些行为虽然不合法，可是台面上的程序都是合规合法的，被查处的可能并不大，也很少能够被找到证据证明他们不合法，国土部门对此基本上都是睁一只眼闭一只眼的，他们只要土地卖出去就好了。甚至一些房地产公司跟国土局内部的一些人相互之间都是存在一些联系的，所以一块地放出来基本上哪家公司会拿到都是定局了。”

吴雯看了看徐正，说：“那我参与这块地，岂不是搅了别人的好事？”

徐正笑了，说：“我想我如果打了招呼他们是会礼让的。不过，这一次我会帮你打招呼，是因为你受过王妍的骗，一个公司刚刚起步就受这么大的挫折对你的发展是很不利的，而且一个女人想做好房地产公司并不容易。大家都是想搞好海川，我这个做市长的给你点扶持也是应该的。相信你以后发展了这个项目就有了一定的基础了，以后就要完全靠你自己了。”

吴雯笑着说：“那谢谢徐市长了。”

吴雯这时将准备好的银行卡放到了徐正面前。

徐正看了看银行卡，又看了看吴雯，他心里有些警觉，这个女人不是来给自己设陷阱吧？联想到她跟孙永之间的联系，这种感觉越发明显。可是他已经观察吴雯一段时间了，似乎没见过孙永跟她之间有什么明显的联系。孙永只是在西岭宾馆重张的时候露过一次面，基本上没再出现在西岭宾馆，如果说孙永真的跟吴雯有联系，那他们也就太能装了，徐正严肃了起来，说：“你这是干什么？”

吴雯笑笑说：“徐市长，规矩我懂的。一点心意，你就收下吧。”

徐正笑着摇了摇头，说：“现在这些人怎么了，难道除了钱，这人和人之间就没有别的了吗？动不动就拿钱来说事。”

吴雯笑着说：“我知道这钱不足以感谢您对我的帮助，可它是我的一番心意，请不要嫌弃。”

徐正说：“你如果真的是要把钱留下，那对不起，这件事情我不能帮你了。”

吴雯愣了一下，她原本以为徐正说不要只是一种推辞，只要她坚持，徐正是一定会收下的，没想到徐正还真是不要。

吴雯伸手去把银行卡收了起来，笑笑说道："那是我以小人之心度君子之腹了。"

徐正脸上这才有了笑意，说："我是真心想要帮忙，如果收了钱，这件事情就变味了。"

徐正注意到了吴雯神色间的那一丝失望，他久历官场，自然知道吴雯心里在想什么，她一定是以为自己不肯收银行卡，是不想真心帮忙。有些时候世事就是这么好笑，人们往往以为礼送到了，人家就肯定会尽心尽力帮忙，而拒绝收礼也就是拒绝提供帮助。这大概也是现在腐败横行的一种民心基础吧。人们都厌恶腐败，可是又都想通过腐败来谋取好处。

徐正心里暗自摇了摇头，其实他是真的要帮助这个美丽的女人的，便笑笑说："你先回去吧，这个项目很快就会被放出来，你回去准备资料吧。"

吴雯离开了，徐正坐回了办公桌前拨通了国土局局长周然的电话。

徐正笑着说："老周啊，你们那个地块准备什么时间放出来啊？"

徐正就说了吴雯谈到的地，周然说："马上就要放出来了，怎么徐市长有什么指示吗？"

徐正笑笑说："刚才海雯置业的吴雯吴总来我的办公室了，谈起了这块地，她有兴趣想参与，我就想说帮她打听一下这块地的具体情形。哦，马上就要放出来了，不错。"

周然知道吴雯，他也到过西岭宾馆做过客，徐正这么含含糊糊地说这一番话，让周然有些不明所以，这是什么意思？想帮吴雯打招呼拿下这块地？还是只是泛泛问问？

不过通常领导的话都含义很深，泛泛问问这种可能性不大。

周然笑笑说："已经完成了制定工作方案和编制招标文件的前期工作，马上就要发招标公告了，您跟吴总说一声，如果她感兴趣就来买招标文件吧。"

徐正笑笑说："好的，我会跟她说的。对了，老周啊，这一次招投标一定要做到合法公正啊。"

周然说："您放心，我们国土局一定会按照法律法规的规定，严格合法公平的处理好这一次的招投标行为。"

徐正挂断了周然的电话，就拨了吴雯的电话，说："吴总，我刚刚跟国土局周局长通过电话了，他说马上就要发布招标公告了，你最近几天多注意一下国土局的动向。"

吴雯没想到徐正动作这么快，心中还是有些感激，便说道："太谢谢你了，徐市长。"

那一边周然挂了电话之后，就开始琢磨徐正的话，虽然徐正没有明确说要帮海雯置业拿这块地，可是打招呼的意图十分明显。领导们说话都很技巧的，即使帮人打招呼，也要强调依法办事公正公开这一套。具体要怎么领会，就要看下属们的政治智慧了。

周然自觉政治智慧并不低。

看来这一次这块地是要放给海雯置业了，原本副市长秦屯已经跟周然打过招呼想拿这块地，可是徐正既然插手了，周然只能先满足他的要求。一来徐正是他的顶级上司，直接管着他；二来他也对徐正做事的风格十分清楚，徐正雷厉风行，往往说到就要做到，同时，徐正的度量不大，谁让他不高兴了，他一定会想办法报复。前段时间傅华就是一个很好的例子，当时的顺达酒店土地使用权被查，就是因为傅华惹到了徐正。

周然心里有些烦躁，这还需要跟秦屯解释一下，否则秦屯一定会迁怒自己。自己这个局长夹在他们这些领导之间就像一个受气的小媳妇，还真是难做。

周然拨通了秦屯的电话，笑着说："秦副市长，您有时间吗？"

秦屯说："什么事情啊？"

周然说："您朋友想要的那块地的事情，现在有些困难了，我想当面跟您解释一下。"

秦屯说："我现在不在办公室，究竟怎么回事？谁插手这件事情了吗？"

周然说，对，徐正市长刚刚打电话过来，说这一次招投标一定要公开公正合法的进行，您看是不是让您的朋友这一次就不要参与了。

周然说得很技巧，甚至连徐正帮哪家公司打招呼都没提，可是秦屯马上就听明白了他真正的含义。他跟下属打招呼也会强调这一套的。到嘴里的肥肉要吐出去，秦屯心里十分的别扭，可是他也不敢挑战徐正的权威，他也不能冲着周然发火，他明白周然也很难做，便强笑笑说：“老周，我知道了，就按照你说的办吧。”

周然说：“谢谢秦副市长谅解。”

秦屯笑笑说：“我不谅解行吗?”

周然干笑了一下挂了电话。

隔了两天，国土局的土地招标公告就发布了。吴雯的海雯置业去购买了招标文件，参加了国土局组织的现场踏勘，并在招标公告规定的时间内，持投标申请书、营业执照副本、房地产开发资质证明、法定代表人身份证复印件办理了投标申请，并缴纳了投标保证金。

不久国土局审查了海雯置业的投标资格：确认海雯置业的开发资质和诚信记录符合招标文件要求，核准了他们的投标资格，通知其参加投标活动。海雯置业精心准备好了标书投入了标箱。

这期间，吴雯心中一直在等着徐正向她提出要求，因为在这个事态没有明朗的时刻，是最适合提要求的时候，一旦事态明朗起来，往往就失去了要挟对方的有利地位，对方履不履行都很难说。

可是徐正一直没有什么动静，甚至也没再打什么电话来，这种安静让吴雯心中没了底气，她也不知道自己这一次会不会中标。

深夜，手机铃声尖锐响起，吴雯被吓得一激灵，赶忙把手机抓了起来，一看竟然是干爹的电话，赶紧接通了。

吴雯说：“干爹，这一次我心中没底，虽然徐正说要帮我打招呼，可是我送钱他没要，他也没跟我提什么要求，我还真不知道这个项目能不能拿下来呢。”

干爹笑笑说：“你不要心急，干爹这些年来总结了一个经验，一件事情，只要你该做的都做过了，结果如何就只能听天由命了。”

吴雯笑了，说：“这可不像您的风格，我看您做事向来主动，怎么也会有听天由命这样消极的想法?”

干爹说：“小雯啊，你还年轻，还不明白这世界究竟是怎么回事。等你到了干爹这个年纪就会知道，这世界上很多事都可以改变，唯独命运无法改变。

古往今来，命运的车轮碾碎了多少英雄豪杰。刘邦就是一个小人，做事毫不讲究，为了逃命儿女都可以抛弃，可这样的小人偏偏打胜了大英雄项羽，这是为什么，这就是因为命。"

吴雯笑笑说："干爹，你怎么就不说说那些战胜命运的人呢?"

干爹笑了，说："谁啊？谁战胜过命运啊?"

吴雯说："比方说那个扼住命运咽喉的贝多芬啊。"

干爹呵呵笑了起来，说："你听过贝多芬的《命运交响曲》吗?"

吴雯说："这个是我最喜欢的交响曲了。"

干爹笑了，说："你倒是听懂了，可是你知道这首曲子创作的背景吗？在我看来，这就是命运给他的安排。他可能更想要的是耳朵被治好，更想要的是齐亚蒂伯爵小姐的爱情，可是这些他是得不到的。这就是命运。即使他创作再多再好的曲子也无法改变了一切。所谓扼住命运的咽喉只不过是发泄的屁话而已。"

吴雯苦笑了一下，说："干爹，有些时候您能不能不这么理智，本来很激励人心的故事，被你这么一说却让人感觉凄惨无比。"

干爹苦笑着说："我们小时候受的教育就是全世界的人民都生活在水深火热中，我们要担起这救国救民的重任，其实哪是这么回事，我们实际上连自己都救不了。"

吴雯说："干爹，我觉得虽然您现在可以呼风唤雨，可是你内心中始终是痛苦的。"

干爹叹了口气，说："我也是一个小角色，还谈不上什么呼风唤雨。再说这世界上又有谁能得到真正的快乐呢？有吗?"

吴雯笑了，说："苏格拉底说这世界上只有两种人，痛苦的人和快乐的猪，起码在他看来人在这世界上是不快乐的。"

干爹笑笑，说："其实就是猪也有他痛苦的时候。我有一种感觉，徐正这个人信得过，你这一次的项目能拿到手的，你放心吧。"

北京，傅华在和高月、罗雨在办公室闲谈，年轻人之间可能更有话题，经过这一段时间的相处，高月和罗雨之间已渐生情愫，傅华也乐见俩人成为一对情侣。

门外，一辆悍马停了下来，伍奕就走进了驻京办。

高月倒好了茶，就和罗雨出去了。

傅华说："你香港那边搞定了吗？"

伍奕点了点头："虽然费了些周折，可是还是搞定了，现在我也是一家香港上市公司的实际控制人啦。下一步就是反向收购山祥矿业了。"

傅华说："说到反向收购，我正好有点情况要跟你谈一下，你现在委托董升给你做向商务部报批的事项吧？"

伍奕说："对啊，这还要感谢老弟给我介绍了这么一条好路子呢。"

傅华看了看伍奕说："伍董啊，你觉得这个董律师可信吗？"

伍奕笑着说："我想你对董升的感觉可能也是正确的，我早就觉得这个人不是外表看上去那么实在。"

傅华越发不解，问道："那你还把事情委托给他干？"

伍奕笑笑，说："我又不是要嫁给他，要他那么实在干什么？老弟啊，你想没想过，实在的人能帮我做这些事情吗？"

傅华笑了，说到底董升所做的都是在钻政策空子的事情，这并不是一个老实厚道的人能做到的事情，也不是一个老实厚道的人会做的事情。

傅华说："不管怎么样，对这种人你还是小心为妙。"

伍奕笑了，说："老弟啊，我知道你这是为我好，谢谢。不过，你要知道一点，富贵险中求，我这一次做的事情哪一项不是在冒险？这里就你我两个人，我也不怕跟你说实话，我委托江宇帮我买壳根本上没签什么合同，凭的就是一个信任，这是牵涉几千万的生意，什么纸面的东西都没有，冒险吧？"

傅华笑笑说："伍董，你可真够胆大的。"

伍奕说："不是我够胆大，是江宇说如果落到了纸面上，这件事情可能就有些操纵上司公司股票的嫌疑，那纸面上的东西就可能成为罪证，当时他问我做不做，我说做，我就信你了，怎么样，现在事实证明江宇是可信的，我顺利拿到了上司公司的控制权。这还不是最冒险的，你知道我的资金是怎么到香港的吗？"

傅华笑笑说："转过去就好了，这还有问题吗？"

伍奕笑了，说："老弟啊，你把事情想简单了，你没想过偌大一笔钱毫无理由就由内地转向香港，这肯定会引起香港金管局的注意的。"

傅华问道："那你是怎么转过去的？"

伍奕笑笑说："你还记得天皇星号的那个吕鑫吗？你以为江宇为什么要介绍他给我认识？"

傅华愣了一下，旋即明白了其中的缘由，看了看伍奕，低声说："你是说洗钱？"

伍奕笑笑，看了看傅华说："那只是你的想法而已，我可什么都没说。"

傅华心里十分震惊，原本以为是一件很正常的收购案，里面竟然有这么多不合法的东西，原本看上去大咧咧的伍奕，实际上竟然暗地运作了这么多事情，看来这人还真是不能看表面。

傅华说："伍董啊，你这可是在玩火啊。"

伍奕点了点头说："是啊，我是在玩火，不过这火如果玩好了，我的山祥矿业就不可同日而语了。这里面的利益太大，很值得我赌一把。不过傅老弟放心，这一切都是我在运作，我不会牵涉到你一点的。"

傅华看着伍奕说："伍董，这不是你牵涉不牵涉我的问题，问题的关键是真要出了什么事情，你要承担法律责任的。"

伍奕笑笑说："没事的，台面上可以看到的都是合法的。就连董升这一边也是合法的，我们山祥矿业只不过委托律师事务所帮我们提供法律意见，他们就是做这个的，合法开业，合法运作，所有的都是合法的。"

傅华说："那台面下的呢？"

伍奕笑笑，说："台面下的就是各凭天命了。抓不到就过关，抓到了就自认倒霉。再说老弟，你现在想完完全全凭台面上的运作做成一件事情，可能吗？"

傅华默然了，现在要完完全全凭台面上的规定做成一件事情，不是一点不可能，确实是十分艰难。

伍奕看了看傅华，说："老弟啊，我也就是信得过你才跟你说这些，你可要帮我保密啊。"

傅华心中很是别扭，他并不乐见这种情形，可是他无力干涉什么。

接着傅华问起了海川那边这段时间发生的事情，伍奕笑着说："老弟，还记得你让我关照的那家西岭宾馆吗？"

傅华对吴雯在海川的发展也是很关注的，见伍奕提起，便笑着问："当然记得了，你后来有去吃过饭吗？"

伍奕说："这个女人真是不简单啊。老弟，其实你不在海川不知道，西岭宾馆在这个女人手里整个是换了一个风貌，原来是冷冷清清，现在车水马龙，海川政商两界有头有脸的人都是那里的常客，热闹得很。而且我来的时候，她的海雯置业刚刚拿下了市里面一个很好的地块，发展的势头很猛啊。这块地实际上很多海川市的大开发商都是有兴趣的，结果被她拿到了，让海川很多人都大跌眼镜。她的能量很大，看来她确实并不需要老弟你的帮助啊。"

傅华对此并不感到十分惊讶，他当初在吴雯帮自己解脱困境之时，就领教过吴雯的手段了，尤其是她背后还有一个神秘的干爹。

伍奕看了看傅华，问道："这一次有人说是徐正市长出面帮她打的招呼，这个女人似乎是凭空冒出来的，又有这么大的能量，太神秘了，你既然跟她这么熟悉，应该知道她的来历和背景吧？"

傅华笑笑说："我是在一个很巧合的机会认识她的，实话说我也不是很清楚她的来历，只是知道她是我们海川人，在北京发展得不错，想要回乡投资创业。"

伍奕有些不相信地看了看傅华说："真的吗，老弟你也不知道她的背景？"

傅华点了点头，说："我真的不知道。"

伍奕摇了摇头说："这个女人真是太神秘了，你不知道海川很多人背后都在讨论这个女人，很多人都猜测她是某个高级领导的情人或者私生女。"

傅华心里暗自好笑，这些人还真是想象力丰富，他笑笑说："好了，我们这些大男人就别在背后去嚼人家的舌根了。"

海川市，市委书记孙永的办公室。孙永正在批文件，门被敲响了。冯舜带着秦屯推门进来。

秦屯看着孙永批文件，静静地坐在那里不敢言语，他来找孙永并不是有什么紧要的事情，是因为他刚刚得知原本他帮朋友跟国土局局长周然打招呼的那块土地被海雯置业拿走了，心里十分生气。海雯置业这个刚成立不久还没在海川市做过工程项目的小公司，出手就拿走了这么好的一块地，让他到嘴的肥肉又不得不吐出去，这里面的原因就是徐正！是市长徐正横插一杠子，干涉了这件事情，才会出现这样一个结果。

原本秦屯就对徐正抢走了自己的市长位置很为不满（他原本以为自己找到了北京的许先生，就可以接替曲炜出任市长），徐正的到任也让孙永对自己很不满，孙永本来大力推荐自己出任市长，并且一再要求自己去北京活动一下，却没想到自己根本就没能做到这一点。

徐正的做事风格很类似曲炜，强势、揽权，很自然就跟孙永之间就有了冲突，特别是上次孙永公开发作了海通客车事件，让俩人的敌对几乎是公开化了。因此，徐正对秦屯这个紧跟孙永的副市长很不待见，打狗给主人看，徐正就常常找些事由批评秦屯，弄得秦屯在市政府的日子很不好过。

种种事由再加上这个地块的事情，秦屯感觉对徐正实在忍无可忍了。他找到孙永，就是想把这件事情反映给孙永，商量一下看有没有办法将徐正赶走。

孙永好一会儿才将文件批完了，来到沙发这里，看了看秦屯，问道："找我有什么事情吗？"

秦屯笑笑说："孙书记，你听说刚刚国土局放出来的那块地被谁拿走了吗？"

孙永心里一惊，他在海雯置业当初拿地的事情上做过贼，此刻听到这个名字自然心虚，不过他并不想在秦屯面前暴露自己真实的想法，便装模作样地问道："好像没听过这家公司的名字啊，小公司吧？"

秦屯说："海川那么多家大公司都没挣到手，偏偏被这一家小公司拿到了，你知道它的老板是谁吗？"

孙永装糊涂到底，问道："谁啊？"

秦屯说："孙书记就是贵人多忘事，就是西岭宾馆的那个风骚老板娘啊，你不是还参加过西岭宾馆的重张典礼来了吗？你忘了当时海雯置业还向下岗职工捐了一百万呢。"

孙永哦了一声，说："是她啊，怎么了？"

秦屯说："这个女人不简单啊，你知道这一次是谁帮她拿地的吗？徐正徐市长。"

孙永对秦屯这个说法并不惊讶，他实际上一直很关注徐正在海川的动态，对徐正经常出现在西岭宾馆这一情况早就了如指掌，其实在秦屯提到海雯置业拿到了地的时候，孙永心中就猜到了这背后一定有徐正的影子在。

孙永看了看秦屯，说："老秦啊，你究竟想说什么？"

秦屯说："孙书记啊，你不觉得这徐正越来越不像话了吗？国家实行这个招拍挂就是想把土地出让做得公正公开，他却在其中上下其手，肆意干涉国土局的运作。"

孙永笑了，说："你是怎么知道徐正在其中上下其手的？"

秦屯说："国土局局长周然跟我讲的。"

孙永笑笑，说："周然跟你讲过什么了，他说徐正一定要将这块地给海雯置业了吗？"

秦屯愣了一下，周然实际上只是说徐正关照这块地的出让公正公开合法，并没有讲任何一点徐正一定要将地给谁的话。

孙永见秦屯不说话了，笑了，说："你别做出这样一副义愤填膺的样子了，说吧，是不是徐正抢了你的好事？"

秦屯笑笑，说："孙书记，被你看出来了，是的，原本我是跟周然打过招呼，说这块地我一个朋友想拿。可是徐正横插一杠子，愣是将地夺了去。"

孙永笑笑，说："你跟我说这些没用，徐正帮海雯置业拿地，可有什么不法的行为在吗？"

秦屯说："他跟周然打招呼就是不法行为。"

孙永笑了，说："打打招呼就不合法了？那你岂不是也一样不合法？"

秦屯没话说了。

孙永骂了一句："愚蠢。"

秦屯看了看孙永，说："孙书记，你就让徐正这么肆无忌惮地在海川横行？"

孙永被说中了心病，他原本借海通客车的事情发作了一番，满心想徐正会收敛些，结果徐正却借此机会把海通客车的问题解决了，现在海通客车和百合集团要合作汽车城项目，搞得风风火火，似乎又给徐正增添了一笔很大的政绩，徐正越发不把自己放在眼中了。

孙永火了，指着秦屯叫道："你还好意思来问我，我当初给你那么好的机会让你去争取市长，你做了什么？你当初但凡做得好一点，至于让徐正到海川来横行吗？"

秦屯偷眼看了看孙永，说："孙书记，现在事情已经是这样了，你就别埋怨我了，我们是不是考虑考虑怎么弄走姓徐的？"

孙永瞅了秦屯一眼，说："你有什么办法吗？"

秦屯说："能不能就这一次拿地事件做做文章？"

孙永不满地瞪了秦屯一眼，说："我都说过你愚蠢了，这件事情怎么做文章？徐正做过批示吗？还是你有证据能证实徐正受过海雯置业的贿赂？"

秦屯说："这些都没有，可是海雯置业这一次能中标，我相信很多人都会有所怀疑的，是不是想办法举报一下？"

孙永说："举报什么？没有证据举报也是瞎举报，没用的。"

秦屯说："就算没用，可也能让徐正别扭一下，再说西岭宾馆的老板娘那么风骚，很难说这一次徐正帮她拿地，不是因为跟她有了一腿，就举报他们之间有不正当关系，我想肯定会有人相信的。"

就算这个举报不起什么作用，也能让上面约束一下徐正，徐正大概也会收敛一些的。孙永看了看秦屯，笑了，说："你这家伙，也有聪明的时候。"

秦屯说："那我回去就这么做了？"

孙永说："这么做起不到什么决定性的作用，只能给徐正找点小麻烦，真要打到徐正这些是不够的。你回去要注意收集一些有力的证据，找些能扳倒徐正的证据。"

秦屯说："这个徐正有点类似曲炜，这方面的证据还真是不好找。"

孙永说："他不会一点缺点都没有的，只要你用心去找，一定会有的。"

秦屯说："好的，我会仔细想想徐正做过的事情的。"

孙永说："对，就从他做过的事情上去找，融宏集团那边应该没什么的，陈彻那个人不做这些，他的身份也不需要他做这些。倒是兼并海通客车的百合集团，那个高丰你给我注意一下，说不定会从他身上找到徐正什么问题。

再是这个西岭宾馆的老板娘，那么风骚，我就不相信徐正守着她就不偷腥？你也要多关注关注他们。”

吴雯得到了自己公司中标的通知，有些意外，意外的是徐正什么都还没要，却还真是帮了这个忙了。当时她就抓起了电话，想打给徐正表示一下感谢，拨号拨到一半的时候，她又停了下来，心中还是不相信徐正会一无所求地帮自己，他会不会想趁自己表示感谢的时候提什么要求呢？

徐正没提什么要求就把事情给办了，这反而让吴雯有些为难了，就她的经验来看，越是这样的人情越不好还。但是这种人情又不能不还，她虽然是一个女人，可也知道做事要仗义，因此并不想赖掉这种人情。

如何还这个人情还需要认真想一想，吴雯心中对徐正究竟想要什么并没有底，她放下了电话。

一封相同的检举信分别寄到了省纪委和省政府、省委，省委和省政府的各位领导，信上检举说海川市市长徐正跟海雯置业的老总吴雯关系暧昧，不但把市政府的招待活动安排在吴雯管理的西岭宾馆，还出面帮吴雯中标了海川一块优质的地块，徐正这种行为败坏了党纪党风，在人民中造成了极其恶劣的影响，请求省委省政府以及省纪委对徐正严肃查处。下面署名写着：国土局一个有党性的党员。

省里面很快就有人将这封信的内容告知了徐正，徐正十分震惊，因为他帮吴雯打招呼这件事情，除了吴雯之外，只有他和国土局局长周然知道，吴雯肯定是不会往自己身上泼脏水的，那剩下来的就只有国土局局长周然一个人了。

不过徐正往深了一想，便觉得周然并不可能做这举报他的傻事，自己只不过交代了周然一些台面上的套话，真正去照顾吴雯的是周然自己领会的意思，这件事情真的要查办，也只能从周然身上查起，与自己并无关联的。

那是谁写的就令人费思量了，但不管怎么样，消息肯定是从周然哪方面走漏的，这个基本上是可以确认的。

是谁写的这封信倒不是目前最紧要的，最紧要的是省委书记程远和省长郭奎将如何看待这件事情。按理说这种没有落下真实姓名的举报信是不会引起纪委的调查的，而且信中大多只是臆测之词，并无实据，大多时候领导们对此也就是看后笑笑，置之不理了。但徐正并不因此而就轻视这件事情，海川前一任市长曲炜刚因为不正当的男女关系而被调走，他再出这样的绯闻，相信程远和郭奎对此一定会有所反应的，说不定会专门查问自己，要如何应对也是一个问题。牵涉女人的问题，往往是最不好解释的，你就算能撇清关系，领导对此也会是半信半疑的。

徐正心头不由暗骂写这封信的人卑鄙，他这么不负责任地胡说八道一番，自己却不得不费尽心机想办法澄清。

徐正想得不错，省委书记程远看到了这封举报信的时候，眉头不由得皱了起来，虽然信是匿名信，说明写信的人并不光明正大，而且信上所说大多是并没有什么可靠的证据支持，但程远仍然看着不舒服，无风不起浪，肯定这件事情是有所指的，这海川市怎么了，前后两任市长都出了暧昧事件，前面刚处置了曲炜，后面这个徐正不但不引以为戒，反而前赴后继接着来这一套。

在跟郭奎开碰头会的时候，程远提起了这件事情，问道："你怎么看这件事情？"

郭奎笑笑，他心中对徐正这一段时间的工作成绩很满意，便说："徐正最近干了些事情，可能动了某些人的利益了，这封信是别有用心的小人写的，我认为没必要理会。"

程远点了点头说："是啊，我也觉得写这封信的人藏头露尾，并不磊落，而且信中所写的多是推测，并不可信。"

郭奎笑笑说："现在很多干部都是这样，让他们干点事情吧，他们没这个能力，但是别人干了吧，他又眼红得要命，这样那样地挑毛病。"

程远说："虽然是这样，不过无风不起浪，我想徐正也不会一点问题都没有，你回头提醒一下徐正，要他在男女往来上面多注意一点，曲炜就是前车之鉴，让他注意一点。"

郭奎说："好吧，我找个时间跟他谈谈。"

于是在徐正来省里开会的时候，郭奎特别将他留了下来。

郭奎将信扔给了徐正，说："这封信的内容大概你知道了吧？"

徐正这些天都在考虑这件事情，他甚至弄到了一封举报信，详细研读了上面的内容，因此心里早就有了准备，便笑笑说："省里有朋友跟我说了，信上写的真是无稽之谈，土地招标的事情都是国土局依据法定程序去做的，相关的程序文件都摆在那里，价格方面并不比同类的土地低，我看不出有什么违法的因素，至于说我关照了海雯置业，这不是事实，整个过程我都没干涉过，省里不相信我，可以下去查，如果有任何一个我为这件事情的批示，我愿意辞职承担责任。"

郭奎笑了，说："不是省里不相信你，只是当初曲炜为什么调离海川市你也是知道的，程书记和我都不希望你重蹈曲炜的覆辙，在女人身上栽了跟头。你老实说，你跟信上说的女人究竟是怎么回事？"

徐正早就有了应对之词，因此并不回避，老实地承认说："不错，我是到那个女人现在管理的西岭宾馆吃过几次饭，市政府的一些活动也是安排在了西岭宾馆，可能写这封信的人就是因此把我们联系上的。不过，我这么做是有原因的，其实我去吃饭是因为那家宾馆是省人事厅的干部培训中心，原来一直经营不善，后来人事厅为了改变这个状况，将它承包给了海雯置业，信上说的这个女人就是海雯置业的老总。周铁厅长为了表示对承包的支持，还专程跑到海川参加了西岭宾馆的重张典礼，当时周铁拜托我对这家宾馆多支持一下，因为份属同僚，我就答应了他，也就把市政府的一些活动安排在西岭宾馆，我觉得这很正常啊。而且这家海雯置业是一家很有社会公益心的企业，重张当日就捐款一百万给了海川的下岗职工，对海川的慈善事业是很支持的，我作为一个市长，对他们经营的宾馆多少支持一点，也是应该的。郭省长，您认为我这么做不合适吗？"

郭奎说："对有社会责任的企业我们是应该加以支持的，这是对的，换了是我，我也会对这样的企业加以扶持。不过，你要注意一点，跟那个女老板别走得太近，适当保持一下距离，明白吗？"

徐正笑笑，说："郭省长，我明白，其实我跟这个女老板根本就没走近过，我们私下里并无接触，跟她接触的场合都是很多人在一起的场面，不知道这些看在别有用心的人眼中怎么也成了什么暧昧了。"

徐正离开郭奎的办公室就松了一口气，这件事情中最难的部分已经应付了过去，他不需再担心什么了。

回了海川，徐正让刘超打电话把国土局局长周然叫了过来，虽然他很好地在郭奎面前应付了过去，但心中始终有根刺，那封信中准确地指出了是徐正的关照才让海雯置业拿到了地，这本来是除了当事人之间不应该有人知道的事情，他找周然，是很想找到这个知道了的人是谁，找到了这个人他就明白了背后想整自己的人是谁。

周然匆忙跑了来，进门就偷看了徐正的脸色一眼，他已经知道有人向省里举报徐正的情况，因此很担心徐正把这件事情迁怒到自己身上，因为他是这件事情中的最知情者。

徐正笑了笑，说："老周啊，你大概也知道我找你是为了什么事情了吧？"

周然看了看徐正，小心地问道："是不是有人向省里举报海雯置业拿地的事情啊？"

徐正拿出了一封举报信递给了周然。

周然一边接过信，一边撇清说道："徐市长，这信可不是我写的。"

徐正问道："可看出是谁写的了吗？"

周然摇了摇头，说："看不出来。"

徐正说："这里面除了我找过你之外，其他都是臆测之词，老周啊，你好好想想，有谁知道我找过你这件事情？"

周然仍然摇了摇头说："徐市长，我没跟别人说过这件事情。"

徐正看了看周然，他才不相信周然没跟别人说过这件事情，不然这封信的作者从哪里知道这些的。

徐正说："老周啊，我知道你有些事情比较难做，但你如果认真地看看这封信，就应该知道写这封信的人用心险恶，表面上看这封信似乎是只针对我，实际上它针对的还有你，并且这件事情如果真要查起来，你是首当其冲的人，真要是有责任，怕是你要承担全部责任的。你想想我跟你说过要你关照海雯置业这样的话吗？没有啊，我只是帮他们问问情况而已，你们国土局选择海雯置业也是正常程序的结果，除非是你在其中做了一些不正当的操作，那样责任还是你的。"

周然脸色变了，说道：“徐市长，我们选择海雯置业都是按照正常程序来的，不存在不正当操作的情形。”

徐正笑了，说：“你别紧张，我不是说你一定存在不正当操作的情形，我是要让你知道这封信可能危及的还有你，你是不能置身事外的，这样的话我想你也许能回忆起什么来。老周啊，人有些时候很难两面都讨好的，我是不会害你的，但别人呢？你好好想想吧。”

周然沉默了，其实他知道这封举报信的时候，心中就有七八成已经猜到了究竟谁在背后操弄这件事情了，但他并不敢讲出来，因为那一方面他也是不敢得罪的。

而现在经过徐正的分析，不论写这封信的人究竟有没有这么想，客观上这封信是对自己很不利的，甚至如果真要查办起来，自己还真是首当其冲的对象。

徐正看周然神情阴晴不定，知道他一定想到了什么，便笑笑说：“老周啊，你大概想到了是谁了吧？”

周然尴尬地笑笑说：“徐市长，这件事情我就跟一个人说过，那就是副市长秦屯，其实您跟我打招呼的时候，秦屯已经打过招呼了，我有些摆不平，就把您抬了出来。”

徐正心说果然是孙永的人马，看来对方始终在暗地里紧盯着自己呢，幸好自己在这件事情上并没有留下什么可以让人指摘的证据。

徐正并没有露出愤怒的表情，很淡定地笑笑说：“原来是老秦啊，哼哼。老周啊，我要跟你解释一下我为什么比较关心海雯置业，海雯置业这家公司是一家很有社会责任心的企业，你还记得他们捐款的事情吗？现在社会上赚钱的公司很多，但是像海雯置业这样有责任感的企业并不多，我们对这样的企业在可能的范围之内给一点扶持是很应该的，我这么做是想在社会上引导一个好的企业风气，并不是助长什么歪风邪气，你明白吗？”

周然点了点头，说：“我明白徐市长的意思了。”

徐正说：“可是有些同志就不这么认为，他们认为是夺了他们的口中食，甚至采用一些卑劣的手段来诬告我，这是十分恶劣的。我在这里给你提出一点要求，组织上既然把你放到了国土局的位置上，你要把好关，不要随便什么人打招呼就接受。”

徐正又问了秦屯帮哪家公司打招呼的，周然此时自然不会隐瞒，就说了那家房地产公司的名字。当然这家房地产公司本身就在他心中进入了另册。

徐正也没说什么，只是记住了这家叫做海盛的房地产公司。

官场上的八卦流传的很快，人事厅的厅长周铁也知道了徐正被举报的消息，他就打了电话给吴雯的干爹刘康。

周铁说了大致的情形，刘康笑了，说：“谁这么无聊啊？这不痛不痒的举报信能说明什么啊？”

周铁笑了，说：“倒是说明不了什么，不过给徐正添堵罢了。我听说徐正被省长郭奎叫去训了一顿。我跟你说这件事情，是想给你提个醒，看来有人盯上了你干女儿和徐正，你要跟她说一声，今后做事要小心些，别让人抓了把柄。”

刘康就打了电话给吴雯，说了这个情况，吴雯听完说：“我说徐正最近几天都没过来吃饭呢。”

刘康问道：“海雯置业中标之后，你还跟徐正联系过吗？”

吴雯说：“我一直也没想好该怎么感谢他，因此也就没跟他联系。”

刘康说：“目前这种状况还是什么都不做最好，回头你打个电话给他，口头表示一下感谢就好了。”

吴雯说：“好的，干爹。”

刘康说：“你知道这件事情是谁在背后搞鬼吗？”

吴雯说：“我并不确切知道是哪个人做的，不过我猜测可能是市委书记孙永的把戏。前段时间孙永和徐正之间闹得很不愉快，如果有人想整徐正，肯定离不开孙永。干爹，你说我们是不是把那份录像用起来啊？”

刘康笑了，说：“你想帮徐正打倒孙永？”

吴雯说：“我倒是有这个意思，徐正这一次没提什么要求就帮了我，这也算我还他一个人情吧。”

刘康笑笑说：“你先不要急，那是一张王牌，不要轻易打出去。先留着孙永这家伙吧，时机还不到。”

吴雯就打了电话给徐正："徐市长，我刚刚听说您因为我的事情被人诬告了，真是不好意思啊。"

徐正说："你有什么不好意思的，那都是一些别有用心的小人做的，不关你的事。"

吴雯笑笑说："他们总是以我为理由的，原本我这几天还在想要怎么谢谢您帮我的忙，现在这个想法就有点不合时宜了。"

徐正笑了，说："对啊，这个时候不论做什么都会被别人误会的。好了，我帮你的原因我也跟你说过了，而且只此一次，真的不需要感谢我什么。"

吴雯说："这份情我先记下了，对了，这几天怎么没过来吃饭，不是让那封信吓住了吧？"

徐正是有些想跟吴雯保持距离的意思，毕竟举报信中说的是他和吴雯关系暧昧，瓜田李下，还是少接触为妙。

吴雯说："我想徐市长您也不应该被吓住，有些人你再怎么去做，他也是要嚼这个舌根的，我们身正就不怕影斜，否则还真让他们认为我们之间有什么了。"

徐正想想也是，自己避开吴雯反而会让那些别有用心的人更加认为他们之间关系暧昧。

徐正再次出现在西岭宾馆，成了海川一个新的八卦热点。很多人都知道徐正被举报跟吴雯关系暧昧这件事情，对徐正这种毫不避讳举报的做法，众人的看法很两极，有人就认为徐正完全是被那个风骚老板娘迷住了，甚至到了不顾自己仕途的程度；也有人认为徐正这么做说明俩人根本就是清清白白的，因此也就不需要回避什么。

但不论哪一种看法，人们在窃窃私语之时都认为吴雯这个女人真是了不得，她显得越发神秘和有能量。

孙永在冷眼旁观着这一切，他从徐正被郭奎叫去指责了一番之后，仍然旁若无人地出入西岭宾馆中得出了一个结论，那就是省里还是十分支持徐正的，不然徐正也不敢这么张狂。这让他有些丧气，看来秦屯这一次的举报是做了无用功了。

周六，北京。伍奕拉着傅华、赵婷和章凤一起来到了红叶高尔夫球场。

伍奕这一次也邀请了董升和商务部的崔波。原本傅华不想凑这个热闹的，他虽然不知道这一次伍奕究竟要勾兑什么事情，但他很清楚，会与伍奕的反向收购有关。

章凤自那次被傅华教训了一顿之后，改变了很多，神情也开朗了。赵婷又常常拖她出来玩，拉着她在北京城到处吃好吃的小吃，看好玩的风景，这些本来就是北京城吸引人之处，慢慢的，章凤竟然喜欢上了北京的生活。

几个人下了伍奕的悍马，闲聊了一会儿。董升带着徐筠到了。

董升把傅华拖到了一边，小声地问道："傅主任，你怎么把那天在酒吧的那个女人带到了这里来了？"

傅华愣了一下，他没想到过了这么长时间董升竟然还能认出章凤来，旋即他笑笑说："她是我工作上的伙伴，现在跟赵婷关系很好，早上正好被伍奕碰上了，就一起带了来。你不说我还忘了这个茬口，不然我也不会带他过来的。你放心吧，她那天醉得一塌糊涂，不会认出你来的。"

董升放下了心，暧昧一笑说："傅主任，我真是有点佩服你了，你这把家里家外的搞得一团和谐，真有办法。"

傅华便说："董律师，看来你误会了，章凤真是我的合作伙伴。"

徐筠这时走了过来，笑着问道："老董啊，你跟傅华这是嘀咕什么呢？"

董升笑笑，掩饰地说："我们在说这崔波怎么还不来呢？"

一会儿，崔波的车就到了，从车上下来一位个子高高，略微有些胖的中年男子，崔波介绍说是他们部里外资司的齐申副司长。

董升认识齐申，笑着跟他点头打了招呼，其他的人又相互介绍了一番，就开始打起高尔夫来。

伍奕跟几个人有事要商量，打着打着便走到了一起，嘀咕起他们的事情来。赵婷和徐筠对此早就见惯了，也就不去注意他们，专心打她们的高尔夫。

章凤的球正好停在傅华的附近，在等着打球的空闲里，她笑着问傅华："傅主任，这些人是不是拿我们当掩护谈事情呢？"

傅华笑笑说："是啊，他们有自己的事情要商量。"

章凤说："哦，对了，傅主任，我怎么看那个姓董的律师那么眼熟啊，可是一点都想不起来在哪里见过？”

轮到了章凤击球了，她不再跟傅华讲话，开始专心击球了。

打完球，伍奕带着众人出去吃饭。席间，崔波坐在了傅华的身旁，笑着问：“傅主任，我听说你们海川市要上马新机场了？”

崔波跟发改委的刘司长是同学，新机场的事情徐正曾经带着傅华去发改委拜访过，因此傅华对崔波知道这个消息并不惊讶，便笑着说：“是的，崔司长怎么突然问起这个来了？”

崔波说：“是这样，我一个朋友是做机场建设公司的，有机会能不能帮他引见一下你们市长啊？”

傅华知道自己在徐正心目中并没有什么分量，便笑笑说：“我们的市长新到任不久，我跟他还不是很熟，再说整个项目还刚开始，还有一系列的审批要等着去跑，这个时候我就引见怕是不好吧？”

崔波点了点头，说：“也是，现在引见是有些早了一点。”

董升在一旁端着酒杯，笑着对崔波说：“你们俩嘀咕什么呢，来，酒桌上不谈事，喝酒，喝酒。”

崔波和董升碰了一下杯，开始喝酒。新机场的话题就这么被错了过去，傅华心里也松了一口气，他目前跟徐正的关系不尴不尬的，这个时候崔波要求他引见徐正，他并不好处理这个关系。

酒宴结束，傅华等人先送齐申和崔波离开，崔波将车窗降了下来，对傅华招招手，傅华看情形便知道他对新机场还是不肯罢休，心中暗自叫苦，不过还是凑了过去。

崔波说：“傅老弟啊，你们这个新机场的审批肯定还是要从驻京办这里过手，你帮我注意一下，有什么新的进展跟我说一声，好吗？”

傅华迟疑了一下，说：“这个嘛……”

崔波说：“你放心啦，我朋友的公司原本也是国有的大公司改制过来的，实力雄厚，只是现在竞争太激烈了，不得不四处找机会。他们是正规公司，不会乱来的。”

傅华笑笑说：“好吧，我帮你留意就是了。”

崔波开车走了，董升对伍奕说：“周一到我办公室来吧。”伍奕答应了，董升便带着徐筠离开了。

这时赵婷笑着说："你们忙活完了吗？是不是我们也可以走了？"

章凤也说："是呀，打球本来是休闲的，我看你们倒比上班还忙碌。"

伍奕今天完全达到了自己的目的，因此心情很不错，见两位女士不满，连忙笑着道歉，众人就上了车，他们打了一上午高尔夫，都有些累了，傅华也懒得去问伍奕事情办得如何了，就这样一路上很安静地被送了回去。

周一，伍奕去了董升的律师事务所，坐定之后，董升笑着说："商务部外资司的领导你也见了，这会儿相信我们了吧？"

伍奕说："这一下子两百万的费用是不是有点高了？"

董升笑了，说："伍董啊，这笔钱不是我一个人得了，你也还别觉得高，我跟你说，我们很多客户都是跨国公司，都是以美元计费的，像你这笔业务对我们来说只能算是一笔小业务。"

董升一副你爱做不做的样子，伍奕就明白这个价钱是讲不下来的，就笑着掏出了卡，说："好了，好了，我付你们代理费就是了。"

董升就让财务人员进来帮伍奕处理刷卡，办理完毕之后，伍奕说："那就拜托董律师尽快帮我们办好这件事情。"

伍奕离开了律师事务所，董升拨通了崔波的电话，笑着说："晚上有事吗？叫上齐申，晚上找个地方好好玩一下扑克吧。"

崔波说："那晚上去你家吧。"

董升不太高兴地说："为什么总去我家啊？"

崔波说："那去哪里？我和齐申都住机关宿舍房，你觉得出入方便吗？其他地方就是你放心我也不放心啊。"

董升说："我那里徐筠一定会在的，也不是太方便。"

崔波说："徐筠以前也见过我们这么玩过扑克，你这个时候想要避讳她，是不是有些晚了。再说我始终不明白，一开始你不是很喜欢徐筠的吗？这个女人对你死心塌地的，你为什么不早点娶了她，娶了她大家就都放心了。"

董升说："你们放了心，可我就要受罪了。"

崔波说："你当初不是很看好她吗？你如果不打算跟她结婚，把她带到这些朋友面前算怎么回事？"

董升说："我那时候哪知道她是现在这个样子。"

崔波说："什么样子，她对你不好吗？"

董升说："好，就是太好了，让我一点空间都没有，这样的女人我可受不了。"

"老董啊，"崔波顿了一下说："有一个问题我一直很想问你，你是不是在外面又有了别人了？"

董升愣了一下，说："怎么这么问？"

崔波说："女人不都是徐筠这样的吗？女人喜欢缠着男人这不是很正常吗？如果女人不这样，她就是不在乎你了，那时候你可真要小心了。我很奇怪你怎么这样反感徐筠，我觉得你肯定是外面又有了别的女人了。"

董升说："我没有。"

崔波说："没有最好。我跟你说老董，徐筠这样的已经很不错了，差不多你就把婚结了吧。"

吃过晚饭后，崔波和齐申来到了董升家，徐筠已经为他们准备好了茶水、水果、瓜子。

崔波一进门就笑着说："徐筠啊，你说老董怎么对打扑克这么有瘾呢？非要让我们来陪着他打扑克，不打搅你吧？"

徐筠贤淑地笑了笑，说："老董就好这一口，你们来陪他放松一下心情，我高兴都来不及呢。"

三人就拉开了架势坐下来，徐筠把水果放到了他们身边。

三人就开始玩了起来。他们玩的是一种叫做拖拉机的扑克游戏，这游戏并不是那种升级的拖拉机，而是三张牌比大小，花色大小规则有点类似梭哈的规则，玩法也有点类似梭哈，不过更简单快捷，几乎是一翻两瞪眼，输赢很快的。

三人玩得很尽情，在客厅那里的徐筠都能听到他们的大呼小叫，似乎董升的手气还是很差，不时就听到他骂娘和狠狠摔牌的声音。

徐筠知道三人并不是白玩，他们是以这种扑克游戏在赌钱，赌得还很大，董升事先已经准备了数目不低的现金。

到了晚上十点，三人安静了下来，徐筠知道这场赌局结束了，便过来看三人的情形。

崔波和齐申面前都有一个厚厚的纸袋，看来这一晚他们斩获甚丰，而董升则是一脸的沮丧。

齐申笑笑说："好啦，你牌技差就说牌技差，别老是怨运气不佳。"

董升不服地说："别以为你们赢了就可以这么嚣张，跟你们说我的牌技不差于你们的，你们等着，下一次我一定好好教育教育你们。"

周二，傅华接到了徐正秘书刘超的电话，说市长徐正周三要到北京来。傅华对这个消息并不意外，新机场的规划申请递到了民航华东局已经有些日子了，估计华东局可能将相关的资料已经送到了北京，徐正此次到北京来一定是为了跑这个审批来的。

傅华问："徐市长这一次有什么特别的交代吗？"

刘超说："你们做好接待工作就好了。"

傅华听完，心里说徐正这样子还是对自己有意见，来北京只是让自己做好接待工作，这本来就是自己分内的事情，他这么交代说明还是在冷眼看待自己。

晚上，傅华和赵婷回了赵凯家吃饭，赵婷的弟弟赵淼也在家，他已经毕业，跟着赵凯身边挂着一个助理的头衔，参与通汇集团的一些业务管理。

饭桌上赵凯看傅华有点闷闷不乐，问道："傅华，你怎么这个样子，工作上遇到了什么困难了吗？"

傅华笑笑，说："我们市长徐正要来北京了，我跟他相处的总是不尴不尬的，有点别扭。"

傅华讲了徐正因为陈徹那段事情对自己心生了嫌隙，后来虽然借百合集团的事情关系有所缓和，但徐正对自己还是比较冷淡，甚至表扬自己的话也是李涛转告的。

赵淼笑了，说："官场怎么这么复杂啊？做了事情最后还要受埋怨？"

傅华说："小淼，你刚踏上社会，还不明白这社会的复杂，很多时候真正做事的人反而不如会处理事情的人。"

赵凯笑笑对赵淼说："你姐夫说得很对，有时候领导的意志很难揣测的，你以为对的，他可能以为是错误的。”

赵森笑了，说：“那总应该有一个尺度吧？”

傅华说：“有尺度，很多时候领导认为对的就是尺度。”

赵森说：“那谁知道他究竟是怎么想的？他要是心血来潮胡弄，那你岂不是也要跟着胡弄？”

傅华笑笑，说：“还是有一定尺度的，领导也不会做一些明显危及自己的行为。”

赵森说：“太复杂啦，幸好我没去做官，不用费这个脑筋。”

赵凯瞪了赵森一眼：“你不能长进一点，你以为在通汇集团就简单了？商场跟官场是一样的，你在集团里面做事也要多动动脑筋，不要因为是我的儿子就想当然的去做。”

赵森笑笑，说：“不是还有你在吗？”

赵凯说：“你这是什么态度啊？爸爸能跟你一辈子啊？早晚有一天通汇集团是要交给你们姐弟俩的，你姐姐虽然不愿意处理这些事情，可她找了一个老公还可以帮她处理，你呢？”

赵森没当回事，笑着说：“那我就去找个好老婆帮我处理好了。”

赵凯呆了一下，他没想到赵森竟然会这么说，看来这个儿子也不是什么有出息的样子，竟然会想出这么匪夷所思的办法，真是后继无人啊，偌大的通汇集团将来要交代给谁呢？赵凯越想越生气，也不吃饭了，站起来气哼哼地去了书房。

傅华和赵婷就去了书房，傅华很理解赵凯的心情，虽然赵凯表面上说男女都一样，中国人传统上是对儿子期望更大一些，赵凯自然也不例外，可能在赵凯的盘算中，通汇集团的财产可以分给赵婷一半，但是管理者一定得是儿子赵森。

可现在看来，赵森没有这种想法，充裕的生活已经让他失去了去获取财富的强烈愿望，他可能更愿意享受财富带来的美好生活，而不愿承担管理财富之苦。赵凯现在一定是想到了后继无人才会生这么大气的。

到了书房，赵凯气哼哼地坐在书桌那儿，赵婷笑着过去，说：“爸，小森也就说了那么一句玩笑话，您何必跟他生这么大气啊？”

傅华说："他现在还不知道社会的艰难，等他大一点，跟你体会到这一点了就好了。"

赵凯叹了一口气说："是不是那块材料早就定了。好了，不说他了，傅华，回头你们市长来，我请请他。"

傅华笑笑说："不要了吧，我自己的事情我能处理好的。"

赵凯说："请请他是应该的，我们通汇集团和海川市是合作伙伴啊，上次他来我正好在国外，没赶上，这一次请请他一方面互相认识一下，另一方面我们把面子做给他，他就不好再跟你过不去了。"

傅华想想确实也是，通汇集团跟海川市合建了海川大厦，赵凯礼貌上也该出面应酬一下徐正的，更别说自己还在徐正手下做事呢。

第二天，傅华在机场接了徐正，徐正倒是没特别给他脸色看，跟傅华握手的时候还微微笑了笑。

将徐正安排在酒店住下之后，傅华请示他的行程安排，徐正想了想说："这一次我们是专门为了新机场规划纳入国家机场建设发展规划中去而来的，目标是民航总局。这是我们目前最迫切的一项任务，务必要争取通过。傅主任，民航总局于副局长和张副司长那里最近还有联络吗？"

傅华点了点头，说："有联络，节日都有安排礼品给他们。"

徐正说："那就好，这一次一定要把于副局长给约出来吃顿饭，这么大的项目在办公室里泛泛而谈是不行的。"

傅华说："那这一次恐怕要惊动郑老了。"

徐正点了点头，说："我明天登门拜访一下郑老，新机场项目是我们海川几百万人的一个心愿，希望郑老看在这一点上，帮我们邀请一下于局长。"

傅华说："好的，我去跟郑老打个招呼。"

行程很快谈完了，傅华却并没有急着离开，他看了看徐正，小心地问道："徐市长，我这里还有一件事情。"

徐正说："什么事情啊？"

傅华笑笑说："是这样的，我岳父知道您到北京来了，跟我说上次您来他正好不在北京，没机会尽尽地主之谊，这一次他想宴请您一下，不知道您能不能挤出一点时间见见他？”

徐正看了看傅华，说：“你岳父，通汇集团的董事长赵凯？”

徐正知道傅华这个人还是能干些事情的，百合集团的事情就是一个例子，百合集团顺利解决了海通客车的困境，新机场今后可能需要傅华做的事情还很多，他期望和傅华齐心合力把这个重大项目拿下来。

想到这里，徐正笑了笑，说：“就是再忙，你岳父的邀请我也是要挤出时间来的。”

傅华暗自松了一口气，便笑笑说：“那您看什么时间安排比较合适？”

徐正想了想说：“时间安排上不好定，我这一次毕竟是来跑新机场项目的，要先看跑项目的时间，你跟你岳父说说，等我处理完项目的事情再来安排好不好？让他别介意啊。”

第二天，傅华陪着徐正到了郑老家里，徐正汇报了新机场规划这一段时间的进展，并说目前是很关键的时刻，需要郑老帮忙邀请于副局长出来吃顿饭，好谈谈这件事情。

郑老听完想了想，说：“如果是别的事情我就不参与了，这个事情攸关地方上的大发展，我倒是可以发挥一点余热，只是我已经很久不出去吃饭了，这样吧，我叫小于过来跟你们一起吃顿饭吧。小傅倒是无所谓，他经常带着老婆来蹭饭，只是徐市长不要嫌弃我这里的饭菜啊。”

徐正笑了，说：“郑老您客气啦，能有机会在这里吃饭那是我的荣幸。”

郑老就打了电话给民航总局的于副局长，于副局长听说老领导叫他来吃午饭，很高兴地答应了下来。

中午时分，于副局长赶来了，他跟徐正和傅华等人见过面，也就无需介绍，相互握了握手，在餐桌旁坐下了。

郑老说：“小于啊，海川是我的家乡，我这些年已经很少参与地方上的事务了，这一次有所不同，海川确实需要一个新机场了，所以我老头子愿意帮他们说句话来拜托你，你看看他们的情况，只要合法合规，你就帮他们一下，让他们的申请早一点批下来。”

于副局长笑着说：“郑老，您说拜托我可承受不起，您吩咐我就好了。放心，我一定会尽力协助海川市通过审批的。不过这么大的项目要通过，决定性因素很多，我可不敢跟您老打包票的。”

郑老点了点头，说：“小于啊，你这个人还是这么实在，实话说你如果跟我打了包票，那我还不敢相信呢。”

饭菜以清淡为主，营养搭配倒是很均衡，虽然赶不上饭店丰盛，众人却也吃得津津有味。

吃完饭，于副局长下午还有别的事情安排，说让徐正第二天去办公室找他。郑老要出去送他，他坚持不肯，说受不起，徐正和傅华站了起来，说要代替郑老送送于副局长。于副局长上了车，徐正说：“要麻烦于副局长为我们多操操心了。”

于副局长笑笑说：“郑老吩咐的事情，我一定尽力。”

徐正笑笑说：“要麻烦您的事情太多了，就先谢谢您了。”

在车上，徐正心情显得很愉快，他觉得于副局长这里是开了一个好头。开局顺利预示着以后也会进展顺利。

徐正笑笑说：“傅主任，目前看晚上就不需要安排别的什么了，可以见见你岳父了，你打个电话给你岳父，看看他有没有时间。”

傅华赶忙拨了电话给赵凯，赵凯原本就等着徐正的时间，这几天都没安排别的重要事项，接到傅华的电话，说他晚上在喜来登长城饭店的云台餐厅恭候徐正。

云台餐厅位于长城饭店的二十一层，是一个旋转餐厅，可以三百六十度视角观看北京城的夜景，晚上傅华接了徐正到了长城饭店，赵凯已经在那里恭候着了。

傅华介绍了之后，赵凯热情地跟徐正握手，笑着说：“老听傅华说起您，可有机会见到您了。”

徐正笑笑说：“他没在背后骂我吧？”

赵凯笑着摇了摇头，说：“您这么好的领导他有什么理由骂您啊，他在我面前都说您是一个很有能力肯干事的领导。”

徐正听了这话心里很舒服，笑着说：“徐某自问还当得上这‘肯干事’三个字，也就是因为肯干事，往往会招骂。”

赵凯笑了，说："徐市长对世事人情真是了如指掌，现在这社会啊，偏偏就是干事的人招骂，这也是没办法的事情。"

各论身份坐了下来，赵凯笑着说："说实话，请徐市长的客是很难选地方的。您见识广博，大概没什么美食没品尝过吧？"

徐正笑了，说："赵董不要这么说，好像我们多么腐败似的。因为工作的关系我们比老百姓吃得是好一点，但好东西吃多了，基本上也是一个味道了。"

赵凯笑笑说："我明白，为什么最后选择云台餐厅呢？这里其实也并没什么特色，但是云台这个名字意头比较好。"

徐正笑了，说："赵董是想说云台二十八将之典故吧。"

云台二十八将，指的是汉光武帝刘秀麾下助其一统天下、重兴汉室江山的二十八员大将。汉明帝永平年间，明帝追忆当年随其父皇打下东汉江山的功臣宿将，命绘二十八位功臣的画像于洛阳南宫的云台，故称"云台二十八将"。

赵凯笑了，说："想不到徐市长对历史这么熟悉，赵某有点班门弄斧了。赵某选在这里请客，也没别的意思，只是希望徐市长也有出将入相、青云直上之时。"

徐正笑了，他明知这是赵凯在拍马屁，可这马屁拍得雅致，而且这意头实在太好，他也不能推却。

赵凯把菜单递了过去，问："徐市长，您看看吃点什么？"

赵凯虽然谦称这里没什么特色，可长城饭店也是五星级的酒店，档次怎么也不会太差，徐正笑笑说："这里我并不熟悉，还是赵董来点吧。"

赵凯便不再客气，点了极品煲、老汤黑羔羊等招牌菜。他还特别介绍了极品煲，说是鱼翅、鲍鱼、辽参、鹿筋等名贵食材，炖煮了一百二十个小时才熬制成的，要徐正一定好好尝尝。

酒便点了茅台，赵凯和徐正都自重身份，就不怎么闹酒，俩人慢慢品着，一边闲聊。

徐正笑着说："我早就听说过通汇集团赵凯赵董事长的大名了，今日一见果然不同凡响。"

赵凯笑笑，说："徐市长，您不要这么说，我赵凯只是赚了点小钱而已。"

徐正说："赵董真是谦虚，我们海川市如果有那么几个通汇集团这样的企业，我这个市长就坐等着享福了，哪用得着我这个市长像现在这样四处奔波。"

赵凯笑笑说："都有难处，我为了赚钱何尝又不是四处奔波呢？最让我烦心的是后继无人，这些后辈都没人想接我的位置。"

徐正笑了，说："我这个倒不担心，到了年纪我就是不想下，也会被人撵下来的。"

俩人谈得还算投机，赵凯又说起了傅华："傅华这个人不会说好话，只知道做事情，做人又不够圆滑，有什么不周到的地方，徐市长要多批评指正。"

徐正笑了，说："傅主任这个人确实是一个有能力的干部，肯做事，我很喜欢这样的，要那么圆滑干什么，只会说好听的，又干不了什么事。"

赵凯笑着说："这是傅华运气好，遇到了您这样的好领导。"

傅华心里都感觉到肉麻，表面上却笑笑说："我在驻京办这里能做一点事情，全靠徐市长对我的大力支持。"

宴会本来没什么主题，赵凯作为傅华的岳父和海川大厦合作方之一想要对徐正表示一个欢迎的友好态度，于是在这互相吹捧中，气氛显得十分和谐。

散席的时候，赵凯最后送了徐正两盒顶级的龙井茶，说是真正的龙井，产地是狮、龙、云、虎中的虎跑。

赵凯自行离开，傅华将徐正送往酒店。徐正虽然没喝多少，可是已经有些微醺，一路上都闭着眼睛，傅华也不敢打搅他，就这么到了酒店。

车停下来，傅华开了车门，徐正下了车，回过头来笑笑说："你岳父这个人挺有意思的。"

傅华不知道徐正说这话有什么含义，不好接话，只好也笑了笑。

徐正说："你跟着我也跑了一天了，不用上去了，回去好好休息，明天早一点过来，我们去民航总局。"

第二天，傅华一早就去接了徐正，去了民航总局，于副局长已经等在办公室了。

于副局长说："我叫张副司长和蒋处长一会儿过来，你们这个项目审批的报告在他们手里，你们把情况跟他们汇报一下，他们那里也很重要，现在都有人说我们这些部委都是处长在当家，回头你们好好安排一下，知道吗?"

徐正点了点头说："我明白的。"

于副局长就拨了电话说："老张啊，海川市的人已经过来了，你们过来吧。"

过了一会儿，张副司长就领了一个四十左右的男子进来，介绍说这就是蒋处长，海川新机场的审批报告在他手里。

徐正赶忙热情地跟蒋处长握手，把海川市新机场的规划设计系统的汇报了一下，讲完之后，于副局长说："老张、老蒋啊，你们是正管，这件事情已经进入实质操作阶段，要怎么做你们最清楚，这件事情我就交托给你们了。"

徐正和傅华就和于副局长握了握手，跟着张副司长和蒋处长去了他们办公室。

蒋处长跟徐正讲了要注意的事项，徐正一一认真地记录了下来。讲完之后，徐正说："两位帮我们忙活了半天了，一起吃顿便饭吧。"

傍晚下班的时候，在张副司长的建议之下去了昆仑饭店的上海风味餐厅去吃蟹宴。傅华去过上海餐厅，自然知道那里价格昂贵，不过这是张副司长提出来的，自然不好反对。幸好他知道今晚的花费不会少了，预先备了信用卡。虽然是再次走进这宛若月华辉映下的江南望族宅邸一般的上海风味餐厅，那小桥流水、翠竹婆娑，还是让傅华感受到了旖旎风情。

张副司长和蒋处长熟门熟路地进了上海餐厅，坐定之后，就点了清蒸大闸蟹、津白蟹粉和蟹粉龙须面等招牌菜。吃蟹宴自然是喝黄酒，就点了绍兴花雕。清蒸大闸蟹送上来已经是肢解好的，吃起来倒是很方便，张副司长和蒋处长吃得津津有味，不过徐正和傅华来自海边，他们更喜欢海蟹，这大闸蟹吃起来便感觉有些名不符实。

酒桌上不谈正事，徐正放下市长的架子，极力劝酒。黄酒喝起来又很可口，很快他们就一个个面红耳赤起来。

酒宴结束的时候，徐正和张副司长、蒋处长已经称兄道弟起来。

第六章　权为民用利为民谋，为官一任造福一方

徐正非常看重新机场项目的立项，他认为海川机场的立项建设将会极大地改善海川的投资环境，提升海川的形象，他与傅华敞开心扉，深入交谈，希望得到傅华的鼎力支持。徐正为官一任造福一方强烈的使命感，令傅华深为感动，原先对他的成见不知不觉冰雪消融，他决心全力支持徐正市长开展工作。

傅华将徐正送回了酒店："徐市长您早点休息。"

徐正却说："傅主任，我听他们说以前你经常跟曲炜市长一起喝茶聊天的，怎么样，要不要跟我上去聊聊？"

傅华愣了一下，旋即笑着说："好哇，我求之不得。"

傅华就跟徐正去了他的房间。徐正说："正好你岳父昨天送了我龙井，我们一起尝一尝。"

便用两只玻璃杯泡了茶，香气四溢，碧绿的茶水中，一个个尖尖的茶叶嫩芽分外好看。

徐正喝了一口，笑着说："不错，不错，果然是正宗的龙井。"

傅华也喝了一口，茶确实很不错，不过他不知道徐正这么晚叫自己上来究竟要谈什么。

徐正看着窗外说："傅主任，你跟曲炜市长也这么跑过项目吗？"

傅华摇了摇头说："曲炜市长在任的时候，我接手驻京办主任的时日尚短，市里面那时候也没这么大的项目需要去跑，新机场这个项目还是我第一

次跑部委。”

徐正说：“其实，我们新机场项目各方面都是很好的，曲炜市长在任的时候也很想搞这个项目的。”

傅华笑笑说：“我知道，只是因为种种因素，曲炜市长搁置了这个项目。”

徐正说：“可是这个各方面看上去都不错的项目跑起来仍然需要做大量台面下的工作，这你能理解吗？”

傅华笑了，说：“我虽然很不赞成，可是我理解，我们要发展新机场就需要资金，虽然我们的新机场规划各方面都符合要求，可符合要求的项目太多了，资金又就那么多，要想争食这不大的饼，是需要付出一点代价的。”

徐正说：“你能理解这一点，我很高兴，我这两天做这些事情，都是为了市里新机场项目，个人一点私利都没有的，不过这看在有心人的眼中怕就不这么认为了，所以我希望这两天发生的事情你要保密，你明白我的意思吗？”

傅华看了徐正一眼，说：“这您放心，这件事情我不会对外讲一个字的。”

徐正叹了口气，说：“跟你说实话吧，傅华，我现在在海川市真有如履薄冰的感觉，可能你也听说了，前不久刚刚有人向省里举报了我，说我帮海雯置业拿地，是因为我跟海雯置业的老板娘有暧昧关系。”

傅华心里一惊，这里面难道还有吴雯什么事情吗？

徐正继续说道：“其实，我就是因为别人的嘱托去吃过几顿饭而已，拿地的事情根本就与我无关。写举报信的人就是无中生有。不过，这件事情给我提了个醒，我现在的一举一动都有人在关注着，所以我不得不防啊。”

傅华说：“这倒也是，害人之心不可有，防人之心不可无啊。”

徐正看了看傅华说：“你说得对，防人之心不可无。本来这个风口浪尖我不应该来北京跑什么项目的，谁都知道跑项目是要花费很多的，这里面很多的费用都是无法说清楚的。这些如果海川全体上下都支持，不会成什么问题，但现在有些人在背后盯着我，想找我的麻烦，这就成了问题了。可是华东局偏偏在这个时间点上将报告递了上来，新机场项目对海川来说十分重要，又容不得我不来。所以我只好跑来了。说一点自私的话，我这么做是想在海川留下我徐正的一点印记，将来人们看到海川新机场，他们会说这是徐正任内建设的，那我就心满意足了。”

为官一任，造福一方，傅华对徐正这种想法还是很欣赏的，他笑了笑说：“徐市长怎么是自私呢？您这是在为了海川市民谋福利呢。您这是为了大局着想，我想明事理的人都不会找您的麻烦的。”

徐正笑笑说：“不用给我戴高帽子了，这也是我个人想做一点成绩出来。现在争权夺利的人多，明事理的人少，目前就我的感觉，要一下子启动这几十亿的项目，确实有很大的难度。曲炜市长当初退缩，也是有其退缩的道理的。”

傅华笑笑说：“我觉得目前进展很顺利啊，我看于副局长和张副司长、蒋处这边，目前关系处理得都很好啊。”

徐正摇了摇头，说：“这只是刚开了一个头，后面要处理的关系还有很多，一个个都这么处理下来，花费是巨大的。”

傅华有些不明白为什么徐正突然表现出这种畏难的情绪，通常一个领导是不会在下属面前这么做的，这会损害到领导的威信的。他有些不知道该如何应对，便笑笑说：“那相比我们得到的，付出还是很多的。”

徐正说：“大家虽然都这么说，可是真正要查起来，这还是不合规定的。所以我有些时候真是有些纠结，如果能够通过正规程序，不需要这些私下运作就能把项目跑下来该多好，可是在这僧多粥少的情况下显然是不可能的。”

傅华笑笑说：“除非放弃，我们没别的选择，只好硬着头皮做下去了。”

徐正点了点头：“为了海川我也只有硬着头皮做下去了。我之所以跟你说这些，是想告诉你一件事情，千万不要以为我们跑这个项目就是送送礼这么简单，可能出现的问题很多，攻击我们的甚至可能包括我们身后的这些同事，所以你要做好应对的必要的心理准备。”

傅华看了看徐正，似乎感受到了一丝悲壮的气息。他其实还是很愿意配合好这位肯干事的市长的，徐正除了心眼儿小一点之外，倒也算是一个不错的领导。想到这儿，傅华便笑笑说：“您放心吧，徐市长，我会谨慎小心的。”

徐正点了点头，说：“你明白这一点就好。项目目前进展顺利，与你的工作努力也是分不开的，这一点我是明白的。但是目前我们还只是开了一个头，革命尚未成功，同志仍需努力。为了海川的新机场，让我们齐心协力，共渡难关吧。”

傅华有一种被信任的感觉，仿佛又回到了曲炜任市长的时代。

傅华离开了，虽然时间已经很晚了，可徐正并没有急于休息，他坐在那里若有所思。

昨晚徐正认真思考了宴会上赵凯说很佩服徐正，说他会拢住人，会拢住人就能做好事情这句话。这话虽然表面上是在褒扬徐正，可徐正并不是笨蛋，本来就多疑的他听出了赵凯的另一层意思。赵凯是在变相告诫他，别以为做市长的就是老大，这些下属如果不帮他，市长也是什么都做不成的。

这引起了徐正的警惕，这几次来北京跑民航总局、发改委，其中很起作用的都是傅华的人脉关系。德高望重的郑老更是拿傅华如同自己的家人。

徐正意识到虽然少了傅华，项目不一定不会跑成功，可是少了他，跑起来就不一定这么顺遂了，看来傅华能起到的作用还是很大的。但即使是百合集团兼并海通客车获得了很大的成功，他也就是在高丰面前说了一句傅华很有工作能力这样不咸不淡的话，甚至后来也没对傅华专门给予表扬。

赵凯是不是在为傅华抱怨叫屈呢？

一定是的，要不然赵凯也不会说什么要傅华去通汇集团之类的话。

但是目前徐正在海川危机四伏，孙永和秦屯对他虎视眈眈，尤其是根据徐正的了解，傅华是少数几个当初同时受孙永和曲炜器重的官员之一，在海川政界也是有着很高民望的。

随着人代会的日益临近，徐正这个代市长需要在海川获得足够的支持才能转正，为了能让自己得以顺利通过，徐正甚至克制住了报复秦屯的念头，而傅华这种人是目前他最不能得罪的，傅华可以影响的人很多，如果真的开罪他，甚至可能不需要傅华自己出来反他，别的人就可能出于为了傅华抱不平而投票反对他。

这就是为什么徐正敢于得罪孙永，却在这一时候不敢得罪傅华的原因。徐正经过政治精算知道在自己市长转正这一个事项中，孙永跟他目标是一致的，因为目前官场上虽然也出现过市委书记捣乱没让市长转正的状况，可那种状况发生之后，市委书记大都因为没有很好维护组织的意图，受了很严厉的处分。据徐正观察孙永还没有胆量挑战组织的权威，他一定会尽力护航让他成功转正的。

而傅华就不存在这种立场了。同时，新机场项目也确实需要傅华的配合，而且出不得纰漏。

在徐正和傅华跑民航总局的时候，伍奕也在展开他资本运作的大动作。他付了代理费之后，就飞往了香港，去跟江宇碰头。

江宇见到伍奕，笑着说："伍董啊，我们几家公司已经实际掌控了港通电机百分之七十的股份，可以说基本上控制了这家公司，下一步你可以正式入局了。"

港通电机是江宇为伍奕选择的壳公司。

伍奕笑笑说："内地的收购审批我也跑得差不多了。你就说我们要怎么办吧。"

江宇说："我们要展开供股了，首先就由港通电机发布公告，为了增加公司的运营资金，以全数包销的方式向你开曼群岛注册的公司定向增发股份，让你的这个公司正式成为港通电机的第一大股东。"

伍奕问道："那要供多少股?"

江宇说："你这一下子要取得绝对的控制权，必须供到足够的数额，我想五亿股应该足够了。"

虽然这段时间伍奕提供资金让江宇运作，但是股份实际上还是掌控在江宇控制的几个公司手中，此次供股一方面加强了实际上的大股东对公司的掌控能力，另一方面，也让伍奕注册的公司可以正式入局了。

虽然江宇这段时间在不断吸纳港通电机的股份，可是他的运作手法十分的精妙。港通电机的股价不但没有上升，反而大幅下挫，这让伍奕对他更是佩服得五体投地。此次供股按照市价略加折让的价格，每股的价格已经不足两毛钱了。

供股只是手段，并不是目的，伍奕还是很关心如何将山祥矿业置于上司公司之中。

江宇说："你现在不是在审批你开曼群岛注册的公司收购山祥矿业的收购案吗? 只要你获得批准，我们再让港通电机以现金加代价股收购开曼群岛公司百分之六十的股份，这样不就是让你的山祥矿业置于到了上司公司之中了吗？这样做一方面可以将你供股的资金全部回流到你开曼群岛的公司，另一方面因为优质资产的注入，股价肯定会大幅上扬，那是你再出售部分股份套现，到时候你一方面可以持有一个上市公司，维持一股独大的地位，同时做到套现融资的根本目的。可谓一石三鸟。”

伍奕笑了，说：“江董肯定在这其中也收益不菲吧？”

江宇笑笑，说：“我自然不会白忙，不过相信伍董肯定是获益最大的。”

伍奕问道：“什么是代价股啊？”

江宇说：“所谓代价股是指香港这全流通证券市场，上市公司最常用的并购支付方式，即收购某一资产时，不以现金支付，而以增发的本公司股份支付，该笔股份的价格，原则上以当时该公司股票市场交易价为准，经买卖双方讨价还价，也可以在交易价的基础上溢价或折让，该笔用于购买资产的股份称之为代价股份。”

俩人用力地握了握手，伍奕笑笑说：“江董，你说这么做我们可以获得多大的收益？”

江宇笑笑，说：“不好说。”

伍奕笑着说：“你就臆测一下，让我心中大致有个数。”

江宇笑笑说：“这真不好臆测，我再跟你说一个购买仙股很成功的例子吧，你知道李泽楷先生吧？”

伍奕点了点头，说：“李嘉诚先生的小儿子，我知道，现在很多人都叫他小超人的。”

江宇说：“他能成为小超人，就是因为他财技惊人，有人说他一天就赚足了李嘉诚先生一辈子的钱。其中最经典的例子就是他购买了一家空壳公司然后成功将其运作成了高科技公司，市值翻了二百多倍。就在他买进这家空壳公司的当天，那家公司就因为李泽楷的进入升值了二十三倍。李泽楷运作这个项目的方式跟我们运作港通电机的方式是一样的，他也是采用供股和代价股的方式取得了那家公司百分之七十五的股东权益。”

江宇说的是一九九九年五月四日，李泽楷购买市值三亿多港元的空壳上市公司——“得信佳”，在取得该公司的控制权后，李泽楷将“数码港”发展权益无条件注入“得信佳”，并将“得信佳”更名为盈动数码动力，主营高科技业务。成功实现借壳上市后，受到市场狂热追捧，使其摇身变为高科技概念股，市值达到六百亿港元。帮助李泽楷运作这一项目的是香港以运作红筹股出名的梁伯韬，也是一个金牌庄家。

江宇笑笑说："他是李嘉诚的儿子，你跟他没办法比的。不过我想你正式入局的话，港通电机的股价当天翻个五六倍应该没问题。这个能力我还是有的。等你兼并山祥矿业被通过之后，股价再升职个几十倍没问题。做不到这个程度，我就不好意思称什么金牌庄家了。不过你如果想要做小超人，我就没那个能力了。"

伍奕笑得更加开心了，说："我不想做什么小超人，只要能达到江董说的程度。那我就万事拜托江董了。"

于是，港通电机正式发布公告，公司发行五亿股新股，全部由伍奕独资的开曼群岛的离岸公司以现金收购，自此，伍奕正式成为了港通电机的绝对大股东。伍奕的身份背景很快就被香港的财经杂志和报刊找了出来，他收购港通电机明显是想将其掌控的山祥矿业资产置于港通电机之中，港通电机的公众股在这一利好消息的刺激下，连翻了五倍。

在董升的运作之下，商务部外资司批准了伍奕的开曼群岛公司收购山祥矿业的收购案。整个资本运作最关键的一环被打通了。

不久，港通电机就以现金加代价股收购了伍奕开曼群岛公司的百分之六十股份。此时，在江宇找会计师事务所的评估运作之下，山祥矿业已经溢价了十倍。在这一连串的利好之下，港通电机的股价接连上扬，已经超过每股十元，市值达到了五十多亿元。港通电机也正式更名为山祥矿业，伍奕达到了他把公司运作上市的最终目的。江宇手中持有很多公众股，自然也是赚了不少。

伍奕在保留了百分之六十一的股份之后，将剩余的股份套现，得到了一笔丰厚的资金，也达到了他融资的目的。

这一番运作下来，伍奕的资产成十倍的增长了，已经有人估计他会成为下一届福布斯大陆富豪榜上有名的人物了。

北京，下午，再出现在驻京办的伍奕气度已经大大的不同了，走路的样子都是昂首挺胸的，生生一副得志的样子。

傅华正坐在办公室里看报纸，徐正在北京打点好相关的关系之后，就回海川了，这段时间一直是傅华在跑民航总局，配合着张副司长递递文件之类。今天没什么事，就坐在办公室喝茶看报纸。看着一身豪华西服的伍奕，傅华笑着说："伍董啊，这么精神啊，我都有点认不出来了。是不是《福布斯》杂志要来采访你了？"

伍奕将一个红包塞到了傅华手里，笑笑说："我公司成功上司，一点随喜。"

傅华打开了红包，里面是一张银行的金卡，便笑着递了回去说："这我可受不起。"

伍奕笑着说："别呀，老弟，你这一次帮了我大忙，你不接受我可是要生气了。"

傅华坚决地将卡塞给了伍奕。

你就这一点不好，弄那么清高干什么，一点小钱而已。伍奕站了起来，将卡扔在了桌子上，有点霸道地说："别跟我争了，我要去见董律师，走了。"

傅华急道："你就是扔在这里我也不能收，要不然的话我可要上交了！"

伍奕头也不回地往外走，扔下一句话说："随便你了，反正是给你了，你爱怎么处理就怎么处理吧。"

傅华苦笑了一下，就把高月叫了进来，让她把卡收着，找机会还给伍奕。

伍奕在车里拨通了董升的电话，说自己到北京了，问董升现在在哪里？

晚上，伍奕等在约定的饭店的雅座里，董升和一个漂亮的三十多岁的女人走了进来。看俩人的神情似乎十分亲密。

伍奕愣了一下，这个女人并不是徐筠。

董升笑笑说："这是我朋友小王，网友，原来约了晚上一起吃饭的，就把她带来了。"

伍奕笑了，说："想不到董律师还这么时髦，还玩年轻人的游戏。"

董升笑笑说："伍董你弄错了，网友是一种心和心的交流。不是只有年轻人才有网友的，再说人最重要的是保持一个年轻的心态，心不老人就不老。"

点好了菜，董升这才把注意力转移到了伍奕身上，问道："你香港那边都办好了？”

伍奕点了点头，笑着说：“都办好了，比预期的理想。谢谢董律师了。”

说着伍奕也把一个红包递给了董律师。不过这红包的内容跟傅华的可是有差别，对傅华他是真心感谢，而他已经交付给了董律师代理费了，这一次给董律师的只是一个随喜的红包，主要是董律师一再打电话给他，问他对这次上市的运作是否满意，话里话外都是想要讨取犒赏的意思。伍奕有点不胜其扰，加上他也想对其中起到重要作用的傅华表示感谢，这才专门跑到北京来了。

董升没推辞，说了声谢谢就笑着将红包收了去。

这顿饭吃得伍奕十分腻味，董升的目标并不在吃饭上，一直在跟小王腻腻歪歪的，让伍奕感到十分别扭，这个董律师果然不是什么好鸟，一边傍着徐筠，一边还跟着不三不四的女人勾勾搭搭。他倒不是什么正人君子，他也在娱乐场所玩过，他不喜欢的是董升在吃饭的时候当着自己的面弄这一套，感觉有点不被尊重。

这顿饭很快结束了，董升跟伍奕说了再见，就搂着小王上车离开了。

伍奕也要上车离开，这时手机响了，一看是高月的电话。高月说：“舅舅，你给傅主任的红包他不要，在我这里，你什么时间来我这里拿回去吧。”

第二天，伍奕去了驻京办。傅华却不在驻京办，他去了装修工地。高月见到伍奕，赶忙把红包给了他，说：“舅舅，你们的事情还是你们自己处理吧，别把我夹在中间为难。”

伍奕说：“这个傅华也是的，胆子够小了的，就这么点东西都不敢拿？好啦，我去工地找他。”

工地上，正在做海川风味餐厅的楼层。见到伍奕，傅华笑着说：“伍董你来了正好，你看这个餐厅的装修可符合我们海川的风格？”

伍奕笑笑说：“你这里大体的轮廓倒是很像。”

傅华说：“现在还没装修好，你说如果将来装修好了，坐在这里吃粑粑就鱼、吃疙瘩汤，会不会有回了海川的感觉？”

伍奕笑了，说：“叫你这么说我真有些馋了，如果能在这里吃到地道风味的粑粑就鱼和疙瘩汤，那和回海川还真有些相似。不过我走过地方不少，还真找不到能做出海川地道风味的餐厅。”

伍奕将红包拿了出来，说："老弟啊，我这次专程来北京就是为了感谢你对我的帮忙的，你这退回来算怎么回事啊？你就一点面子不给我？"

傅华笑笑说："你这份心意我领了，可是我从来不收这样的钱的。"

伍奕有点恼怒地说："我是真心感谢，不然我也不用专程跑这一趟，你不收可是不对的，你这不是让我下不来台吗？"

傅华被弄得不好意思了，他看了看伍奕，挠了挠头说："伍董，我真的不能收。"

伍奕火了，说："那你就是不当我是你的朋友了？"

傅华这时忽然想到了一个办法，便笑了，说："好啦，好啦，我收下就是了，不过我收下了，这笔钱可就由我处置了？"

伍奕怀疑地看了看傅华，说："你可别给我捐了，那就好比在骂我一样，要捐谁不能捐？"

傅华笑了笑说："哎，收你的钱还这么多条件。好啦，我不捐就是了。"

伍奕愣了一下，傅华突然这么痛快，让他十分诧异，便问道："那你说说要拿这笔钱怎么办？"

傅华笑笑说："伍董啊，你看，我不在驻京办做主任的话，可能也帮不上你的忙，对吧？"

伍奕说："对啊。"

傅华说："那我把这笔钱用在驻京办上你没意见吧？"

伍奕说："这个……"

傅华说："海川大厦落成之时，我想召集在京的海川人士好好地聚会一次，让大家也认认海川驻京办的门，可举办聚会的这笔资金还没着落呢，我这几天本来还想四处去化缘凑集资金呢，你这下可是帮了我大忙了。"

伍奕无奈地笑了笑，说："随便你了，真拿你没办法。"

傅华将红包收了起来，然后问道："你去见了董律师了？"

伍奕说，见了，这个董律师真是不靠谱，答应了跟我见面吃饭，却拉了一个不三不四的女网友来，在我面前黏黏糊糊的，让我饭吃得都不自在。

"伍董这是在说谁啊？"章凤一脚踏了进来，正好听了伍奕后半截话，就问道。

伍奕笑笑说："还有谁啊，董升董大律师啊……"

傅华怕伍奕的话传到徐筠的耳朵里，赶忙打断了说："伍董，章总来了，我跟她还有事情要谈，你先回去吧。"

傅华一边说，一边冲着伍奕眨了眨眼睛，伍奕这才会过意来，想到打高尔夫时章凤和徐筠显得那么亲热，知道自己可能说了不该说的话了，便笑笑说："那你们谈，我先走了。"

伍奕离开后，傅华随手指了一处正在装修的地方，说："章总，你看这里，我觉得有点不太自然，是不是可以这样改一下？"

章凤呵呵笑了起来，说："傅华，你别装了，是不是你们男人就喜欢帮朋友遮掩丑事啊？"

傅华也笑了，说："好啦，我承认被你看穿了，我没什么要跟你讨论的好吧。"

章凤看着傅华，说："我后来想起为什么觉得董升面熟了，你那晚把我扛出去酒吧的时候，遇到的朋友不就是董升吗？当时他身边那个妖艳女人可不是徐筠。"

傅华笑了，说："原来你恢复记忆了。"

章凤瞪了傅华一眼，说："别嬉皮笑脸的，你今天要给我一个很好的解释，否则别怪我揭发你们。"

傅华说："董升确实是很滥情的，不过徐筠似乎很迷恋董升，那一次董升过生日，因为董升不肯说要跟徐筠结婚，那个场面闹得我们这些在场的人都觉得俩人就要分手，可转过头来董升一哀求徐筠，徐筠就又投入了董升的怀抱。这种状况下我们这些朋友就没有必要再枉做小人了吧？"

章凤愣住了，徐筠迷恋董升的情形她多多少少是见到一些的，那天打高尔夫的时候，徐筠对董升那个好啊，看得章凤都觉得肉麻。如果自己去揭发董升外面有女人，徐筠会不会闹一闹之后，就又经不住董升哀求软化下来呢？那个时候还真枉做小人了。

章凤困惑地说："那我们就这么看着徐筠被欺负？"

傅华见章凤并没有坚决想要揭发董升的意思，心里松了一口气，章凤是一个很有心计的女孩子，不像赵婷心直口快，她只要不想揭发，就一定会在徐筠面前掩饰得很好的。

傅华说："其实有些时候被蒙在鼓里未尝不是一种幸福，起码她活在自己营造的美好氛围中，我感觉徐筠因为太迷恋董升了，一直不肯面对现实，就算董升对她那样，已经当着那么多朋友面说不肯娶她了，她还是乐于相信董升的话，甘愿跟他同居，你又何必打破她构造的氛围呢？"

章凤说："好吧，我不去告诉徐筠就是了，反正我也不是八卦的人。"

海川市政府秦屯的办公室，秦屯接到了海盛置业的老总郑胜的电话。

郑胜在电话里笑呵呵地说："忙什么呢，秦副市长，最近倒是很少见到你啊。"

"是啊，杂事多了一点。"秦屯警觉地皱了皱眉头，近段日子，他对郑胜这个名字特别敏感。

"别忙坏了身子啊，大市长！"郑胜依旧一副朋友间的口气。

"郑老板，有什么话请直讲，没必要拐弯子。"秦屯没好气地说。

郑胜在电话里哈哈大笑，那笑声令秦屯有些毛骨悚然，他是知道郑胜出身的，他原本就是一个混混，这些年仗着头脑灵活和敢打敢冲，抢工地，搞房地产发达了起来，现在钱多势大，底气足了，对秦屯这样的官员表面上虽然很尊重，背后却看得不值一提。

郑胜笑完，一本正经说："秦副市长，兄弟我已经备好了酒宴，不知肯不肯赏光？"

秦屯是不敢拒绝的，郑胜这种暴发户，没素质没道义，表面跟你称兄道弟，让你好吃好喝，转过头来就敢在你背后捅刀子。何况郑胜要他帮着拿地，还送过一笔钱给他。现在地被吴雯拿走了，这时候郑胜召唤他，他是必须过去给郑胜一个交代的。

放下电话，秦屯坐在办公室里想了想，郑胜是想要干什么呢？要自己把钱退回去吗？按说时间已经过去了几个月了，如果想要自己退钱，当时就跟自己要了。再说这郑胜虽然混，可是花起钱来还是手脚很大方的，应该不会做把给出去的钱要回去这么小气的事情吧？

秦屯心定了一些，看来郑胜很可能是又有什么事情要让自己办了，想到这里他底气足了一些，就坐着车去了海盛庄园。

海盛庄园是海盛置业开发的一个休闲山庄，表面上就是山间的一组休闲别墅群，似乎可以在这里采摘果实，可以骑马、钓鱼，是一个假日休闲的好去处。实际上这只是掩饰，别墅当中就是花天酒地的场所，桑拿按摩一众娱乐设施齐全。

庄园错落有致，宛若长城一般曲延的砖墙上爬满了各种花草，让庄园平添了几分秀丽。秦屯的车到了大门口，门卫认识他的车号，自觉就将大门打开放行，向他敬礼示意。这里并不向社会公众开放，不是随便人都可以进的，只有熟悉的客人或者主人邀请的客人才能进入。

郑胜已经迎了出来，笑着说："秦副市长，欢迎啊。"

秦屯笑着跟郑胜握了握手说："郑老板，上次的事情没做好，真是不好意思，那个回头我会退给你的。"

郑胜却笑着说："我的大市长，我郑某就这么小气，给出去的东西还要要回来？"

秦屯笑笑说："你郑大老板一向大方我是知道的，可是……"

郑胜笑着说："可是什么啊，你再跟我提这个我跟你急啊。"

郑胜哈在了秦屯耳边，笑着说了些什么秦屯浑身顿时痒了起来。

郑胜就领着秦屯进了别墅当中，筵席早就准备好了。郑胜笑着说："今晚我给秦副市长准备了全鳖宴，让你补足精神。"

俩人干了，开始夹菜吃，郑胜似乎不经意地问道："这一次拿到地的那个小娘儿们是什么来历啊？"

秦屯说："这个女人很神秘，海川似乎还没有人能对她说出个一二三来的，只是知道这一次帮她拿地的是徐正徐市长。"

郑胜笑笑，说："那个女人贼漂亮，我看了都想上她，是不是徐正的情儿啊？"

秦屯说："也不像，前段时间有人向省里举报徐正跟这个女人有暧昧关系，徐正虽然被省长叫去训了一顿，可回来仍然照常出入西岭宾馆，冲这一点我觉得他们之间没有那种关系，要不然徐正没这个胆量。"

出于谨慎，秦屯并没有说出就是他举报的徐正。

郑胜笑笑说："这么漂亮的女人在身边，就好像鱼放在猫嘴边，那徐正能不吃腥?"

秦屯说："这个不好说，也许那女人背景太深厚了，他承包西岭宾馆就是省人事厅的周铁支持的，这个女人在海川还没做什么，身后已经站着两位厅官了，不得了。哎，你打听她干什么?"

郑胜笑笑，说："我能干什么呢，只是想查问一下谁从我嘴里抢了肉吃。"

秦屯看了看郑胜，他还是有点不很相信郑胜，不过他没深究下去的兴趣，更管束不了郑胜，郑胜犯起混来可是天不怕地不怕的，便问道："你还没说找我来干什么呢?"

郑胜说："还能干什么，那块地没拿到，我的公司也不能闲着，国土局这一次又放出来两块地，其中一块虽然比不上被吴雯拿走的那一块，可也还勉强可以开发，我有兴趣要拿下来。"

听郑胜这么说，秦屯松了一口气，只要再帮郑胜拿下一块地，上一次欠的情就可以还清了。

秦屯笑笑说："好说，我相信这一次没问题。"

郑胜端起了酒杯，笑着说："那我等着你的好消息了。"

第二天，坐在办公室的秦屯哈欠连天，他伸手抓起了电话，拨给了周然，他没忘记还要帮海盛置业打招呼的事情。

电话接通了，周然并不热情，说："秦副市长有什么指示吗?"

秦屯笑笑说："老周啊，我能有什么指示啊，我就是听说这一次国土局又放出来两块地，其中有一块海盛置业很想拿下来发展，这一次是不是就没什么问题了吧?"

周然笑了笑，说："本身就没什么问题啊，海盛置业想参与，我们国土局很欢迎，只要他们出价够高就可以了。"

秦屯愣了一下，他这时才觉出周然的话味不对，便问道："老周啊，你怎么跟我打起官腔来了? 什么价高者得，要那个样子还用我跟你打这个电话吗?"

周然笑笑，说："你先别急啊，秦副市长，你不知道情况，前些日子不是有人举报徐市长乱打招呼拿地吗？这引起了省国土厅和市里的极大重视，虽然最后查实并不存在这种违规的现象，可是省厅和徐市长都给我们局专门下达了指示，要求我们国土局一定要严格执行土地出让的所有法律程序，不能出现任何偏差。徐市长还对我下了死命令，说要是发现一例土地出让违法事例，首先就要把我这个国土局长的乌纱帽摘了。我们局里为此已经在开展专项整治活动了，秦副市长你说，在这个风口浪尖上，我这个当局长的怎么敢顶风作案啊？这要是再有哪个不开眼的王八蛋举报我，我岂不是要吃不了兜着走？”

秦屯没想到周然会以这个理由拒绝自己，愣了一下，还是有点不甘心地说道：“老周啊，我怎么没听徐市长这么说过啊？徐市长这是不是因为被举报了就急着要撇清自己啊，你别当真啊，你如果想帮忙总是有办法可想的，是吧？”

周然说：“真是不好意思啊，秦副市长，不是我不想帮你，实在是我也不能拼着乌纱不要来帮你吧？你要怨就去怨那个写举报信举报徐正市长的王八蛋吧，不是他也没这些事，这个王八蛋真是太坏了，这不是凭白无故往我们国土局身上泼脏水吗？”

秦屯脸上麻酥酥的，周然虽然没指名骂他，可他做贼心虚，心里自然很不是个滋味。

秦屯不好再说什么了，就说：“那算了吧，当我没说。”

扣了电话，电话那边的周然忍不住笑了出来。他指桑骂槐收拾了一下秦屯，还让对方哑巴吃黄连有苦说不出，心里不知道多么舒服。

秦屯就犯难了，他原本以为手到擒来的事情，到最后反而被拒绝了，可他已经在郑胜面前夸下了海口，真不知道该如何交代了。

过了几天，郑胜一直没等到秦屯的确切消息，眼见土地出让就要开始了，他再也坐不住了，就打了电话给秦屯，问道：“秦副市长，你究竟是什么意思啊？”

秦屯没办法交代，只好采用拖延战术，他尴尬地笑了笑说：“郑老板，你别急，我这不是正在努力吗？”

郑胜说：“你别糊弄我了，你跟我老实讲，究竟是怎么回事？”

秦屯苦笑了一下，说：“还是那个徐正了，他盯上了国土局，跟周然说一定要严格执行出让的所有程序，否则就要摘了周然的官帽，弄得周然现在也不敢做什么手脚。”

郑胜根本就不理会秦屯，啪的一声扣了电话。

秦屯愣了半晌，他感觉一定有事情要发生，可是事态似乎已经不在他的控制当中，他无法掌控郑胜，只能希望郑胜不要把事情闹得不可收拾，不要牵连到他，否则到时候他怕也是无法独善其身。

吴雯的车驶出工地的时候，天色已经很黑了。经过一段时间的跑开工审批手续，现在她买下的这块地已经拿到了开工所需的所有手续。此时的吴雯在海川已经有了一定的人脉基础，那封举报信更把她和徐正拉到了一起。虽然吴雯心里很清楚她和徐正是没那种关系的，可是在别人眼中，吴雯是跟徐正挂上了钩的人，人们已经把海雯置业看成了市长的关系企业，因此，她这一次的审批基本上是一路绿灯。工地现在已经开始打桩施工了。

海雯置业聘用了很专业的工作人员，刘康更是专门帮她找到了一位经验丰富的施工现场经理钱枫来帮她。钱枫五十多岁了，已经有二十多年的施工现场管理的经验了。可是吴雯还是不敢大意，她对建筑业是新入行，知道要想做好这一行，必须熟悉这一行的每一个环节，因此她并没有做甩手掌柜，而是跟在钱枫身后不时询问，学习如何管理现场的施工。

钱枫也乐得有这么一个美女徒弟，对吴雯的询问是知无不言，俩人的配合倒是十分融洽。

今天吴雯在工人收工之后，又在工地上巡视了一圈，才离开了工地。

吴雯开着车，左右晃了晃脖子，要做点事情还真是不容易，这在工地一天跑下来，浑身都酸痛酸痛的。不过吴雯现在倒也乐在其中，每天一身臭汗回家，倒头就睡，生活简单而且充实。

工地的周边还有些荒芜，配套的公路还没完全修好，道路两旁也没有路灯，吴雯虽然十分困乏，还是不得不强打精神，盯着前方有些崎岖的路况。

迎面一辆土头车急速开过来，眼见到了吴雯车前，突然一打方向，直冲着吴雯开过来。

吴雯急了，使劲一打方向盘，险险地避过了车头部分，土头车一下子撞到了她的车后身。吴雯只觉得一阵剧烈的撞击，脑袋一震，安全气囊便爆了出来，把她塞住在方向盘和座椅之间了。

土头车撞到了吴雯的车上之后，丝毫没敢停留，继续加着油门飞快地离开了现场。

吴雯吓坏了，她明显感觉到土头车就是想要致她死命的。但此刻，她逃也无法逃，追也无法追，只能异常恐惧地看着土头车消失在暗夜中。

车门已经被撞得变了形，恐惧笼罩着她，她慌张地使劲扯动着车门想要逃出来。这时的她再也没有优雅和淡定，甚至连打电话报警都忘记了。当一个人真正地面对死亡威胁的时候，才能感到自身力量的渺小。

正在措手无着的时候，一辆路过的车看到她出了车祸便报了警。交警很快赶了过来，交警将吴雯解救出来，并送到了医院。

医生给吴雯做了全面的检查，幸运的是吴雯只是有些脑震荡的症状，其他并无大碍，就让吴雯留院观察几天。吴雯的父母闻讯赶来，看她状况不稳定，神情恍惚，不放心就留在医院陪护她。

吴雯这一夜噩梦连连，一合上眼睛就看到一辆土头车直奔自己而来，每次都尖叫着惊醒过来，到快天亮的时候才朦胧睡了过去。

上午交警来做调查，询问了吴雯事故当时的状况，吴雯一五一十把当时的情况讲给了交警听，并且坚持说事情不是交通事故那么简单，那辆土头车根本就是想直接撞死她，幸亏她反应灵敏，闪过了车头，才躲过这一劫。

交警对吴雯的说法半信半疑，现场又没有目击者，肇事司机已经逃逸，吴雯看到的土头车没牌没证，现在海川市到处都在大兴土木，像这种没牌没证的车辆很多，交警也没办法找到肇事车辆，只好先给吴雯做好了笔录，留待慢慢查找。

吴雯想要交警通知刑警，将这个事故作为刑事案件调查，可是交警见她并没有什么证据，就说暂时没办法这么做。

此时的吴雯已经定下心来了。她知道跟交警说再多也没用了，警察办案时需要证据的，而想要害她的人设计得很巧妙，选择了一个周围都没人的地点和时段实施的犯罪行为，她找不到证据。

吴雯不甘心让这件事情成为一个悬案，可是她把身边的人回想了一个遍，也想不出想害自己的人是谁，真有些摸不着头绪了。

正在胡思乱想之际，手机响了，看看是干爹刘康的号码，她赶紧接通了。

吴雯就讲了事件的发生经过，并没把自己的怀疑告诉刘康。刘康听完，沉思了一会儿，然后说："明显那辆土头车就是要撞你，看来你在海川得罪了什么人啦。"

吴雯有点困惑地说："我没有去招惹谁啊？我目前就做了现在一个工程，也还是刚刚开始，会惹到谁啊？"

刘康笑了，说："商场上往往不经意之间就会伤害了别人的利益，这就是得罪了他。只是这家伙做得也太过了，这是要取你性命啊。小雯，你不要急着出院，我给你马上派两个人过去，你已经被人盯上了，出行都要注意了。"

吴雯在海川也算是一个众人瞩目的人物，她被土头车撞了的消息很快就在海川市传开了。人们都在猜测这个暗算吴雯的人是谁，也有人嫉妒这漂亮女人在海川市的风光，暗自幸灾乐祸。

傍晚时分，徐正也知道了这个消息，他知道这个时候众人都在看他的反应，本来想到医院看看吴雯，后来想了想还是打消了这个念头，这个时候去医院显得太过于关心了，反而会给人以口实。

徐正拨了吴雯的电话，问道："吴总啊，我听说你被人撞了？"

吴雯心里有些感动，这个时候徐正打来的电话让她感到一丝的温暖，便笑笑说："谢谢徐市长的关心了，我并无大碍。"

吴雯就说了情况，徐正听了也怀疑有人故意要撞吴雯，如果这件事情换到别的朋友身上，徐正可能要指令公安部门限期侦办，可是发生在吴雯身上，他也不好大张旗鼓做什么，便说道："那你近期出入小心些。"

秦屯也很快知道了这个消息，他马上就猜到这是郑胜玩的把戏。这个郑胜真是没用，不敢动徐正也就罢了，就是去伏击一个女人也没把事情做好，这么一吓，倒好像是给徐正和吴雯提醒，告诉他们有人要暗算他们。

徐正和吴雯不知道要做何反应，他们会不会看出这是针对吴雯去的呢？他们会不会采取报复行动呢？秦屯心里紧张了起来，他认为这个吴雯不是那么简单的，所谓的不是强龙不过江，吴雯如果没什么实力，她也不能在海川这么风光，看来她的报复不可避免，只是不知道她会不会查到郑胜。秦屯很害怕被对方的报复行动波及，看来近期还是要离郑胜远一点。

小田等人第二天就从北京赶到了海川。小田并没有在医院露面，只是让带来的兄弟去医院保护吴雯，小田不露面是因为刘康事先有交代，来之前刘康就交代他到了海川有两个任务：一是保护好吴雯，二是查出这一次撞车事件的真凶。他不露面，可以在暗地做些必要的调查。

刘康给了小田查撞车事件真凶的思路，他认为吴雯在海川地面上并没有做过太多的事情，能得罪人的也就是目前刚刚拿到的这块地，很可能是某些人原本以为这块地是他们的囊中物，被吴雯口中夺了食，心中不忿，因此采取了报复措施。这样他要找的敌人范围就很明确了，只要争过那块地的人都是有嫌疑的。再说土头车也不是随便什么公司都有的，大多是一些房产公司、建筑公司，也正符合争地这些人的状况。

小田心领神会，便开始查当初有意争取吴雯那块地的几家房产发展公司。几家公司查下来，海盛置业很快就进入了他的视线，这家公司的老总本来就是一个混混儿，以前就常做一些打打杀杀抢工地之类的事情，这种人无法无天，很可能做出撞车杀人的事情来。

小田又想办法去海盛置业打听了一下，打听到本来公司有六辆土头车在正常使用，这几天突然有一辆车说出了故障，送去维修了，那辆车的司机也放假回老家了。

听到这些，小田心里就猜了个七八成了。晚上他偷着去海盛置业的车库看了一下，果然在弄开一个紧锁着的车库之中，发现了一辆撞过车的土头车，车上被撞伤部位的痕迹依稀还可以看出吴雯宝马车的车漆。

这个时候，小田基本就可以确认撞吴雯的人就是海盛置业的郑胜了，便把情况汇报给了刘康。

要是以刘康当年砍瓜切菜纵横北京城的手段和狠劲，做了郑胜的可能都有，可是那个年代已经过去了，现在什么都讲法制，刘康自己也有了把年纪，对人生多了一些新的认识，他知道事情闹得太大对吴雯在海川的发展并不利，因此并没有急着表态。

沉吟了半晌，刘康说："先不要急着做什么，你先给我查明这个郑胜的日常行踪，他的家庭状况，都喜欢做些什么，越细越好，调查清楚了汇报给我，到时候我再决定如何去做。"

挂了电话，刘康开始思索如何对付郑胜，他很清楚对郑胜这样的无赖绝对不能轻易放过，否则他就会以为这边好欺负，说不定会有进一步对付吴雯的举动。所以，这次要打击他，一定要痛、准、狠，要打得准，要打在它的七寸上，打得狠，出手就不能轻来轻去，还要打得他痛，打击他一次就要让他一辈子记住。

此时的郑胜也在观察着吴雯的一举一动，他也很想知道吴雯受了伏击之后下一步会采取什么行动。

郑胜并不是一个莽夫，他毕竟从一个混混儿打拼出这么大的一份资产。他在秦屯面前说过要教训徐正，却并没敢直接冲着徐正下手，这也是郑胜头脑聪明的一个很好的例证。他清楚在海川动一个市长会造成多大的影响，这可不是他一个商人能承担的，如果真的动了徐正，怕是海川的政法部门会全力出动查找真凶，那时候他自己也会倒霉的。

但是郑胜却也咽不下这口气，他的视线就转到了吴雯身上。他觉得吴雯是徐正最薄弱的地方，可以选择对此加以攻击。他并不相信吴雯不是徐正情人的说法，不是情人，徐正怎么会帮她拿地呢？所以，教训了吴雯，也就教训了徐正。

于是郑胜让手下人去监视吴雯的行踪，很快他就对吴雯的行踪了如指掌，对吴雯在工地往往很晚才回家更是心中暗喜，心说这也算你倒霉，偏偏漏了这么多破绽给我，让我可以神不知鬼不觉地教训一下你，我不弄你真是对不起你了。

郑胜于是就布置了人在工地附近，盯着吴雯的行踪，另一方面，他也安排好了土头车，单等吴雯晚上落单的时候，就用土头车去撞她，就算撞不死，也撞她个重伤，教训教训这娘儿们，让她知道海川地方上还轮不到她呼风唤雨，也让徐正受一次打击。

那晚，工地上的人传来消息，吴雯离开了工地，郑胜就让土头车迎着吴雯来的方向开去，一旦看到吴雯的宝马车，就直接撞上去。

这一切的盘算是很不错的，可惜功亏一篑。在撞车的时候，吴雯驾车的技术显了出来，竟然在千钧一发之际把关键部位闪了过去，土头车撞到了宝马车的后截上，开车的司机胆子也小，不敢再倒车撞上去，开着车就跑了回来。

这个时候郑胜也无可奈何了，他还需要收拾残局，把犯罪痕迹隐藏起来，便给了司机一笔钱，让他先出去躲一躲，土头车也锁进了公司的仓库。

吴雯捡了一条命，但受了一点惊吓，一连住了几天医院。徐正根本就没露面来探望她，这时郑胜觉得自己可能真的弄错了，可能吴雯真的不是徐正的情人。不过已经撞了，这个时候知道错了也没用，再说这娘儿们确实也抢走了自己的地，也该教训。

吴雯对这次撞车事件并没有什么太大的反应。虽然她跟交警说怀疑有人是要故意撞她，要交警当刑事案件办理，可是她拿不出证据来，交警也就没办法做什么，徐正也没关照公安部门严肃查办这个案件。

这一切让郑胜放下心来了，种种迹象表明，这个案子很可能就会成为一件无头公案，很快就会压在公文堆里再也无人理会了。

出院的吴雯身边多了保镖模样的青年男子，出入行动都很小心，其他看不出什么变化。

郑胜虽心里暗自冷笑，但他觉得已经达到了教训吴雯的目的，短时间内也不想再对吴雯做什么了，吴雯多个保镖对他一点实际意义都没有。此时的郑胜心中充满了不屑，原来这女人这么不堪一击，那些说她背景如何如何都是以讹传讹啊，也不知道她是怎么让徐正出面帮她拿地的，不管怎样估计也就是一锤子买卖，不然这一次出这么大的事，徐正怎会对她置之不理。

郑胜原本对吴雯身后的背景存着几分畏惧，并不敢去招惹她，这一次撞车让他似乎看穿了这个女人的底牌。

郑胜在暗处自以为得计的时候，他不知道背后已经有一双鹰一样的眼睛在注视着他的一举一动，伺机要对他发起致命的攻击。

傅华知道吴雯出事已经是几天之后了，驻京办远在北京，得到海川的消息总是会滞后几天的。

傅华赶忙打了电话给吴雯，问道：“吴总，听说你撞车了，没事吧？”

傅华现在有点觉得吴雯回海川并不是一个正确的选择，接二连三出问题，就说道：“吴总啊，你是不是该考虑一下回海川投资是不是一个正确的选择了……你看先是王妍骗你，现在又出了这么一桩事情，也许海川不适合你发展吧？”

吴雯笑了，说：“这里是我的家乡啊，这里不适合我发展哪里能适合？这些事情在哪里都可能遇到的，你放心啦，我干爹已经派人过来帮我了。”

傅华说：“不管怎么样，你还是小心些吧。”

傅华挂了吴雯的电话，就拨通了徐正秘书刘超的电话，海川大厦的开业典礼还没有邀请徐正来参加呢，这本是当初章旻跟他说好的，为了处理好跟徐正的关系，到时候邀请徐正作为贵宾来参加开业典礼。

刘超接通了电话，问道：“傅主任，有事吗？”

刘超知道傅华最近在跑海川新机场项目，徐正已经交代过有他的电话马上接过去，就把电话转给了徐正。徐正问道：“傅主任，民航总局那里有什么问题了吗？”

傅华说：“那边没什么问题，昨天跟张副司长还通过电话，他说民航总局已经研究过我们海川市的报告，认为可行，很快就会将我们的新机场项目调整进入国家的机场建设规划当中去。”

徐正高兴地说：“那就好，那就好，这段时间你要跟他们加强联系，越是通过前的时期越是要小心，不要大意失荆州。”

傅华笑笑说：“海川大厦内部装修即将竣工，我想举办一次隆重的开业典礼，同时举办一次在京海川人士的新春联谊会，不知道徐市长能不能来参加？”

徐正愣了一下，据他了解，海川在京的人士中，除了一个郑老之外，并无什么重量级的人物，这些年海川市驻京办虽然也举办一些新春联谊活动，因为郑老不愿参加，市级的领导就很少出面，联谊会就成了海川驻京办和海川在京人士的一个小小的联欢会。可是今年海川大厦正好落成，傅华这个新的驻京办主任在北京的局面也拓展开了，应该会有所不同的吧？

徐正有了些兴趣，问道：“都有谁会参加啊？”

傅华说：“目前我计划邀请郑老、于副局长、张副司长和蒋处长，发改委方面我想邀请刘杰司长和周阳处长，证监会的贾昊主任，商务部的崔波司长，顺达酒店的章董和我岳父都会参加。其他都是海川在京的人士了。”

这个人员层次已经很高了，傅华是想趁着酒店开业的题目，跟民航总局和发改委的这几位好好处理一下关系，这对海川新机场项目是很有利的。这也是他和海川驻京办在京城舞台上的一次正式亮相，他一定要办得风风光光的。

徐正听完出席的人员名单，就明白了傅华的设想，不由赞赏地说："傅华，你这个想法很好，这是一个很好的题目，你要办好这一次典礼和联谊会。"

傅华笑笑说："这么说徐市长您答应要参加了？"

徐正说："具体日子你跟刘超协调吧，到时候我会提前一天到京，行了吧？"

傅华确定了徐正回来参加海川大厦开业典礼和新春联谊会，赶忙把林东和罗雨、高月等人召集了起来，开了一个会，研究筹办新春联谊会的事情，至于海川大厦开业典礼他还需要跟顺达酒店和通汇集团沟通一下，那是三家联合建起来的酒店，要做开业典礼也需要三家共同确定。

傅华首先讲了徐正市长将要来参加海川大厦的开业典礼和新春联谊会的事情，要求驻京办要上下同心办好这一次聚会。办联谊会是需要准备一些纪念品和印发请帖的，在确定了大致要选用的纪念品之后，傅华知道这项工作多多少少能落一点油水的，就将这项工作交给了林东去办。有些时候做一个领导也要让下属多多少少赚一点外快，既然无法避免，不如以此调动一下下属的积极性。果然，林东高兴地接下了这个任务。

傅华又让罗雨负责准备介绍海川的资料和会议要用的条幅，让高月负责落实当天的筵席安排和招待。

这一切安排妥当之后，傅华打了电话给章旻，询问他对海川大厦开业典礼方面的安排意见，章旻谈了顺达酒店的几点意见，然后说其余的事情就让傅华和章凤商量安排，到时候他会来参加典礼。

请帖很快就印好了，在和刘超协商好具体的日期之后，驻京办开始发出聚会的请帖。一些重要人物的请帖比如像郑老、于副局长等，傅华都亲自登门把请帖送过去。

郑老接了请帖十分高兴，笑着问："小傅啊，你的海川风味餐馆真的有疙瘩汤和粑粑就鱼?"

傅华笑着说："您放心，我这是专门从海川请来的厨师，绝对可以做出您想的那种味道，怎么说，不是有一句广告词吗，记忆中妈妈的味道。"

郑老笑了，说："冲着这个我去，不过你可是把我老人家的胃口给吊得高高的，到时候如果你做不到，我可不饶你。"

于副局长等人也顺利答应了邀请，其他海川在京人士的请帖也由驻京办的工作人员陆续发出去了。

现在只剩下一个最大的问题，那就是给于副局长这些部委领导们准备什么礼物了。这些人当然不能只给他们发一点联谊会的纪念品，那样会让这些领导们心里很别扭的。

这个礼物需要送得巧，不能便宜了，也不能太贵，还要让人感受到一份意义在，实在是很让人费脑筋。

傅华想来想去，还是不得要领。可是这个问题不解决好，这次聚会就算失败了一大半。

傅华正在办公室里转圈，电话响了，看看号码比较陌生，傅华犹豫着接通了："你好，哪位?"

对方笑笑说："傅主任真是贵人多忘事啊，我陈磊啊，我的号码你都忘记了。"

陈磊，傅华一下子想起来了这是海川在京人士中一个还算提得起来的一个老板，做医疗器械的，据说近年生意做得很好，赚了不少钱。

陈磊来过驻京办，和傅华也算认识，但是陈磊的公司是傅华的驻京办服务的对象，通常是他们有什么困难了找到驻京办，驻京办出面帮他们协调解决。这是一个被动联系的关系，陈磊的公司正处于上升阶段，各方面顺风顺水，倒也不需要驻京办太大的帮助，因此陈磊跟驻京办的联系很少，只是偶尔会跟同是海川的老乡一起过来坐坐。傅华也不是那种见了有钱人就贴上去的人，因此跟陈磊并不熟悉，倒是林东跟陈磊走得很近。

傅华笑笑说："原来是陈总啊，你看我这记性，连陈总的电话都记不住。哎，驻京办联谊会的请帖收到了吧?"

陈磊笑笑说："去肯定是要去的，不过，你傅主任也太不够意思了吧？"

傅华愣了一下，他不知道陈磊为什么这样说，难道嫌自己没亲自去送请帖？也不至于吧？陈磊的身份还没到一定要自己亲自邀请的份儿上，他是一个商场中人，肯定明白他自己的分量。

陈磊说："你啊，就是见外，办这么大的一次活动事先也不跟我言语一声，连为驻京办出点力的机会都不给我吗？"

傅华愣了一下，说："陈总的意思是？"

陈磊笑笑说："我想赞助一下这一次的联谊会，不知道傅主任给不给这个机会啊？"

傅华不明白这陈磊究竟想要干什么，便笑笑说："我们今年已经有了赞助单位了，经费已经足够了。陈总如果有这个心，明年吧。"

陈磊笑了，说："你这个人真是的，钱还有嫌多的时候吗？我可没耐心等明年，钱我已经准备好了，你在哪里？"

一个小时之后，陈磊出现在驻京办，这是一个快到四十岁的男人，个子不高，偏瘦一点，戴一副无框眼镜，很有学者派头。

傅华笑着跟陈磊握手，说："谢谢陈总对我们驻京办的支持了。"

陈磊笑着说："你们驻京办平常对我们这些海川籍的在京人员已经给了很大的支持，我们回馈一点也是应该的。"

说着将一张十万元的支票放到了傅华面前，傅华笑了，说："陈总真是大方，看来这一年是赚得盘满钵满了。"

陈磊笑笑，说："还没到盘满钵满的程度，不过这点钱还是赚到了。"

傅华笑笑说："不知道陈总这一次赞助我们，有什么特别要求吗？"

傅华才不相信陈磊说的什么回馈呢，这些商人精明到头顶上了，他才不会拿着钱白给你的。

陈磊说："也没什么特别的要求，就是请注明我们磊实药业赞助了这一次活动，再是我想在会议上讲讲话没问题吧？"

惯例上，以前驻京办开联谊会，都是会请赞助单位上台讲几句的，陈磊这个要求并不令人意外。

傅华心里还是不太明白，就问道："以前也是有这样的机会的，而且花费还少，为什么陈总没有赞助呢?”

陈磊笑笑说：“以前的联谊会不是没市长参加嘛，再说，以前的联谊会就是我们这些在京的海川籍商人们和在京工作的海川人的一次简单的联欢活动，没什么搞头的。近年傅主任搞得这么隆重，我们不参与一下也说不过去。”

傅华有点明白陈磊的心思了，陈磊虽然在北京发展得已经算不错了，可是在海川地面上，并无什么大的影响，他是想借这一次的机会跟家乡的市长接触接触，他这个层次的商人本身是无法引起一个地级市市长的兴趣的，这次驻京办的联谊活动却能提供一个很好的接近市长的机遇。

傅华接纳了陈磊的赞助，有了这笔赞助，驻京办年底的经费就会很宽裕，他也可以给驻京办的同志们多发一点过年费，大家辛苦工作一年了，也该犒劳犒劳了。

时间很快过去，在举行庆典的前一天，徐正和章旻都飞到了北京。傅华将他们接到了酒店住下。晚上，赵凯也到了。

赵凯首先感谢了徐正对海川大厦的支持，说没有徐正的支持，海川大厦不能建得这么快。

徐正笑了笑，说：“赵董，您真是客气了，海川大厦我们海川市政府也是有份的，大家共同协作才会有今天的成绩。我觉得如果真要表扬谁的话，这是与傅华同志的努力分不开的，我们市里面正在考虑嘉奖傅华同志呢。”

傅华有些不好意思了起来，笑笑说：“谢谢徐市长了，我个人没做什么，要说成绩，应该归于驻京办全体工作人员和顺达酒店派到北京的同志，是他们的共同努力才会有今天这个局面。”

章旻笑了，说：“傅主任，你就不用这么谦虚了，谁都知道，没有你就没这座海川大厦。”

“傅华同志确实太谦虚了。市里面是一定要嘉奖你的。”徐正这样说，既让傅华增添了干劲，又卖好了赵凯。

赵凯笑笑说：“好好干吧，傅华，你做出的成绩领导都看在眼中了。”

徐正又看着章旻，笑着说：“章董，我们可是有一段时间没见了。”

章旻笑着说：“是啊，自上次海川一别，一晃就是几个月了。主要是总部的工作太忙了，分身不得。”

徐正笑着说："你呀，海川的顺达酒店也是你的产业，有时间也应该过去看看，别厚此薄彼啊。"

章旻说："说到这个，还要感谢徐市长对建设海川顺达酒店的支持，因为您的支持，那里的工期比我们预计的要快很多。"

海川顺达酒店自土地事件之后，海川各方面对其都是一路绿灯，工程进展很快，这自然离不开徐正的庇佑，章旻对他表示感谢，倒也不完全是客套话。

徐正笑笑说："章董客气啦，海川顺达酒店也是海川的企业，我这个市长有责任维护它的合法权益。省里的吕副省长对这个项目也很关心，前段时间我还跟吕副省长专门汇报过，他对工程的进展很满意。"

徐正确实专门跟吕纪汇报过，不过这倒不是因为吕纪关心这个工程，而是他害怕吕纪认为海川方面故意为难顺达酒店，向吕纪汇报，一方面解释，另一方面也是表功。

章旻笑笑说："这件事我自离开海川后，也跟吕副省长汇报过，他对您徐市长处理问题的果断很是赞赏，对结果很满意。"

赵凯笑笑说："你们说的这个吕副省长是东海的吕纪吧？"

徐正看了赵凯一眼，问道："赵董，你认识吕副省长？"

赵凯笑笑说："我不认识，只是前几天跟一位朋友聊天，说起东海省的事情，他们说这一次东海省的班子可能要动一动了，程远据说已经到了年纪，可能去全国人大，省长郭奎这几年发展经济不错，可能要接程远的位置，这个吕纪历练过很多地方，本身就是中央重点培养的干部，这一次很有可能扶正的。"

徐正感了兴趣，虽然这一次即使真的这么调整了，也没他什么事情，他现在的角色不尴不尬，他的代市长还没转正，没特殊的情况动不到他的。可是作为一个官员他对这些还是很敏感的，而且程远离任，郭奎接班，这牵涉到在东海省哪一派势力得势的问题，一朝天子一朝臣，新的领导人会形成新的势力，会清洗旧有的实力，这也是徐正必须要关心的。早一点知道官场变动确定的消息，也可以早一点从自己的角度进行布局，如何能融入新得势的势力，这是需要认真考虑的问题，因为这关切到自己未来的发展。很多时候，一个人站错了队，他的未来可能就完蛋了。

东海省早就传出了程远要离任的消息，毕竟他的年纪在那儿摆着呢，这些年干部的退休制度日益严格，没有任何人可以违反，因此省委书记到了年纪必然会转任其他人大或者政协位置这也是显而易见的。在东海省，谁将成为程远的继任者已经是讨论很久的话题了，而现在赵凯似乎在告诉自己答案。

徐正笑笑说："赵董这个消息可靠吗？"

赵凯笑了，说："我这个朋友层次很高的，他的话我是很相信的，不过我也不知道他说这个是不是会成为现实，也许只是他的推测而已。"

干部任命没到最后一刻，没有人敢说就一定知道结果，往往小小的一个因素就可能扭转整个布局。赵凯这么说代表着一种谨慎，不过他既然说可以相信，就代表着很可能成为现实。赵凯的通汇集团植根于北京，必然有深厚的北京人脉，而且通汇集团实力也很雄厚，他能当回事说出来的朋友，必然不可小觑，徐正心里就有了几分相信了。

官场上有时候透露一个准确的消息是很大的人情，赵凯这个时候说给自己听也就是要卖一个人情，徐正心里虽然相信了七八分，可是他不想领这个人情，也不想表现得过于肤浅，就淡然地笑了笑，说："每到这个时候，总是有这样或者那样的传言出来，我们也就只好姑妄听之了。"

赵凯笑笑说："对，对，我姑妄说之，你姑妄听之。"

众人就开始讨论明天典礼的细节，徐正交代了傅华明天一定要照顾好郑老，千万不能有什么闪失。

细节谈完了，赵凯和章旻告辞离开了。

徐正这才问起明天给于副局长等重要人士准备了什么礼物，傅华说几经斟酌，他买了几块瑞士名表，不算一线品牌，一线品牌的十大名表最低也要几万块，他买的价值在几千块，既拿得出手，又不太贵，这几个人不论级别，一人一块。

徐正点头表示认可，这种礼物确实不宜送得太贵重。

第二天上午十点，海川大厦开业典礼和海川在京人士新春联谊会隆重的登场了。傅华作为主持，宣布典礼开始，首先就由徐正代表海川市政府对海川大厦的落成表示了祝贺，徐正感谢了到场各位来宾对海川大厦的支持，也感谢了顺达酒店和通汇集团和驻京办的通力合作。其后，徐正介绍了海川市目前的经济发展状况，真诚希望各位来宾能够对海川经济发展大力相助。

章旻作为顺达酒店一方讲了话，希望各方对今后顺达酒店多加支持。

郑老代表到场的嘉宾讲了话，他说他很欣慰，海川在京的人士多了一个新家，他在这里能够感受到海川的气息，也瞩望海川市未来能发展得更好。

傅华邀请于副局长讲话，于副局长笑着推辞了，他说自己只是来祝贺的，郑老讲了话就代表了他，他就不必要讲了。

伍奕虽然捐了款，可这捐款并不是他十分情愿捐助的，加上正好公司有事，所以没有到场，这倒方便了陈磊，陈磊作为海川市在京的成功人士代表上台讲了话，陈磊似乎事先做了很好的准备，把他的磊实药业使劲吹嘘了一番。陈磊讲完之后，傅华宣布进行开业剪彩。

十几个嘉宾一字排开，各人拿着一把剪刀，一起将彩绸剪断。

剪完彩，客人们就被邀请到了海川大厦内的海川风味餐厅中，到场的客人依着座位上的名字入座，联谊会开始了。

徐正先举杯敬了到场的客人一杯，感谢了客人们百忙中还抽空来支持海川大厦，郑老应付了一下，开始品尝海川风味的菜肴，所谓的粑粑就鱼，就是大锅贴出来玉米饼子和大锅熬出来的小杂鱼，而疙瘩汤也是东海民间的一种面食，就是用凉水将面粉打成面疙瘩，然后加入鸡蛋葱花之类的煮出来的。这都是很简单的食物，是地道的海川家常风味，是郑老很久都没吃到的。郑老对海川风味餐厅这两道食物赞不绝口，说自己仿佛回到了很久以前的父母家里。

吃了一会儿郑老便提出告辞，老人家上了年纪，已经不太习惯这么喧闹了。

郑老婉拒了众人的送别，只是让傅华将他送到了楼下，傅华不放心，又走不开，就安排罗雨将郑老送了回去。傅华知道郑老的个性，也就没准备什么贵重礼物，送了他两罐海川海边的蜢子虾酱，这也是地道的土产，是选用海川海边的蜢子虾制成，无杂质、营养丰富，香气浓郁，而且存放时间越长，其香味越浓郁，可用来做出许多独特的美味小菜，如鸡蛋蒸虾酱、辣椒蒸虾酱、虾酱炖豆腐等，其中，鸡蛋蒸虾酱是海川的名吃。老人很高兴地收下了。

于副局长喝了两杯之后，就说他下午有工作安排。傅华知道他很忙，就和徐正一起送了他走，上车的时候，傅华将一个纸袋递给了于副局长，笑着说："一点纪念品，于副局长别嫌弃。"

于副局长笑着接了下来，上车离开了。

于副局长走后，张副司长和其他几位部委的领导陆续一一告辞，徐正和傅华又将他们送走，贾昊走的时候，傅华笑着抱歉说："今天太忙了，没照顾好师兄。"

贾昊拍了拍傅华的肩膀，笑着说："我知道你顾不过来，我没事了。不错啊，你在北京就算有根了。"

贾昊拿着礼物离开了。徐正和傅华回了联谊会场，虽然重要的人物已经离场，可留下来的也是海川在京的人，徐正倒也不好厚此薄彼，只能应酬下去。

陈磊主动找到徐正敬酒，他介绍了自己的企业，徐正不知道是不是喝得有些兴奋，还是怎么了，竟然答应了陈磊去参观他的企业。

联谊会在下午三点半结束了，陈磊留到了最后，要把徐正接去参观他的磊实药业。

傅华心里暗自佩服陈磊见缝插针的能力，这一次徐正的行程是很匆忙的，市里面的事情本身就很多，加上人代会即将召开，徐正需要明天就赶回去处理很多事，他也就今天下午有一点空。

傅华忙活了大半天，已经很累了，可徐正倒是很有兴致，傅华无奈只好陪同前往。到了磊实药业，门口已经有人在等着欢迎徐正了。看来陈磊这家伙是早有预谋，他在参加聚会之前就已经做好了让徐正来参观的准备。

磊实药业比傅华预计的要大，机械化程度很高，很多生产程序都是电脑在控制，很有一副高科技企业的样子，徐正对此称赞不已。

参观完企业，陈磊留下徐正吃饭，于是又是一番闹腾，席间喝得十分高兴，徐正说要陈磊有时间回海川看看，家乡现在的发展机会更多一些。陈磊说日后徐正在来北京，如果不到磊实药业来，就是看不起他。这两个人喝酒喝得兴致勃勃，只是苦了傅华，不得不强打精神应付着。

结束之后，傅华被陈磊安排人送回了家。到了笙篁雅舍，傅华开了车门下了车，就回头跟司机挥手告别，司机将一个纸袋递给了傅华，说："这是陈总的一下小礼物，傅主任一定要收下。"

傅华也有些醉意了，心想陈磊也不会送自己什么贵重的礼物，拿过来纸袋，说了声谢谢就上楼了。

进了家门，赵婷就接过了纸袋，竟然是块手表，傅华笑了，这世界还真是有意思，自己给人送表，人家也送表给自己。

傅华拿过去看了看，虽然不是十大名表中的品牌，可他刚刚买过类似的表，知道这种表也是需要几千块钱的，想不到陈磊竟然送这么重的礼给自己。

傅华有点为难了，这种东西自己是不会贪图的，可是陈磊送给自己都是这样的表，那送给徐正的又是什么？肯定只会比自己的贵重。如果自己交公的话，徐正不交，传出去会让徐正很尴尬的。

可是就这么悄悄收下，傅华又不愿意，想了想，他又将手表扔进了纸袋，他决定先交到驻京办去保管，也不说是什么来历，等看看徐正的反应再说，如果徐正不交出来，他再找机会将这块手表还给陈磊。

人有时也是很无奈的，就算你不想收取别人的礼物和贿赂，可是那些需要求助你的人却会千方百计地对你公关，想尽办法来攻克你的防线。人都是有弱点的，如果找准位置，任何人都是可以被攻陷的。晚清笔记小说中就记录过一段一段郑板桥被雅赚的故事，说一商人求郑板桥的画而不得，就设计让一个人装作隐士，故意迎合郑板桥的一些类似吃狗肉的癖好，引得郑板桥以为遇到了知己，最后主动作画。

现在这个社会，政府掌控了社会的大部分资源，很多人都在围着政府中人转，想尽一切办法来打动官员们，藉以谋取利益，、如果没有十分过硬的意志，很难不被腐化。这可能是经济飞速发展过程中的一种附生物吧，也是这个时代中一个不受人民欢迎的黑色印记。

第七章　百合集团空手套白狼，暗度陈仓提前布陷阱

傅华引荐了百合集团来海川投资，担心他们万一投资失控导致资金链断裂，自己责任重大，对不起徐正，便一再提醒海川市政府要求百合集团尽快将投资资金到位。其实傅华的担心不无道理，他感觉到百合集团迅速扩张蛇吞象，造成了严重的资金危机。高丰在海川市政府的压力下不得不先把资金打了过去，但他同时布好了一着暗棋。

到了一月中旬，年味就慢慢出来了，人们都没心思工作，开始忙活着准备过年了。眼见这一年就要稳稳当当地过去了。

但有心人却似乎不想让日子就这么稳稳当当过去。海川市委市政府每个部门突然都收到了一封举报信，是举报代市长徐正的。内容倒是没什么新意，只是将当初有人向省里举报徐正的信全文照搬了下来。开头的省领导的名字换成了海川市各部门领导同志。

徐正很快就从刘超手中拿到了举报信，看了信他倒抽了一口凉气。信的内容就是原来秦屯发到省里面的内容，举报倒是没什么实据，也没人会认真去调查，可是人代会在春节后马上就要召开，这个时候出来这么一封信，一定会影响他这个代市长形象的。而且看这一次举报信投寄的目标，都是海川官场上的，寄出这封举报信目的不是要纪委部门对徐正进行查办，而是打击徐正的形象，影响本次市长的选举。此刻看到这封信的人肯定是议论纷纷，很快海川就会流言四起，人们私下里不知道会怎么说他这个即将转正的市长了。

对手这一招确实很阴损，很恶毒，徐正还无处还击。他也不敢肯定这一

次还是不是秦屯玩的把戏。在他看来，秦屯还没这个胆量兴风作浪跟组织对抗搅乱选举。可是不是秦屯，那又会是谁呢？谁不想当这个海川市市长呢？徐正想来想去也没有头绪。但不管怎么样，这封信肯定是来自一个有一定级别的人之手，因为当初这封信是寄给省领导的，只有一定级别的人才有机会接触到。

徐正满心烦躁，却没有攻击目标，他还得做出一副什么事情都没发生的样子，不然的话海川市政坛又不知道会传出什么谣言了。

相同的时刻，有一个人跟徐正一样的烦躁，那就是孙永，他看到举报信的时候，气得狠狠将信摔到了桌子上，就抓起电话，让秦屯马上就过来他的办公室。

秦屯很快就跑了来，手里拿着一封信，进门冲着孙永晃了一下，就说道："孙书记，你看到这封举报信了吗？"

孙永没好气地瞪了秦屯一眼，说道："你都寄到我办公室来了，我能看不到吗？"

秦屯慌乱地冲着孙永摆了摆手，说："不是，孙书记，这一封信不是我弄的，我也不知道是谁这么坏，把我当初写的信全文照抄了下来。"

孙永见秦屯否认，愣了一下，问道："真的不是你的把戏？"

秦屯说："这封信摆明是要扰乱海川市人代会的市长选举的，我可没这么大胆量。再是孙书记你想啊，做这件事情对我来说也没什么好处啊，就算我现在能凭这封信整得徐正无法当选，我也不能在这个时候当选市长啊。这个时候很多人都会像孙书记想得那样，认为我是这件事情背后的主谋，你说这不是害我吗？"

孙永想一想也是，即使徐正因为这封举报信不能当选，也无法轮到秦屯来当这个市长，看来这封信是别有用心的人玩的把戏。而且这个把戏玩得巧妙，一石两鸟，既打击了徐正，也让人把视线转向了秦屯这些原本争过市长的人，为整个事件找到了替罪羊。

孙永心里倒抽了一口凉气，如果说他可以确认这封信是秦屯寄出来的，那他还可以压得住秦屯，整件事情对他来说就是可控的，局面还在他的掌控之中。可如果不知道这封信是谁寄出来的，就是不知道谁在背后拿这封信做文章，那这风险就无法掌控了。

谁捣乱呢，孙永想来想去也没有一个明确的对象，他的头大了。

秦屯见孙永不说话，说道：“孙书记，这件事情不能这样啊，要赶紧查一查是谁寄出的这封信。”

孙永不高兴地说：“你有点政治头脑好不好，这马上就要选举了，你大张旗鼓地去查，闹得人心惶惶，岂不是正好中了寄这封信的人的下怀吗？前几天省委程书记还专门跟我说过这一次市长选举的事情，他希望我们市里的这一次选举一定要保证组织意图不折不扣得到实行，人代会要开得圆满顺利，出了任何问题，拿我是问。真要因为查举报信造成了人们的逆反心理，影响了选举，你帮我负责啊？”

秦屯说：“那怎么办？就这么放着？”

孙永说：“寄这封举报信的人肯定是做过政治精算的，他知道这个时候一切都以稳定为主，不可能深查……不管它了，先放下来，一切为了年后人代会的选举顺利进行。我警告你啊，不准做什么小动作，你要帮着我多做代表们的工作，一定要徐正顺利当选。”

虽然说要将举报信置之不理，可是这封举报信就像一根鱼刺一样，深深卡在了孙永和徐正的咽喉上，令俩人十分难受。可是这件事情无论徐正还是孙永都没办法澄清什么，可是也不能任由事态就这么发展。

在随后的一次常委扩大会议上，孙永把这封信拿了出来，说：“大家可能都看了这封信了，据我所知，徐正同志一向清廉，作风正派，工作积极努力。信上所写根本就是捕风捉影，写这封信的人根本就是在污蔑徐正同志，是别有用心的。眼下恰逢人代会选举临近，我要求同志们不要相信信上的谎言，不要以讹传讹，要全力维护这一次选举的顺利进行。”

这还是第一次孙永在公开场合这么大力褒扬徐正，虽然他心里不一定是这么想，可是在这个时候他只有和徐正齐心协力共同渡过这一难关。

徐正在会上没就这件事情做任何的表态，他在这个时候是无法说什么的，无论怎么说都是没有说服力的。

孙永还是不放心，又分别找了一些他认为可能出问题的人谈话，向他们强调了这次人代会的重要性，市委要求一定要确保这次会议圆满成功，希望这些同志在关键的时刻跟组织站在同一位置上，支持组织上的意图。同时这次一些别有用心的人妄图通过一些卑鄙的手段干扰组织工作，这是绝对不能允许的。组织上的态度很明确，一定不能让这一小撮人邪恶企图得逞，一定会查明真相，追究到底。

海川政坛的气氛变得越发诡异了起来。孙永越是想要平静，人们私下里越是议论纷纷。有人说是常务副市长李涛想要争当市长没得逞，因此才会寄出这样一封举报信来，想让徐正也无法当这个市长；也有人说是副市长秦屯背后弄的把戏，目的跟李涛一样；还有人想到了市委副书记张林身上……反正海川市内能接任市长的人选都被说了个遍。

流言闹得李涛都坐不住了，他找到了徐正，解释自己并没有这种想法，反倒把徐正逗笑了，他对李涛还是很信任的，便说："老李啊，我到海川来之后，你是对我支持最大的人，我怀疑谁也不会怀疑你的。"

李涛放下了心，笑着说："徐市长您能信任我最好了，我做工作这么多年，从来都是积极维护组织意图的。现在有人说到了我的头上，真是不知所谓。"

徐正笑笑说："老李啊，你不要乱了阵脚。"

李涛看了看徐正，说道："徐市长，你这么气定神闲，是不是你已经知道是谁做的了？"

徐正笑笑说："我也不清楚，只是我知道这个人这么做就是想打乱这一次选举，想搅乱组织的安排，我稳住，就是不想让他得逞。"

李涛说："你猜会不会是秦屯在背后搞的鬼？"

徐正摇了摇头，说："秦屯没这个胆量跟组织斗法，你没看这一次孙永也很着急吗？秦屯也不敢跟孙永捣鬼的。"

李涛说："那就怪了，除了他，我猜不到还会有谁做这样的事情。"

徐正笑笑说："我也猜不到，所以索性还是不猜了。老李啊，古人说每逢大事要有静气，我想我们还是静观其变吧，人代会马上就要召开了，谁在背后搞鬼，人代会上一定会露出马脚的。"

李涛点了点头，徐正说得确实很对，如果某些人要搞鬼，他们一定会在人代会上跳出来的。

徐正可以放下这个谜不去猜，可是海川市的老百姓却无法放弃对谜底的好奇，他们还是在猜测究竟是谁在背后搞鬼。新的想法不断涌现，就在这猜来猜去中，春节到了。

孙永和徐正变得更加忙碌，又是春节团拜，又是慰问困难市民，俩人接连都红光满面地出现在海川市的新闻中，一副喜庆的样子。

北京的傅华这段时间也是忙得不亦乐乎。春节前他马不停蹄地将各部委有联系的官员的春节礼物分送下去，春节后，他又四处给人拜年。中国人最重视这个春节，如果你遗漏了哪个人没把礼物送到，没给他拜年，怕是会得罪人的。

海盛置业的郑胜这段时间也忙得要命，每到年关，是企业最忙的时候，也是最头疼的时候，更是最花钱的时候。有些方面是需要去打点的，有些方面会主动上门来要，有些人需要送上门去，有些人让他们上门来拿就好，有些人来要的时候可以多多少少给他们一点，有些人则需要躲开。

进入了正月，郑胜就轻松了下来，拜拜年，跟朋友喝喝酒，请人也被请，闹腾着几天时间就过去了。

初五的晚上，郑胜跟朋友喝得兴奋了，浑身便有些涨热，想起来这年底忙得有几天没去跟情人小娟过夜了，便带着两名保镖去了小娟家里。

半夜，郑胜忽然感觉有人在拍他的脸，他以为是小娟，便烦躁地伸手拨开，嘟囔了一句：“去一边去，我要睡觉。”

那人嘿嘿地笑了起来，声音很低沉，仿佛是从地狱里传来的。郑胜猛地一惊，他听出是一个男人的声音，顿时毛骨悚然，睁开眼睛一看，眼前是一个穿黑色衣服，戴着头套的家伙，黑夜中只能看见他有如夜猫子一样的一双眼睛，正虎视眈眈地看着自己。

郑胜以为见了鬼了，吓得浑身筛糠一般抖了起来，想叫叫不出来，想动动弹不得。

那人轻声笑着说：“别抖了，郑胜，再抖，刀子会划破你咽喉的。”

郑胜这才注意到自己脖子下面还架着一把明晃晃的尖刀呢，刀尖直冲着他的咽喉，轻轻一送就可能要了他的命。

有人声了，郑胜就知道不是鬼，是人。他想要强压着自己不要发抖，可是身体由不得他，还是止不住颤抖，他乞求道："好汉，你放过我吧，你要什么，你要什么我都可以给你。要钱吗，我可以给你很多钱，要女人？海盛庄园里有很多，俄罗斯的小妞都有。"

那人笑眯眯地不紧不慢地说："你小点声，如果弄醒了别人，喊叫了起来，我的这把刀可就要见血了。"

郑胜看了看身边的小娟，他不敢违抗那人的命令，生怕声音高了惊醒了小娟，小娟尖叫起来，惊扰了那人，那人会要了他的性命，于是他的声音低了下来，说："行行，我都听你的，好汉，你就说你想要什么吧？"

那人笑了，说："你也别紧张了，我不想要你的命，别脏了我的手，除非你不听话，逼着我对你下手。"

郑胜连忙说："我听话，我听话，我一切都听好汉的。"

那人说："听话就好，知道我为什么来找你吗？"

郑胜摇了摇头，说："不清楚，好汉你说我哪方面做错了，我一定改。"

那人说："你惹了你惹不起的人了。"

郑胜愣了一下，他在海川地面上跋扈惯了，有很多对头的，这也就是为什么他行走都带着保镖的缘故，便问道："好汉，我得罪了谁啊？"

那人说："你好好想想。"

郑胜说："是不是徐市长啊，我知道错了，我不该寄徐市长的匿名信的。"

原来，前几天出现在海川各部门的举报信是郑胜寄出来的。他还是对徐正耿耿于怀，恰巧省里的一个关系有举报徐正的举报信，他看到，就照葫芦画瓢，复制了很多份，寄给了海川各部门。他想到时候找几个人大代表，在人代会上就一这封信的内容对徐正发难，到时候即使不能阻挠徐正的当选，也会让徐正很不痛快。没想到这封举报信引起了海川市政坛高度的重视，不但徐正紧张了，连孙永也紧张了，声称一定要追查到底，这让郑胜害怕了，生怕事情追查到自己头上，也就不敢再有进一步的举动了。反正这件事情也让徐正很不痛快了，自己也算出了一口气。

眼前这个人说自己惹了惹不起的人，郑胜第一时间就想到了徐正，想到了这件事情，因此脱口而出。

那人笑了，想不到竟然问出一桩近日海川的疑案来，这倒是一个意外的收获。

那人说："原来闹得海川沸沸扬扬的匿名信是你寄的，你行啊。"

郑胜愣了一下，原来这人不知道自己寄匿名信的事情，看来自己猜错了，这人不是徐正派来的。

郑胜问："好汉，您不是徐市长派来的，那您是谁派来的？"

那人笑笑说："你再想想看。"

郑胜又说了一个公司老总的名字，这个老总欠他的钱，被他派人狠狠地揍了一顿，他怀疑是这个老总找人来报复。

那人笑着摇了摇头。

郑胜又说了一个人，那人还是摇头。

郑胜慌了，他实在想不出什么人会这么报复自己了，就又胡乱说了几个名字，那人笑了，说："郑胜啊，你对头还真多啊。但你还是没猜对。"

郑胜说："好汉，爷爷，我实在想不起来了，您别玩我了，给我点提醒好吗？"

那人笑了笑，说："原来我有这么大一孙子。好了，冲着你这么乖，我提醒你一下，你还记得那辆无牌照的土头车吗？"

吴雯？郑胜惊叫了一声，他呆住了，这是一个他想破脑袋都不会想到的人物。那么一个看上去娇娇弱弱的漂亮女子，想不到竟然这么神秘莫测，背后还有这样一个神秘人物在。原本他以为最好欺负的，却原来是最难惹的。这吴雯也真沉得住气，事情都过去几个月了，才派人找上门来。

那人竖起了中指，嘘了一声，要郑胜低声一点。

郑胜连忙低下声来说："我明白，好汉爷，你是吴雯派来的？"

那人说："这么说你承认用土头车去撞吴雯的是你了？"

郑胜干笑了一下，说道："不好意思，那是我犯糊涂了，我错了。其实我就是想吓唬吓唬吴总的，开个玩笑，没想到吴总还当真了。"

那人笑了，说："开玩笑对吧？嘿嘿，你敢拿吴总的性命开玩笑，那我这也是跟你开玩笑。"说着那人刀尖往前一送，顿时挑破了郑胜脖子上的皮肤，血流了下来。

郑胜觉得脖子上一疼，似乎这个人想取他性命，他吓坏了，连忙说："对不起，对不起，我那不是玩笑，是真想要吴总的命。好汉爷，我现在知错了，你要我做什么都行，你饶过我这个孙子吧，回头我去给吴总磕头赔罪，她的车被撞坏了，我出钱赔偿她，行吗？"

那人这才停下来继续往前送刀尖的动作，说："算你知趣。你给我听清楚了，头你不用去磕了，车也不用你赔了，我并不是吴总派来的。不过，吴总是我大哥在罩着的，我大哥对你的做法很不高兴，你竟然敢动他罩着的人。"

郑胜说："那好汉爷帮我带个话给您大哥，我错了，我再也不敢去招惹吴总了。您就饶过我吧。"

那人笑笑，说："算你聪明，照着我大哥原来的脾气，弄死你都是可能的，不过他老人家现在心善了许多，觉得可能你不知道吴总是他罩着的，因此决定再给你一次机会。我告诉你，以后吴总的安全就交付在你身上了，今后只要她少了一根毫毛，他就会派人再来找你，不过那个时候他就不会再放过你了，刀可不止扎这么浅了。你听明白了吗？"

郑胜听这个人要放过他，松了一口气，说："我明白，我明白。我向您保证，今后我绝对不再去招惹吴总了。"

那人把刀尖往上抬了抬，说："现在你慢慢转过去，双手抱着头趴在床上。"

郑胜就感觉刀子被抽走了，那人似乎离开了，可是并没有听到那人离开的声息，他不敢稍动，依旧趴在那里。

时间变得漫长起来，郑胜心里充满了恐惧，趴在那里不敢稍微动一动，过了好长一段时间，才敢慢慢回过头去看背后，背后空空无以，那人不知道什么时候早就消失了。

可怕啊，这个人来去都毫无踪迹，这要取自己的性命还不是易如反掌，而且这个人在自己面前谈笑风生，丝毫没把自己带来的保镖看在眼中，说明这个人胆量和身手都超出一般人，这个人是从哪里来的？没听说过海川地面上还有这么一号人物啊？这样的人物竟然还是供人差遣的小卒，那他后面的那位大哥又是什么样的呢？他会厉害到什么程度呢？可怕啊。

按说自己在海川地面上打滚这么多年了，也算一个老地头蛇了，海川形形色色的人物都打过交道，这么一个厉害的角色就算自己没接触过，起码也应该听说过，怎么想来想去就是没一个人可以对上号呢？这个人真是太低调了，低调到就连自己都不知道。

郑胜坐在那里，摸着脖子上已经不流血的伤口，越想越怕，过了好半天心才定了下来。

这时小娟还在熟睡，丝毫没察觉身边发生了什么事情。自己刚才都被人刀架在脖子上了，这个女人还什么事不知。

郑胜站起来开了灯，去了隔壁房间，见两名保镖还睡得跟猪一样，心说请这么两名废物有什么用，上去就每个人赏了两巴掌。

这两名保镖本身也是彪形大汉，就要发火骂人，一看郑胜正掐着腰气哼哼站在床前，赶忙站了起来。

两名保镖就四下查看，小娟的家门窗完好，丝毫看不出曾经被撬过，查看了半天，竟然看不出有人来过的痕迹。也不知道这人是怎么进来，怎么离开的。

郑胜越发感觉后背发凉，他想要赶紧逃离这里，不过外面是黑漆漆的，这个时候离开，他也害怕在路上被伏击，现在的他已经有点草木皆兵了。

省委副书记陶培初八来到了海川，第二天就是海川人代会开幕的日子，他是来督导这一次海川市市长选举的。省里面已经知道了徐正被寄匿名信的事情，生怕人代会选举出什么问题，就把陶培安排了下来。省委书记程远还亲自打电话给孙永，询问他究竟能不能掌控海川的局面，人代会会不会出什么问题。

孙永心中暗骂发匿名信的人，他还不能让程远看出他底气不足，那样会让程远怀疑他这个市委书记能力不够，就做出了一副信心十足的口气说：“程书记，您放心，我已经做了严格的部署，保证能让这一次选举顺利进行。”

程远说：“你给我打起十二分的精神来，不能有一点点的疏忽，你要知道现在的媒体那么发达，尤其是网络媒体，更是无所不知，如果海川这一次选市长出了大问题，那很快就会在网络上传开，就会成为一个影响很大的政治事件，到时候不光你们海川市委没了面子，就是省委也会很难堪。”

孙永说：“您放心吧，我们已经跟各个代表团的团长进行了严肃的谈话，他们会关注人代会上每个代表的表现，确保不出一点问题。”

孙永确实已经找过每个代表团的团长，他下了死命令，要求每个团长都要确保他那个代表团不出一点问题，哪个团出了问题，那个团长就等着受处分吧。

放下了电话，孙永擦了一把额头的汗水，心里暗自叫苦，他实在并不知道人代会上可能会发生什么，这个保证是硬着头皮做出来的，这一次说不定会搭上自己的政治生命，这怎么能让他不叫苦呢。

海川街头便挂起了祝贺两会胜利召开的横幅，一片喜气洋洋的景象。

人代会正式开始了，陶培、孙永、徐正都正襟危坐在主席台上。虽然外表看上去每个人都貌似很轻松，实际上每个人的心都悬在半空，生怕出什么状况。

徐正首先代表市政府向大会做政府工作报告，他的声音低沉有力，看上去信心十足。

然后是分组讨论政府工作报告，孙永和徐正等市级领导深入到了各代表团，同代表们座谈，他们都很注意代表们的动向，生怕其中出现什么不好的动向。虽然这种讨论往往是走过场，说套话、唱赞歌的多，并没有什么实际的意义。

几天的讨论下来，孙永和徐正和各代表团团长等人精神都高度紧张，却一点不好的苗头都没发现，这让他们十分困惑不解。

正式选举的时刻终于来到了，代表们的神情肃穆了下来，一个一个认真填写着选票。程序都是固定的，人们都在按照程序做事。运动员进行曲响了起来，孙永首先走到了票箱前，在镜头前将自己的选票放进了票箱中，然后是徐正……

到选票都被放进了票箱，孙永和徐正并没有放下心来，相反他们的心悬得更高了，谁也不知道代表们受没受徐正的那封举报信的影响，谁也不能确保徐正一定会当选。

点票结束，徐正全票当选，这是他和孙永都没有想到的，到这个时候他们的心才真正放了下来。

其实在这上上下下高度关注选举的时刻，没有一个代表敢拿自己的政治生命开玩笑，他们都老老实实按照组织的意图给候选人投上了一票。更何况那个在背后搞鬼的郑胜刚被教训了一通，已经龟缩在海盛庄园里不敢再出头露面了。

李涛依旧出任常务副市长，其他的副市长包括秦屯也照旧当选。

主席团成员都坐到了主席台上，孙永宣布徐正正式当选海川市市长。掌声雷鸣般响起，徐正站起来向大家鞠躬表示感谢。

随即徐正发表了当选致辞，这一刻他感觉自己终于正式成为了海川市的主政者了。徐正讲得慷慨激昂，他感谢了代表们对他的信任，感谢了省委和市委对他的支持，他一定不辜负广大海川市民对他的殷切希望，为海川市的经济发展竭尽全力。

陶培也很高兴选举的顺利结束，他原本还想可能有什么状况发生呢，现在看来那封举报信很可能是别有用心的人的一场恶作剧，折腾得上上下下紧张了这么长时间。

会议结束的时候，陶培讲了话，他代表省委和省政府对大会圆满顺利结束表示祝贺，省里对这一次海川市的选举十分满意，说明海川市广大干部是靠得住的，人大代表是真正代表了人们的利益的。这是一次团结的大会，一次胜利的大会。

选举完了之后，陶培就返回了省里，一切似乎又回归了宁静。

孙永在庆幸选举顺利的同时，心中始终还是有一个困惑，那究竟是谁寄出了那封举报徐正的信？选举的顺利进行似乎说明这封信的目的不是干扰选举的，那他的目的是什么？这让孙永百思不得其解。

秦屯对这件事情也是十分不解，他找到了孙永说："孙书记啊，你觉不觉得这一次的选举怪怪的，选前突然蹦出来那么一封信，搞得上上下下十分的紧绷，选举却进行出乎意料的顺利，没有一个人出来捣乱，徐正全票当选？这我就有点不明白了，既然没有人要捣乱，那么寄这封信的人是什么意思？"

孙永摇了摇头，说："这也是我想不透的地方，难道这仅仅是一个恶作剧？不能啊，现在谁会这么无聊，做这种事情。"

秦屯说："孙书记，你看有没有这么一种可能，是徐正自己弄的手脚。"

孙永愣了一下，说："徐正这么搞不是给自己找麻烦吗？"

秦屯说："我倒觉得整个事件中徐正是得利最大的一个，全票当选，这说明什么，说明他很受海川人大代表的信任。至于给他自己找什么麻烦，表面上看好像这封举报信是攻击徐正的，可细分析根本就不会是这么回事。那封信省里领导已经是过目过的，大家都知道上面的内容是没有什么证据的，也就是无法查证的，这时候这封信再拿出来，便是有人故意在跟徐正捣乱，省领导只会认为是有人想不让徐正当选，而不会认为徐正又出了什么问题。孙书记你看出来没有，这是一招很高明的棋啊，这封信搞得你也跟着紧张，不得不全力保证徐正的当选。”

孙永想了想，还是坚决摇了摇头，说：“虽然我没有别的解释，但我还是不相信徐正会这么做，这个赌局太大，徐正不敢。”

孙永虽然不相信徐正会做那样的事，可是他对这一次徐正的当选心里也是很别扭的，虽然是他这一次全力保驾护航让徐正过关，不过这是被程远逼着去做的，便说：“你先不要去管这件事情了，说说你有没有发现徐正什么有用的信息？”

秦屯说：“海通客车那边倒是有一点不太正常，财务科的科长沈荃原来是我的部下，他跟我说了一个情况，百合集团原来说要用来兼并的资金倒是进来了，可是高丰不肯动用，原本规划要用这笔钱引进新设备的，厂里面的工人们对这个很有意见。”

孙永说：“这个情况倒很值得关注，那个厂长辛杰是什么态度？”

秦屯说：“辛杰的态度很难以捉摸，虽然他是我们海川方面的人，可他对高丰的百合集团一味地迎合，什么都以高丰的马首是瞻，压制工人们的意见，根本就不敢跟高丰提及上新设备这个问题。倒是对高丰大力发展汽车城地产业的行为很是赞同，海通客车工作重点都放在了这方面。”

孙永说：“这个高丰是不是想用房地产来套利啊？如果要把海通客车那块地发展房地产，我们市里自己就发展了，何必要引进百合集团呢？”

秦屯说：“高丰这么做是有套利的嫌疑，我们现在的招商工作就是这样，光看对方说可以投资多少，根本就不注意实效。这些商家都是精明透顶的，我们一不注意，就会被他们赚了便宜去。”

孙永说：“赚了便宜去倒无所谓，无利不起早嘛，人家来投资也是要赚钱的，只要他对我们有实际性的帮助就好，就怕他只想剜我们的肉，不想帮我们的忙。你让那个沈荃要多注意一下百合集团的动态，如果他们的资金进来了，那可是几个亿，高丰不可能放在那里不等着吃利息的，他一定会有所动作的。”

秦屯看了看孙永说：“他会做什么？”

孙永说：“我想这笔资金他很可能会挪作他用，从辛杰那么服从高丰来看，说不定他早就被高丰收买了，到时候如果高丰要转移资金的话，辛杰一定不会反对，所以要密切注意。这个项目是徐正的政绩之一，只要出了问题徐正就不好交代了。”

在办公室里的徐正接到了吴雯的电话，吴雯笑着说：“祝贺你啊，胜利当选为新一届海川市的市长。”

比起开人代会的时候，徐正现在气定神闲了很多，笑着说：“谢谢吴总了，这是海川广大市民对我的支持。”

吴雯笑笑说：“我本来想邀请徐市长您到我们宾馆，设宴为您庆祝一番，可是鉴于目前这个状况，还是等以后有机会吧。”

徐正笑了，说：“看来吴总也知道匿名信的事情了。”

吴雯说：“现在海川市民还有不知道这件事情的吗？我真是很讨厌这些人一再拿我给徐市长您制造麻烦，幸好您这次也没受什么影响，不然我真是要不好意思了，唉，现在这些人啊，脑子里净想些龌龊的事情。”

徐正笑笑说：“没事的，这一次我是有惊无险，你也别太介意了，别人要怎么想那是别人的事情，我们管不着。哎，你那边的工程还好吧？”

吴雯挂上了电话，坐在一旁的小田笑着说：“吴总，不用告诉徐市长是郑胜搞的匿名信吗？我想他肯定是很想知道这个情况的。”

原来那一晚进入郑胜和小娟卧室的男子就是小田。他在摸清了郑胜的一切基本情况之后跟刘康作了汇报。刘康听完，笑着问：“你有没有把握去吓一吓郑胜？”

小田笑笑说：“吓他做什么，依我说，干脆狠狠地教育他一顿，让他永远不敢再找吴总的麻烦算了。”

刘康否定了小田的想法，说：“皮肉之苦他很快就会忘记的，上策伐心，我们要让他记住的是恐惧。”

于是才有了小田夜探小娟家这一幕。郑胜也比较幸运，那两名保镖和小娟睡得跟死猪一样，也就没惹到小田这个煞星，保住了性命。

吴雯笑了笑，说："告诉他干什么，他如果问我消息来源，我怎么回答他？告诉是你半夜用刀逼着郑胜交代的吗？"

小田说："那倒也是。只是便宜了郑胜，刘董不让我动他，徐市长这里也不能告诉他，这下子没人收拾他了。"

吴雯笑笑说："小田啊，你半夜三更闹那么一出，我想郑胜肯定吓坏了，今后一段时间我估计他都要睁着眼睛睡觉了，这下子也算教训他了。"

傅华在北京得到了徐正当选为市长的消息，虽然这是意料之中的结果，可毕竟是顶头上司正式成为市长，应该表示祝贺，他马上就打了电话给刘超，向徐正顺利当选表示祝贺。

刘超将电话转给了徐正，徐正表示了谢意之后，问起了民航总局审批新机场的情况，问傅华有什么最新的进展。

徐正把新机场当成他任内一定要做成的一件大事，因此时刻挂在心上。

傅华笑笑说："一切进展顺利，我给于副局长拜年的时候，于副局长跟我说了，我们的报告已经被局里面批准了，只是因为过年，机关里面都无心处理公务，相关的文件还没有形成，等过了这段时期，他就督促着尽快下文。"

徐正高兴地说："好，好，这项工作总算见了眉目了。"

傅华说："于副局长说，列入国家机场建设规划之后，下一步国家民航总局就要对我们海川新机场进行场址复核审批，市里面要早做好准备。"

徐正说："市里面一定做好相应的准备工作，列入了国家机场建设规划，以后要做的工作还多着呢，可行性研究报告、环境测评等等这一系列的工作一直到国家发改委正式立项，这些都在等着我们去做呢，傅华同志，要做好打持久战的准备啊。好好努力吧，做好新机场这项工作，你和我都会写入海川市新机场建设的历史的。"

傍晚时分，傅华接到了赵婷的电话。

赵婷说："下午郑莉姐、章凤姐还有徐筠姐一起过来了，我们四个姐妹逛了一下午街，郑莉姐就提议说要在外面吃饭，吃完饭我们还要去泡吧，嘿嘿，我们要好好放松放松。”

晚上，傅华去了赵凯家，赵凯外面有应酬，没有回来吃饭，只有赵淼和岳母在家里。

吃饭的时候，赵淼说：“姐夫啊，我有件事跟你说一下。你那海川大厦不是营业了吗？你能不能跟爸说一下，让我过去帮你啊？”

傅华愣了一下，说：“你跟着爸在通汇集团不是挺好的吗？通汇集团多大啊，我们海川大厦就那么点业务，这两者可不能相提并论的。”

赵淼说：“我不愿意守着爸工作，他太严厉了，谁受得了他啊。”

傅华看看赵淼，说：“小淼啊，这件事情我可不敢答应你，你要知道，爸把你带在身边是有很深用意的，你这样做，一定会打乱他的布局。”

赵淼说：“姐夫，求求你了，你跟爸爸说说这件事情吧，他很器重你，一定会听你的。”

傅华说：“小淼啊，你怎么就不明白啊，爸爸对你严厉是为了你好，将来诺大的通汇集团都需要你担负起来，爸爸是在培养你，知道吗？”

赵淼说：“我当然知道了，可是我不想承担这么重的责任，你看我姐多好，成天就知道疯玩，什么事情都不管。”

傅华心里暗自摇头，这赵淼享受富裕生活惯了，根本就不知道赚钱的艰辛，也不想体味赚钱的艰辛，真是享受的一代啊。

吃完晚饭，傅华回了家，在家里找了本书看，等着赵婷回来。

手机响了起来，傅华看看是赵婷的号码，就接通了，笑着说：“你还没疯够啊？”

赵婷嘿嘿笑了笑说：“不好意思啊，老公，我们现在派出所，你能来把我们弄出去吗？”

傅华愣了，赵婷有时候愿意胡闹一点不假，可是闹进派出所这还是第一次。

赵婷说：“跟人打了一架，你带点钱来把我们保出去。快点啊。”

傅华不敢怠慢，赶忙起来就去了赵婷所说的派出所，一进去，就看到四名女将正气哼哼地坐在派出所里。

两名警察正在值班，傅华上前问道："警察同志，发生什么事情了？"

那名警察说："她们在酒吧把人给打伤了。"

傅华愣了一下，笑着说："警察同志，你别看玩笑了，她们四个都是弱女子，能打伤谁啊？"

警察说："呵呵，看来你对她们还不是很了解，他们打伤了一男一女，那俩人还在医院呢。"

看来打伤人是事实了。傅华心里奇怪，这四个人向来是很有气质的，平常他都没见过她们跟别人红着脸吵架过，怎么这一下就把人打伤了？

不过既然在派出所，就是被人抓到了，傅华赔笑着说："警察同志，可能她们晚上喝得有点多，她们平常可都是很遵守法律的，您看这么晚了，是不是处理一下，就让她们离开得了？"

警察说："我看她们也不是打架的人，那两个人的伤也不是很重，好啦，你带钱来了吗？"

傅华点了点头，说："您说交多少吧？"

警察说："交六千吧，这是给那一男一女治病用的。"

傅华就把钱交了，警察说："你们几个可以回去了，回去认真反省一下，不管怎么样打人是不对的，你们都这么漂亮，这么做也是有损你们形象的。好了，走吧，有什么事情我会联系你们的。"

四人都没出声，站起来就往外走，傅华跟在后面。

路上，四人都沉默着，傅华看了看她们，说道："你们是不是没人打算讲一下今晚的事情啊？起码告诉我为什么吧？"

这时徐筠说话了："傅华，你这个人怎么这么差劲啊，你早知道老董在外面有人了，还不告诉我，你打算让他骗我到什么时候啊？"

傅华这时隐约猜到今晚被打伤的那一男一女很可能就是老董。他回头看了看章凤，徐筠知道老董以前的事情，肯定是章凤告诉她的。

章凤见傅华看她，说："你不用看我了，老董确实也太不像话了，告诉徐筠姐晚上要处理公务，却在酒吧跟那个女人幽会，我气不过，就把那两次看到的情形跟徐筠姐说了。"

郑莉这时说道："对啊，傅华，你究竟是怎么回事啊，你不知道董升这么欺骗徐筠是不对的吗，为什么不早点告诉她？”

赵婷也说：“这件事情我也不能站在你这一边，那一次老董打电话来，就是让你遮掩的是吧，你还来骗我。”

傅华苦笑了一下，说：“你们别再说了，似乎现在错的是我，而不是董升。你们也不想想，徐筠这么爱董升，我如果告诉了她，岂不是让她痛苦？那一次董升过生日的情形你们又不是不记得，董升都那个样子了，徐筠都能原谅他……我去告诉她，他们当时吵翻，过几天又和好了，我岂不是枉做了小人？”

徐筠冷笑了一声，说：“你倒是挺好心的，我告诉你傅华，我徐筠喜欢董升不假，可是还没喜欢到他背叛我都不在乎的程度，这一次跟董升过生日那次完全不同，现在这个性质变了。”

傅华回头看了一眼徐筠，说：“我没告诉你是我不对，我跟你说声对不起，现在你自己什么都见到了，你要做什么也可以做什么了，不过是时间上晚了一点而已。”

赵婷锤了傅华一拳，埋怨道：“干什么啊，徐筠姐都已经很难过了，你别去刺激她了。”

徐筠抽泣了起来，说：“我就是想找个称心的人结婚而已，我做错什么了，他怎么能这么骗我。”

郑莉安慰说：“好啦徐筠，这不是你的错，错的是那个董升王八蛋。你就别埋怨自己了。”

第二天，傅华刚起床，手机就响了起来，看看是商务部崔波的电话，就接通了，笑着说：“崔司长，你是问董升和徐筠的事情吧？”

崔波说：“对啊，他们怎么回事啊？董升跟我通电话说他被徐筠打了。”

傅华说：“董升就该打，偷吃都偷到了徐筠面前来？”

崔波说：“打人总是不对的嘛。哎，傅华，你跟你老婆能不能帮老董劝劝徐筠啊，让她消消气，回头我让老董给她赔礼不是行不行？”

傅华笑笑，说：“不好意思，这一次我帮不上忙了，我跟你说我帮老董瞒了两次了，昨晚被那几名女将埋怨得不轻啊，我不能帮老董再说话了。”

崔波干笑了一下，说：“那算了，我再想办法吧。”

医院里，在董升的病床前，崔波把一个果篮放到了床头小柜上，然后看了看董升，董升脸上有点瘀肿，还有些被抓的血痕，一看就是被人打过的样子，不过不是很重，便笑笑说："老董啊，你怎么老是这么胡闹呢？"

董升不高兴地说："谁胡闹了，我不过是跟一个朋友出来谈事情，结果碰上了徐筠这个臭女人。"

崔波说："你别装了，谈什么事情要半夜三更去酒吧谈？你是不是心态真有点反常了，你老婆对不起你，你就要折腾别的女人吗？徐筠对你多好啊，你怎么还搞这么些沾花惹草的事？"

董升说："我私生活方面的事情你不要管了。"

崔波瞪了董升一眼，说："你要知道你现在做什么事都跟我牵在一起，我不想到时候跟你倒霉。"

董升说："我就是不知道你在害怕什么，我跟徐筠之间是出了一点问题，可是与你有什么关系啊？"

崔波说："徐筠的背景很深你又不是不知道，你惹了她，她真是要整我们，你就等着倒霉吧。"

董升说："她知道的事情不多，整不倒我们的，你别瞎担心了。再说，她知道的只是我的事情，我不说，谁还会知道我们之间的事情啊？"

崔波看了看董升，说道："你不要把别人都当傻瓜。"

董升说："你也别草木皆兵。对了，早上你说找我有事情的，什么事情啊？"

崔波早上确实是有事情找董升，后来打电话知道董升在病房里，就把要说的事情搁置了下来，先来看董升了。

崔波看了看董升，说："我是有事情要找你，可你现在这个样子不太合适吧。"

董升说："我没什么大事了，那帮女人终究没什么力气，打我只是一点皮肉伤，只是赵婷那个臭婆娘狠狠地给了我脑袋一拳，让我头晕到现在。医生说可能有轻微的脑震荡，观察几天就没事了。什么事情你就说吧。"

崔波说："我最近要买房子，钱还不太够，你能不能帮我凑一点？"

董升说："行啊，回头我出院就拿给你。"

崔波笑笑，说：“那谢了。你呀，别在医院里泡了，传出去叫几个女人给揍了，也够丢脸的。”

董升说：“是够丢脸的，他妈的这一次我跟徐筠是到头了，说什么我也不跟这个臭女人再在一起了。”

崔波说：“你别这样啊，刚才我还打电话给傅华，想让他帮忙给你说和说和呢。不过傅华说他帮不上这个忙了，那边那几个女将对你的意见大了去了，我想现在徐筠肯定还在气头上，你千万别火上浇油啊，你别再去找徐筠吵架，知道吗？等过几天，徐筠冷静了下来，我出面帮你们调解一下，你们就和好了。”

董升摇了摇头，说：“这一次我说什么都不能听你的了，她们都来打我了，我还忍气吞声，叫女人都欺负到头上来了，我还算个男人吗？”

崔波说：“你别给我置气好不好，我们现在需要什么，需要稳定知道吗？你就是要跟徐筠分手，也不能在她这么恨你的时候分，女人要是恨起你来是很可怕的。”

董升说：“我心已定，这一次说什么也要跟徐筠分开，本来上一次我就打算跟她了断，都是被你逼的，现在好了吧，这个臭娘们蹬鼻子上脸了，竟然敢打我了。”

说着董升拿出了电话，拨通了徐筠的手机，崔波一看急了，伸手来夺电话。

董升却将崔波一把推开了，这时终于接通了电话，董升就叫道：“徐筠，你给我听着，赶紧去我家把你的东西收拾好，给我滚蛋。”

说完，董升没等徐筠反应，就扣了电话。

崔波气得用手指着董升，半天说不出话来。

董升说：“老崔啊，你胆子也太小了，徐筠不过就是一个臭女人，你没看她在我面前的那个熊样子吗？她能做什么啊，她敢做什么啊？真不知道你在害怕什么。”

崔波说：“你不知道女人狠起来是什么都不顾的吗？你不要把别人都当傻瓜，我不跟你说了，你真是不可理喻。”

崔波扬长而去了，董升虽然不满崔波对自己的态度，但想到可以彻底摆脱掉徐筠，心里还是感到十分轻松的。

记不得对徐筠的厌恶是什么时候开始的。不过最初，董升有一种攻克难关的欲望，想尽办法也要攻克徐筠的心防，那个时候他真是兴致勃勃啊。

可是真正得到徐筠之后，一切都兴味索然了。特别是徐筠对他越来越好之后，董升甚至开始厌恶她了，这种厌恶是从心底发起的，他自己都无法抑制。虽然他也知道徐筠是真心对自己好，可是他已经越来越不习惯女人对自己好了，这种好给他一种不可信的感觉，就像他的前妻，平常日子看上去对自己那么好，背地里却早就跟别人好上了。那种被背叛的感觉深深地印在他的脑海中，让他对一切对自己都充满了怀疑。女人是不可信的，对自己好的女人尤其不可信。

董升宁愿放弃承受这种好，转而去攻克新女人的心防。

崔波说他这是因为受了前妻的伤害而对女人的一种报复，但董升却觉得这不是报复，他只是在跟新女人的交往中才能获取一种新的快感，这是他的心理需要，也是生理需要。

董升现在想要的是一种跟女人的交往过程，而不是跟女人持续的稳定的共同生活，他想要追求的是一种新刺激，而非那种已经成为定式的固定生活。

偏偏徐筠所追求的就是一种固定的婚姻生活状态，而且为了达到这种目的，她对董升不是一般的好。董升有一种被绑住了的感觉，他早就有甩掉徐筠的念头，可是他的伙伴们却出于某种因素考虑，一定要董升保持跟徐筠的这种稳定关系。

那次过生日，董升已经是有点忍无可忍了，在徐筠面前来了一次大爆发。但事后崔波很严肃地跟他谈了一次，甚至不惜以中断合作来威胁他。董升很多方面还需要依赖崔波，所以不得不妥协，只得委屈自己向徐筠求和，并且开始在人面前对徐筠表现得十分呵护。

但内心中，董升却越来越厌恶这种关系，就开始越来越频繁地会见网友，跟女网友上床，以私下偷情的刺激求得心态上的平衡。这种频繁慢慢就达到了无法掩饰的程度，这也是为什么他几次被傅华等人撞上的原因。

现在好啦，终于可以跟这个缠人的女人说拜拜了，董升竟然有一种如释重负的轻松。

徐筠家里。徐筠接董升电话的时候，正在陪郑莉和赵婷闲聊。

赵婷和郑莉一起出现在徐筠面前的时候，徐筠笑笑说：“小婷你就是八婆，我都说已经没事了，你还把郑莉拖过来干什么啊?”

郑莉笑笑说：“你别埋怨小婷了，我也正想过来看看你的。反正我们也没事，就陪陪你了。”

徐筠笑笑，说：“想想也可笑，我徐筠什么时候变得这么脆弱了，我原本不这个样子的。”

郑莉说：“这我倒知道，只从你跟这个老董在一起之后，你就完全迷失了自己，做什么都是以老董为目的，患得患失的，哪像我以前认识的徐筠。以前的徐筠可是爽朗自信的，虽然说不上是一个女强人，可是也不会为一个男人搞得这么进退无据。”

赵婷说：“徐筠姐，我也有些不明白，老董有什么让你那么迷的，长得也不帅，做事又不干脆，蔫蔫乎乎一看就令人讨厌。”

徐筠笑笑，说：“小婷啊，姐姐不是你这个年级的小女孩了，找男人要找真心对自己好的，而不是光看帅不帅。当然如果能像你老公那样又帅又对你好的是最好了，可那样的男人是可遇不可求的。”

赵婷说：“不过老董对你好吗？我怎么从来没见过啊?”

徐筠说：“你认识我的时候，我跟老董已经稳定了下来，老董对我好的时候你没见过。你知道吗，有一次我们聊电话，我不经意地说现在很想喝酸梅汤，大半夜的老董竟然跑了半个北京城买了酸梅汤给我送了过来，虽然那酸梅汤没有琉璃厂信远斋的好喝，可是那份情意真的让我好感动。”

这时徐筠脸上现出一副受呵护的小女人的幸福样子，似乎还可以回味到当初那种甜蜜。赵婷看在眼中心中不禁有些可怜徐筠的痴情，董升对她都那样了，她还是忘不了董升的好，如果这个时候董升说几句好话哄哄她，她可能马上就又会原谅他了。傅华说得还真对，徐筠也许真的需要冷静冷静了。

其实，赵婷是没有徐筠的经历，不了解徐筠的心路历程，徐筠和董升一样，也经历过一次失败的婚姻，她被前夫弄得伤痕累累，本来觉得人生都是灰色的，是董升的呵护让她重燃对生活的热爱，因此她对董升倍感珍惜，恨不得掏出心来对董升好。

徐筠还在回味的幸福中，她的手机响了，看看是老董的号码，她顿时没了主意，接还是不接呢？

郑莉说：“你们都那个样子了，还打什么电话来？”

徐筠犹豫地说：“如果老董是要跟我赔礼道歉呢？”

赵婷急了，叫道：“你不是又想原谅老董吧，我跟你说，你这次要是原谅老董，你就彻底完了。”

徐筠苦笑了一下，说：“也许老董要跟我解释一下昨晚的事情呢？我们昨晚都喝了酒，也许我们都有些冲动了。”

徐筠马上按了接听键，老董的大叫声顿时传进了屋内：“徐筠，你给我听着，赶紧去我家把你的东西收拾好，给我滚蛋。”

徐筠不但没等到她想要的求和，却等来了董升让她滚蛋的最后通牒，而且这个最后通牒她的两个姐妹都听到了，刚刚她还说老董可能是要来解释的，转眼就变成这个样子，这让她都想挖个洞钻进去。她再也克制不住自己了，一行清泪无声地流了下来。

屋内的气温顿时降到了冰点，郑莉和赵婷面面相觑，她们实在没想到董升这个时候是来下最后通牒的。眼前的徐筠一副伤心欲绝的模样，俩人几乎都找不出可以劝解的话语来了。

傅华接到了民航总局于副局长的电话，说民航总局已经下发文件，同意海川新机场被正式调整进国家新机场建设规划中。

傅华赶紧通知了徐正这个好消息。徐正对此十分满意，特别对驻京办这段时间的工作进行了表扬，要傅华再接再厉，做好下一阶段协调部委的工作。

结束了跟徐正的通话，傅华匆忙赶到通汇集团，正碰到赵凯送高丰出来。

高丰离开了，傅华跟着赵凯进了办公室，傅华笑着问：“高丰来找您什么事情啊？这么急，周末还要来找您。”

赵凯笑笑说：“他说最近一段时间百合集团资金链比较紧张，想从我这里把他们的投资抽回去一点，被我拒绝了。”

傅华说：“资金紧张？不会吧，我听海川市里的朋友说百合集团刚刚把收购海通客车的资金都打了过去，这个时候他又干什么弄得资金紧张起来了？”

赵凯笑笑说："我也不清楚，反正这高丰想从我这抽走资金是不行的，那些资金是他们的投资，已经投入下去了，这个时候除非他让别人的资金购买他的股份，否则别想抽走一分钱。"

傅华笑了，说："大概高丰现在后悔跟您的合作了吧？您对公司的掌控这么严格，没空子给他钻的。"

赵凯笑笑，说："这他不能怨我，当初我可是有言在先的，我劝阻过他不要把摊子铺得太大，可是他并不听我的，现在资金紧张又来找我，那可不行。我可不能让他把我的资金链也弄得紧绷起来。"

傅华说："那他也只有自己的问题自己解决了。"

赵凯摇了摇头，说："你找我什么事情啊？什么事情不能去家里说啊？"

傅华笑笑说："小淼想让我跟你谈谈，他说想去海川大厦工作。"

赵凯说："这是我的失策啊，我自小就想给他们姐弟俩一个好的环境，没注重对他们经商兴趣的培养，现在一个一个都想置身事外，似乎我这些年奋斗就是为了他们享受来的。"

傅华说："我并没有答应小淼，如果您想把他留在身边，我会跟他谈一下的。"

赵凯说："傅华啊，你怎么看这件事情？"

傅华说："我觉得您这么严厉是要培养小淼，留在您这儿对他是有好处的。"

赵凯摇了摇头，说："他在这里也是吊儿郎当的，一点都没有忧患意识，什么事情吩咐他做他才去做，根本就没主动性。他愿意去你那儿，就让他去吧，放在你手里我也放心。让他跟你好好学学也行。"

傅华说："小婷让我跟您说一声，她说您如果同意小淼去海川大厦，是不是就让小淼取代她通汇集团代表的身份。"

赵凯笑了，说："哼哼，这倒适合她的，傅华啊，有时候我觉得我真是太过于保护他们姐弟了。好啦，你告诉小婷，她愿意干什么就去干什么吧。"

高丰在通汇集团碰了一鼻子灰，回到了百合集团的办公室，坐在那里暗骂赵凯狡猾，看来自己从赵凯这里只能每年拿一点公司的盈利分成，想要把本金抽回来几乎是不可能的了。

可是眼下高丰很需要一笔资金完成一场新的收购，他要收购一家洗衣机厂，构筑他的洗衣机航母。

看来只好在海通客车的资金上打打主意了。

想到海通客车，高丰心里又把傅华骂了一顿，不是这个傅华，他也不需要把收购海通客车的资金全部打过去，就是因为傅华的一再提醒，海川市政府方面对百合集团资金到位情况一直很关注，逼着高丰不得不先把资金打过去掩人耳目。

傅华和赵凯这翁婿俩是一样的狡猾，很多时候高丰都觉得这俩人似乎看透了他的一切想法，让他不得不小心隐藏起心中所想，才能勉强在他们面前遮掩过去。

幸好高丰也不是吃素的，在海通客车这个项目中，他早就布好了暗棋，只要调动起这步暗棋，傅华对他的那些防范措施就完全不起作用了。

高峰拿起了电话，拨给了辛杰，他要动用这步暗棋了。

海川，一早辛杰就跟老婆说自己要到单位加班，老婆不满地嘟囔说成天加班加班，连周末都不让人好好过。

辛杰赔笑着说："没办法，现在厂子刚有些生机，我这个当厂长的不得不打起十二分精神来。"

这时衣服兜里的手机响了起来，高丰说："是这样，我们集团这一边现在资金有些紧张，你能不能帮我从海通客车调一笔资金过来？"

辛杰以为高丰只是想短暂挪用一笔资金，便没当回事地说："你想用多少？"

高丰说："集团这一次要收购一家洗衣机厂，还有一个亿的缺口，你先从我们集团打过去的资金中先帮我挪一个亿出来用几天，好不好？"

辛杰愣住了，一个亿，这么大的数字，他可不敢随便动用。

辛杰干笑了一下说："高董啊，这个数字也太大了，这个忙我可不敢帮。"

高丰愣了一下，他千算万算，就是没算到辛杰的胆量会这么小，竟然想临阵退缩。

高丰不死心，说："老辛啊，我就用几天，用完了就还回去。"

辛杰说："高董啊，如果数字小，我能做得了主，我可以帮你，可是这数字太大，要惊动的方方面面很多，我真的不敢干。"

高丰便冷笑了一声，说道："老辛啊，你这样做可是令我很寒心啊，你要知道，你儿子留学和那个小红可是花了我不少的钱，你在这个时候跟我说不帮忙，是不是太过于无情了？"

辛杰说："高董，我不是不想帮你，可是你这件事情太大，我如果帮了你，怕要把自己搭进去。你也不想我出事是吧？"

高丰急了，说："老辛，你怎么就不相信我呢？我会害你吗？"

辛杰说："你说不会害我，可事实摆在那里，我如果做了，没办法跟海通客车方面交代的，你说什么我都不会做的。"

没想到辛杰会这么决绝地拒绝他，高丰被气得反而笑了起来，他说："老辛啊，我不知道你是怎么想的，怎么到这个时候你要坚决站在海通客车方面吗？你想显示什么？你是海通客车利益的坚定维护者？你不觉得有点晚吗？"

辛杰说："我不是说要坚定维护海通客车的利益，但是你这实在让我犯罪，我不能做犯罪的事情。"

高丰笑得越发大声起来："呵呵，你不能做犯罪的行为，那你接受我的资助让你儿子去留学算什么？你可不要告诉我，你做这些都是合理合法的。"

辛杰被说中了心病，声音低了下来，说道："可这些别人不容易发现，你要求我做得太明显了，我不敢啊。"

高丰说："真的不容易被发现吗？如果我想让人发现，你觉得还是不容易被发现吗？"

辛杰愣了一下，高丰这是在威胁要揭发他了，他哀求道："高董啊，你这么说就不地道了吧？那些是因为我帮了你的忙你才做的，我想你不应该再拿这说事了。"

高丰冷笑了一声，说："你觉得提供给我的情报真的值得我给你那么大的好处？你是不是也过于高看自己了？"

辛杰心里也有感觉高丰对自己好得有些过分了，可是他接受好处的时候，心中的贪婪战胜了理智，以为高丰这人是过于仗义，才会给自己那么大好处的，这样他就有一种不要白不要的念头。没想到高丰算计得这么长远，看来他一开始就想到要自己帮他挪用资金这件事情了。

可怕啊，这些资本家精明到了极点，也坏到了极点。

辛杰心中十分恐惧，高丰究竟打算要做什么，这挪用一亿资金怕只是一个开始，而不是最后。想到这里，辛杰越发不敢答应了。

辛杰说："高董啊，如果你觉得我还欠你什么，我可以在别的方面慢慢还，可是你要求的这件事情，我没办法。"

高丰见辛杰还这么坚持，恼火了，叫道："辛杰，你就不怕我把你揭发出来吗？"

辛杰也横下心来，说："我如果帮你做了这件事情，就跟被揭发出来一样，反正都是死，我不做罪过还小一些。"

高丰气不打一处来，一把扣了电话。

辛杰听高丰扣了电话，愣在那里了，他没想到事情会发展到这个样子，原来高丰给他那么些好处，都是糖衣炮弹，现在糖衣被自己吃掉了，炮弹就露了出来，这炮弹如果要爆炸了，自己首先就会被炸得粉身碎骨的。

周一，傅华一上班就接到了崔波的电话，以为崔波还想为董升和徐筠和好的事情找自己，心说这崔波够啰嗦的，已经拒绝过他了，怎么还要找来？可是崔波这边也不好得罪，这些人说不定将来会用到，他只好接通了电话。

崔波笑笑说："晚上我请客，给你介绍一位非常重要的朋友，不知道老弟肯赏光吗？"

傅华知道崔波这样的人物还是尽量不要开罪的，便笑笑说："你崔司长请客我怎么敢不去啊，说吧，去什么地方？"

晚上六点，傅华准时到了北京饭店，崔波已经等在门口了，傅华见了，连忙快步走上前去。

说话间，就到了楼上的谭家菜餐厅，崔波领着傅华进了包厢，包厢里已经坐了三个人在那里。其中一个四十左右，中等个子，脸型略有点瓜子的男人，穿着一身休闲夹克，神态之间自有一种雍容。

男人的穿着打扮看不出什么特别，甚至可以说很普通，可是坐在那俩人身边，就显得特别出众，这倒不是说那俩人很普通，其实那俩人衣着举止也是很出色的人物，只是跟这个男人一比就相形见绌了，任何人一进屋就会很自然地被这男人把目光吸引过去。

傅华心里暗自惊诧，心说这就是所谓的领袖气质吧。

见到傅华进来，三人站了起来，崔司长笑着介绍说："这位是振东集团的苏南苏董。"

傅华心里暗自吃惊，这位苏南来历可不简单，他的父辈参加过早期的革命斗争，是一位很资深的革命家，现在早已退休颐养天年，不问世事了。苏南的振东集团那是一个规模很大的企业集团，不过苏南这个人做事很低调，所以振东集团在国内的名气倒不是很大。傅华也是偶然跟赵凯聊天，才知道振东集团的。当时赵凯评论自己的通汇集团，说别看通汇集团在国内名气不少，其实真正论实力来说，通汇集团根本算不上什么。真正有钱的集团公司很多都是默默无名的，只是在行业内才有很大的名气。当时赵凯举了一个例子，这个例子说的就是振东集团，也讲了振东集团的苏南。说苏南的集团公司那是真正有钱的公司，不像百合集团的高丰那样，表面上似乎很有钱，其实就是一个空架子，真正论起家底来，根本不值一提。

赵凯当时的结论是，一个真正有实力的企业往往是做事低调的，而那些刻意高调出现在公众视野的企业，往往是有着这样或者那样不可告人的目的。

今天苏南突然出现在自己面前，让傅华也不禁好奇地多看了几眼。

傅华跟苏南握了握手，笑着说："幸会，幸会。"

苏南笑笑说："幸会，我跟你的岳父赵凯董事长认识，赵董做生意眼光向来精准，想不到选女婿也是一样。"

傅华笑了，说："苏董夸奖了，我岳父跟我提起过苏董，我也是从他那里知道振东集团的。"

崔波又介绍了苏南身旁的两个男人，一个人是苏南的副手，三十出头的样子，叫陈骁；另一个是北京朝阳区某工商局的副局长，四十左右，叫张淮。显见这陈骁是陪着苏南来的，而张淮可能是拉来凑局的。

傅华道了一声幸会，便落座了。

小姐就开始上菜，傅华便知道这顿饭真正做东道的是苏南。

开了茅台，苏南端起了杯子，笑着说："今天有幸能够结识傅华老弟，我很高兴，让我们为了友谊干一杯。”

傅华和众人一一碰了杯，苏南带头把杯中酒干掉了。

傅华夹了一口菜吃掉了，然后笑着说：“苏董，你能告诉我今晚为什么要我来吗?”

苏南笑笑说：“没什么，就大家认识一下不行吗?”

傅华笑着说：“苏董，我想这个闷葫芦还是打开得好，你就开诚布公说明一下用意，也好让我这顿饭可以吃得放心些。”

苏南笑着说：“傅老弟真是直率，好吧，我也不遮着掩着了，我听说民航总局已经将你们海川的新机场调整进了国家的机场建设规划中了?”

傅华笑笑，他想起来了，前段时间打高尔夫的时候，崔波似乎提到过这件事情，当时崔波说是有一个朋友，想要认识一下徐正，那时因为项目还一点眉目都没有，被傅华推辞掉了。

傅华说：“苏董消息真是灵通，我昨天才得到了通知，确实是这样。怎么，苏董对这个项目感兴趣。”

苏南点了点头，说：“当然感兴趣，我们集团旗下有一家机场建设公司，拥有甲级的建设资质，能够承建你们的新机场建设。”

傅华笑了，说：“苏董，这件事情您找我可就找错人了，我不过是一个小小的驻京办主任，在这个项目中没有任何的决定权。”

苏南笑了起来，说道：“呵呵，我不会想让你来把工程交给我们集团来做的。我跟你说，几十亿这么大的项目，肯定是要走招投标程序的，到时候就是你们的市长徐正说不定也无法决定由哪家公司来做。”

傅华笑着看了看苏南，问道：“苏董既然这些事情都知道，就应该知道我是帮不上忙的，为什么还要来找我呢?”

苏南说：“眼下还有谁会比你更清楚地知道你们海川市新机场在各部委的审批进度呢?”

傅华笑了，说：“这倒也是。”

苏南说：“其实我们的机场建设公司各方面的实力都是很充足的，如果大家公平竞争，我不会输给国内任何一家同行业的企业的，可是很多时候这竞争不一定是公平的。”

傅华笑笑，说："苏董要我私下帮忙，这也不是什么公平竞争的手段吧？"

陈骁向来很尊重苏南，觉得傅华这么说有些冒犯苏南了，便说道："傅主任，你怎么敢跟我们苏董这么说话。"

傅华笑笑说："怎么了，我说的不对吗？"

陈骁见傅华还是一副不在乎的样子，有些恼火了，刚要发作，却被苏南瞪了一眼，他向来畏惧苏南，就低下了头不说话了。

苏南笑笑，说："傅老弟，你说得也不是没有道理。"

傅华笑了，说道："我不过是跟陈先生开个玩笑而已。好啦，苏董，我今天既然来了，你就开诚布公，跟我说说你想要我做什么，如果不违反纪律，大家相识一场，也算是朋友了，我可以帮你。如果有什么不合法的地方，我可能就爱莫能助了。"

苏南点了点头，说道："那我就直说了。我想让老弟帮我的有两方面：一是我想掌握整个新机场审批的进度，掌握了新机场的审批进度，我也好做好相应的应对措施，如果审批有什么进展了，希望老弟能跟我说一声。"

傅华笑笑，说："这个倒是可以，这里面也没有什么机密，都是些公开信息。"

苏南说："虽然是公开信息，可是早一步知道就可以早做准备。再有，我希望适当的时机，你帮我引荐一下，我想跟你们的市长认识认识。"

傅华说："这个上次崔司长好像跟我提过，我可以帮你跟我们市长提一下，见不见你由他决定。"

苏南笑着点了点头，说："那我就先谢谢你了，来，我们再干一杯。"

主题谈完了，席面上的气氛就松懈了下来，苏南和傅华等人谈笑风生，气氛十分之融洽，只有陈骁敬畏苏南，不敢稍微有些失态，举手投足之间还是有些拘束。

酒宴结束的时候，宾主都喝得适度。苏南可能是自重身份，并没有提出唱歌或者去夜总会玩一下的建议，众人就此散了。

苏南和陈骁亲自到门口送傅华，傅华上了车，苏南跟他握手，说："傅老弟，随时保持联系。"

傅华笑笑说："有什么消息我一定会通知苏董的，那就再见吧。"

这时陈骁递过来一个纸袋，笑着说：“这个傅主任收下吧，苏董的一点意思。”

傅华愣了一下，苏南出手肯定不会小气，这礼物的分量可想而知。可是他惯常是不接受这种东西的，接受了他再帮忙苏南，就有些出于自身利益的考量，而且他也不好再拒绝苏南进一步的要求，那样他就会进退失据的。傅华并没有伸手去接，而是看着苏南，笑着说：“朋友相交，贵在知心，我想苏董不会这么俗气吧？”

苏南笑了，说：“老弟啊，是我把人做小了，陈骁，把东西收起来。”

陈骁看着傅华离开之后，说：“这个傅华是不是有些狂妄啊？”

苏南笑笑说：“你不要因为他说了你几句，就觉得他狂妄。我跟你说过多少次了，我和振东集团都没什么的，你不要觉得好像这些是多么了不起。傅华今天说的如果不是我，你会不会也觉得冒犯呢？”

陈骁笑笑说：“可是对苏董您他应该有起码的尊重。他是通汇集团赵凯的女婿，应该知道苏董您的。”

苏南笑了，说：“知道又怎么样？你想让他敬畏什么？我父亲的背景，还是振东集团的财富？你觉得这些傅华会敬畏吗？”

陈骁笑笑说：“那起码您跟他岳父是朋友，冲这一点他也该尊重一些。”

苏南笑笑说：“一般人听到我的背景，本能的就有一种敬畏，这是对财富对权势的一种敬畏，是人们一种惯常的心理。傅华其实心中对这些多少也是有些敬畏的，可是他反感这种敬畏的情绪，他说你的那几句就是他这种矛盾心理的反应，他是想找一个跟我平等的心理位置。”

陈骁笑了，说：“原来是这样啊。看来这傅华不过是装出来的，也没什么啊。”

苏南摇了摇头，说：“你不要小看了他，这个人身上几乎没什么弱点，财富权势对他的影响又是微乎其微，这种人是很可怕的，因为除非他愿意，否则他是不可能为你所用的。”

第二天晚上，赵凯叫傅华回家里吃饭。

赵淼也在家里，看到傅华，笑着说：“姐夫，爸爸同意我去海川大厦了，谢谢你帮我跟他说这件事情。”

赵凯这时从书房里出来，笑着说：“我是很不情愿，唉，不过也没办法，小森和小婷都长大了，我也不好再把自己的意志加到他们身上了。”

赵婷笑笑说：“再长大也是爸爸的儿女，我们会一直听爸爸的话的。”

保姆把饭菜摆好了，一家人就坐下来吃饭。坐定之后，赵凯说：“傅华啊，我跟章旻说过小森的事情了，他同意让小婷撤出来，小森接替，明天就让他过去海川大厦吧。”

傅华点了点头，说：“好的，我明天会跟章凤谈谈这件事情的。”

赵凯对赵淼说：“小淼，你去海川大厦代表的是我们通汇集团的脸面，你又是我的儿子，那里上下人都会看着你的。我不在你身边，什么事情你都要自己拿主意，拿不定主意就问你姐夫，不要给我丢脸，知道吗?”

赵淼说：“爸爸，我会跟着姐夫好好干的。”

傅华拍了拍赵淼的肩膀，说道：“小淼，我相信你可以干好的。”

赵凯有些伤感，说：“现在这些孩子啊，怎么就是不喜欢跟父辈一起工作呢?”

傅华笑笑说：“可能在您身边赵淼的压力比较大吧，等他再成熟一些就好了。”

大家都在低着头吃饭，气氛就有些沉闷。

傅华没话找话地说道：“爸爸，你猜我昨天见到了谁了?”

傅华就说了昨晚苏南请客的情形，赵凯笑笑，说道：“看来苏南也坐不住了。”

傅华笑着问到：“爸爸为什么这么说?”

赵凯说：“按照以前的振东集团，苏南根本就不需要为这种事情亲自出马，他只要表现出想做的意思，这个项目可能就会落到他的手中。但是现在的情势有些不同了，他的父亲退出政坛很久了，影响力已经日渐式微，苏南和他的振东集团也就有些大不如前了，而别的实力雄厚的公司对这么大的项目绝对不可能袖手旁观。这将会是一个群雄逐鹿的局面，每个都是当仁不让的。苏南结识你，也是在做一个伏笔，以便于他在这个项目中抢得先机。他除了请你吃饭，还对你做过别的事情吗?”

傅华笑笑说："他还想送我礼物，我没收。"

赵凯点了点头，说："他送你的东西不能收，收了你就被动了。我想将来加入这个项目争夺阵营的公司都是一些实力雄厚的公司，到时候为了争取项目中标，这些公司可能会无所不用其极，你如果收了苏南的东西，一来会受制于苏南，二来也很可能成为别的公司为了争取项目而发动进攻的靶子。"

傅华说："苏南还不错，没有强人所难。"

赵凯笑笑说："苏南这个人我多少了解一点，他身上有那么一种贵族气质，虽然我们中国人目前还说不上有贵族。"

傅华笑笑说，我也感觉到了："他看上去就是那种核心人物，很像一个领袖。"

赵凯说："他这个人是很有头脑的，很有谋略，不过他行的是王道，而不是霸道，不会强逼你做什么。这是一个优点，也是他比较致命的缺点。在他父亲还有很大影响的时候，很多人会欣赏这一点，也会因为他父亲的缘故跟他的振东集团合作。而到了现在，他父亲的影响已经淡去了，而社会上行事霸道的公司比比皆是，他这个优点就成了致命的缺点了。"

傅华笑了，说道："我不太明白爸爸的意思，大家不是都喜欢以诚待人，不强人所难的谦谦君子吗？"

赵淼也笑着说："对啊，爸爸，我看很多商业刊物，上面说很多成功人士都是以诚意打动人，才获得成功的。"

赵凯笑了，说道："小淼啊，你不要把那些报刊杂志上的东西当成现实。很多时候那都是一种宣传知道吗？那些杂志刊物上的成功故事，大多都是那些人成功后经历粉饰包装之后才讲出来的，你总不能让他自己说自己多么坏吧？"

赵淼笑笑说："那自然是不会的。"

赵凯说："许多人以仁义道德作为旗号，实际上行的都是权谋之道。故事里讲自己怎么仁义道德才获得成功，实际上他成功的关键部分往往是不能讲的，也是见不得人的。为什么那些孙子兵法、三十六计以及三国演义计谋之类的书籍会大行其道啊？人们都想在其中寻找出能为己所用的谋略。"

傅华笑笑说："这些书真的这么有用吗？"

赵凯说："我看却未必，孙子兵法还可以，那是孙子总结的古代的兵学理论，符合战争的规律，是科学的。而三十六计不过是地摊货色，有人把几个战争历史故事编撰在了一起，加了几句似是而非的话，就成了经典。《三国演义》本来就是罗贯中根据大的历史框架虚构出来的小说，什么空城计、连环计、借东风都是根本没有的，却成为现在很多人奉为圭臬的经典，把一个守成都不足的诸葛亮拿出来说事，从头到脚分析了一个遍，真是不知道有多滑稽。实际上蜀最早灭亡很大一部分原因就是这个诸葛亮。但这些为什么能大行其道，是因为现在的人都急功近利，想要从这里面找到快速成功之道。"

傅华笑笑说："这倒是国人一个很奇怪的传统，把一些本来虚假的人和事夸大成神或者神话，反过来再把这神话作为某些道理的例证，真是有些滑稽。这倒成了一些讲什么成功之道的人的成功之道了，现在多少人拿三国吃饭啊？"

赵凯说："有些人学霸道，都想从别人那里占便宜，像苏南这种王道作风难以行得通了。以前他能大行其道，实际上是背后有他父亲的支持，不需要他自己用什么霸道。商场其实就是战场，主席当初都说了，我们不是宋襄公，不要那种蠢猪式的仁义道德。我们要把敌人的眼睛和耳朵尽可能地封住，使他们变成瞎子和聋子，要把他们指挥员的心尽可能地弄得混乱些，使他们变成疯子，用以争取自己的胜利。"

傅华笑笑说："其实我倒更喜欢苏南这种作风，多一点这样的商人这世界也会和谐得多。"

赵凯说："我也很喜欢他那个作风，那在不违规的前提下，你就尽可能多帮他一点吧。"

第二天，傅华把赵淼带去了海川大厦，领着他见了章凤，章凤笑着跟赵淼握手，说："我听你姐姐说过你，欢迎你加入到海川大厦来。"

赵淼上下打量了一下章凤，他对这个比自己大不了多少，却可以领导整个海川大厦的女人很好奇。

章凤见赵淼上下打量自己，笑了，说："怎么，看什么？不愿意接受女人的领导？"

赵淼笑了，说："哪里，我也听我姐说起过你，她说你很能干，很高兴有机会跟你学习。"

傅华听赵淼这么说，倒是愣了一下，看来这家伙也不是一点不上进，怕是赵凯对他管教太严厉了，让他有了逆反心理，这在章凤面前表现得不是很好吗？

章凤笑笑说："你姐是笑话我作风这么强悍，没人敢娶吧？"

赵淼笑笑说："其实章凤姐你很出色啊，没人娶你是没遇到合适的人吧？"

章凤脸板了起来，说："别说好听的逗我开心了，事先声明，来海川大厦，什么事情都要遵守规定，违反了有关规定，是一定会受处罚的。这里可不比你父亲的通汇集团，你明白吗？"

赵淼吐了吐舌头，说："章凤姐，你这里不会比我父亲那里还严厉吧？"

章凤脸板不下去了，笑了笑，说："只要你遵守规定就好了。再有在公开场合，你要叫我章总经理，不要再叫我章凤姐了，知道吗？"

于是章凤就把办公室主任叫了进来，让领着赵淼去看办公室。赵淼跟着办公室主任走了，傅华看着章凤，笑着问："我这小舅子怎么样？"

章凤笑笑说："挺可爱的。"

傅华说："既然你说挺可爱的，那就交给你了。他跟赵婷不同，赵婷可以让她闲着，他一定要有事情做。"

赵淼总有一天是会回通汇集团接班的，傅华也不想他待在海通大厦什么事情都不做，废在这里。当初傅华答应他到海川大厦工作，实际上并不是帮赵淼逃避，而是他感觉赵淼和赵婷都不愿意待在赵凯身边，肯定赵凯跟这兄妹之间的交流方式有问题，他帮赵淼，是想给赵淼换一种培养能力的方式。顺大酒店管理有限公司实际上也是一家比较成功的企业，其管理方式有其独到之处，章凤和章旻兄妹年纪都很轻，他们都是年轻人的思路，赵淼跟他们的年纪相仿，很容易就会接受这种思路，让他在这里学习管理，也是很不错的一种选择。

章凤笑了，说道："原来你把他塞到海川大厦来，是想让我管教他啊？"

傅华笑笑说："我想给赵淼挂个副总的衔，不管事物大小，让他分管一些，他不懂的话，你们顺达酒店先找一个老人带带他，你看行吗？"

章凤说："这个我没意见，本来赵婷在的时候，我就有这个意思，偏偏赵婷不愿意做事，我也不好强迫她，也只好作罢。"

俩人就商量了赵淼的分工，确定之后，这才分开。

第八章　收买厂长里应外合，金蝉脱壳挪用资金

汽车城项目迟迟迟迟不动工，风言风语开始四下流传，说汽车城项目就是一个骗局。徐正本来满怀期待，要让这次轰轰烈烈的项目合作结出丰硕的成果，听到传言，又听到傅华的提醒，不由得产生警惕，着手过问。这一查令徐正惊出了一身冷汗：高丰居然收买了海通客车厂长辛杰，私下从海通客车的投资款中挪用了一亿资金，金蝉脱壳，暗中去运作另一个项目！

七碗茶茶艺馆中，徐筠坐在雅座里喝茶，房间的墙壁上挂着一幅字，是茶仙卢仝的七碗茶诗：一碗喉吻润，二碗破孤闷。三碗搜枯肠，惟有文字五千卷。四碗发轻汗，平生不平事，尽向毛孔散。五碗肌骨清。六碗通仙灵。七碗吃不得也，唯觉两腋习习清风生。

这大概也是这家茶艺馆取名七碗茶的缘故吧。

徐筠已经等了一段时间了，有些焦躁地看了看手表，超出预定的时间已经半个小时了，她拿出手机拨通了，对方接通后上来就抱歉地说："不好意思，不好意思，徐小姐，我在路上，马上就到。"

又过去了十几分钟，一个戴着墨镜的男子进了徐筠的雅座，笑笑说："让你久等了。"

男子坐了下来，徐筠给他倒了一杯茶，然后说："你帮我调查得怎么样了?"

男子笑笑说："我小黄出马，向来不空手而回。这一次可以说成果丰硕，你让我查的这个男人还真是厉害，风流倜傥啊，你可能都猜不到这段时间他

都跟多少个女子勾搭。”

原来自称小黄的这个男子是徐筠请来的私家侦探，她让小黄调查一下董升的私生活。听到这小黄带着羡慕的口气说董升，徐筠的脸色变得发青了。

徐筠说：“别废话了，你把调查来的资料给我看一下。”

小黄拿出了厚厚的一叠照片递给了徐筠，笑笑说：“这都是这段时间与董升幽会的女人，你看看。”

徐筠把照片接了过来，都是一些董升和别的女人的合影，有一起吃饭的，有接吻的，有拥抱的，徐筠简单数了一下，前前后后竟然有十三个不同的女人被小黄拍进了画面，董升这个王八蛋这段时间还真是忙碌啊。

小黄说：“我把女人都叫什么名字，什么时间在什么地点跟董升开房的都写在照片后面了，你可以看一看。”

徐筠翻看了一下照片背面，这小黄的工作做得还很细，一一标注得很清楚。

徐筠将照片装进了手袋里，拿出钱包，数了一些钱递给了小黄，说：“这是尾款，谢谢了。”

小黄笑着把钱接了过去，说：“很高兴为你服务，我的电话你那儿有，再有什么需要找我啊。”

辛杰在忐忑不安中等了几天，预计中的高丰的报复并没有到来，海通客车的运营一切照旧，百合集团派在海通客车的工作人员对他依旧还是那么尊重，似乎高丰已经忘了辛杰拒绝他的一幕，又或者也拿他没什么办法了。

辛杰觉得高丰应该是拿自己没办法，百合集团诺大的投资已经进了海通客车的账户，高丰如果揭开跟自己勾结的内幕，第一个危及的并不是自己，而是百合集团。海川市一定在查处自己之余，会加强对海通客车跟百合集团的合作管控，到那个时候，因为海通客车在合作项目中持有控股权，少了自己的配合，百合集团再想运作什么怕都是很难的，更别说是抽逃资金了。

高丰肯定是聪明人，他不可能想不到这一点，他应该知道揭发自己实际上也是在给百合集团找麻烦，自然而然就不会做这样的蠢事了。

辛杰的心慢慢放了下来，看来这一次高丰是偷鸡不成，反蚀一把米了。

他那天跟自己的发狠，不过是虚声恫吓。自己控制着他的命脉，他不敢报复。辛杰相信，只要在其他方面适当的配合一下百合集团，这一次自己拒绝高丰的事情，也就算含糊了过去。

辛杰明白他和高丰之间的危机并没有真正过去，从跟高丰接触的这段时间中，他感受到高丰并不是一个可以被人随意拿捏的人，相反，高丰喜欢掌控别人。这一次就算高丰最终肯吞下这口气，他对自己也必然是怀恨在心的，将来一天他会报复自己的。被恐惧始终笼罩着，这种滋味并不好受。

还是应该想一个办法把问题最终解决掉，可是如何能解决这个问题呢？辛杰想了半天也没想出个头绪，只好暂时搁置了下来，享受一天是一天了。

但是辛杰想要把问题搁置，有人却不想让他搁置。半夜，正当辛杰和妻子都已经进入甜蜜梦乡的时候，家里的电话铃声响了，铃声在寂静的夜里显得格外刺耳，很快就惊醒了辛杰的妻子。

辛杰的妻子不高兴地嘟囔道："这谁啊，半夜三更打什么电话来？"

虽然是不高兴，但是妻子还是爬了起来去接电话，看见号码，妻子愣了一下，是她儿子辛恒在国外的电话号码，心说这孩子，怎么忘记了两地的时差了。

虽然是被惊醒的，可是妻子心里还是有些高兴的，儿子打一次电话回来不容易，而且她很思念身在异国他乡的儿子。

妻子连忙抓起了电话，笑着说："辛恒啊，怎么这个时候打电话来啊？有没有想妈妈啊？"

电话那边的辛恒却没接他妈妈的茬儿，带着哭腔说道："妈，怎么是你接的电话，我爸呢？"

辛杰的妻子听出了辛恒的话音不对，慌了，问道："辛恒啊，怎么了，我怎么听你说话的声音不对啊。"

辛恒烦躁地说："妈，你先别管这些，快叫我爸接电话，我有事问他。"

辛杰的妻子说将在一旁还在睡觉的辛杰推醒了。

辛杰听说儿子找自己，有了精神，赶忙把电话接了过去，问道："辛恒啊，什么事情啊？"

辛恒带着哭腔说道："爸爸，你在家里都做了什么了，怎么人家跟我说要赶我回国，还要我把学费和生活费退给他们，说如果我不还给他们，他们会让我有来无回的。爸，你怎么得罪人家了？”

辛杰有些傻眼了，高丰还是出手了，他选择了自己最致命的弱点下手了。

辛杰愣在那里了，辛恒急问道：“爸，你倒是说话啊，你究竟做了什么了？”

辛杰的妻子还在一旁听着儿子讲话，见辛杰半天不言语，也急了，推了他一下，说道：“究竟怎么回事啊，你快说话啊。”

辛杰被推醒了，想了想说：“儿子，你先别急，我会想办法解决这个问题的。”

辛恒说：“那你快一点，今天那帮人气势汹汹的，差一点就打到我身上了。”

辛杰心里痛了一下，他就这么一个宝贝儿子，怎么舍得让他受苦，连忙说：“儿子你放心，爸爸马上想办法解决，那帮人再来找你，你就先应付他们说家里这边已经在凑钱，很快就会还给他们的。”

辛恒挂了电话，妻子在一旁看着他，问道：“老辛啊，不是辛恒的留学费用都让百合集团给解决了吗？你做了什么让百合集团反悔了？”

辛杰烦躁地说：“行啦，这些事情你别管了。”

俩人好不容易熬到了天亮，辛杰匆匆吃了饭，就赶去了海通客车，在自己的办公室里拨通了高丰的电话。

像是跟辛杰较劲似的，高丰迟迟不肯接电话，弄得辛杰火冒三丈。接连拨了几遍，高丰总算接通了电话，辛杰怒气冲冲地说：“高丰，你不是这么卑鄙吧？”

高丰好整以暇地笑笑，说：“谁啊，怎么这么早就有这么大的火气啊，小心啊，气大伤身啊。”

辛杰叫道：“高丰，你别装糊涂了。”

高丰笑笑，说：“原来是老辛啊，我都听不出来了，记得以前你打电话给我都是称我为高董的，怎么现在名称变了。”

辛杰叫道：“你对我儿子做了什么你心里清楚，当初可是你提出来帮他去留学的，现在怎么要停他的学费和生活费啊？”

高丰笑笑，说："你找我是为了这段事情啊，我知道啊，是啊，当初是我主动提出来帮你儿子负担留学的费用的，但那时候我觉得老辛你是一个知恩图报的人，帮你儿子你就一定会帮我的，哪知道我一番好心帮你，你却丝毫不知道感恩，这让我很寒心啊。"

辛杰气急败坏地说道："高丰，你想干什么？"

高丰笑了，说道："老辛啊，我跟你说，我们百合集团可是清清白白的，跟你这些事情都扯不上边。怕到时候你这条鱼死了，我的网还坚固着呢。"

辛杰知道这么叫板下去自己没什么好果子吃，实际上从接到儿子电话的那一刻起，他心里已经向高丰妥协了。

辛杰叫道："高丰，行了，你这么折腾不就是想让我帮你挪用资金吗？我帮你就是了。"

高丰笑笑，说道："你早这么上道，不就什么问题都解决了吗？"

辛杰说："你赶紧给你的朋友打电话，不要让他再去骚扰我儿子了。"

高丰笑着说："只要你老辛帮我的忙，我感谢你还来不及呢，又怎么会骚扰你儿子呢？说吧，你什么时候帮我办这件事情。"

辛杰说："这件事情数目太大了，要事先做好安排，各方面配合起来才能行，你也别躲在北京遥控指挥了，你过来，我们商量一下要怎么去做。"

高丰第二天就飞到了海川，见到了神情憔悴的辛杰，笑着说："老辛啊，你怎么显得这么疲惫啊？"

辛杰苦笑了一下，说道："高董啊，你就别说风凉话了，不是你要办这件挠头的事，我至于这样吗？"

高丰笑笑，说："好啦，一定有办法的。"

辛杰说："要转移这么大一笔钱，有一个人是无法避开的，那就是财务科长沈荃，这个人跟市里面的秦屯副市长关系很不错，如果他不同意，又或者他向市里面汇报，我也是根本没办法帮你动这笔钱的。"

高丰问道："财务科长不是你的亲信吗？"

辛杰说："海通客车是国有企业，干部任命实际上跟公务员的任命方式是很相似的，一些重要的岗位都是市政府的安排，不像你们私营企业，财务科长都是老板的亲信。"

高丰说："这个人一定要绕开，你财务科总不会一个亲信都没有吧？"

辛杰说："副科长王兵是我的人，这个人我可以调得动。"

高丰说："那就想办法把沈荃调开。"

辛杰说："怎么调啊？他的职务安排我说了不算的。"

高丰笑笑说："不用把他调离岗位，找个什么事情让他暂时离开一下就好了。"

辛杰说："那就一定要沈荃离开本市才行啊，如果这个时候能有个什么活动邀请他去参加一下就好了。"

高丰笑了，说："我有主意了，我们百合集团今年马上就要举行企业年会了，我给沈荃专门发一份邀请函，说起来海通客车也算百合集团的一分子，理应参加的。"

辛杰笑了，说道："那行，你到时候好好招待一下我们的沈大科长，让他在北京多逗留几日。"

高丰笑笑，说道："这个你放心了，北京那么多风景名胜，我会安排机会让沈科长到处走走，保证让他乐不思蜀的。"

辛杰说："副科长王兵这里，为了保险起见，也是要做些安排的。"

高丰说："行啊，我会安排到他满意的。"

辛杰说："还有，这一次就说是你们百合集团急于用钱，自行调动的，我会安排王兵配合，但是尽量不签字，你明白吗？"

高丰明白这是辛杰不想暴露自己，便笑笑说："行啊，我没意见。"

民航总局正式下达了批复，同意将海川市新机场调整进国家机场建设规划中。旋即受中国民航总局的委托，中国民航工程咨询公司组织专家到了海川市，对新机场选址报告进行审查论证，徐正全程陪同专家们的考察活动，小心应付，生怕出一点问题。

与会专家经过科学分析，反复比较，一致同意将海东县兴旺镇场址作为海川新机场建设场址，并上报中国民用航空局审批。

沈荃接到了百合集团派住在海通客车的总经理钱飞送来的邀请他参加百合集团年会的请帖，这是一个四十多岁的中年男人，中等个子，常年的室内工作让他看上去有些文弱。他拿着请帖找到了辛杰，说："辛厂长，你看百合集团邀请我去参加他们的年会。"

辛杰笑着从桌上拿起一份一样的请帖递给了沈荃，说："我当然也在被邀请之列了，还有王副厂长、李副厂长也都受到了邀请。"

原来高丰怕单独邀请沈荃会引人怀疑，所以把几个海通客车重量级的领导也一起邀请了，包括辛杰。

沈荃笑笑说："看来我在他们眼中算是跟你们厂领导一级的了。"

辛杰说："你当然重要了，你是我们的财务科长，主管财务的，百合集团跟我们的合作你是不可或缺的一员。"

沈荃笑了，说："你们都是什么意思，去还是不去？"

辛杰看着沈荃笑着说："老沈啊，你是不是想去啊？"

沈荃笑笑说："难得有这种好机会，又有人负责全部的费用，我很想去啊。话说我就是年轻的时候去过天安门广场，看过毛主席纪念堂，北京其他的地方我都还没去过呢。"

过了两天，沈荃就和王副厂长、李副厂长一起飞往了北京。百合集团盛情地招待了他们，带着他们逛故宫、爬长城，沈荃等人玩得十分惬意。

海川这边，沈荃一离开，辛杰就把百合集团驻在海通客车的总经理钱飞叫到了自己办公室，钱飞不到四十岁的样子，白白胖胖，一副保养得很好的样子。

辛杰问道："高董走之前有没有跟你交代什么？"

钱飞点了点头，说："交代了一些事情，我都按照他的交代办了。"

辛杰说，那我把王兵叫来，应该没问题吧？

钱飞笑笑说："我觉得肯定没问题，你没看到那小子跟我拍胸脯的场面，那家伙好像他是我们百合集团的忠心干将，似乎他比我都对百合集团忠诚。"

就像辛杰一样，王兵这些人虽然做到海通客车的管理层位置，但对企业并没有什么忠诚度，谁给他利益，他就忠诚于谁。

辛杰就打了电话给王兵，一会儿王兵赶到了。王兵三十当左右，很壮实，一副精干的样子，他看到钱飞也在座，点了点头算是打了招呼。

王兵问辛杰："辛厂长，你找我有事吗？"

辛杰笑笑说："王兵啊，你说我对你怎么样啊？"

王兵笑着说："辛厂长对我是十分栽培的，没有您，我是不可能当上这个副科长的。"

辛杰说："你明白这一点就好。现在是这样，钱总需要在海通客车安排一笔资金给百合集团暂用，你帮他处理一下。"

王兵答应得很痛快，反而让辛杰迟疑了一下，他很担心钱飞并没有真正告知王兵要具体做什么，如果王兵知道这笔钱的数目之后，会不会不敢做呢，便说道："不过这笔钱数目可不小啊。"

王兵笑笑说："只要是您辛厂长吩咐的，我一定照办。"

辛杰对王兵表现出来的这种无条件服从自己的态度十分满意，看来他的担心是多余的了，就笑笑说："那好吧，你跟钱总就去办理吧。有一点要注意，账目上先不要体现出来，等百合集团把钱还回来，你偷着把账平了就是了。"

王兵点点头说："我明白，我一定会把账目处理好的。"

实际上这段时间钱飞跟王兵走得很近，经常在一起吃喝玩乐，王兵早就拿了好处被钱飞拉下水了。表面看上去王兵还表现得一副听从辛杰的样子。

于是王兵就配合着钱飞悄悄从海通客车账上转了一个亿到了百合集团，并且没有从账面上体现出来。高丰拿到了钱之后，很快就完成了一次新的收购。收购到这家新的企业之后，他又将玩弄一番资本的游戏，将这个新的猎物洗劫一空。他对辛杰这一次的表现很满意，又往辛杰的卡里打了一笔钱，辛杰自然笑纳了，不过这一次他连一声谢谢都没说，他觉得这是他应得的。

北京，周五的晚上，傅华接到了苏南的电话。

傅华知道苏南是有意要打探新机场项目的审批进展，他既然答应过苏南，也想把近期的情况跟苏南说一说。

周末，苏南到笙篁雅舍接了傅华，陈骁给他们做司机。今天的苏南一身运动服打扮，很随意，但是那种威严气质仍在。陈骁虽然也是运动服打扮，但还是手脚不敢放开，一看就是一个跟班的。

在车上，傅华把最近一段时间新机场审批的情况简单说了说，苏南点了点头，没表示什么。

到了潭柘寺，苏南和傅华下了车，他们出发的时间很早，游客并不多，空气中还有淡淡的晨雾清凉味道。

傅华看着山门，笑着说："好气派啊。"

苏南笑笑说："这里原来是皇家的寺庙，是京都第一皇家寺院，是大乘佛教禅宗临济宗的领袖，不气派能行吗？"

进得山门，是一跨过深渊的拱桥，过了拱桥，迎面一不大的寺门，一长匾挂在门一边，由上至下写着"潭柘寺"三个大字。

陈骁停好了车，追上了苏南和傅华，三人一起往里走。

苏南说："我以前很喜欢闲下来的时候到这里走走，那时候还没有很多人来，我可以在这里静下来，安静地思考一些问题。可惜的是现在香客太多了，一片热闹繁华景象，很难再说这是一片净土了。"

傅华笑了，说："现在的寺庙都是这个样子，香火鼎盛，这已经不是修身养性之地，而是大发利市之所了。"

苏南点了点头，说道："这倒也是，现在地方上都把寺院作为旅游资源了。"

傅华跟着苏南往外走，说道："苏董似乎有什么心事啊。"

苏南笑笑说："有些时候想想，如果真的能像王羲之那些晋人一样吟诗弄月，不为世事所扰该有多好，可我总就是一个俗人，总有俗务要理的。"

傅华笑了，说道："多少人向往苏董这种生活啊。"

苏南也笑了，说道："我承认，这种生活是给我带来了很多快乐，但有些时候也让我很是烦躁，也许当初我就错了，我不去经商，一样是可以生活得很好的。"

傅华笑笑说："苏董的振东集团可是名声赫赫啊，这么成功还不满足？"

苏南说："傅老弟，你不懂的。家大业大也有家大业大的苦处，那么多人在跟着我吃饭呢，每天一睁开眼，我就需要赚出这些人的工资来，那可是一笔很大的数字。赚钱是很辛苦的，你以为老板都是喝喝酒聊聊天钱就来了吗？你知道我有些时候有一种什么感觉吗？感觉我就像骑在老虎背上，想下来都不可能。"

傅华笑笑说："看来家家都有本难念的经啊。"

苏南叹了一口气，说道："有些时候我都在想，如果我不是某某人的儿子，我的生活会是什么样子呢？想了半天，我也想不出头绪来。我的身份带给我太多的东西，有好有坏，我也说不清楚究竟是好处多，还是坏处多。"

傅华笑笑，说道："这也就是我对人生的一种感念吧，有些时候人真是很难改变自己的命运的，顺应起来反而会快乐很多。苏董喜欢来潭柘寺，想来对佛学也有些研究吧，金刚经上说，应无所住而生其心。"

苏南笑了，说："看来我是有所执迷了。今天有点不好意思了，本来想邀请老弟出来放松一下心情，没想到因为我心情不好，倒跟你发了一肚子牢骚，扫兴了。"

早春的山上还是有些寒意的，出了行宫，苏南感到了几分萧瑟，便看看傅华，绅士地笑着问道："要不要继续逛下去？"

傅华也有些意兴阑珊，他知道自己只要说要逛下去，苏南肯定是会陪同的，可是主人已经有了归意，他的客人就不好再不知趣了，便笑笑说："我觉得已经看得差不多了，还是回去吧。"

苏南说："其实潭柘寺还有很多可看的地方，什么龙宫之宝的石鱼啊，什么观音像啊，不过我今天心情不佳，这里的游人已经开始多了起来，我们改日再找个时间来玩吧。"

一路上，苏南沉默不语，傅华也无心关注他因为什么事不高兴，陈骁更是不敢问什么，三人就这么默默地往外走。

走了一会儿，苏南感觉到了气氛的沉闷，笑着回头看了看傅华，说道："傅老弟，你不想问一下我为什么这么心情不好吗？"

傅华笑笑，说："其实苏董是想找人说说话而已，并不在乎跟谁说，那又何必在乎我问与不问呢？"

苏南呵呵笑了起来，说道："傅老弟，想不到你还真是一个趣人，我早怎么就没遇到你啊，你是不是能一眼看透别人的心思啊？"

傅华笑笑说："呵呵，我这个人直率惯了，苏董是不是最近遇到了什么烦心的事了？"

苏南点了点头说："振东集团刚刚失去了一个很大的项目，这对我来说是一个很大的挫败。”

傅华笑笑说：“看来你们在这个项目上下的功夫不少啊。”

苏南点了点头，说：“这个项目的规模和涉及的金额，比起你们的新机场只多不少，我当然不能掉以轻心，只是没想到强中更有强中手，被一个根本不起眼的公司在背后偷着运作走了。”

这么大的项目，参与的公司哪一家规模都不会小，苏南说的不起眼的公司，怕也不是那么简单的，可能只是在他眼中不起眼而已。而且争取这么大的项目，有这么大的利益在，都是无所不用其极的，这时靠的不仅仅是公司的自身实力，台面下的运作实力更是很关键的。即使主管官员同意把项目给你做，可如果别的公司运作了这个主管官员的上级，那等着你的还是失败。

这个竞争激烈的项目，每家公司都是势在必得，每家公司都当仁不让，相互之间的厮杀肯定是刀刀见骨的。以傅华目前对苏南的认识，他觉得这种竞争并不是苏南的所长。

振东集团以前风光无敌，是因为有苏南父亲的实力在，现在这个影响力降低了，振东集团的失败也是一种必然。即使这一次不失败，也终将有一天会失败的。苏南的心情沮丧，只不过是他不情愿接受这种必然吧。

傅华笑笑说：“一个项目能否争取到手，涉及的因素很多，某一点想不到可能就会满盘皆输，我想苏董应该看开一点，不要把一时的得失看得那么重。”

苏南笑着摇了摇头，说道：“从小我的字典里就没有失败这两个字。”

傅华笑了，说道：“说一句苏董可能不愿意听的话，没有人没失败过的。说自己没失败过那是狂人的呓语。”

苏南苦笑了一下，说道：“是啊，我刚刚就品尝到了失败的滋味，很苦涩。”

傅华说：“我不是跟你讲大道理，不过，失败其实也没什么，有些时候这也是人生的一个过程，要学着接受。”

苏南叹了一口气，说：“我是应该学着接受了，其实振东集团在社会上的影响力已经大不如前了，开始我还觉得是社会竞争越来越激烈的缘故，现在我才感觉到不是这么回事，不是竞争对手越来越强大了，而是我们的振东集团已经开始弱了下来。”

苏南心里已经明白，振东集团之所以弱了下来，是因为振东集团幕后的背景弱了下来。一鸡死一鸡鸣，这社会上的强者总有衰弱的一天，这一个强者衰弱了，新的强者就会诞生。看来真像赵凯所说的，苏南已经意识到了这一点，有了危机的意识了。

傅华说：“其实我感觉失败有些时候倒也不是坏事，从失败中我们可以得到经验，强弱是可以互相转化的，关键是如何让自己再变强起来。”

苏南笑笑，说：“我想你跟我一样明白我们振东集团变弱的原因吧？就像这一次，那个公司如果跟我们公平对决，他们跟我们根本不在同一重量级上，如果不是有这样的结果，那家公司我看都不看一眼的。他们的胜利是建立在幕后关系的基础之上的。”

傅华笑了，这苏南也是一个聪明人，他看来对振东集团的这一次失败思考了很多，也找到了失败的真正原因。

傅华说：“苏董你这不是比我还透彻吗？”

苏南摇了摇头，说：“我是可以看得透，可是我还是有些放不下，心中总觉得郁闷。”

说话间，就到了寺外，陈骁拿了车，三人就上了车，苏南仿佛陷入了沉思，不再说话了。

很快就到了最繁忙的两会，孙永和徐正都是全国人大代表，就分别来到了北京，这下忙坏了傅华，他的神经高度绷紧，一方面他要市委书记市长两边都应付，另一方面他还要应付可能在两会期间发生的上访事件。

幸好，孙永和徐正的大部分行程都在人大会上，除了早晚的请示之外，倒也没什么特别的。驻京办的工作人员也被全部调动了起来，轮流值班，随时准备应对可能发生的上访事件。

随着会议慢慢进入尾声，倒也没发生什么重大的事件，傅华慢慢松了口气，这才跟徐正提起振东集团的事情。

徐正可能多少听到过振东集团，对傅华提出来说苏南因为新机场项目想要见他，他笑了笑，说道：“现在这些商人，真是懂得抓商机啊，我们的新机场还没有通过发改委的立项呢，他就找上门来了。”

傅华笑笑说：“他知道我们新机场通过立项是早晚的事，所以才提前行动的。徐市长，您要不要见他?”

徐正对傅华说新机场通过立项是早晚的事的说法很高兴，便笑笑说：“见见也不错嘛，既然我们新机场要建设是早晚的事，我见见他也能摸一下机场建设方面的行情。不过你跟苏南说一声，两会期间，不要太招摇了，找个简单的地方碰碰面就好了。”

傅华就跟苏南打了招呼，说了徐正的要求。晚上来接了徐正和傅华，带他们去了郊区的一个小洋楼。小洋楼虽然很不起眼，可傅华注意到院内的停车场上停的车子都是部委和机关牌照，显见这里并不像外表看上去那么简单。

进了雅座，坐定之后，徐正推说在会议期间，不敢喝酒，苏南也没强迫，他们就在一起吃了一点野菜野味。席间也就是相互介绍认识一下，互相道了久仰之类的客气话，互留了联系方式。

第二天，傅华去孙永那里看他有什么情况，孙永看了他一眼：“笑着说，小傅啊，你昨晚跟徐市长去做什么了?”

傅华心里咯噔一下，这孙永倒是耳目灵通，自己跟徐正的一举一动都在他的注视之下。

傅华不敢犹豫，怕给孙永造成一种临时编瞎话的印象，赶忙说：“昨晚北京的一个朋友宴请了徐市长，我们去吃了一点野味。”

孙永笑笑，说：“不错啊。”

傅华也不知道孙永这句不错是要表达什么意思，他始终看不透孙永笑容背后的那张脸，就想早一点离开，赶忙问孙永有没有什么事情需要自己去做的?

孙永说：“北京这边有一个叫做王畚的易学大师，你让他帮我打听一下，如果可能，我想见见。”

傅华印象中并没有听说过这么号人物，就说：“这个人我没听说过，回头我帮您问一下吧。”

从孙永那里离开，傅华就打了电话给赵凯，询问他认不认识一个所谓的易学大师叫做王畚的。

赵凯说道："王畚不就是我以前跟你们说过的那个王大师吗？你找他干什么？"

傅华笑了，说道："我们市委书记想要见见他。爸爸，你能不能帮我安排一下？"

过了一会儿，赵凯把电话打了回来，说王大师被一个企业家邀请出京了，这一次怕是见不到了。

傅华就把这个情况转告给了孙永，孙永听完，想了想说："这一次见不上就见不上吧，你回头跟你岳父说一声，他既然跟王大师这么熟悉，让他帮我近期预约个时间，让我见见大师。"

傅华还真没想到孙永会这么渴望见到王大师，他原本以为这一次见不到孙永就会作罢呢，愣了一下，赶忙答应说："好的，我一定跟我岳父说。"

傅华心说这个大师真的有这么吸引人吗？怎么弄得孙永都有些坐不住的意思，也不知道他找这个大师有什么事情啊。

孙永心中有些遗憾，他原本满心希望这一次能见到王大师的。他听到王畚这个名字，是从邻省一个副省长的秘书那里，这个秘书是他老婆的亲戚，他应该叫表弟的。

这个表弟有事经过海川市，就来看孙永，闲谈中孙永说起了自己目前的处境，他觉得自己这几年的仕途十分不顺利，一方面看不到上升的空间，另一方面虽然他身为一市的市委书记，在海川市应该是呼风唤雨的一把手，可是偏偏他遇到的两任市长都是强势人物，不但不以他这个市委书记马首是瞻，而且表现抢眼，时时威胁到他的地位。

表弟听完，就说他可能是陷入了人生发展的某种困局中了，需要找人帮他解解。

表弟说："你知道我现在跟的这位领导吗？他原本是排名最后的一名副省长，省长并不待见他，因此在省里并不得意。很多人都认为他会就这样熬到退休的，甚至一度传出他要到人大或者政协去任一个副职。可现在呢，人家成了常务副省长，省委书记和省长都很器重他，已经不可与当初同日而语了。

知道怎么变成这个样子了吗?”

孙永摇了摇头说:“为什么会变成这样?”

表弟说:“他之所以会变成这个样子,是因为找到一个大师,把他的命盘进行了全面解析,然后针对他的命盘做了一些道家秘法,这才转变了他的命运。”

孙永笑了,说道:“瞎说,怎么有这种事。我怎么从来没听说过还有这种人。”

表弟说:“我是从副省长不得志就跟着他的,他的事情我都十分清楚,他去北京找那个大师的时候,我就在旁边,这是我亲眼所见,亲耳所听的,你说是真是假?那个大师叫王畚,在京师富豪圈子中很有名气,很多人行动都愿意听这个大师的指点的,副省长知道他就是一名富豪引荐的。”

孙永心动了,眼下省委书记程远在今年年中因为年龄的关系,肯定会离任省委书记,东海省政局必然会发生很大的变动,这对自己来说也是一个很大的机会,能不能就此走出目前的困局,或者借此机会上升,对孙永来说都是要考虑的问题。

孙永于是问道:“你能不能帮我也引见一下,让我去拜访一下大师。”

表弟说:“其实你要认识也很简单,京师富豪中你没朋友吗?想找一个引荐人应该不困难吧?”

孙永马上就想到了傅华的岳父赵凯,通汇集团也算有名的企业,赵凯说不定就认识王畚。

于是孙永趁两会到北京的机会,让傅华打听这个大师。

收购了这家新的洗衣厂之后,百合集团旗下新近收到手的已经有三家洗衣机厂了,高丰很想用这三家洗衣机厂合并另外再组建一个集团公司,便找到了崔波。

崔波听完高丰说的情况,笑着说:“高董啊,你这些资料有点不太规范啊,要通过看来不是很容易。”

高丰笑笑说:“我找崔司长就是想弄明白这里面有哪些不规范的地方,帮我指点一下吧。”

崔波说："主要是法律方面有很多不规范的地方。"

高丰说："哦，是这样子啊，不过这是经公司的顾问律师审查过的，他们说法律上是没问题的。"

崔波笑了，说："高董是认为我不够专业水准吗？"

崔波这话虽然是笑着说的，可是高丰还是听出了不悦，他这个合并案要通过，必须得到崔波的首肯，便慌忙解释说："我可不是这个意思，崔司，你是不是说得具体一点，我也好回去修改。"

崔波笑笑说："你不是专业人士，我这么跟你说怕是你也不能明白，不过倒是有一个简便的方法可以帮你解决这个问题。"

高丰说："什么方法？"

崔波说："你们的律师做的文件之所以不很规范，是因为他们在这方面并不是很专业，你要想顺利通过审查，可以找专业的律师帮你嘛。"

高丰瞬间就明白了崔波这么说的意思，便笑笑说："我对这些也不熟悉，哪家的律师专业我也不是很清楚，崔司是不是可以推荐一家给我。"

崔波笑笑说："你去找董升吧，他在行内比较有名气，他做的文件一般都是能通过审查的。"

崔波就写了董升的联系电话给高丰，让高丰自己去找董升联系。

高丰拿着联系电话离开了，崔波随即打了电话给董升，董升接了电话，笑着说："你的房款交了？"

董升出院之后，就把答应崔波的钱送到了他家里，因此有此一问。

崔波说："交了，钥匙已经拿到手里，等装修好到我家玩。"

董升笑笑说："你有了新家，我们就多了一个玩扑克的地方了。"

崔波说："我打电话给你，不是要说这件事情，百合集团的高丰刚从我这里离开，他想组建一个洗衣机集团公司，我让他把相关组建事务交给你去做。"

这是俩人已经约定好了的办理方式，崔波帮董升介绍业务，董升再适当给予崔波回馈。

崔波说："徐筠那边最近有什么动向吗？没找你闹吧？"

董升笑笑说："她乖乖地把东西拉走了，没再来找过我。你啊，就是瞎担心，一个女人能起多大的风浪啊？”

崔波说：“你别忘了，远之则怨，你小心她报复你。”

董升冷笑了一声：“她怎么报复我啊？你也太看得起她了。”

崔波笑笑说：“你也不要小看了她，你还记得你在哪里认识她的吗？”

董升说：“是在振东集团的酒会上啊，那一次不是因为你帮了苏南的忙，他才邀请你去参加他们公司的酒会，我当时跟你一起去的。”

董升在酒会上跟徐筠聊得很高兴，当时互留了联系方式，酒会后董升就展开了对徐筠的疯狂追求。

崔波是见过苏南跟徐筠在一起的，苏南对徐筠就像对妹妹一样，崔波自然知道苏南的背景，因此对徐筠也就不无忌惮，这也是他对徐筠和董升之间的关系很关切的原因，他怕惹恼了徐筠最后得罪了苏南。

董升笑笑，说：“在我和徐筠关系好的时候她跟我说过，徐筠的父亲是苏南父亲的部下，两家关系很好的。怎么，苏南想管这件事？”

崔波说：“前几天我倒是见过苏南了，苏南并没有提起过这件事情，好像他并不知道这件事情。不过我担心的就是他知道了会怎么样。”

董升笑笑说：“管他会怎么样呢，苏家老爷子退下去那么多年了，对我们没什么威胁了。苏南只是一个商人，对我们来说更没有什么。”

崔波说：“虎死还有不倒威，你也别太过轻视苏家了。”

董升笑笑，说：“反正他们也管不到我们，不要去搭理他们就好了。好啦，我这边有事要做，百合集团的进展情况我会跟你说的。”

两会开完之后，徐正和孙永就分别离开了北京，傅华的接待工作总算告一个段落了。经过联系，那个叫做王畚的所谓大师还要在京外待些日子，一时倒难以预约跟孙永的会面。

苏南是和傅华一起送徐正离开的，从机场回来，他并没有回振东集团，而是回了父亲的家。最近一段时间他忙于工作，有些天没回去了。

苏老爷子住的是一个四合院，在门口苏南看到了徐筠的车子，便知道徐筠来了。

果然，徐筠正坐在客厅里跟苏老爷子和老太太聊天，见到苏南回来，笑着站了起来，说：“南哥回来了。”

苏南笑笑说：“徐叔叔的身体还好吗？”

徐筠说：“我爸还是那个样子，他虽然没苏老年纪大，可是身体状况还不如苏老。”

苏老说：“你告诉你父亲，就说我说的，要多锻炼，人老了身体是最重要的。”

徐筠笑笑，说：“我回去一定告诉他，您的话我爸肯定听。”

苏南看了徐筠一眼，说：“徐筠啊，我怎么感觉你比上次我见你的时候瘦了很多，脸色也很差，怎么了，在减肥吗？”

徐筠勉强笑了笑，她不好意思在苏老面前说自己被董升甩掉的事情，便说：“是啊，我在减肥。”

看看到了中午，徐筠在苏老家里吃了饭，吃完饭，她要告辞离开，苏南说：“我也要回公司了，一起走吧。”

俩人就往外走，出了门口，徐筠要上自己的车，苏南说：“徐筠，先别急着走，你那边出了什么事情吗？”

徐筠笑笑说：“南哥，怎么了？”

苏南说：“别骗我了，你都这么大了，从来就没嫌自己胖过，说什么减肥，骗人。”

徐筠眼圈红了，说：“南哥，我是不想在老爷子面前说这些事，怕老爷子为我担心，我减什么肥啊，我是被人欺负了。”

苏南见徐筠楚楚可怜的样子，知道这一次她肯定是被人欺负得不轻，其实徐筠的性格本身是很开朗的，小事不会这样。徐父是苏老爷子一个忠心耿耿的部下，徐筠小时候就常被她父亲带到苏家来玩，苏南都是把她当做亲妹妹对待的，看徐筠这个样子自然很心疼。

苏南很想知道究竟发生了什么事情，可是这门口不是说话的地方，就说道：“去我公司吧，把事情说给我听听。”

在苏南的办公室，徐筠就把最近一段时间发生的事情一五一十地说了，讲完经过之后，徐筠说：“我现在才发现，跟我交往的同时，这个董升竟然同时还跟十几个女人有联系，亏我还对他那么好。南哥，我这一次是做了一个大傻瓜，真心想要对那个王八蛋好，结果被他耍得团团转不说，还被看得一文不值。”

从私家侦探小黄那里得到了董升跟那么多女人在一起的照片，徐筠就明白自己被玩弄了，这么多女人不是可以一下子就上手的，肯定董升跟他们早就私下来往一段时间了。

苏南知道董升跟徐筠交往的事情，有些愤慨地说：“这个董升怎么这么差劲啊，崔波怎么介绍了这么个家伙给你？这家伙也不是个东西，上次见了我连提都没提这件事，好像没事人一样。”

徐筠说：“崔波跟董升好得一个头似的，他们是一丘之貉。也怪我，当初没有看清董升的真面目，被他那些温柔的小伎俩被骗了。我现在想想他根本就是想玩弄我，才那么拼命追我的。南哥，你说我的命是不是真苦啊，怎么我老是遇到这么些不靠谱的男人啊。”

苏南说：“徐筠啊，你别把责任往自己身上揽，这是那些男人不好，不关你的事情啊。你别这么自苦了，没事到处走走，要不出去旅游散散心也好。”

徐筠看了看苏南，说道：“南哥，我什么时候受过这种欺负啊？你能不能帮我出口气啊？”

苏南说：“算了吧，好男人多的是，再找吧。”

徐筠说：“南哥，有件事情我想问你，你跟那个崔波是怎么一个关系？”

苏南说：“也没什么特别关系，因为我们集团有些审批认识的，怎么了，你问这个干什么？”

徐筠说：“我动董升恐怕会牵连崔波，我是怕对你有什么妨碍。”

苏南笑了，说：“对我倒是没什么妨碍，我跟崔波之间的往来都是可以放在台面上的。不过崔波这个人还不错，是不是不要牵连他。”

徐筠说：“董升自以为聪明，以为有些事情我不知道，其实我也不傻，他跟崔波之间玩的那些猫腻我心里都清楚，等着吧，我会让他看看究竟谁才是真正的傻瓜。”

苏南说：“你一定要这么做吗？”

徐筠说：“不做不行，不然的话我无法跟自己交代。南哥，你要帮我吗？”

高丰找到了董升，双方面谈了情况，很快就达成了代理协议，董升代理百合集团这边办理合并审批的一切程序，高丰付出了一笔高昂的代理费。

在董升的协助下文件很快就递进去了，随即董升就让高丰安排请崔波的客。于是高丰做东，崔波带了商务部一个副处长来，姓李，介绍说正是分管审批高丰要办理合并事宜的人。

这是关键人物，高丰自然是极力奉承，酒宴进行得十分热闹，酒至酣处，崔波已经有些醉意了，搂着李副处长的脖子，说："高董这个人是很够朋友的，他的事情就是我的事情，你知道吗?"

李副处长也面红耳赤了，呵呵笑着说："崔司啊，我当然知道了，你放心了，高董的审批我一定尽快办理。"

崔波说："不是尽快办理，而是马上办理。"

李副处长点了点头，说："好，我听崔司安排。"

高丰就举起了酒杯，说："两位对我们百合集团的关照我十分感激，来，我敬一杯。"

三人碰了碰杯，一口将杯中酒喝干了。

随即高丰的合并申请就批复了下来，三家洗衣机厂组建了一家新的洗衣机集团。

高丰刚忙活完集团公司挂牌事宜，就接到了崔波的电话，崔波问道："高董啊，你现在在哪里啊?"

过了一会儿，崔波就赶到了高丰的办公室，一进门就笑着说："恭喜高董了，洗衣机集团公司正式挂牌。"

高丰笑笑说："同喜同喜，这还要感谢崔司的帮助啊，没你们的协助，这个集团公司没这么快组建成功。"

高丰把崔波让到沙发上坐下，笑着问："崔司跑来找我有什么事情吗?"

崔波笑笑，说："真是不好意思开口，我有点小事要麻烦一下高董。"

高丰笑笑说："客气什么，大家都是朋友，有什么事情尽管说。"

崔波说："是这样的，我最近买了一套房子在装修，原本准备了一点装修的预算，没想到实际装修下来，预算远远不够，唉，谁知道现在的装饰材料这么贵啊。高董啊，你能不能先借我一点钱应应急啊?"

高丰心里暗骂他贪心不足，为了这个审批的案子，他已经付出了高昂代理费用了，这家伙还是不满足。

不过，高丰也不想得罪崔波，自己长期进行资本运作，难保将来什么时候还会用到他，而且自己也不在乎这一点小钱的，高丰就站了起来，去办公桌那里，他这里常年都备有银行卡的，就拿了一张银行卡过来，放到了崔波面前，笑着说："崔司，这我就要说你了，你真是见外，要装修也不事先跟我说一声，让我想尽点心意都不行。借什么借啊，大家都是朋友，你有急用就拿着用吧。"

崔波惺惺作态地说："别别，还是算我借的，有了钱我马上就还。"

辛杰到海川市政府开会，会议完了，辛杰跟着徐正去了办公室。

坐下之后，徐正问辛杰："老辛啊，你们怎么回事啊，原来不是说海通客车的资金进来，就要引进设备的吗？怎么一直没什么动静啊？"

辛杰说："徐市长，我前些日子问过百合集团那边，说是高丰董事长一直在考察，看看要引进哪一个国家的设备比较好，现在考察还没有定论。"

徐正看了辛杰一眼，说："是这样吗？怎么引进设备进展这么缓慢啊？反倒是房地产开发进行得如火如荼，老辛啊，你要有所警惕啊，现在有人在说，百合集团是想借合作之名，行房地产开发之实。你不要让百合集团坑了我们。"

辛杰说："徐市长，事情不是这个样子的，不错，房地产方面确实是进行得很迅速，不过这也是因为市里对汽车城项目的支持，所有的审批一路绿灯的缘故，而且汽车城项目发展起来，也是有利于汽车生产的。这个跟引进设备是不能相比的，汽车城项目都是在本地，我们可以主导，而引进设备牵涉到国外的厂商，必须认真考察斟酌才能确定，因此进展速度肯定是不一样。"

徐正怀疑地看了看辛杰，说："老辛啊，你怎么现在处处为百合集团辩护啊，你可要清楚，你是海川方面的人，要站在海通客车的立场上考虑问题。"

辛杰被徐正看得心里有些发毛，他现在已经被高丰彻底收买，完全站到百合集团一面去了，潜意识中自然而然就为百合集团辩护起来。

辛杰强自镇静地笑笑，说："徐市长，您放心，我清楚自己应该怎么做。

可是事实确实如此，要引进设备确实需要一段考察时间，而且目前经营权在百合集团手上，我也不好太多干预对方。”

徐正不高兴了，说：“我不是让你去干预对方，而是要你去监督对方履行他们的承诺。老辛啊，你要清楚，百合那边是商人，唯利是图的，他们不一定真是想要帮我们发展海通客车，你要打起十二分的精神监督他们，小心让他算计了我们。”

辛杰说：“我明白。我会监督好他们的。”

徐正不知道他想用来监督这个项目的人实际上是第一个被收买了的人，用本山大叔的话说，猫都给老鼠做三陪了，又怎么能期待猫再来抓老鼠呢？

国企的弊端之一，在于它的员工甚至企业的领导层对企业并没有一种高度的忠诚感，因为他们并不是企业真正的所有者，就算他担任企业的最高领导，那也不过是他们的一种职业，一种谋生的方式而已。在遇到被收买的状况下，他们自然很容易从自己的利益出发，很容易就出卖自己所在的企业。

徐正说：“老辛啊，这个合作项目是我们共同带给海川的，我希望它能帮海川市解决海通客车这个难题，而不是被别人想方设法利用这个项目赚取利益。在这件事情上，我和你是在同一条船上，所以我希望你尽心尽力维护好这个项目，为海川市做出点成绩来。”

辛杰说：“徐市长您放心吧，我了解您的心情，一定会尽心尽力做好这个项目的。”

徐正说：“希望是这样。我到海川来的时间还不长，对同志们的认识还不是太深，但是我对你这个同志还是很欣赏的，你在这个合作项目上是贡献了一分力量的。现在外面有的人在说，你是我徐正的人马。虽然我不是很喜欢别人在我背后说三道四，但我并没有否认这个说法，我觉得只要是能干事的人都是我徐正的人马，我都愿意给你们提供必要的庇护。我也不怕别人说我拉帮结派，只是你也要拿出点成绩来给我看，不要让我失望。”

徐正这是在拉拢自己了，辛杰有点受宠若惊，感激地说：“徐市长，感谢您这么信任我，我一定不会辜负您的期望。”

徐正拍了拍辛杰的肩膀，说：“好好干吧。你回去催一催高丰，别谈判的时候说得好好，真要落实起来却推三阻四的。”

辛杰转身离开了，徐正表情复杂地看着他的背影，海通客车和百合集团合作是他接任之后交出的一分政绩，他原本期望这次合作能结出丰硕的成果，让海通客车焕发生机，偏偏高丰入主海通客车之后，只是大搞汽车城项目，对海通客车真正想要的引进设备、更新换代产品却迟迟不能落到实处。

市里面已经开始有人对此有意见了，一些风言风语在四下流传，有人在说原本曲炜在海川任市长的时候，对百合集团是心存疑虑的，经过几次谈判曲炜都不肯跟百合集团达成合作协议，就是因为百合集团不可信。而徐正一上任，马上就跟百合集团达成协议，之所以这样，是因为高丰私下给了徐正很丰厚的贿赂，让徐正在不详细审查合作的具体细节的情况下，就跟百合集团达成协议。虽然协议表面上看对海通客车很有利，实际上却是有陷阱的，特别是对百合集团的约束力并不大，而且徐正本身只是想要一个表面上很有利的政绩就好了，并没有真正想要把这个协议落实到实处。徐正受了丰厚的贿赂之后跟百合集团就达成了某种程度的默契，不然的话，百合集团也不敢在进驻之后，只是大搞房地产，对引进设备只字不提，而徐正对此则是睁一只眼闭一只眼，根本不去管它。

徐正听到这个小道消息，当时并没有十分在意，他自己当然清楚没收过高丰的贿赂，心说行得正就不怕你们瞎说，等海通客车这边出了成绩，这些瞎说的人自然会闭上嘴。

但过了一段时间之后，徐正慢慢就发现有点不对劲了，他想要的海通客车的新局面迟迟没有出现，反而真的有点像外面人所说的高丰只是在大搞房地产，不肯对海通客车的生产带来实质性的改变。他对百合集团真正的意图开始产生怀疑了。

徐正觉得不能任由这种局面发展下去了，特别是孙永在会议上也提出了这个问题，孙永说："海通客车跟百合集团的这一次合作是不是有什么问题啊？要发展房地产我们自己不会发展吗？为什么还要把好好的一个优质地带让百合集团拿着大发其财啊？"

孙永在说这番话的时候，眼睛始终看着徐正，让徐正心里很不舒服。不过事实也确实如此，徐正对孙永拿这个来攻击自己也无法正面反击，只是为百合集团做了一些辩解，说需要给百合集团一点时间来改变海通客车，同时房地产是能尽快带来效益的，有利于海通客车走出现在的困境。

虽然这么说，徐正自己都不相信，他心里对百合集团下一步怎么做一点数都没有，可别让百合集团捞了一笔钱就跑掉了，到那个时候这不但不会是政绩，而且是自己仕途中很大的一个败笔了。

于是徐正特别把辛杰留下来，在对项目进展提出质疑的同时，也适当拉拢了一下辛杰，把辛杰归于自己的人马，让他赶紧回去督促百合集团履行当初的承诺。

辛杰倒是表现出了一副受宠若惊的样子，表示一定会好好督促百合集团，可是这家伙真的能让高丰行动起来吗？徐正心里打了一个问号，不过徐正更担心的是辛杰被孙永拉拢了去，如果出现这种局面，两人联合攻击自己，那时怕自己很难承受。因此拉拢辛杰也是一种无奈。

辛杰回到海通客车，就打了个电话给高丰，说："高董啊，你是不是可以启动引进设备了？现在上上下下都在看着，你到底要拖延到什么时候啊？"

高丰笑笑说："你先别急，事情要一步一步去做，关于引进设备我还没完全考虑好。"

辛杰说："这都是你当初给海川方面的承诺，当初谈判的时候你就应该心中有数了，怎么到现在还没考虑好呢？高董啊，你再这样拖延下去我很难做人的。"

高丰笑笑说："这不是形势发生了很大的变化了吗？在商场上，我们是要顺应形势变化的，再说考虑全面一点，也有利于企业的发展不是吗？这些都是早晚都要做的事，你这么急干什么？"

辛杰说："我能不急吗，今天我们市长专门把我留下来，就是跟我谈这件事，他已经觉察出这里面有问题，并且对你们百合集团真正的企图有所怀疑了，叫我督促你们尽快履行承诺。你这样再拖延下去我很难向市长交代的。"

高丰说："好啦好啦，我会认真考虑这个问题的。"

辛杰说："你尽快吧，这个问题暂且还可以放一放，你挪走的那一亿资金什么时间可以还回来啊？我跟你讲，虽然沈荃还不知道这件事情，可是只要他跟银行一对账，资金被挪走这个问题马上就会暴露出来。到时候我可遮掩不了。"

高丰说：“你别急嘛，我这边还需要一段时间，既然你现在能控制着让沈荃不知道这件事，那就继续嘛。”

辛杰惊叫了一声：“你还要用一段时间啊？你这样怎么行？我现在天天都在担心这件事情，吃不好睡不好的。”

高丰笑了，说：“老辛啊，其实大可不必，你想啊，谁会想到一亿资金被挪走啊？都会很自然地认为没有人有这么大的胆量，自然也就不会有人想到要去查这个账，所以你真的没必要担心。”

辛杰苦笑了一下，说：“你别自以为得计了，这是雪里藏死尸，一见阳光就会暴露出来的。”

高丰笑笑说：“好啦，好啦，我一定尽快把钱还回去的。”

辛杰狠狠扣了电话。

高丰的耳朵被震了一下，赶忙把话筒放了下来，心说辛杰这家伙就是没肚量，一个亿就把他吓成这个样子，百合集团打入海通客车的资金都是我从别的公司挪过来的，我还没睡不着觉呢。再说，你以为我的好处是那么好拿的啊？你担这点惊也是应该的，不然你美女睡着，儿子在国外风光留学，还要无忧无虑，好事岂不都是你一家的啊？

其余进入海通客车的资金也需要早一点挪出来，那么大一笔资金放在那里每天就是利息也损失很大的一笔钱的。可是目前这个状态再让辛杰把钱转出来似乎不太可能了，这家伙挪出来一个亿已经吓得有点睡不着，再让他全部都转出来，岂不是要吓死他？

看来需要想一个别的办法了，可是想个什么办法呢？高丰思量，要有一个说得过去的理由，要让海川的人都相信这是为了他们好，是为了发展海通客车而实施的举措。

对呀，不是海川市催着自己帮海通客车引进设备吗？那就在这方面上做做文章好了，他们想要什么就给他们什么，索性就成立一家公司，让海通客车委托这家公司帮他们引进设备，相信有辛杰的配合，这一计划一定能够得以实施，到时候资金就打进这家公司里来，回头再想办法让这家公司出点什么破产之类的问题，那资金不就回来了吗？

高丰想到这里，脸上泛起了邪恶的笑容，他都有点佩服自己，心说自己不愧是资本运作大师，这么高超的计谋都想得出来。

眼下当务之急，就是赶紧找到或者组建起一家这样合乎需要的公司来，然后再把这家公司带到海通客车面前。你们不是要引进设备吗？那我就满足你们的要求。只是到时候如果引进失败了，那就不是我们百合集团单方面的责任了，而是大家共同的责任了，到那个时候，我的资金抽回来了，还赚了一个海通客车的股份。

现在看来，在这个看上去各方都得利的双赢合作中，合作的各方其实是各怀鬼胎的，他们想的和做的，跟他们在台面上说的大相径庭，每个人都想做捕蝉的螳螂，每个人都在觊觎对方，企图获取最大的利益。

七碗茶茶艺馆中，徐筠和私家侦探小黄又坐在了一间雅座里，小黄将一叠照片递给了徐筠，笑着说："徐姐，按照你的吩咐，我又跟踪了一段时间这个叫董升的家伙，这是你要的照片。"

徐筠接过了照片，看了看，上面都是董升和崔波一起喝酒之后离开酒店的照片，几个喝得醉醺醺的男人，相互之间勾肩搭背，显得很亲热。

小黄说："那些出现在照片里的男人都很有来头，我已经查过他们的背景，资料都给你准备好了。不过有点遗憾的是，我不能进到他们的包厢内，所以他们在酒店里面的情形我没办法拍到。"

说着小黄又将几页资料递给了徐筠，徐筠看看上面的写的内容，点了点头，笑着说："这样子已经不错了，小黄，你的资料查得很充分，我很满意，谢谢了。"

小黄笑笑说："徐姐客气了，我们是靠这个吃饭的，当然要把工作做好一点，客人满意我们的生意才会更好啊。"

徐筠点了点头，笑着看小黄离开了。小黄离开后，徐筠并没有马上就结账离开，她一边品着茶，一边一张张看着照片，照片上的董升笑得很放肆，似乎在讥讽徐筠说：你看没有你我过得多惬意啊。

徐筠牙咬了起来，说："董升啊，你就笑吧，我看你能笑到什么时候。"

傅华正在办公室，接到了赵凯的电话，赵凯说："你跟你们孙书记说一下，王大师明天回京，这一次会在北京家里住一个月左右，你看孙书记什么时候能过来？大师说了，你们约了很长时间了，他很为孙书记的诚意感动，会尽着你们的时间安排他的其他行程。”

傅华就赶紧打了电话给孙永，孙永听完很高兴，笑着说：“大师总算回来了。”

第二天傅华到机场接了孙永和秘书冯舜，会合了赵凯，一起来到京郊一户四合院，敲门之后，一个五十岁左右的男人出来开门，看到赵凯，笑着说：“赵董来了。”

赵凯笑笑说：“我是带几位朋友来见大师的，你爹在家吗?”

原来这男人是王畚的儿子，他笑着说：“我父亲已经在恭候你们了。”

男人就领着几个人进了屋，在正屋的客厅里，一个须发皆白，面色红润的老人坐在那里，粗眼看过去也看不出这老人多大岁数，反正是给人一种鹤发童颜的感觉。

老人看到众人进屋，站了起来，双手合什，笑着说：“幸会，幸会。”

众人也双手合什，算是回礼，赵凯看着老人，笑着说：“大师啊，睽违已久，您还是风采依旧啊。”

赵凯没介绍孙永和冯舜的身份，他是怕孙永有所忌讳，他跟老人只是说自己几个外地朋友慕名要向他求教。

老人跟孙永握了握手，孙永笑笑说：“今日专程求教于大师，还请多加指点。”

老人笑笑说：“指点不敢，老朽只是对易学略有研究，倒是可以跟孙先生相互参详一下。”

老人又跟冯舜握了握手，然后上下打量了一下傅华，笑着对赵凯说：“令婿一表人才啊。”

赵凯笑笑说：“大师有空可以指点他一下啊。”

老人笑笑，说：“令婿虽然少年坎坷，双亲缘薄，但天资聪颖，加上很是孝顺，这种人是受天意眷顾的，赵董不必担心什么，就是有什么，也会逢凶化吉的。”

傅华虽然听老人讲了他少年坎坷，双亲缘薄，很符合他的情况，心想赵凯肯定把自己的情况说出来跟老人听过，因此就不觉得有什么了。反倒是认为老人在众人面前故意说出这些，是做一个幌子出来，好让其他人相信他。

赵凯似乎并不甘心就接受老人对傅华就说这么两句话，又问道：“那大师啊，傅华今后需要注意些什么吗？”

老人笑笑，说：“赵董啊，儿孙自有儿孙福，你就别操太多心了。”

赵凯笑笑说：“我知道大师惜字如金，不过今天适逢其会，您就指点他几句。”

老人说：“赵董啊，不是老朽不肯说，实在是有些话是需要说给相信的人听的，不相信的话说了也没有用，令婿嘛，呵呵。”

傅华愣了一下，心说这个老人眼睛倒很锐利，竟然看出自己对他不很相信。他有些尴尬地笑了笑，赶忙转移话题说：“大师啊，今天是我们这位孙先生专程前来求教的，劳烦您给他好好看看。”

孙永满脸期望地看着老人，笑着说：“大师，我是诚心求教，还望指点。”

老人笑着看了傅华一眼，摇了摇头，这才指了指八仙桌旁边的太师椅那里，说：“孙先生请坐。”

孙永就过去坐了下来，老人在他对面的座位坐下，问道：“先生可知道自己的生辰八字？”

孙永并不言语，而是用眼看了看冯舜、傅华、赵凯。

赵凯是多聪敏的一个人，马上就明白孙永不想让三人知道算命的过程，尤其是老人如果说了孙永心底的机密，不但孙永会尴尬，怕是在座的都会尴尬。

赵凯看了看老人的儿子，笑着说：“我记得你们的厢房内挂着几幅画还不错，是不是可以带我们去看看？”

三人去了厢房，孙永看众人都离开了，这才跟老人说了自己的八字生辰，老人听完，伸手掐算了一下，说：“先生好命格啊，如果我推算得不错，先生当为腰金衣紫之人。”

孙永愣了一下，他是知道这个腰金衣紫是指什么的，古人腰带金印，身穿紫袍，那是做大官的打扮，自己现任市委书记，相当于古时候的四品知府，确实也算是腰金衣紫之人。不过，孙永很是怀疑赵凯事先跟老人讲过这些，便看了看老人，疑惑地问道："难道赵董跟您介绍过我的身份？"

老人摇了摇头，说："赵董只是说先生是他一个很重要的朋友，要我一定好好帮先生推算一下，没提过先生的职业。虽说赵董的朋友非富即贵，可是他并没有讲您是做官的。我是从先生的命格中推算出来的，先生的命格叫炎上格，渊海子平中对此有解说，炎上者，火之势急，又得火局，浑然成势。火为文明之象，值此者当为朱紫之贵，非寻常之命也。"

孙永也有些古文功底，大致还能听得明白老人的意思，就是说有这种命格的人，是做官的命，并非常人。不过这么说有些过于简单了，孙永有点不太满意。

孙永说："大师，您是否能详细讲解一下？"

老人说："你这命格是火命，极为纯正，烈火熊熊，其炎冲天。从命格上看，你是少年得志，起运在东方，助起火势，成就你今天的局面。你的旺地是在东方。"

东海省是在中国的东部，孙永到目前为止还没出过东海省任职，老人说他起运在东方，助起火势，成就目前这个局面，这倒是很符合事实。

老人接着说："你命格既然属火，应忌水和金。"说着，老人就将未来有金和水的年份点了出来，要孙永多加注意，遇到这些年份，可能会生祸患。

孙永认真地将这些年份记了下来，然后问道："大师，你说我有没有再上一步的可能啊？"

这才是孙永真正关心的，他这么急着要见大师，就是想问清楚自己未来有没有进步的可能，有的话当然很好，如果没有，可不可能做做法之类的，转变一下。

老人说："好吧，你远道来一趟也不容易，看你的诚意上，我帮你用奇门遁甲推演一下。"

老人就甲乙丙丁开始推算起来，最后得出一个阳三局：甲辰壬天柱星值符，惊门值使。

孙永根本就不懂这些，感觉神秘的同时，赶忙要老人解释一下。

老人说："日干丁为己落兑宫，壬含八分甲，二分为动，为运作；时干丙落震宫，时干艮宫临蛇，主事虽然会有变数，但生兑宫对先生有利。对手月干已落坤宫，与艮宫对冲，又临马星，可见对手活动频繁，力度很大，但目前形势混乱并不清晰。值符落宫暗干见丁，为大势助于我。纵观全局，所求之事，对先生有利。”

老人说的都是很专业的术语，说了半天孙永还是一点都不明白，便笑笑说：“大师，能否说得浅显一点？”

老人笑了，说：“老朽光顾着自己明白了，抱歉。是这样，从这个阳三局上看，先生所求之事目下形势还不明朗，不过先生目前所处的位置很好，形势上对先生是很有利的。”

孙永想想确实也是，程远离任虽然已成定局，可目前仍在位上，整个东海政坛的调整还未发生，形势属于明朗前的混沌期。但自己担任市委书记之职，这个位置在目前的形势来看确实很有利，一旦省级领导出现空缺，市委书记是第一顺位可以接替的位置。

老人看孙永不说话，接着说：“不过，虽然形势很好，也有不利于你的地方，天柱星值符，惊门值使，都不是很好。天柱星形谨守宜。不须远出反营为。万种所谋皆利益。远行从此见灾危。天柱星，属金，小凶，凶星乘旺相气愈凶。惊门居西方兑位，属金。正当秋分、寒露、霜降之时，金秋寒气肃杀，草木面临凋蔽，一片惊恐萧瑟之象；又兑卦为泽，为缺，为破损；又兑主口，主口舌官非，故古人将此门命名为惊门，与东方震宫伤门相对应。惊门属金，旺于秋，特别是酉月，相于四季月，休于冬，囚于春，死于夏。惊门也是一凶门，主惊恐、创伤、官非之事。适宜斗讼官司、掩捕盗贼、蛊惑乱众、设疑伏兵、赌博游戏，其余事不可为。你看天柱星和惊门都属金，又与你的火命相冲克，这是很不利于你的地方。”

孙永心里有些慌了，问道：“大师，可于我有些妨碍吗？”

老人说：“妨碍是有的，不过大势有利于你，对你的影响不会太大的。不过提醒先生，有些人和事是要注意的，行谨守宜，不要远行。”

孙永是明白行谨守宜，不要远行的意思，可是王畚说了有些人和事是要注意的，那什么人和事是需要注意的呢？孙永问道：“大师，能不能帮我点出什么人和事是需要注意的？”

老人神秘地笑了笑，说：“这个不好说。”

孙永笑了，他以为这老人是在卖关子，通常算命的都会这样，故意做出一副为难的样子，好逼着来求教的人多奉献一些财物。孙永来之前对此也有所考虑，于是他拿过自己的手包，从中拿出了一万块钱，笑着推到了老人面前，说："还请指点指点。"

老人笑了，将钱推了回去，说："先生误会了，我不是这个意思，实在是我不好说。"

孙永说："那大师，我这么远赶来求教，你总得给我一点指示吧？"

老人说："好吧，看先生确实很有诚意，我送你一个字，不过这个字先生懂不懂得要看自己的悟性了，我不能再帮你解说了。"

老人伸出一个手指，在茶杯中蘸了一下，然后在八仙桌上横平竖直地写了五划，孙永一看，是一个"正"字。他脑海里想过来想过去，也想不明白这个"正"字有什么深刻的含义。老人也只是看着他，微笑不语。

第九章 重大项目胎死腹中，谁的责任谁的过错

徐正面对危局勃然大怒，勒令高丰立即为汽车城引进设备。就在大家都松了一口气时，高丰却因为一起贿赂案被逮捕，意味着海通客车兼并和汽车城投资项目将要胎死腹中。孙永在市委会上再一次将矛头对准了徐正，向他发难。徐正也没料到海通客车兼并和汽车城投资项目是这个结局，只好承认错误。傅华认为自己难辞其咎，主动担起了责任。

老人已经有言在先了，孙永就不好再问这个正字究竟有什么深刻的含义，他想了想，说道："大师，我听朋友说您这里有一种道家的秘法，可以帮人脱离困局，转变命运，既然目前我还是有些小妨碍，您能不能帮我也实行一下，解除掉这些妨碍啊?"

老人笑了，说："怕是不行，你说的是道家的斗转星移大法，可以将一个人的命运扭转，实施起来是需要一定条件的，除非被施法的人困窘到一定程度才行。就先生目前的局势来看，大势对您是有利的，难道您想扭转成不利的吗?"

孙永愣了一下，说："那当然不要，就不能微调一下?"

老人摇了摇头，说："那是不行的，不过先生也不必太过担心，记住我今天跟您说的话，行谨守宜，不要远行，还有注意这个就行了。"

说话间，老人特别点了点桌子上的那个正字，似乎这个字很重要，干系到孙永未来的发展。

点完了桌上的字，老人闭上眼睛不再说话了，一副十分疲惫的样子，似乎刚才这一番推演已经耗尽了他全部的精力。

孙永看看老人，知道再坐下去也不能从老人口中获得什么指点了，便笑笑说：“那日后再来向大师请益吧。”

老人睁开眼睛，指了指桌子上的一万块钱，说：“这个拿回去吧，我跟赵董之间是朋友相交，先生如果要留下这个就有点俗了。”

孙永笑笑说：“大师，这是我的一点心意而已，您就收下吧。”

老人摇了摇头，说：“老朽不过跟先生探讨了一下易学而已，也许对先生有所助益，也许没有，钱是万万不敢收的。”

孙永见老人确实没有收钱的意思，只好把钱又装回手包里，跟着老人一起进了厢房。

孙永这一次的行程是临时安排，他这个市委书记不可能离开海川市很长时间，因此需要赶紧回去。

一行人就往外走，老人将他们送到了门口，孙永和赵凯等人回头跟老人告别，挥手示意算是告辞了。

众人上车就要离开，老人忽然叫了一声：“赵董，你先留一步，我有几句话要说。”

赵凯疑惑地下了车，走近老人，老人往门里走了几步，说：“这几句话是关于令婿的，据我看他的面色，印堂处隐隐有一道黑纹，我略微推算了一下，他近期可能会受一点磨难，不过应该没什么大碍，你替我告诉他，只要他心定下来，应该没什么问题的。这话我本来是想跟他本人说的，可是你也看得出来，他对易学并不太相信，所以我想由你来告诉他更好一些。”

赵凯听说傅华可能有事，关切地问：“真的没什么吗？”

老人点了点头，说：“这一次是池鱼之殃，受点惊吓而已，令婿是福泽深厚之人，没大碍的。”

赵凯有些歉意地说：“他对您这种态度您还帮他，真是谢谢您了大师，回头我会说说他的。”

老人笑笑说：“对我什么态度都无所谓的，这与令婿受过的教育有关，教育让他的人生观已经限定他不能相信这些了。不过令婿是一个为人处世都很正直的人，这样的人我是很欣赏的。”

赵凯再次表示了感谢，离开了老人家。

中午，赵凯设宴宴请了孙永，席间孙永一直在琢磨老人对他说的那些话，可是有很多想不明白的地方，因此心思并不在喝酒吃饭上。

赵凯看出来孙永心不在焉，也就没怎么劝酒，宴席进行得就有些无趣，这一点孙永自己也觉出来，散席的时候，他有些歉意地说："赵董，很感谢你引见，又这么盛情款待，只是我这一次行色匆匆，急着赶回去，没有心思跟你好好喝一喝酒，有些抱歉了。下一次吧，下一次我们见面不醉不归，好吗?"

赵凯笑笑，说："我明白，那孙书记，我们就相约下一次了。"

一路上，孙永始终陷入沉思中，他还在琢磨王畚说的那些话，尤其是王畚写在桌子上的那个字，这个正字当中有什么玄机呢?

这一切孙永只能自己一个人琢磨，他并不敢把这些说给别人听，就算是平时很亲密的冯舜也不可能说的。

周末，傅华被贾昊约出来打高尔夫，一起的还有顶峰证券的老总潘涛。傅华有些日子没见贾昊了，贾昊现在忙碌得很，他的《秋声》现在越发红火，已经在全国十几个大城市巡演过，受到了舆论的一致好评。

虽然说是出来休闲娱乐的，可是贾昊在笑着跟傅华打过招呼之后，神情就变得十分凝重起来，潘涛也没有了以往那种黏黏糊糊的神情，似乎有什么事情影响着他们无法开心起来。

开球之后，贾昊走到傅华身边，说："小师弟啊，听说过德隆的事情吗?"

傅华点了点头，说："我听说了一些。"

贾昊说："现在根据上海、深圳交易所对德隆系四十六个操作主体所控制账户的交易情况分析表明，德隆控制的四万多个账户在一九九四年三、四月至二〇〇四年四月的整个操纵过程中，长期大量买卖湘火炬、合金投资和屯河股份，利用持股优势，连续买卖、自买自卖、高买低卖等非理性交易和反复除权填权等手法影响和操纵股票价格，致使股票价格严重背离上市公司基本面和大盘。证监会对此十分震惊，认为对目前的股市必须加以严厉的整肃。"

这时潘涛也在旁边，他说："看来一场风暴就要兴起了。"

贾昊说："老潘啊，你的顶峰证券可要注意一下，在这个时期一定不能顶风作案啊!"

潘涛笑了，说："这您放心，我们顶峰证券是最高峰的那个顶峰，而不是顶风作案的顶风。在您贾主任的指导下，我们的操作向来是很规范的。"

贾昊说："小心无大事，你也回去整肃一下你们的内部。对了，傅华，你也打个电话给天和房地产的丁江，让他对上市公司的运作方面多加注意，不要在这个事情被抓了典型。"

傅华说："好的，我会跟他说的。"

潘涛说："唐万新这一次玩得太大了，四万个股票账户，这可是很难望其项背的，我们坐庄，一般有四千个股东账户就很多了。"

贾昊笑了，说："贼不打三年自招，承认你们顶峰证券也在违法坐庄了吧？"

潘涛笑笑说："我只是打个比方吗？再说坐庄那是很久以前的事情了，那时候什么都不规范，哪家证券公司不坐庄啊？不做才是傻瓜呢！现在都规范了，没人有唐万新这么大的胆量了。"

贾昊笑笑说："我也挺服唐万新的，据不完全统计，这家伙非法集资达到四百多亿，天文数字啊。"

潘涛说："人心是无止境的，我知道在二〇〇〇年的时候，德隆的盈利还是很大的，达数十亿，那时候收手，唐万新就是英雄，可惜他太贪心了，认为股市会上万点，根本就无意出货。现在倒好，把德隆集团整个弄倒了。"

傅华笑了，说："这还真是上帝欲其灭亡，必先使其疯狂啊。"

贾昊说："先不要管德隆集团了，我们先管好自己吧，德隆事件把股票市场的黑幕撕开了一角，证监会对证券市场全面的整肃即将开始，老潘啊，我再跟你强调一下，别出什么问题啊。出了问题大家都不好看。"

潘涛说："你放心吧，我那里这些年已经很规范了，这一次天和房地产上市我做的也很规范，肯定不会有什么问题的。"

三人又聊了一些其他方面的经济传闻，精神就都放到打球上去了。

打完球之后，傅华回家就给了丁江一个电话，将证监会要整肃证券市场的情况说了一下，让丁江要注意公司运作的规范，不要被抓了典型。

丁江笑笑说："老弟他放心，我这里向来是很规范的。"

孙永回到了海川，就多了一块心思，他一直琢磨不透从王畚那里得到的究竟什么意思，心中未免对王畚有些意见，本来是去求他指点迷津的，结果迷津倒没解除得了，反而更加迷惑了。这家伙也是的，话不能说得明白些吗，搞得自己像猜不透谜语的笨小子。

接连几天，孙永都闷闷不乐的，这些都看在了秦屯的眼中。他不知道孙永因为什么这样，但觉得孙永是遇到什么难题了，俩人是在一条线上的，孙永遇到难题，秦屯也觉得不好过，因此找到了孙永的办公室来。

孙永看到了秦屯，问道："找我有事吗？"

秦屯笑笑说："我看孙书记您最近一直心情不好，就想过来坐坐，跟你聊聊。"

孙永便笑笑，说："有个朋友跟我说让我多注意一些人和事，可能对我有所妨碍，可是他并没有把事情说得很透，只是跟我打了一个哑谜，给我写了一个字。"

秦屯问道："是个什么字啊？"

孙永就写出了一个正字给秦屯看，说："我想了半天，始终想不明白这其中的奥秘。"

秦屯笑了，说："孙书记，你真是当局者迷啊，这个字不是很好解释吗？"

孙永愣了一下，问道："难道你知道其中的奥秘？"

秦屯笑笑说："这有什么奥秘啊？这太简单不过了，不会有其他的解释了，你想过我们市长大人的名字吗？"

孙永恍然大悟：对啊，市长徐正的名字中不就是有一个正字吗？

孙永想起徐正心里就堵得慌，如果这个正字是指徐正，那一切都能得到解释了，肯定是大师让自己注意的就是徐正这个人。

徐正这个人到海川之后，处处表现强势，也确实做出了一番成绩来，让自己这个市委书记每每有相形见绌之感。这个人始终让自己感受到很大的威胁，如果要说某一个人能影响自己的发展，那这个人肯定是徐正。

王畚这个大师真是神了，他连自己身边有一个徐正都知道，怎么对自己的情形就知道得这么清楚呢？

秦屯见孙永不说话，就笑笑说："我说的有道理吧？徐正这家伙肯定会妨碍您的。"

孙永看了秦屯一眼，说："我让你密切注意海通客车，可有什么发现吗？"

秦屯低下了头，说："这倒没有，我前几天还询问过沈荃，沈荃说一切都很正常。"

孙永摇了摇头，说："那高丰是傻瓜吗？肯让那么多钱放在那里吃利息？"

秦屯说："沈荃说真的没有异常，还说高丰已经看好了一家客车生产设备，正在准备委托一家外国公司引进呢。"

孙永说："难道我看错了，高丰真的想要把海通客车搞好？海通客车搞好了，徐正岂不是会因此更增加一笔政治资本了？"

孙永心情越发沉重起来，在东海政坛即将有大变动的时候，对手如果再增加这一笔显赫的政绩，无疑会对自己构成威胁。本来徐正刚刚正式成为市长，即使上层有了空缺，他也是没有竞争机会的，可是徐正接连几个事情做下来，表现得实在太出色，现在孙永也不敢说徐正就一定没有上一格的可能，尤其是传说中即将接任程远的郭奎向来对一些以实干著称的干部赏识有加，曲炜就是一个很好的例证，当初郭奎就因为曲炜的实干，让曲炜接了自己市委书记的位置。而徐正当初接了曲炜做海川市长，据说也是因为郭奎的推荐。

徐正越是出色，便越是显出自己的不足，孙永不满地看了看秦屯。

秦屯说："徐正现在都是跟李涛绑在了一起，我在市政府这边根本就没什么发言权，还真是找不到什么可以攻击他们的地方。"

孙永说："我就不相信海通客车和百合集团这一次合作就一点问题都没有，用心找肯定是有问题的。"

秦屯说："现在这个项目都是徐正和李涛两个人亲自在抓，我没办法插手，就是想查也是没办法的。"

听秦屯这么说，孙永有些沮丧，他也知道秦屯这种人起不了大作用，就摆了摆手说："好啦，没办法就算了。"

孙永心里很是别扭，看来这一次北京之行白跑了，大师说什么形势对自己有利，有利什么，这个形势看上去对徐正有利才对。

此时的徐正确实心情很好，辛杰送来了百合集团这一次要引进的设备资料，向徐正和李涛回报了最近一段时间的合作进展情况。

徐正听完，笑着说："不错啊，老辛，看来我让你督促他们还是有效果的。"

辛杰笑笑说："是啊，徐市长吩咐我要监督百合集团履行承诺之后，我不敢怠慢，每天一个电话去催促高丰，高丰有点不胜其扰，这才拿出这个引进设备的资料，要我们董事会研究。"

辛杰这是为自己表功，实际上他虽然督促过高丰，可是高丰并不拿他当回事，这一次是高丰主动吐口说要开始引进设备，他才有这个机会来表功。

徐正当然不知道内情，他对辛杰的表现很满意，说："你做得很对，做生意就是要这样，不要觉得不好意思催促，这是他们答应我们的，不履行就是违约。"

坐在旁边的李涛说："这一次他们不会是虚晃一枪吧？拿出一个资料来拖延我们？"

辛杰说："肯定不是，这一次百合集团是主动要求开董事会研究设备引进事项的。我想尽快召开董事会，研究确定是否按照百合集团提供的这个方向进行。"

徐正说："对，对，赶快召开董事会，赶紧确定，不要让百合集团有反悔的机会。"

李涛说："也不能太急于一时了，老辛啊，你看过这资料了，你觉得这设备如何？"

辛杰说："这设备是国际公认的一流设备，生产厂家是国际大厂，价位适中，应该没问题，当然目前董事会只是确定一个具体的引进目标而已，真要引进，还需要实地考察，考察没问题才会真的引进。"

徐正说："既然这样，那还等什么，你们赶紧开董事会吧。"

李涛说："不过老辛啊，你要注意啊，经董事会确认之后，你们实地考察的时候一定要认真仔细，千万不要被骗了。"

辛杰笑笑说："这是国际大厂，很有信誉的，李副市长就放心吧。"

三人又聊了一些细节问题，聊完之后，辛杰就离开，回去筹备董事会的举行了。

辛杰离开之后，徐正长吐了一口气，说："这个项目总算要着手进行了，我还一直担心百合集团有别的想法呢。"

李涛说："是啊，我也很担心，并且孙书记一直在盯着这个项目，对这个项目迟迟没落到实处颇有微词，这一下我想他大概会闭上嘴了。"

徐正说："海通客车是我过来海川之后感觉最棘手的一个项目，你看陈彻那么难对付，我都没觉得有这么棘手，因为他虽然难对付，可是只要他答应了你，他就会兑现，可这个高丰不同，这是一个典型的商人，滑头得很，我深怕他跟我们玩空手套白狼的那一套把戏啊。"

李涛说："现在好了，百合集团的合作资金资金都在海通客车的账上，只要董事会通过，我们就可以动用，到时候百合集团想再拖延，也是不可能的。"

徐正笑笑说："通过不成问题，我们是大股东，想通过马上就可以通过的。"

两个人相互看了看，一起惬意地笑了起来，他们因为这个项目已经憋屈了一段时间了，现在总算可以掌握到主动权了，心情自然舒畅起来了。

但是李涛和徐正似乎高兴得有点早了，当事务发展到一定阶段的时候，往往就是形势要发展扭转的时候，这就是物极必反说法的由来。这一次命运转盘在不同人的合力推动下，即将发生扭转，这一个扭转发生之后，一些人的命运将会彻底被改变。

徐筠的举报书终于整理了出来，她将自己曾经见过或者通过私家侦探调查出来的董升和崔波相互勾结，利用商务部职务的便利操弄国家政策法规，大肆行贿受贿的行为一一揭发了出来，特别是将运作项目审批成功之后，他们会聚到董升家里，利用玩扑克赌钱的方式行贿受贿的事实加以点明。可笑的是董升还以为徐筠不清楚他们在做什么，毕竟徐筠也是商场上打过滚的人，一些类似的商业操作手法早就熟悉得不能再熟悉了，当时她只是不愿意揭穿董升的把戏而已，现在她恨董升已经恨到了几点，董升有一点问题她也是不肯放过的。

这封举报信附上了徐筠通过私家侦探调查来的照片和有关的证据资料，通过朋友送进了纪委领导的办公室，徐筠的父亲也是一定级别的干部，她当然有自己的人脉。

纪委的领导看到了这份资料十分震怒，在办公会上拍了桌子，斥责说："这是什么，这是一个连接部委官员、商人和掮客的贪腐同盟。这些年我们的资本市场由于缺乏监管，一些人在其中上下其手，大发横财，刚刚发生德隆事件已经给了我们很深刻的教训，现在这件事情又暴露出我们另一个缺口来，我们绝不能让这些人肆意妄为，利用国家赋予他们的权力侵害国家利益，损公肥私。一定要查办，而且要严查到底。”

于是领导批复了下来，一系列霹雳般的清查行动全面展开了。

董升在办公室正和一个金发碧眼的美国人斯密斯相谈甚欢，斯密斯代表美国一家五百强跨国企业，他们想要在中国大陆开展的业务需要商务部的批准。经过崔波的推荐，斯密斯找到董升，把他的意图讲给了董升听，想要董升作为律师代理他们到商务部报批相关文件。

董升听完，仿佛又看到一张百万级的美金支票向自己招手，钱就是这么好赚，他甚至都不需要为此去寻找来源，这些人自己就会主动送上门来。

董升笑着说：“斯密斯先生，这件事情委托我们律师事务所办理就对了，我们在行内是做这个首屈一指的专家，做这个是我们的专长，只要你委托我们，你就等着听我们的好消息吧。”

斯密斯也高兴地笑了起来，他是一个中国通，对中国的国情自然很了解，崔波推荐董升的那一刻，他已经知道这其中的猫腻了，他相信董升肯定会办好这件事情的，便说：“那我们就全部托付给贵律师所了。”

俩人的手握在了一起，相视一笑，董升说：“合作愉快。”

斯密斯刚要说合作愉快，却被敲门声打断，两名戴着大盖帽的检察官推开门走了进来，其中一名检察官看着董升问道：“请问，你是董升吗？”

董升心中瞬间有了一种不祥的预感，点了点头，说：“我就是，请问找我有什么事？”

检察官说：“我们是北京市检察院反贪污贿赂局的，现在依法强制传唤你，请跟我们走一趟吧。”

董升的心沉到了底，强打着精神问道：“你们凭什么传唤我，我做了什么了？”

检察官说：“你涉嫌行贿国家干部，相关的传唤手续在这里，你看一下吧。”

检察官就将传唤证和他们检察官的证件都出示给了董升看，董升此时知道自己的好日子已经到头了，面色已如死灰，看过手续之后，在斯密斯的注视下乖乖地跟着检察官离开了。

与此同时，检察官到商务部将崔波和齐申带走了，二人涉嫌的是受贿犯罪。

董升进了检察院一开始态度还很强硬，他在震惊之后很快就恢复到了常态，他是做律师的，懂得法律是如何规定的，他觉得自己做过的很多事情只有自己和崔波等几个少数人知道，相信只要自己不瞎说什么，检察官不能拿他怎么样。

检察官看董升这个态度，笑着说："董升啊，你以为我们什么都没掌握就能请你过来吗?"

董升心里暗自好笑，他虽然没做过刑事律师，可是对刑事侦查的手法还是很熟悉的，知道这些检察官通常会利用心理上的优势，不断地要犯罪嫌疑人自己交代罪行，而检察官们最常说的就是：你以为我们没掌握你的犯罪行为吗，我们让你自己交代是想给你一个表现的机会。

这种小把戏唬不住我，董升笑笑说："如果你们有什么证据能证明我有犯罪行为，就请拿出来吧。"

检察官笑笑，说："董升，你不要不见棺材不落泪，我跟你说，我们掌握了详尽的资料，足以证明你的犯罪行为，让你自己交代是跟你一个自首的机会。别给你机会不知道把握。"

董升笑了，说："检察官同志，我是学过法律的，交代已经被掌握的犯罪行为不能算是自首，这个你不要来蒙我。"

检察官说："想不到你还挺顽固，你以为就你一个人进来了吗?我告诉你，你的同盟崔波和齐申都已经被请了进来，你想不想知道他们都说了什么啊?"

董升心里咯噔一下，他越发感觉到了事情的严重性，崔波和齐申都进来，这一次看来无法善罢了，他偷眼看了检察官一下，强撑着说："我不知道你们这么说是什么意思，我跟他们又不熟，他们进来跟我什么关系?"

检察官笑了起来，说："到这步田地还想狡赖，你看看吧，这就是你们不熟吗?"

说着检察官将一叠照片扔在了董升面前，董升拿起来一看，都是他们喝酒之后勾肩搭背十分亲热的照片，董升越发慌了，叫道："你们监视我，你们这是侵犯人权。"

检察官说："你倒挺能倒打一耙的，你们利用国家赋予的权利，大肆索贿受贿难道也是人权？董升啊，你醒醒吧，还是认真考虑一下如何交代自己的问题吧。"

董升说："我没有问题，不知道怎么交代。这些照片只是一些喝酒之后的照片，不说明什么的。"

检察官笑笑，说："行啊，你不交代是吧，那你回去想想吧，反正进来的又不是你一个人，等他们交代了你再交代可就不是现在这个样子了。"

董升就被送回了监室，他一个人呆在监室里，越想越陷入了恐惧之中，崔波和齐申能不能挺住啊？他们会不会把自己卖了啊？也许这一刻俩人为了立功，早就揭发自己做过什么了。自己这么顽抗不是傻吗？

董升知道检察官可能故意将自己置于一种博弈学上的囚徒困境之中，在这种困境中，囚徒们虽然彼此合作，坚不吐实，可为全体带来最佳利益（无罪开释），但在资讯不明的情况下，因为出卖同伙可为自己带来利益（缩短刑期），也因为同伙把自己招出来可为他带来利益，故彼此出卖虽违反最佳共同利益，反而是自己最大利益所在。

董升虽然明白只有和崔波等人合作，坚不吐实，他才有无罪开释的唯一可能，但他却控制不住自己不去想象崔波等人先行招供给自己带来的更可怕后果。他陷入了这种困境中，在监室里转来转去，不得安宁。

几个小时之后，董升再也无法承受这种心理上的恐惧，他要求见检察官，他要坦白。

办公室里的高丰心情是很不错的，一切都有条不紊地按照他的预想进行着，他在想着很快就可以把其他上市公司挪出来的钱从海通客车挪回去了，这一番虽然周折不少，可是最终还是达到了预期的目的。

高丰刻意选择了一家国际大厂的设备，就是想海通客车方面不虞有他，赶紧通过引进的决议。果然海川方面乐得屁颠屁颠的，就连辛杰这家伙也有松了一口气的感觉。大家似乎都认为引进设备将会很快就完成，哪知道高丰真正的布局是在代为引进设备的公司身上，到时候只要引进设备的钱进了这家公司，高丰就让这家公司破产。因为这家公司身在海外，海川方面根本就无法到海外去查这家公司，就算能去海外调查也不能挽回损失，只能自认倒霉。

可笑的是，海通客车方面因为百合方面主动提出引进设备而十分的高兴，对高丰提出代为购买设备的公司丝毫没加怀疑就全盘接受了，金鳌已经吞下了香饵，下一步就等着起钩了。

想到这里，高丰忽然有一种寂寞的感觉，环视商海，能够跟自己抗衡的对手几乎找不到。傅华那个家伙倒有些鬼机灵，对自己去海川投资一再防备，可是又怎么样呢？你以为难住了我？其实根本就不是那么回事。你不是要我的资金到位吗？我就把资金到位给你看看，最后还不是被我一分不差地抽逃了出来。饶你精似鬼，也要喝我的洗脚水。

想来想去，大概只有赵凯这家伙有实力跟自己能跟过几招，不过赵凯也没什么了不起的，不过是一个保守的家伙，他敢跟自己一样玩一玩这商场上最高级别的空手道吗？他肯定不敢。这些年通汇集团一直守着实业为中心的原则，丝毫没有涉足资本市场的意思，这也是通汇集团没有大发展的原因之一吧。相较起百合集团每年几何级数的增长，通汇集团有点像乌龟在爬行。自己本来想要带他玩一下，可这家伙就是不上道，不管怎么说也不肯跟自己一样去收购企业，看来他的通汇集团很快就会被这飞速发展的时代淘汰掉的。

还有那个德隆的唐万新，本来自己还以为他是个人物，结果玩来玩去把自己玩进去了，现在人都不知道跑到哪里去了，还号称什么江湖第一庄，他真应该跟自己好好学学，学学什么才是真正的资本大玩家。

高丰伸手打开了桌子上的雪茄盒，拿出一只古巴雪茄点上了，抽了一口，向空中吐去，烟雾飘散在空中，然后他得意地哈哈大笑起来，笑得十分嚣张。

电话铃声响了起来，高丰心里有些厌恶地想道，谁这个时候打电话来搅了兴致，他有些不想接，可是电话顽固地响个不停，让高丰不得不抓起电话来。

辛杰在电话那边笑笑说："谁惹高董不高兴了？"

高丰倒不好跟他发作什么，便笑笑说："我以为是谁呢，老辛啊，找我什么事啊？"

辛杰说："高董啊，你是不是忘了，你那还有一个亿没还回来呢，现在董事会通过了引进设备的议案，你再不还回来，我怕露了马脚就不好说话了。"

高丰笑了，说："老辛啊，不是我说你，不就一个亿吗，用得着隔几天就来催我吗？你我都是做大事情的人，不要在这么点钱上纠缠。”

辛杰说：“什么，这么点钱？高董，我不是你，你才是做大生意的人，动几个亿都没什么感觉。我是一个国有企业的小厂长，这一个亿是我活到现在动用的最大一笔钱。求求您了，赶紧还回来吧，再不还回来，我真的有点扛不住了。”

高丰笑笑：“都跟你说不要担心了，这笔钱我是一定会还的，我也不想你出事是吧？不过目前还不行，等海通客车考察确定引进设备之后，我马上就会还给你们。”

辛杰不满地说：“怎么还要拖啊？高董啊，你这个人怎么这样啊？”

高丰很不满意辛杰说话的语气，说：“老辛啊，你怎么这么说话呢？我不过是被项目绊住了，我也不想的，可是真要一下子把资金抽出来，我损失会很大的。好啦，再过些日子，我那个项目就缓过来了，到时候一定把钱还回去。好啦，你帮我的这份情谊我铭记在心，资金缓过来之后，我会有所表示的，这还不行吗？”

辛杰知道再说也是无益，叹了一口气。

高丰先挂了电话，恶狠狠地按熄了雪茄，他的好心情一下子都没了，这个辛杰实在太讨厌了，自己也不是没付给他报酬，付给他的报酬是他一辈子都挣不到的，他就不能让自己消停几天吗？

高丰正烦躁着，门被敲响了，高丰一想自己这段时间没安排见什么人啊，便不高兴地吼道：“我很忙，别来打搅我。”

门还是被推开了，助理探头进来，高丰不满地看了助理一眼，说道：“我不是说不要来打搅我吗？”

助理苦笑了一下，说：“高董，这两位检察官一定要见你。”

高丰愣了一下，这时助理身后走出来两名检察官，一个个子很高，胖胖壮壮，另一个有些瘦，高丰诧异地问道：“两位找我有什么事？”

胖检察官严肃地说：“高丰同志，你涉嫌行贿国家工作人员，现在依法强制传唤你。这是相关手续，你看一看。”

检察官说完将传唤证递到了高丰面前，高峰傻眼了，半天没说出话来。

检察官说：“高丰同志，请跟我们走吧。”

高丰这才缓过劲来，跟助理喊道：“赶紧通知公司的律师。”

检察官笑笑说：“高丰同志，现在律师还不可以介入，请跟我们走吧。”

高丰无奈，跟着检察官走出了公司。

进了讯问室，高丰的心情已经变成了惶恐不安，此刻他还不知道检察官为了什么传唤他，他飞快地转动着他聪明的大脑，想着最近发生的每一件事情，希望从中找到被检察官传唤到检察院的端倪，可是他现在明显感觉自己的聪明不够用了。

检察官打开公文包，拿出笔录纸，说：“高丰同志，知道为什么找你吗?”

高丰摇了摇头，说：“我不清楚，检察官同志，我是守法的商人，每年给国家缴纳大量的税收，从来没有做过违法乱纪的事情。”

检察官笑了起来，说：“高丰，这么说我们还冤枉了你了?”

高丰心里没了底气，偷着看了看检察官，问道：“检察官同志，你能给我提个醒吗?”

检察官一拍桌子，叫道：“高丰，你装什么糊涂，你做过什么自己不清楚吗?”

高丰心说我做过的不合法的事情太多了，怎么知道你抓到了我什么把柄，我可不能都交代给你。

高丰笑笑说：“我真的想不起什么来啊，这里面是不是有什么误会啊?”

检察官笑了，说：“误会，高丰啊，到了检察院这里你还心存侥幸是吧?”

检察官看了高丰一眼，他做过多年的检察官，经验很丰富，从高丰不时偷窥的眼神中感受到了他的心虚和惶恐，这是一条大鱼，应该绝对不止董升和崔波交代出来的那部分犯罪内容。

检察官笑笑，说：“高丰啊，你要知道，我们绝对不会冤枉一个好人的，当然也绝不放过一个坏人。你是一家大企业集团的董事长，八面风光，很有社会地位，平常我们俩就是想见你也不一定能见得上，你这样的人没人敢随便招惹的，所以你应该知道我们不掌握充分的证据是不会找你来的。”

高丰的那股傲劲又上来了，说：“这倒是，你们如果不是因为公事，平常时刻想见我还真见不到。”

检察官没介意高丰有点嚣张的态度，反而有点迎合他的意思，他很希望高丰能在得意中不自觉地露出马脚来，便笑笑说：“你是聪明人，我向来很喜欢跟聪明人打交道，聪明人一点就明白，不需要我费太多的口舌，所以，你就赶紧交代吧，你交代了，大家都轻松，好不好？”

高丰干笑了一下，说：“检察官同志，我是真愿意配合你们的工作，可是我也真不知道自己哪里做错了，给点提示吧。”

看高丰故意装糊涂，检察官笑笑说：“那行啊，你就往行贿方面去想。”

高丰说：“检察官同志，有时候我们企业为了正常运转，会给有关部门送一点小礼物，这种行为可能不规范，可是你们也知道现在企业的运作环境，不这样做各方面都来找麻烦，我们企业很难维持下去。”

检察官笑了，说：“高丰啊，你还真能避重就轻啊，我们会为了一点企业的违规行为就把你带来吗？你要知道，你这一被审查，对你们公司会有多大影响，对社会会有多大的影响，我们能不慎重考虑吗？会是这么点小事吗？”

“那你就算是顽固对抗审查，到量刑的时候，你这就是不知悔改，认罪态度极差，法院可是要加重处罚的。所以高丰我劝你还是好好把握我们给你的机会吧，别到上了法庭才后悔晚矣。”

高丰是技术专家出身，这些年事业发达，养尊处优惯了，什么时候见过这种阵仗，便沉不住气了，他想就先交代一些情节轻微的犯罪吧，也许可以糊弄过去。

这就是高丰傻瓜的一面，到了这里怎么能让他糊弄过去啊，这些检察官见过多少像他这样的犯罪嫌疑人，比他更聪明更狡猾的都有，又岂能被他蒙混过关？人到了这种场合，除非有大智慧，否则谁也很难定下心来认真考虑自己的处境。

高丰说：“我们百合集团刚刚收购了一家洗衣机厂，为了顺利达成收购，我给这家洗衣机厂的财务科主管会计送了一张卡，卡里面有十万块钱，他就将洗衣机厂的财务资料透露给我了，让我全面掌握了洗衣机厂的情况。检察官同志，我错了，我不该为了企业的一点小利益，就做出这种行贿的不合法行为。”

检察官就询问了这件事情的详细情节，并一一记录了下来。他心里暗自好笑，这高丰自以为聪明，想交代出一件小事骗过检察机关，偏偏他交代的根本就不是检察机关掌握的情况，不用说这家伙还有很多犯罪行为没交代，他看了看高丰，笑了笑，问：“这只是一部分，还有呢？”

高丰心里咯噔一下，看来检察官还掌握别的事情，那又是什么事情呢？

不行，不能再说了。

高丰说："没有了，我就做过这么一件错误的事情。"

看高丰又想回到顽抗的立场上，检察官摇了摇头，说："不对，据我们掌握的情况，远远不止这些，高丰啊，到了这个时候你还是想蒙混过关啊。我可跟你说，你如果想借交代一两件小事妄图脱身，不但不可能，反而会让我们认为你的态度极为恶劣，你可不要聪明反被聪明误啊。"

高丰又一次慌乱了，他急忙说："哦，我想起来了，我还做过一件……"

就这样说一件事，再抵赖一会儿，然后再说一件事，就像挤牙膏似的，在检察官的挤压下，将他这些年所做的违法行为一点点慢慢交代了出来，包括这些年为了并购向对方工作人员行贿，玩弄空手套白狼手法虚假注册，上市公司虚假扭亏之类的都交代了出来。但是他对海通客车挪用了一个亿资金的事情始终没说，他感觉这件事情是发生在东海省海川市，如果是这件事情发作的话，来找他的就应该是海川检察院，而不是现在的北京检察院。而且虽然他跟辛杰说得很轻松，说挪用一个亿不是什么大事，可他心中却很明白这件事情怕是他所有犯罪行为中最严重的一件，他不到十分万不得已，是不能说的。

审讯的时间很长，已经到了深夜，高峰的脑海里已经一片浆糊，只觉得嗡嗡的，不管两名检察官说什么，高丰都说再也没有了。

两名检察官相互看了看，他们心里很清楚，虽然高峰林林总总交代出了这么多，偏偏最先被掌握的犯罪行为并没有交代出来，他们都觉得高丰可能犯罪行为还远不止这些，需要给高丰一段时间再考虑一下。而且高丰交代出了这么多犯罪行为也需要去落实一下，看看这家伙是不是为了摆脱检察官的追问而信口胡说的。

检察官说："时间已经很晚了，大家都很累了，这样吧，你先回监室，再好好回想一下，看有没有遗漏什么。"

高丰已经累得打不起精神来了，他苦笑了一下，说："我真的没有了，检察官同志。"

检察官笑笑，说："有没有再说吧，先回去休息吧。"

高丰被送到了监室，他被审讯了一天，为了保住自己，脑袋高度紧张，此刻实在太疲惫了，他也不管身处何方，也不去想明天会怎么样，虽然监室的环境很差，远比不上他的别墅舒服，但他还是倒下去就睡着了。

傅华见到检察官的时候，正在章凤的办公室跟章凤、赵淼聊天，赵淼谈了一些他对酒店管理工作上的建议，傅华很是赞赏，说：“小淼啊，你上手很快啊。”

赵淼笑笑说：“这是章总领导有方啊，我来酒店之后跟章总学到了很多东西。”

章凤笑了，说：“别拍我马屁，你确实做得很不错。傅华啊，赵淼在酒店管理方面确实很有天分，很多事情我不说他都懂。”

傅华感觉这两个人对对方都有好感，便笑笑说：“看来你们两个互相欣赏啊。”

章凤看了傅华一眼，说：“开什么玩笑，赵淼还是小孩子，什么互相欣赏啊。”

这时高月敲门进来，说：“傅主任，有两位检察官去办事处找您，我就把他们带过来了。”

傅华有点诧异地看了看跟在高月身后的两位检察官，问：“请问两位找我有什么事情吗？”

为主的检察官说：“傅华同志，我们想请你跟我们回去协助调查一桩案件，这是我们的证件。”

傅华看了看证件，俩人是北京检察院反贪污贿赂局的工作人员，跟他说话的这位姓刘，另一位姓李。

傅华将证件还了回去，他还是不知道有什么事情。

刘检察官说：“你牵涉到了一桩案件，我们需要向你了解一些情况，请跟我们走一趟吧。”

章凤站了起来，问道：“检察官先生，傅华他牵涉到什么事情啊？”

刘检察官说：“抱歉，我们不方便透露，你们也不要太担心了，只是请他去配合调查。”

傅华感觉自己并没有做什么不合法的事情，就笑着对章凤和赵淼说：“没事的，我去检察院看看究竟是怎么回事。”

傅华并没有被带到检察院，而是跟着两位检察官到了京郊一家宾馆里。

在宾馆的房间里，李检察官给傅华倒了一杯水，刘检察官笑着让傅华坐下，说："傅华同志，找你来，是有些情况需要向你了解一下，希望你能配合。"

傅华笑笑说："只要我知道的一定配合。"

刘检察官笑笑说："你认识董升吗？"

傅华愣了一下，说："董律师嘛，怎么了？"

刘检察官说："董升说，他说山祥矿业的伍弈是你介绍他们认识的？"

傅华说："山祥矿业是我们海川市一家矿山企业，他们的董事长伍弈想要把公司在香港上市，伍弈对在香港上市的情况不是很了解，是我介绍他认识董升的，因为董升是做这方面业务的专家。"

刘检察官望着傅华，脸上虽然是带着笑容，可是眼神中却有一种肃杀的气息，说："傅华同志，你为什么要介绍他们认识？"

傅华被看得有点心里发毛，他是知道后来伍弈找董升办的那些事情并不是十分的合法的，不过他自己并没有参与在其中，这给了他底气，便笑笑说："这是我的职责啊，我是海川的驻京办主任，我是有义务配合海川的企业在北京办一些事物的，伍弈原本想在国内上市，可是山祥矿业的条件并不适合在国内上市，就把目光转向了香港，香港证券市场的要求适当低一些。这有什么问题吗？"

刘检察官看了傅华一眼，说："介绍他们认识之后你又做过什么了？"

傅华心里一沉，他当初跟伍弈一起去香港，是上过赌船的，虽然自己只是去小赌了一下，算是见识了一番，可这总是有些不规范的行为。

傅华看了看刘检察官，说："检察官同志，我能问一下吗？你们问我这么多究竟是为什么啊？"

刘检察官笑笑说："就是了解情况，你不要有负担，知道什么说什么就好。"

傅华不知道究竟发生了什么，可是检察官这么追问，肯定是董升或者伍弈其中一个或者两个出了问题，如果是伍弈出了问题，那自己跟他去香港的一切情况检察官应该都掌握了，看来自己真的要有什么就说什么了。

傅华说："后来伍弈请我陪他去了一趟香港，主要是跟他公司上司的操作方证券行接触了一下，期间我跟他上过一次赌船，我在船上多少玩了一下。其他就没有什么了。"

刘检察官笑笑说："你不要害怕，赌船在香港是合法的，你上去玩我们是不管的。"

傅华松了一口气。

刘检察官接着问道："去了香港之后呢?"

傅华说："去了香港之后，伍弈需要认识的人都认识了，也就不需要我帮什么忙了，其他再有什么事情都是他们自己去处理了，我再没参与。"

李检察官这时抬起头看了看傅华，问道："你好好想一想，真的再没有参与吗?"

傅华沉思了一会儿，说："对了，后来有一次伍弈和董升和商务部的崔波司长，还有一位叫齐申的人见面，当时在打高尔夫，我也在场，我是被伍弈约去打球的。其他时候，都是伍弈去驻京办玩，我们在一起聊天而已，就没别的接触了。"

刘检察官笑笑，说："傅华同志，据我所知，伍弈这一次在香港上司操作得很成功，伍弈身价暴增，他就没对你表示一下感谢?"

傅华笑了，说："伍弈确实对这次山祥矿业成功上市感到十分高兴，也对我表示了感谢。"

刘检察官眼睛里露出了捉到猎物的兴奋，这是他的职业病，一遇到贪污受贿的犯罪分子他就感到十分的兴奋，他笑笑说："那你说说他是怎么表示感谢的?"

傅华笑笑说："这家伙挺大方的，送了我一张金卡，我当时不想要的，后来伍弈坚持要给，正好当时我们海川大厦将要开业，我想举行一场海川在京人士的联谊会，资金方面还没有着落，我就把这钱用在了这方面了。这在驻京办账上都是可以查到的。"

听傅华这么说，刘检察官有些丧气，他们本来找傅华来是因为董升提到伍弈在上市成功之后，特别跑到北京来对他进行了感谢，以董升的猜测来看，伍弈对海川驻京办主任傅华一直很感激，肯定会对傅华有所表示的。这是董升为了争取立功表现主动揭发的，所以检察官把傅华找了来，一方面是想落实一下董升和崔波等人所说的事情的细节，另一方面，检察官也想可以再挖出傅华受贿的案子来。

以刘检察官办案的经验来看，几乎十个被找到检察院里的官员十个都是受贿的，他还没有碰到一个是例外，因此他对傅华的说法并不相信。他反而觉得伍弈可能确实为了驻京办的联谊活动捐过款，但这个却被傅华利用来作为遮掩他受贿行为的盾牌了。

刘检察官意味深长地说："傅华同志，真是这样吗？"

傅华问心无愧，因此十分肯定地说："当然是这样了，驻京办的账上都有这笔捐款的记录的，你可以去账上查嘛。"

刘检察官笑笑说："你自己也说那是捐款了，这与伍弈对你私人的感谢有什么关系呢？"

傅华说："这就是伍弈因为感激我为他帮忙才捐款的。"

刘检察官说："不要再装了，伍弈就没给你私人方面什么感谢？"

傅华急了，说："检察官同志，我不是讲得很明白了吗？这张金卡里的钱就是伍弈感谢我个人的，我不收，他才转换成了捐款了。"

李检察官说："怎么，你讨厌钱吗？"

傅华说："我不讨厌钱，可是我不喜欢拿这种不清不楚的钱。"

李检察官说："怎么不清不楚了，你帮了他，他感谢你，这多清楚啊。"

傅华气得站了起来，说："你这是在侮辱我的人格，我跟你说，这点钱我还没看在眼中，我如果要赚钱，比这多几十倍的钱都可以赚到。"

刘检察官看了傅华一眼，笑着说："傅华同志，你不要急嘛，要相信我们检察机关，先坐下，先坐下。"

傅华坐了下来，看了看刘检察官，说："你们就是不相信我也可以去问伍弈嘛，他是当事人，你问他不就一清二楚了吗？"

刘检察官说："不瞒你说，伍弈现在并不在我们检察院的控制之下，据我们了解，伍弈现在在香港，他去那里有些上市公司的事情要办理。"

伍弈没到案，傅华也提不出什么能证明自己没受贿，苦笑了一下说："检察官同志，请你们相信我，我确实没拿什么贿赂。"

刘检察官笑笑说："我可以相信你。不过，目前这个案件尚处于侦查阶段，有些关键的人物还没到案，尤其是伍弈，为了保密，就请你留在我们这里几天，你可以在这里再想想有什么事情忘记了，同时我们也需要对你的情况落实一下。"

傅华愣了，说："你们这是要拘留我吗？"

刘检察官摇了摇头，说："就是让你配合调查几天，不是拘留。情况落实清楚了，你就可以回去了。"

傅华说："那你们通知我家里了吗？"

刘检察官说："你放心吧，我们会通知他们的。"

傅华知道这个时候再说什么都无济于事了，苦笑了一声。

傅华就被留在了宾馆的这间房间里，虽然宾馆的条件还不错，他可以洗澡看电视，检察官们也没有再对他询问什么，可是他失去了行动的自由。

开始的时候，傅华有些烦躁，后来他忽然想起来那个王畚王大师跟赵凯说的那几句话，王畚说自己最近有一点祸事，是被他人旁涉其中的，不会有什么大问题，只要心定，很快就会过去。

傅华是放松了下来，可是外面的人不知道里面的情况，就没办法放松了。赵淼第一时间将傅华被带走的情况通知了赵凯和赵婷。赵婷急了，跑到了赵凯的办公室："爸爸，这傅华究竟出了什么事情啊，他是一个做事很认真的人，说他牵涉到犯罪，打死我也不相信的，他一定是被冤枉的。你赶紧想办法救他啊。"

赵凯说："我也不知道是什么情况，我已经找了北京检察院的朋友，让他们帮我去打听情况了。你先别急啊。"

赵婷一跺脚说："他是我老公，我怎么能不急呢。"

俩人坐立不安地等了一会，赵凯找的检察官电话打了过来，检察官说："不好意思赵董，你让我问的傅华涉及的案情我没打听出来。"

赵凯愣了一下，说："不是你们北京检察院办的案子吗？你怎么能不知道呢？"

检察官说："案子倒是我们检察院办理的，可是这个案子是上面纪委交办的，组成了专案小组，目前在侦查阶段，涉及什么人、什么事都是保密的，我也不敢过多打听什么。"

赵凯心里一沉，说："有这么严重啊？就没有别的办法可想了？"

检察官说："不好意思赵董，这一次涉及的可能是一个大案，是纪委领导专门批示下来的，我们检查院里面现在气氛很凝重，目前我这边是没什么办法可想了。而且在这个风口浪尖上，我劝你也不要去找别的途径想办法，这个时候如果乱找人，效果适得其反。”

赵凯说：“我明白，谢谢你了。”

检察官说：“不过赵董你们也不要太担心，协助调查只是说他可能知道案件中的某些情况，不一定是本人涉案可能过几天就放回来了。”

赵凯眼下他也没有别的办法了，只好对检察官说了声谢谢，就挂了电话。

赵婷见赵凯放下了电话，急了，叫道：“爸爸，你再让他想想办法啊，怎么就这么挂了电话啊？别这么等下去啊，傅华在里面还不知道受什么罪呢。”

赵凯说：“小婷，你千万别急，你没听对方说这是纪委领导批示下来的大案吗？我找的这个朋友在北京检查院里级别也不低了，他都说没办法，别人就更没办法了。”

赵婷傻眼了，没再说什么，眼泪就流了下来。

赵凯心疼女儿，说：“好啦，你别哭了，我们再想想别的办法。”

赵凯就打了电话给王畚，问王畚在哪里，王畚笑笑说：“我在浙江，赵董这么急打电话来是不是为了令婿的事情啊？”

赵凯说：“大师你猜到了？”

王畚笑笑，说：“你语气这么急，肯定是出了什么事情，你已经是商场打拼这么多年了，什么大大小小的事情没见过，所以公司的事情不会让你乱了阵脚，只有亲人出了事，你才会这么急的。”

赵凯说：“大师，我就长话短说了，我女婿被北京检察院带走协助调查了，现在情况不明，你能不能帮我推算一下，看看究竟是怎么回事。”

王畚笑笑说：“上一次我已经跟你说得很明白了，他不会有事的。令婿这个人做事很端正的，现在是事态未明，只要事态已明，他就没事了，我可以保证，他过几天就会回来的。”

赵凯说：“真的吗？”

王畚笑了，说：“不过，令婿出来是可以出来，并不代表事情完全过去了，外面还会有人拿此做文章的。”

听王畚这么说，赵凯有些诧异，说：“会有什么人会找他的麻烦？”

王畚笑笑说：“那我就不知道了，反正我推算令婿这一次并没有什么牢狱之灾，卦象上显示他真正的麻烦不在这里，吾恐季孙之忧，不在颛臾，而在萧墙之内也。”

王畚说的是《论语》的典故，春秋时期，鲁国的季孙要讨伐颛臾，孔夫子说了这么一段话，意思是祸乱的根源不在颛臾这个地方，而是在季孙兄弟之间。这也是祸起萧墙成语典故的由来，王畚这么说，是想说傅华的麻烦不在外面，而是在他们海川市政府的内部。

赵凯明白王畚的意思，笑笑说："大师啊，只要傅华在检察院这边没事，其他都是小问题，就算他这个驻京办主任不能干了，都是无所谓的，我只想他平安无事。"

王畚笑了，说："检察院这边你放心吧，肯定没问题的。"

赵凯挂了电话，对赵婷说："好了，小婷，你都听到了，大师说了，目前只是有些事情还没有明朗，明朗了傅华就没事了。"

赵婷还是半信半疑，说："傅华真的会没事吗？有没有别的办法再去打听一下？"

赵凯说："你就耐着性子等几天吧。"

接连几天，检察官都没露面，呆在监室里的高丰越来越烦躁了。以前忙碌惯了的他突然无事可做，只能对着监室的四壁胡思乱想，这让他十分难受。他很想找人倾诉一下，可是连检察官都不露面了，他面对的只有监室的监管人员。特别是他的心安定不下来，始终处于一种惶恐不安之中。此时他才了解了自己真实的一面，以前他都认为自己是一个掌控能力很强的人，不但能够掌控别人，也能掌控自己的情绪。到了此时，他才发现，不论他如何给自己找理由，他就是无法控制自己的思绪，无法让心安定下来。他并不知道这些检察官在外面做了什么，他的心一直悬着。即使他心里很清楚此刻他最需要的就是把心安定下来，只有很好地应对眼前的困难局面，才能不给检察官可乘之机，可是他却是无法做到这一点。

一连过去了几天，高丰好不容易等到了两名检察官来提审，他竟然有一种很奇怪的轻松感觉，连他自己都不知道为什么轻松。也许是因为他又有机会对案情的进展进行了解的缘故吧，或者终于有人可以跟他说说话了。作为了一个犯罪嫌疑人，被闷在监室里的滋味是很难受的。他也想了解一下这几天检察官在做什么，有没有发现他新的罪证。

检察官笑着让高丰坐下，说："高丰啊，这几天在监室里有没有好好想一想啊?”

高丰点点头说:“想了想了,我知道自己做错了,我愿意认罪。”

检察官笑笑,说:“你这个态度还是不错的,说说吧,你都是怎么认识自己的错误的?”

高丰愣了一下,抬头看了看检察官,干笑了一下,说:“我不应该向对方行贿……”

高丰显得诚惶诚恐,把自己交代出来的犯罪行为全部都认真反省了一遍,狠狠地把自己批评了一通,一副真心悔改的模样。

高丰检讨说:“检察官同志,我真是不懂法,做了这么多错事而不自觉。这一次对我的教训真是惨重,以后我一定认真遵守法律,守法经营。”

检察官笑着摇了摇头,说:“不对吧,我怎么觉得你一点悔恨的意思都没有啊,你知道我们这几天都在干吗吗?我们是在调查你的情况,经过调查我们发现你根本就没有全部交代自己的犯罪行为,想用交代小的犯罪事实来掩盖大的犯罪,这可一点不像深刻认识到自己行为错误的样子啊?”

高丰愣了一下,原来这些检察官这些天没露面,都在调查他的情况啊,难道他们真的掌握了自己挪用了海通客车一亿资金地问题了?他们又是在跟自己玩虚虚实实的把戏吧?

高丰的脸不自觉地抽动了一下,他的心紧绷了起来,感觉自己已经被逼到了墙根,退无可退了,是不是要把海通客车这件事情交代出来啊?可是如果检察官在诈自己怎么办?如果对方没掌握这个情况自己却交代了出来,那自己不成了傻瓜了吗?不行,还是不能甘心就范,再强撑一下,也许就挺过去了。他干笑了一下,说:“检察官同志,我已经交代了自己的全部罪行了,再没有什么可交代得了。”

高丰脸上的抽动都看在了检察官眼中,他看出了高丰心底的挣扎,知道经过这些天的审查,高丰已经在崩溃的边缘了,看来要加加码,让他彻底坦白。于是,检察官猛地一拍桌子,指着高丰叫道:“高丰,你还装什么糊涂,你以为你做了什么别人都不知道吗?还是你以为我们这些检查官都是笨蛋,什么事情都侦查不出来?”

高丰被吓得身子哆嗦了一下,他再也撑不住了,带着哭腔说:“检察官同志,我交代,我全部交代,我还从海通客车挪用了一个亿的资金出来。”

于是高丰就把自己如何拉拢腐蚀辛杰，如何跟辛杰联手从海通客车转出来一亿资金的情况交代出来，到了这个时候，他的心防彻底被攻破了，甚至交代出了他想找一家公司引进设备，以便将资金全部转移出来这个还没机会实现的计划。

交代完海通客车这宗案子，高丰再没有了气力，瘫软在座椅上。

两名检察官倒没想到高峰还藏着这么个大案子没交代，他们一心想的只是高丰通过董升行贿商务部崔波的案子，此刻不由得窃喜地相互看了一眼，看来这一次真是赚到了。

不过，虽然交代出了这一个大案，高丰行贿崔波的案件还是不能放过的，检察官说："高丰啊，你这样不行啊，怎么我们逼你一下，你就往外交代一下，政策都跟你讲了，你这样像挤牙膏似的可不能算是坦白啊。你让我们感觉一直在顽抗，态度十分恶劣。你以为我们是在跟你做生意吗，还要讨价还价一番？"

高丰彻底崩溃了，他哭着说："检察官同志，我真的全部都交代了，你们就是杀了我，我也交代不出来什么了。"

检察官看看也感觉确实把高丰逼得差不多了，高丰也不像要故意不交代的样子，看来是到了揭开底牌的时候，便笑着说道："高丰啊，你认识董升吗？"

高丰愣了一会儿，他对检察官突然问起董升十分的惊诧，他的潜意识当中丝毫没把委托董升办理商务部哪宗事情当做是犯罪，他认为那不过是很正当的委托办理法律事务，虽然背后隐藏着崔波的影子。他问道："董升，我认识啊，做律师的那个对吧？"

检察官点了点头，说："对啊，就是他。"

高丰说："董升怎么了？我们公司委托他办理了一桩在商务部审批公司合并的案子，这有什么问题吗？"

检察官说："高丰，你老实交代，你为了公司能够合并这个案子都做了什么了？"

高丰眼睛瞪大了，此时他大致明白了检察官为什么找自己了："你们是因为这个案子才来找我的？"

检察官笑笑，说："对啊，董升和崔波等人被我们收审了，他们交代了你跟他们之间行贿的事实。”

高丰不由懊悔地叫了起来：“嗨！你们早说啊。我真是被这两个家伙害苦了。检察官同志，你们听我说，我们公司到商务部去审批这个合并案，方方面面都是合法合规的，偏偏崔波这个王八蛋想要勒索我们，故意跟我说这个不行那个不行的，说是只有找董升这家伙去办理，才会顺利。我也是被逼无法，只好去委托了董升，付出了一笔高昂的代理费给他，也就想图个顺利。崔波这还不算，还借口说家里装修钱不够，又跑到我办公室去跟我借了一笔钱。检察官同志，你们要知道，在这件事情上我不是在犯罪，我才是受害者，我是被勒索啊，不得不这样做的。”

检察官笑了起来，说：“对，我们现在知道你确实是受害者了。不过，在其他你交代出来的犯罪行为中，你总不会认为自己也是受害者吧？”

高丰长叹了一口气，说：“嗨，枉我还自觉聪明呢，我他妈才是真的傻瓜。”

检察官看了高丰一眼，说：“高丰，你别懊悔了，你知道这叫什么吗，这叫天网恢恢，疏而不漏，只要你有作奸犯科的行为，早晚是要被惩罚的。你应该庆幸被发现得早，你的罪过还轻，真要到你骗走了海通客车全部的资金那一刻，恐怕你要在牢房里度过你的下半生了，那时候你再后悔都已经晚了。”

高丰坐在那里，又觉得懊悔，又觉得好笑，真是欲哭无泪啊，只好摇了摇头说：“这都是什么事啊？老天爷真是会跟我开玩笑，到这个时候，我真是不知道该说什么了。”

检察官笑笑说：“这以后你怕是会有很多空闲时间了，你可以想想清楚这些都是什么事了。”

高丰被送回了监室，一路上他浑身一点气力都没有，两脚软绵绵的，就像踩在棉花上面一样，他知道前面等待他的一定是法律的严惩，那时候他不会再像做百合集团董事长那么忙碌了，真是像检察官所说的，会有很多空闲来回顾一下以往这些事情了。

这人哪，还真是有意思，高丰忽然想起检察官传唤之前自己坐在办公室里多么志得意满啊，那时候似乎天下都在自己掌握之中，什么都是按照自己的安排进行着，什么赵凯啊、傅华啊、甚至德隆的唐万新都看不到自己眼里，自己那个骄傲劲啊。

可转瞬间呢，自己已经沦为阶下囚了，这种境况别说赶不上赵凯、傅华了，就是连亡命天涯的唐万新都赶不上，起码他还是有人身自由的，自己现在却连自由都失去了。

这人还真是不能得意忘形啊，多少一得意，老天爷就给你个脸色看。这一次自己算是彻底栽了，而且还栽在了自以为聪明上面，这要传出去，该是多大笑话啊。

傅华在宾馆呆的时间却比预期的要长，连续十天都还没有放他出来的意思。刘检察官跟他说是伍弈在香港呆着一直还没赶回来，检察院不敢惊动香港方面，也不能直接打电话给伍弈，生怕伍弈察觉到了风吹草动，滞留在香港不归，那样就无法到案了。

傅华也有点害怕伍弈不能回来，那样自己就无法说清楚了。无法向组织上说清楚，恐怕就再也无法得到组织上的信任，那自己的政治生命怕是要终结了。

虽然傅华并不十分在乎驻京办主任这个位置，可这毕竟事关他在北京的事业，事关他的个人形象。他不想就这么不清不楚地被怀疑，这跟他一向清白做人的原则是不一致的。

傅华也担心在外面的赵婷，自己协助调查这么多天，赵婷在家会是什么样子呢？这个平常一定要抱着自己才能入睡的丫头肯定会急坏了，她不知道会多担心自己啊。

这些日子傅华跟刘检察官已经混得有点熟了，他就跟刘检察官提出要检察官帮他通知赵婷一声，说自己在这里没什么事，很快就会回去了。

刘检察官笑了，说："你这人还真知道疼老婆，不过不行啊，我没这种权限。你也不要太担心她，你一直都是被以协助调查的名义被留在这里，我想你老婆这段时间肯定没少找律师，律师会告诉她协助调查究竟是什么意思，我想她不会太为你担忧吧。"

傅华说："她如果不知道我的确切消息，是不会安心的。"

刘检察官说："我们是有保密纪律的，我不能告诉她案件确切的消息，你也别太着急了，有消息说，伍弈马上就会回来了。"

傅华有些无奈地叹了口气，他的心是无法释怀的，此刻他忽然感觉，比起对亲人的牵挂来，什么事业啊，什么职务啊，什么做人的道理啊，都是无关紧要的东西。只要家人和和美美地在一起，比什么都要好。

这个时候的傅华对赵婷心中不无愧疚。从俩人在一起的那一天起，赵婷都是全身心地看顾着他的，而他对这一切不但受之安然，还整天忙于工作，很少有顾及赵婷的感受。

原来自己一直都是这么幸运，有一个真心实意爱着自己的人在身边。这一次肯定害赵婷担心坏了，出去之后，自己一定要好好照顾她，以回报她。

高丰揭发了辛杰受贿参与挪用公款，北京检察院自然不能置之不理，于是海川检察院收到通报，说海川市海通客车的厂长辛杰涉嫌受贿、挪用公款，要依法查办。

海川检察院检察长易仁接到这个通报，知道案情重大，而且涉及相当级别的官员，赶忙拿着情况通报找到了市委书记孙永。

孙永一看通报，心中不由大喜，这可是一个对自己很有利的事情，辛杰总算出问题了，这个可是可以大做文章的，顺藤摸瓜，说不定会牵涉到徐正身上。他自从王畚那里回来，心里对徐正就更多了一块心病，他总认为徐正一定会影响自己仕途上升的，现在总算有一个机会可以整一整徐正了。

孙永一脸严肃，说：“易检，这还用问吗？查，一定要查，而且是一查到底。我们都被海通客车表面上的兴旺蒙骗了，没想到海通客车存在这么大问题，现在问题竟然是从北京方面被发现的，我们的纪律检查系统应该检讨一下了。而且涉及这么大的数额，肯定问题不止辛杰一个人，必须彻查，无论牵涉到谁，都要追查到底。”

易仁说：“那我们马上就对辛杰采取措施吗？”

孙永说：“你还等什么？”

易仁说：“不过辛杰是市管干部，那抓人之前要不要跟徐市长打个招呼啊？”

孙永说：“现在案情重大，请示太多人会泄露案情的，先不要请示他了。他如果有什么意见，回头我跟他解释。”

说着易仁就要离开，孙永叫住了他。

孙永说："现在海通客车的盖子被揭开了，问题触目惊心，我想这件事情恐怕辛杰一个人没有这种胆量去做的，要注意他上面是不是有人故意纵容或者跟他勾结，调查不能局限于辛杰本身，要找到这个问题的根源，彻底根除海通客车存在的腐败，你明白我的意思吗？"

易仁是孙永直接掌控下的干部，向来走得很近，孙永这么点他，是想让他将这把火引到徐正的身上。

易仁心领神会，他点了点头，说："我明白，我会加大侦查力度的。"

易仁回到检察院，就马上部署了对辛杰的抓捕，组织了精干力量成立了专案小组，他亲自挂帅担任组长，反贪局局长蒋举担任副组长，立即展开了周密的侦查。辛杰被带到检察院之后，在专案小组强大的攻势之下很快就交代了全部问题，参与挪用公款的海通客车财务科科长王兵、百合集团驻在海通客车的总经理钱飞也先后被抓捕归案。

辛杰事先毫无预兆的被抓，让李涛十分惊讶，这是市级企业的管理者被抓，李涛不得不问个为什么，他找到了徐正，问徐正是否知道是怎么个情况。徐正也是一头雾水，自己手下的一名重要干部被抓，可并没人来跟他这个市长说是为什么被抓的，按照常规来说是应该有人跟自己通报的，这让徐正心中也是十分的恼火。

徐正就打了电话给易仁，问："易检啊，你们为什么要抓辛杰啊？怎么也不跟市政府这一边说一声啊？"

易仁说："不好意思，徐市长，这个案子还在调查当中，我不方便跟您透露案情。"

徐正愣了一下，说："你要抓市政府直管的干部，起码跟我们市政府打声招呼嘛。你这么不声不响就把海通客车的厂长抓走了，这会影响海通客车的生产，知道吗？"

易仁说："对不起徐市长，我们抓人之前请示过孙书记了，孙书记说案情重大，不能泄露出去，就让我们先抓了再说。"

徐正一听是孙永不让易仁跟自己请示汇报的，心里顿时打了一个问号，孙永这是什么意思？为什么不让易仁跟自己请示？难道他抓辛杰，目标是冲着自己？

虽然还弄不清楚辛杰究竟出了什么问题，可是辛杰肯定是在海通客车跟百合集团合作的过程中出问题的，这是不容质疑的。而这个合作项目是自己的一项政绩，孙永拿辛杰开刀，不用说是项庄舞剑，意在沛公，而自己显然就是那个沛公了。

孙永这简直是欺人太甚，即使自己和他之间存在罅隙，可是也不能这么明目张胆啊，徐正心里越发恼火，可是也不能发作什么，他并不知道案情究竟如何，辛杰究竟犯了什么罪他还是不很清楚，贸然发火，如果到时候辛杰确实涉嫌重案，那自己就很尴尬了。

徐正心里很清楚易仁跟孙永走得很近，从他这里是无法知道真实情况的，不过这个易仁也是需要敲打一下的。

徐正说："那现在你已经把人抓了，总应该跟市政府这边通报一声了吧？"

易仁笑笑，说："对不起啊，徐市长，这些天忙着抓人，一直没时间跟您说这件事情，现在您打来了电话，我也正好跟您说一声。"

易仁这种不在乎的态度，让徐正更为光火，他哐的一声将电话扣了。李涛在一旁看着徐正，说："怎么，易仁不肯透露情况？"

徐正说："易仁说这是孙永同意的。老李啊，人家故意不让我们知道这个情况，居心叵测啊。"

李涛说："那我问一下反贪局局长蒋举吧，他跟我私下的关系很好，问他应该会知道一点情况。"

李涛就拨了蒋举的手机，蒋举接通了电话，笑着问道："李市长亲自打电话来，有什么指示吗？"

李涛说："你现在说话方便吗？"

蒋举说："我在自己办公室，有什么事情吗？"

李涛说："我刚听到消息，辛杰被你们抓进去了，能告诉我什么原因吗？"

蒋举说："是这样，海通客车不是和百合集团合作吗，现在百合集团的高丰出事了，他交代出跟辛杰勾结，从海通客车挪了一个亿的资金出来。高丰给辛杰儿子提供留学费用，还帮辛杰包养了一个小三。主要就是这些，北京检察院通知了我们，我们就抓了辛杰。"

李涛把情况跟徐正说了一遍，徐正不由得有些生气，说："这种情况有什么不能告知我的？难道我会包庇辛杰不成？孙永真是岂有此理。这个辛杰也不地道，我们培养了他这么多年，怎么被人一收买就上钩了。不过老李啊，我徐正可以保证在这个项目上没贪一丝一毫，你是不是也像我一样没问题啊？”

李涛笑了笑，说：“我做事你又不是不了解，这种混账事我是不做的。”

徐正说：“那就好，反正我们行得正，就不怕他们瞎折腾，就让他们去查吧。”

李涛说：“孙永怕是白费心机了。看来这一次北京发生的事情不小啊，高丰这么大的集团董事长都被抓了。哎，对了，前几天我跟你说过的，驻京办的主任傅华也被北京检方带走了，当时还不知道是为了什么事情，现在看来可能也是因为高丰这档子事。高丰可是他带来海川的。”

徐正说：“傅华也犯这种错误？不像啊。”

李涛说：“现在具体情形还不太清楚，北京检方还一直在调查当中，不过时间过去也有几天了，虽然检方一直没给出一个明确的答复，可是如果没事是不是早就应该出来了？昨天林东还跟我请示，傅华一直不回来现在驻京办的工作怎么办？”

徐正看了看李涛，说：“老李啊，你说怎么办？”

李涛对傅华印象是很好的，他觉得在结论没出来之前，应该暂时保留傅华的位置，便说：“傅华究竟有没有事还没确定，要不再等几天看看？”

徐正笑笑，说：“老李啊，你又不是不清楚，被检察院请进去的人有几个人能没事出来的？驻京办现在的家当也很大，不可一日无主啊，我看就让林东暂时代理主任吧，等傅华的问题明朗了，我们再研究替代他的人选。”

目前傅华已经被北京检察院带走，李涛也无法为傅华争取什么，也就没有跟徐正争辩，只是说：“那好吧，我正式通知驻京办，就由林东暂时代理主任吧。”

海川反贪局很快查实了辛杰的一切犯罪行为，这个案情本来就不是很复杂，只是数额比较大了一点而已。蒋举就把案情汇总了一下，跟易仁做了汇报。

易仁听完蒋举的汇报，坐在那里半天没说话，这案情汇总并没有涉及辛杰的上级领导，与孙永提出来的要求不太符合。

易仁这不阴不阳的态度弄得蒋举有些不自在起来，便问道：“易检，您对这个案子有什么意见吗？”

易仁看了看蒋举，说："老蒋啊，你是不是太轻视这个案子了？"

蒋举愣了愣，说："接到这个案子之后，我按照易检您的指示，组织了反贪局里的精干力量全力以赴侦办这个案子，这才这么快把案件全部查清楚了。"

易仁咂巴了一下嘴，说："你们是不是办得太快了，这里面就没忽视什么线索？"

蒋举说："我们没有忽视什么线索啊。"

易仁说："不对，肯定有些问题你们没追到底，比方说，我只是打个比方啊，如果没什么人支持或者纵容，辛杰怎么可能就有这么大胆量敢挪用一个亿的资金，这方面的因素你们办案过程中是不是忽略了。你不要有什么顾虑，孙书记指示过了，这个案子不论涉及谁都要一查到底。"

蒋举说："易检，我们查得已经很详细了。"

易仁不高兴地瞪了蒋举一眼，说："什么很详细，你现在的调查范围根本就是局限于北京检方的通报范围，这还用你查吗？人家都通报得清清楚楚了。你根本就没有深究其中的根源。"

蒋举说："易检，对辛杰的调查真的已经很……"

易仁不高兴地一摆手，打断了蒋举的话说："好啦，你这是什么工作态度？认真一点不好吗？真不知道你在想什么，这件案子你不要管了，由我亲自来抓。"

蒋举没想到易仁对这个案子会这么热衷，本想要为自己争辩什么，可是易仁已经不想听下去了。

蒋举就这样被赶出了专案小组。随即，易仁提审了辛杰。

辛杰跟易仁早就认识，看到易仁，苦笑了一下，说："老易啊，这个案子用得着你亲自出马吗？"

易仁看了辛杰一眼，说："老辛啊，你这倒是何苦呢？你的级别也不低了，组织上给你的待遇也不能说差，你怎么就这么糊涂呢？"

辛杰叹了一口气，说："老易啊，我是鬼迷了心窍啊，唉，现在说这些有什么用呢？"

易仁就又详细询问了一遍案情，辛杰说得跟蒋举汇报的内容大同小异，看来真问不出什么来了。

易仁有些不甘心，他看了看辛杰，问道："老辛啊，到了这个地步，我想你也不要为什么人遮掩什么了，你跟我说实话，在这个海通客车跟百合集团合作的项目中，有没有人跟你们打招呼，或者要你们多关照一下百合集团?"

辛杰说："这个倒没有，徐市长和李副市长参加了合作谈判，但是他们想的都是为海通客车争取利益，想的是如何促进两家达成合作，并没有什么特别要求我们关照百合集团的。"

易仁说："他们真的就没有一点特别的指示?"

辛杰说："只是后来徐市长跟我谈过一次话，他说别人都说我是他的人马，他也是这么认为的，还说愿意给我提供必要的庇护。"

徐正竟然说会庇护辛杰，这可是一个很好的线索，易仁眼睛亮了，说："徐正真的这么说过?"

"当然是真的啦，"辛杰忽然感觉易仁这么说话中有话，便看了看易仁，警惕地问，"老易啊，你这是什么意思?"

易仁说："我是想落实一下，有没有领导参与到这个案子中，老辛啊，我这也是为你着想，你要知道，如果是有人关照你这么做，你的罪责可能会轻一点。"

辛杰说："可是我挪用公款这件事情徐市长真的没参与过，也没有其他领导参与过。"

虽然辛杰说得这么清楚，易仁还是想往徐正身上引："可能他没亲身参与，可是如果他跟你说有什么事情他都可以庇护你，你是不是做起什么事来也胆子大一些？也许他本身就受过百合集团的贿赂，才会这么说的。"

虽然易仁说得已经够露骨了，辛杰并不想无辜地牵累他人，便说："可是徐市长跟我说这句话的时候，我已经挪用了公款，这话是在那之后说的，与这件事情无关。"

易仁看了辛杰一眼，不满意地说："老辛啊，到这个时候了，你怎么还把事情往自己身上揽啊，你想没想过，如果不是市政府领导对你们这么纵容，你能有机会做这样的事情吗?"

辛杰还是很坚持，说："不是，老易啊，这件事情是我做错了，可是市政府方面真的没有故意纵容我，如果徐市长说过这种话，也是他想让我好好干，根本不是你理解的意思。"

易仁见辛杰这么坚持，大家都是聪明人，他也就不好再故意去引导辛杰说什么了。

易仁就继续审问下去，问完，让辛杰看笔录，辛杰看到笔录上记录了徐正跟他说的那句愿意提供庇护的话，就点了点笔录，说："老易啊，这句话有必要记上去吗？"

易仁笑笑说："老辛啊，你这个人真是的，徐市长说过这句话不假吧？我在上面有没有给你做什么解读？没问题的。"

辛杰说："可是我看上去这句话记在这里总是有些别的含义，容易让人误解，是不是可以删去？"

易仁不耐烦地说："又不是故意给你加上去的，事实就是如此嘛，不能删。"

辛杰现在身陷囹圄，心中也有几分害怕，也就没再坚持，在笔录上面签了自己的名字，按了手印，确认了笔录。

第十章　将相不和风暴来临，高手博弈剑拔弩张

孙永利用汽车城项目大做文章，令徐正屡屡陷入被动，最终决裂，一对搭档矛盾终于公开化。累坏干活的，笑坏看戏的。将相不和风雨满楼，孙永指手画脚一味批评，令徐正左右为难工作挫败，导致海川政坛不稳。省委无奈之下只得迁就孙永，打算调走徐正。正在此时，中纪委接到了一封检举信，检举孙永，证据确凿。

易仁找到了孙永，把笔录给孙永看了，说："孙书记，经过审讯，辛杰的交代就这么多。"

孙永说："可这样并不能说明什么啊，更不用说给徐正造成什么麻烦了。"

孙永把笔录放下了，坐在那里想了一会儿，他脑海里很快形成了一个计划，便说："这份笔录也不是一点用处没有，只是要看我们怎么用了。"

易仁有些不明白，说："孙书记的意思是？"

孙永说："海川肯定有很多人都在关注这个事件，我要你尽量将这份笔录保密。你回去在专案小组上重申一下保密制度，就说案件还在继续深入调查当中，要求上上下下不准对外泄露案情，尤其是这份笔录的内容，不准对外泄露一个字。"

易仁笑了，说："孙书记，你又不是不清楚现在的保密制度，没有什么能保住密的。也许你不保密，别人还没兴趣知道，可你一保密，怕是很多人都会对此感兴趣，反而让这份笔录的内容泄露得更快。更何况参与审讯的还有不少人，他们肯定已经知道了这份笔录的内容。"

孙永笑笑，他的计划是需要看徐正本身的反应的，说穿了也就不灵了，

自然也就不便跟易仁明说，便说：“你别管这些，只管这么去做好啦。”

易仁回了检察院，在专案小组的会议上，把孙永要他说的这一套话重申了一遍，说案件还需要继续调查，强调了保密的重要性，尤其不能泄露他最近一次提审辛杰的笔录内容。

蒋举被排除在专案小组之外，有一肚子意见，对专案小组的动向便十分注意，他很想弄清楚易仁将他排除出专案小组究竟有什么意图。易仁在专案小组上的讲话很快就被蒋举知道了，本来蒋举已经大致知道了这次提审的内容，他并没有太在意这次提审的笔录，他认为自己审问辛杰已经面面俱到了，易仁就是再有本事，也无法审出什么了。可是易仁这么强调这份笔录，还说要继续调查，一下子引起了蒋举的怀疑，这份笔录里面究竟多了什么？他把在审讯过程中帮易仁做记录的检察官私下叫到了办公室，这个检察官是隶属反贪局的，算是蒋举的子弟兵，因此蒋举完全可以调动他。

蒋举询问了这个检察官：“究竟易仁审出了什么，要搞得这么神神秘秘，什么事情不是都已审得清清楚楚了吗？还要继续调查什么？”

检察官说：“易检也没多审出什么，只是围绕着市里面有没有领导支持或者纵容辛杰多问了几句。”

蒋举一下子明白了，易仁真正想要的并不是辛杰的犯罪情况，而是市里面有没有领导跟辛杰勾结，他是想抓辛杰身后的大鱼。只是不知道辛杰交代出什么有价值的东西了吗？

检察官说：“辛杰也没说出什么来，只是说徐市长对他很支持，还说徐市长说过辛杰是他的人，愿意为他提供庇护。”

蒋举大致明白了，单凭辛杰这句话不能把徐正怎么样，所以易仁才会说要继续深入调查，这易仁是冲着市长徐正去的，他为了达到整徐正的目的才会不依不饶地要把这个案子继续调查下去，之所以将自己踢出专案小组，完全是因为自己没领会易仁的这一意图，没有拿出能配合对方想法的笔录来。

蒋举心中暗骂易仁：这不是想要强迫入罪吗？

蒋举是一个很有正义感的人，他对易仁这种构陷他人的做法十分看不惯，他感觉有义务想办法通知徐正一声，可是他并没有跟徐正直接联系的渠道。他想到了李涛，上一次李涛还专门向自己打听过这个案子的案情，是不是李涛也在关心这个案子的进展呢？而且据说李涛和徐正是一个立场的，如果自己通知了李涛，相信李涛一定会跟徐正说的，于是蒋举就打电话给李涛。

蒋举说："李副市长，你上次问过辛杰那个案子，现在有了些变化。"

蒋举就说了自己被赶出专案组，易仁亲自参与到了这个案子当中，而易仁参入这个案子直接就问有没有市里面的领导与此相关，结果辛杰说了徐正市长说他是自己的人、会庇护他的话，易仁就跟孙永做了汇报，回来就要求对笔录保密，还说要对案件继续调查下去。

蒋举说："李副市长，易仁明显是带着主观性在办案，这是十分错误的。"

听完蒋举说的情况，李涛心中一凛，他马上就意识到了易仁是在针对徐正进行调查，这对徐正可是十分危险的，现在辛杰掌握在检察院手中，下一步会说些什么、会出现什么笔录都是很难说的。

现在的李涛是跟徐正站在同一阵线的，自然不能看着徐正身陷险境，便说："谢谢你了，蒋举，这个事情我会跟徐市长说的，让他多加注意。你在检察院再听到类似的消息记得跟我说一声。"

蒋举挂了电话之后，李涛就找到了徐正，把情况说了："你跟辛杰说过这种话吗?"

徐正苦笑了一下，说："话我是说过，可是当时我是要勉励辛杰的意思，并不是要庇护他这种作奸犯科的行为。"

李涛说："可这话现在再拿出来说，意思可就大变了。"

徐正说："我明白，孙永就是想借这个机会拿这个大做文章的。"

徐正本身的性格就多疑，此刻孙永这么做更是令他联想到了许多事情，他自己在海通客车这件事情上倒是真没有什么违法的行为，可是他怕辛杰被威逼胡乱攀咬，到时候有些事情还真是难以说清。虽然这倒不能对他造成什么特别的伤害，可是舆论观感上就会很差了。就说这个笔录上记录的这句话吧，本来没什么用处的，可是被易仁说要保密这么一搞，海川市的干部们肯定会以为辛杰咬出了作为市长的徐正，检察院不敢深查，这才会要求对这件事情保密的。

可能孙永和易仁就是想要达到让海川市干部误会这种目的。

李涛说："这件事情不能这样继续下去了，现在易仁拿住了辛杰不放，谁知道下一步他们能整出什么来啊。"

徐正也害怕李涛说的这种情形，说："是不行，我不能任由孙永这么整我，我找他去。”

徐正就去了孙永的办公室，坐定后，徐正说：“孙书记，我听到一个情况，是关于我们检察院现在调查的辛杰的案子，有人说辛杰说我也与这个案子相关，我想问一下，究竟是怎么回事？”

孙永心中暗自窃喜，徐正这家伙果然沉不住气了，竟然找上门来了。好哇，就是想要你找上门来。

孙永笑笑，给徐正来了一个不认账，说：“没有啊，我怎么没听说啊？再说我们都是省管干部，可不是一个检察长就敢随便调查的。”

徐正决定跟孙永摊牌，他现在在海川已经有了些根基，新机场和融宏集团都给省里形成了一个极好的印象，省长郭奎现在在公开场合提到他都是赞赏有加的，他已经有底气敢跟孙永公开叫板了。

徐正说：“孙书记，你就别装糊涂了，易仁在查什么你又不是不知道，这不都是你安排的吗？”

孙永笑笑，继续装糊涂说：“查什么我倒是真的知道，他是在查辛杰挪用海通客车合资项目公款的事情。这件事情我之所以没跟你通报，是因为海通客车和百合集团合作这个项目你从头到尾都是参与的，是其中很多事情的参与者。我认为你也不会愿意参与到案件调查中，你也要避嫌是吧？”

徐正见孙永还继续糊弄他，不由得火冒三丈，说：“是，我是参与者，可我是清白的，我可以避嫌，但是我可不允许某些人借这个案子故意来构陷我。我告诉你孙永，别以为我徐正是好欺负的。”

孙永见徐正翻了脸，冷笑了一声，说：“徐市长，你从哪里知道我在构陷你了？你说这句话有什么依据吗？”

徐正被问住了，他不能说出自己的消息来源，那样就把蒋举卖了，他说：“反正我就是知道，你让易仁一直在追问辛杰有没有领导干部纵容他，这是什么居心？明明没有却一定要他说有吗？这不是构陷是什么？”

孙永心中暗自好笑，徐正这么说可是有失水准的，他无法说出消息的源头，却又想在这上面说事，首先就没有了立足的根基，没有了根基，他说得再激烈，再好听，也是没有用的。

孙永摇了摇头，说：“徐市长，我不知道你是从哪里知道的这些不实消息，按说我们检察院的侦察活动是不公开的，现在案情还在调查当中，这些细节我还不知道呢，你又是怎么知道的?”

徐正越发气恼，说：“孙永，你就别装了，不是你安排易仁非要辛杰一定要追到我身上吗？我可告诉你，我徐正也不是好欺负的，你想借此大做文章，诬陷我徐正，根本就是妄想!”

孙永火了，说：“徐市长，我提醒你一下，这里是市委，我是海川的市委书记，请你说话放尊重些！你胡说八道什么啊，我安排什么了？谁跟你说的这些，你把他找出来，让他跟我对质。”

徐正自然不能把蒋举请出来跟孙永对质，这个时候他才意识到自己来得有点草率了，这件事情本来他是不应该知道的。

虽然知道自己来得有些草率，可是此刻徐正也无法退缩，狭路相逢勇者胜，如果此刻退缩，徐正可能再也无法压过孙永了。

硬着头皮也要上，徐正说：“那份笔录上究竟写的什么我很清楚，就那么一句话你就想做文章是不可能的，你想用易仁来整我，我告诉你，那是痴心妄想。”

孙永笑了，说：“你既然说你知道笔录的内容，那你这么失态是为什么？你在害怕什么？难道你真的牵涉其中了吗?”

徐正说：“我是清白的，你别瞎咬人。再说你对一个省管干部擅自调查，这是违规的，我可以到省里告你去。”

孙永笑了，说：“你要去省里告，好哇，我倒想问你一下，你说的这些可有什么依据吗？再说你一个市长凭什么来干扰检查部门的依法调查？你要去告就去告嘛，看看到时候谁有理。”

徐正没想到孙永会有这么一套说辞等着他，看来他早就把这一切都算计好了，根本不怕自己来闹。

虽然心知自己已经先输了一阵，可是徐正却咽不下这口气，他更不甘心就这么看着孙永继续在辛杰这件事情上做自己的文章，他心中越发恼火，指着孙永说：“你行，我们走着瞧!”

说完站了起来，摔门而去。

摔门声在走廊里回响，便有附近办公室的人探头出来看发生了什么事，就看到徐正铁青着脸在走廊里走着，这些人赶紧缩回了头去，生怕被徐正看到。

徐正和孙永公开决裂的消息在海川市不胫而走，人们绘声绘色地讲着两人在办公室里互相指着鼻子骂对方的情形，就像他们当时在现场一样。

伍弈总算从香港回来了，随即被北京检察院拘留，很快他就交代了与董升之间的交易，他承认自己是委托董升办理外资兼并的商务部审批手续，但是那只是依法委托，自己并不知道董升跟崔波之间的交易，后来他确实又给了董升一个红包，不过那是因为自己公司上市业绩确实不错，董升提出要犒赏，他就答应了。至于在委托交易之前，伍弈见过崔波和齐申，那是为了确信董升有这个能力办理外资兼并的事情。至于董升和崔波、齐申之间有没有其他交易，伍弈说自己并不确切地知道，他只是委托董升，并没有指使董升向崔波和齐申行贿。

伍弈不同于高丰，他这些年摔摔打打什么风浪都经历过，这一套说辞十分圆满，检察官也拿他没办法。毕竟董升和崔波、齐申的供词都在那里，伍弈也确实没有直接跟崔波、齐申单独表示过什么。这个罪责只能落在董升身上，而无法让伍弈承担。

等到检察官问起傅华有没有收受贿赂，伍弈笑了，说：“你们怎么会怀疑他啊，那个人太正统了，又怎么会收我的贿赂呢？说实话，这些人当中，傅华是真心帮我的人，也是我真心想感谢的人，可是这家伙就是不肯收我的金卡，后来他说我能上市这件事情是驻京办帮忙的，那就把这张金卡捐给驻京办吧，这个都是有账可查的。”

至此傅华的嫌疑被伍弈解释清楚了，刘检察官通知傅华可以走了。

这十几天来，傅华还是第一次走出宾馆的房间，外面的阳光显得那么猛烈刺眼，让他忍不住伸手在额头上遮挡了一下。空气是久违了的清新，傅华深吸了一口气，还是自由好啊。

手机发还了，傅华开了机，赶忙拨通了赵婷的电话，笑笑说：“小婷啊，是我。”

赵婷那边半天没有回应，过了一会儿，带着哭腔问道：“真是你吗，傅华？”

傅华站在门口等了将近半个小时，就看一辆迷你飞速地开了过来，到了傅华面前一下子刹住了，赵婷从车上下来，扑进他的怀里抽泣起来。

傅华知道赵婷这些天心中的煎熬，他也十分思念她，紧紧地抱住了赵婷，他明显感受到赵婷的身子比以前单薄了很多，便更知道这些天她都是在什么状态中了。傅华在她耳边轻声说："小婷，我知道你受苦了，别哭了，我这不没事了吗？"

赵婷就开始捶打傅华的后背，说："被你吓死了，你这一被带走就是十多天，我以为你真的有事了呢。"

傅华被检察院带走前几天，赵婷因为有王畚的预言，尚且还能耐着性子等，可是时间慢慢过去，赵婷越来越担心，越来越坐不住了，她开始逼着赵凯四处找人，落实清楚究竟傅华有没有事？没事怎么这么长时间都不出来？

赵凯虽然知道傅华的事情并不像赵婷想的那么紧急，傅华始终是在协助调查的，而不是转成刑事拘留，可也架不住赵婷一再的催促，不得不四下找人，但凡能用到的关系他都找了，王畚那里也打了电话过去，问对这件事情的看法。王畚的观点还是跟以往一样，认为傅华没事，很快就会出来的。

一切办法都用尽了，可是傅华还是没出来，里面的消息也打探不出来，赵婷都要疯了。

就在赵婷快要崩溃的时候，傅华的电话打了过来。当时看到这个号码，赵婷甚至有些不敢相信是傅华打回来的，她害怕是检察院的人通知要对傅华采取什么措施，因此半天才敢接，等傅华说出"小婷"时，赵婷眼泪顿时流了下来，这么些天了她总算又听到傅华的声音了，放下电话马上就开着车飞奔过来了。

傅华轻抚赵婷的后背，笑笑说："好啦，小婷，我这不是没事了吗？"

赵婷哭着说："你现在是没事了，可你知道我这几天是怎么过的吗？"

傅华说："我知道你在外面肯定不好过，我也想要人通知你，可是他们要保密，没办法，只能让你受苦了。"

俩人上了车，赵婷调转车头就往回开。傅华说："爸爸这些天肯定为我担心了吧？"

赵婷笑了，说："爸爸当然担心你了，不过这些天他也真是被我逼坏了，我让他到处找人打听你的消息。"

傅华说："那我赶紧通知他一声我出来了。"

傅华拨通了电话，赵凯上来就问道："是傅华吗？"

傅华说："是我，爸爸，我没事了，这几天害你为我担心了。"

继续前行，赵婷不时转头看看傅华，傅华被看得不好意思了，说："我已经没事了，以后你有很多时间可以看我了，不用这么盯着我吧？"

赵婷笑了，说："我看着你心就安定下来了。"

傅华笑笑说："以后天天给你看，现在专心开车吧。"

赵婷说："这破驻京办主任咱不干了行吗？"

傅华诧异道："怎么了，我这驻京办主任惹到你了？"

赵婷说："你看你干这个驻京办主任都出过两回事了，每一次都担惊受怕的，值得吗？"

傅华说："值不值得我倒没想过，不过这是我的职业，我也比较喜欢在驻京办工作。"

赵婷说："真不知道你喜欢驻京办什么？官算不上什么官，商业方面也没什么可值得骄傲的。"

傅华笑笑说："这总算是我的一份事业吧，还是给了我成就感的。"

赵婷说："你如果想要一份事业，简单啊，我让爸爸从通汇集团给你一块去管理，或者你不愿意在他手下工作，我让他给你一笔钱，你自己创业也行。别干这个驻京办主任了好吗，我实在不想再为你担心了。"

傅华知道赵婷这是心疼他，心里很感动，忍不住伸手轻轻抚摸了一下赵婷的脸颊，说："小婷啊，我知道你是为了我好，这一次我在里面也想了很多，比起你来，驻京办主任都不算什么。可是我也不能说不干就不干了，你说的那些跟着爸爸干也好，自己创业也好，都不是我喜欢的。"

赵婷不高兴地说："在你眼中还是觉得驻京办比我重要。"

傅华说："我敢说没有人比你对我更重要了，我现在倒是可以为你辞去驻京办主任的职务，只是我的个性你也应该知道，我不是那种愿意仰人鼻息或者无所事事的人。"

赵婷听傅华这么说，脸上有了笑容，说："你这家伙也真是，让你跟我一样每天都不做事怕你也受不了。好啦，你要是还想做驻京办主任那就做吧，只是不要再招惹这样的事请了。"

傅华一进驻京办的楼层，迎面就碰到了高月，高月惊喜地说："傅主任，你回来了。你没事吧？"

傅华笑笑，说："我就是去帮检察院调查点事情，现在事情调查完了，我就回来了。”

高月高兴地说：“你回来就好，罗雨，快出来，傅主任回来了。”

罗雨从办公室探出头来，看到傅华，也高兴地迎了过来，笑着说：“傅主任，你可回来了。”

傅华说着话，就往自己的主任办公室走，罗雨看到脸色变了，说：“傅主任，你刚回来，有些事情还不知道吧？”

傅华停住了脚步，问道：“发生什么事情了，小罗？”

罗雨有点尴尬地说：“傅主任，是这样，你被检察院带走的这段时间，市里宣布由林东暂时代理主任，全面主抓办事处的工作，现在这个办公室是林东在用。”

傅华心里就有了几分不自在，这林东也太心急了吧，就算任命他代理主任，自己的事情组织上也还没有一个明确的结论，至于这么急就搬进自己的办公室去吗？这家伙想当主任想疯了，一点同事之谊都不顾。不过现在自己已经出来了，想来林东这个代理主任也担任不了几天了，且看他能嚣张到几时。

傅华笑笑，说：“小罗，既然林东代理了主任，我回来了也是应该跟他说一声的。”

高月在一旁笑笑说：“傅主任，你不跟他一般见识就好。”

傅华伸手敲了敲门，现在鹊巢鸠占，他进自己的办公室竟然还需要敲门，心里更是有些别扭。

门内林东的声音喊了一声“进来”，傅华就推开门走了进去，见林东大大咧咧正坐在自己的办公桌后面，林东看到了傅华愣了一下，脸上闪过一丝不易察觉的尴尬，不敢去看傅华的眼睛。不过林东很快就镇静了下来，干笑了一下说：“傅主任回来了，你没事吧？这些天同志们都为你急坏了，四处打听你出了什么事呢。”

傅华笑笑，说：“我没事，谢谢同志们的关心了。”

林东说：“没事就好，没事就好。”

林东说着站了起来，迎过来跟傅华握手，说道：“有件事情要跟傅主任解释一下，你被检察院带走之后，市里说单位不可一日无主，就任命我代理了主任，请傅主任谅解。”

林东虽然嘴里说请傅华谅解，神色间却透露出几分掩饰不住的得意来，也有几分傅华回来带来的慌乱。

傅华笑笑说："林主任客气了，既然是组织上的意思，我就没什么谅不谅解了。"

林东将傅华领到了沙发那里坐下来，转身去倒茶。傅华看了看这自己再熟悉不过的环境，原本属于自己的一些个人物品不见了，换上了一些林东的东西，林东的动作还真快。

林东倒了茶，递给傅华，笑笑说："傅主任你不要担心，你的东西我都给你收在了仓库里，丢不了。"

这一番喧宾夺主让傅华心中暗自好笑，不就是一个驻京办主任吗，还是一个代理的，至于这么热衷吗？他看了看林东，笑笑说："林主任，我现在回来了，你看是不是跟市里汇报一下？"

林东的脸不经意地抽动了一下，他最担心的就是傅华什么事都没有从检察院回来，他这个主任是暂时代理的，傅华回来不知道会是个什么状况，最大的可能是自己这个代理主任就做到头了。

可是偏偏傅华就是没什么事情从检察院安全出来了，这让林东心里有些不是滋味，自己难道真的这么短命？不过，他也无法阻拦向市里汇报傅华回来这件事情，便笑笑说："应该汇报的，傅主任你看是由我汇报，还是由你汇报？"

傅华笑笑，说："那就我跟市里说一声吧。"

傅华拨了市长徐正的手机，电话通了，是徐正的秘书刘超接的，刘超笑着说："是傅主任啊，回来了，没什么事情吧？"

傅华说："检察院约我去是协助调查，现在调查完了，我就没事了。徐市长呢？"

刘超说："徐市长在开会，你有事吗？"

傅华还想说些什么，可是却不知道说些什么好，只好跟刘超说了一声谢谢，就挂了电话。

没联系上徐正，就没办法明确市里对自己这一次被协助调查有什么说法，傅华再坐下去就没有了意思，就站了起来说："那林主任我先回去了。"

林东也很尴尬，巴不得傅华赶紧离开，就跟着站起来，说："你回去好好休息几天吧，这边如果有什么消息，我会通知你的。”

林东说得好听，让傅华回家休息，其实他是觉得在市里没有明确的指示之前，他和傅华同时都待在驻京办会很难受的。

傅华离开了这原来属于自己的办公室，出来去了章凤的办公室。章凤见到傅华很高兴，笑着说：“你出来了？没事吧？”

傅华笑笑，说：“什么我出来了，根本就没进去过，我是协助调查。”

章凤笑着说：“不管什么协助不协助了，没事就好。回驻京办了？”

傅华点了点头，说：“回是回了，不过我被代理了。”

章凤笑了：“你没看林东那架势，一代理上主任，马上就发通知给我们要代替你出任董事长，被我们和赵董顶了回去，说你是被公司董事会任命的董事长，不经过董事会讨论，他不能取代你的位置。”

傅华笑笑：“谢谢你们对我的支持了。”

章凤笑道：“我们当然是支持你的，林东算什么东西，他几次想在酒店白吃白住都被我顶了回去，他这么急着要当这个董事长，还不是想占酒店的便宜？”

傅华说：“你这边没什么事情就好，我先回家了。”

章凤说：“你回去休息几天也好，我相信你们市肯定很快就让你做回主任的位置的。”

徐正开完会，刘超跟他说傅华打来了电话，徐正愣了一下。

原本徐正认为傅华的事情很快就会有结果出来，最大的可能是傅华被宣布拘留或者直接转捕。他料定傅华是出不来了，本来是应该跟孙永商量一下让市委确定新的驻京办主任人选的，可是他跟孙永最近这段闹得很不愉快，不是个适合商量事情的时机，所以就想等傅华的结论正式出来之后再商量，可是驻京办也不能没有管理者，因此才让林东临时代理一下主任。

这只是一个临时应对的措施，并没有走相关的组织程序，也不是正式的组织决定。傅华既然出来了，就应该让他恢复职务，林东的代理自然就应该终止。其实也谈不上什么恢复职务，傅华的驻京办主任职务本来就没被免掉。

可这一切都需要孙永点头，此刻自己已经跟孙永彻底闹翻了，如果把这件事情拿去跟孙永商量，孙永的回答肯定是两个字，不行。那样自己不但不能惩治傅华，反而会因为连一个驻京办主任都摆布不了而成为一个笑柄。

徐正想到这里，就对刘超说："这件事情我知道了。"

刘超本来还以为徐正会有进一步的指示，可是徐正已经低下了头，翻看起桌上的文件来了。

刘超见徐正这个样子，知道他最近一段时间心情很烦躁，也不敢再问什么，退出了办公室。

徐正看文件只是做一个姿态而已，他的心里烦得很，哪还看得下文件啊。那天他跟孙永在办公室吵翻了，本来在气头上想直接奔省城，去找省委书记程远告状的，可是在出了孙永办公室之后，他很快就冷静下来，孙永的话其实很有道理，自己就是去了省城又能如何？自己跟孙永吵的那些理由真是拿不上桌面的，自己不可能拿还没有被公开的笔录来跟省委书记告状，首先就违背了不能干涉司法的规定。

仔细想来，孙永的居心虽然叵测，台面上的所作所为却并没有什么明显超出规定，徐正就算想告也没有告孙永的理由。

徐正只能强咽下这口气，打消了去省城的念头。但他心里知道这一次孙永跟自己算是彻底闹翻了，一定不会善罢甘休，接下来还不知道会弄出什么黑笔录来呢。可是徐正明知如此，却也不得不眼睁睁看着，没有丝毫还击的能力。

傅华恰好在这个时候出来，徐正又没得遂所愿，自然是心情更加烦躁了起来。

晚上，傅华和赵婷回了赵凯家，赵凯看到傅华笑笑，说："我看你这几天倒没变样子。"

傅华笑笑说："我这几天都在宾馆住着，没受什么罪。"

赵凯说："你是没受罪，小婷可受罪了。"

傅华笑着揽了一下赵婷的肩膀，说："我知道小婷受苦了。"

赵淼过来拍了拍傅华，笑着说："姐夫啊，很高兴见到你出来，大家都在为你担心呢，你出来我们家又恢复正常了。"

傅华笑着轻捶了赵淼一下，算是对赵淼的回应。

赵凯说："你回驻京办了吗？"

傅华点了点头。赵凯说："你打电话给我的时候我忘记告诉你了，海川市里找人代理你的主任位置了，你这一回去，是不是挺别扭的？"

傅华说："是有点不太舒服。"

赵凯笑笑说："那个叫林东的家伙直抓乱上的，还给我们通汇集团来了个什么通知，要当海川大厦的董事长，似乎很急着取代你啊。"

傅华说："我已经把我回来的消息通知了徐市长，想来不久驻京办就会恢复正常了。"

赵凯笑着摇了摇头，说："傅华啊，你想得太简单了。我跟你说，你在里面这段时间，我又跟王大师通过电话，王大师说你这一次的祸事是在萧墙之内，说真正的麻烦不是检察院，而是你们海川市内部。我想他的话肯定是有所指的，所以你也不要太乐观。"

傅华笑笑，说："爸爸，您放心吧，我这一次在里面待了十多天，想了很多问题，也想明白了很多事情，我觉得家人才是最重要的，其他什么东西都其次。这一次如果真的不能再做驻京办主任了，那也是无所谓的，只要小婷在我身边就好了。"

赵凯笑了，说："看来这一次你也没白进去，能看到家人是最重要的这一点就很好。其实那些功名利禄不过是浮云，真正能陪伴我们一生、跟我们患难与共的只有家人。"

傅华点了点头，说："是啊。这一次我回驻京办，办公室都被占了，我心里是有些别扭，可是并没有觉得不可接受。我对这些也是心淡了很多。"

孙永本来以为徐正一定会闹到省里去的，那样就把徐正跟他的矛盾公开亮到省委的面前，市委书记和市长闹成这个样子肯定是不利于海川市的经济发展的，到那个时候省委迫于形势一定会在他和徐正之间选择支持一个。孙永认为自己是那个被支持的可能性很大，因为首先他是市委书记，是海川市的当家人，省委不论出于什么角度去考虑，肯定是会优先支持市委书记的。再说，在这件事中，不占理的是徐正，虽然徐正叫嚷得很凶，可是他那些理由根本就站不住脚，省里就更没有理由支持徐正了。

就算最后省里选择让徐正留在海川，将自己调离，那省委一定会想办法补偿自己的，毕竟自己在这件事情中并无过错，那样他所得的利益可能更多。

反正不管结果怎样，就算做最坏的打算，自己也是不需要再跟徐正共事了，不守着这个家伙，就会心情舒畅很多，大师说过，这个“正”是会妨碍自己的，所以离得越远越好。

孙永已经打好了腹稿，以应对徐正去省里的告状，可是他一连等了几天，徐正却丝毫没有去省城的迹象，这家伙原来选择了做缩头乌龟，根本就不敢去省里告自己。

这可把孙永给气坏了。他选择布这个局，就是想激怒徐正，让徐正失去理智把他们的矛盾闹开，现在徐正选择了不闹，反而让孙永全盘打算落了空。

这怎么可以啊？徐正这家伙的脾气哪里去了，你不是要告状吗，告哇。

不行，这件事情可不能就这样平息下去，这样平息下去对自己是不利的。辛杰那边是追不出什么来的，那句什么庇护的话根本就是没什么用的废话，徐正很快就会洞悉其中的隐情，明白孙永实际上并不能借辛杰的手拿他怎么样，到时候恐怕会更加变本加厉地欺凌自己。

还是要抓住徐正跟自己闹翻这件事情不放，你不是不去告了吗？我去，我要去告你。反正我就是要把市委书记和市长之间的矛盾公开化，逼省里做选择。

于是，孙永就去了省城，直接找到了省委书记程远，说有事情要汇报。

程远接待了孙永，问孙永有什么事情。孙永说：“是这样的，程书记，最近可能您也听说了，我们那里的海通客车出了一件大案子。”

程远说：“我听说了一点，那个厂长挪用了一个亿资金，怎么了？”

孙永说：“海川检察院在审问犯罪嫌疑人辛杰的时候，辛杰交代出来说市长徐正曾经对他说过他是徐正的人，徐正会对他进行庇护的。我想徐市长说这句话的意思可能本身没什么，只是一种勉励辛杰的意思，但传开了影响就会很不好，因此要求检察院尽量保密，不要公开这份笔录。可是我的好心却被徐市长误会了，他不知道从什么渠道知道了一些笔录的内容，认为我搞得这么神秘，就是逼辛杰招供这个案子与他有关，想陷害他，就冲到办公室跟我大吵了一通。现在闹得海川市没有人不知道我们俩闹翻了的。程书记，我本来是好心，没想到却闹了这么大一场误会。”

程远看了看孙永，问道：“徐正同志这么不理智吗？”

孙永说：“徐正同志可能受了什么人的挑唆，他不知道从哪里得知了一些小道消息，把本来侦查辛杰挪用一个亿公款的案子当成了是针对他的侦查。

当然也不排除是不是他真的在其中有什么牵涉，反正这个案子一开始他就想方设法地打听案情。”

程远看看孙永，问道：“辛杰被抓，你没跟徐正同志通报情况吗？”

孙永说：“我当时考虑徐正同志在海通客车和百合集团合作这个项目中自始至终都是参与的，我觉得他应该回避，因此就没跟他通气。”

程远说：“你这个同志啊，你这样做不是让徐正同志误会吗？难怪他会认为你是针对他了。”

孙永说：“程书记，这是我不好，我这也是只顾得考虑工作的顺利进行，没有顾及到徐正同志的感受。”

程远说：“不过你这么做也没错，只是考虑得不周到。”

孙永说：“我现在也有些后悔，徐正同志跟我闹成这个样子，我也是有责任的，现在闹得很多正常的工作都无法进行了，程书记您看是不是可以帮我做做工作，必要的话我可以当着你的面给徐正同志道歉。”

程远笑了，说：“孙永同志，你有这个态度是很正确的，你是市委书记，姿态就应该高一点。你也不用道歉了，你也是为了工作嘛，这件事情回头我跟徐正同志谈一谈，我觉得他在这件事情上也有做得不妥的地方。”

孙永说：“那程书记您就安排吧，徐正同志如果还说不通，我还是愿意跟他道歉的，只要有利于海川市的工作顺利进行。”

程远说：“你先回去吧，我先把徐正同志找来谈谈再说。”

看程远一副肯定自己的样子，孙永心中窃喜，看来这一次自己先来是来对了，先来就让程远对自己有了先入为主的看法，到时候徐正不管怎么辩解，程远也是不会相信的。

傅华在家等了几天，徐正始终没给他什么答复，似乎徐正忘了自己这个人，他忍不住再次打电话给他。

刘超接到了傅华的电话，就去汇报。徐正很清楚傅华打来电话是想干什么，他并不想接这个电话，接了这个电话就要对傅华有所说法，他看了看刘超，说：“就说我在开会，不能接电话。”

刘超只好对电话说：“傅主任啊，徐市长正在开会，不方便接听你的电话。”

赵婷这时走了过来，看到傅华发愣的样子，笑着推了他一把，说："你在想什么呢？"

傅华说："我在想自己下一步要做什么。"

赵婷高兴了起来，说："是啊，你想想也好，我看你这几天都闷闷不乐的，再闷下去会闷出病来了的。"

傅华刚想说些什么，手机响了起来，看看竟然是伍弈的号码，他很关心伍弈现在的状况，就赶忙接了电话，关切地问道："伍董啊，你现在怎么样？"

伍弈呵呵笑着说："我没事了，谢谢老弟的关心。"

傅华有些意外，他没想到伍弈这么快就没事了，便笑了，说："你这家伙，我进去了十多天才被放出来，你这本主倒这么快就出来了？"

伍弈笑笑说："我跟你不同啊，我的事情很容易就说清楚了，加上我现在是香港上市公司的主席，被限制自由对我们上市公司的影响是很大的，北京检方可能是考虑到这些因素，就赶紧把我放了。"

傅华笑笑说："这我可真没想到，原本以为你的事情很大呢。"

伍弈说："其实也没什么了，好在我虽然付出了一大笔代理费用，可是我没跟崔波他们发生直接的联系，我的事情都是通过董升做的，我委托董升进行审批这本身是法律允许的，加上也没有其他违法的事情，所以他们也不好太为难我。只是让我这段时间不能离境，随时接受进一步的调查。只是这一次连累了老弟，我听高月说，你被代理了。"

傅华笑了，说："我没事，正好借这个机会休息一阵。"

伍弈说："这件事是我的不好，我本来想感谢一下老弟的，没想到反而牵累了你。是不是市里有人想要难为你啊？你看市里需要打点什么关系，你跟我说一声，我来出钱，先让你复职了再说。"

傅华笑了，说："伍董啊，你又想用钱来打点一切，忘了刚从里面出来了吗？"

伍弈说："这倒也是，那我就不去活动了，别出了什么事，再让老弟跟着我有麻烦。可是害老弟这样我心里总不舒服，要不这样吧，你到我们集团来吧，我给你个副总的位置，我们哥俩一起打拼。"

傅华笑笑，说："我又不懂挖矿，去你那里干什么？"

伍弈笑笑说："不用真的去挖什么矿，你老弟的头脑可不是一般人能比的，你能来我们这里对我的帮助是很大的。如果你实在不愿意来，挂个虚职也好。”

傅华知道伍弈这是变相想给自己一份工资，弥补一下，便笑笑说：“我对矿业不太感兴趣，伍董啊，你也不用为我担心，我还能找到吃饭的地方，实在不行，我还有我岳父那里可以去。”

伍弈笑笑说：“这倒也是，你岳父那里是比我这里强。如果你有意去你岳父那里，我就不好再说什么了。”

傅华说：“不管怎样，谢谢你了，伍董。”

伍弈笑笑说：“谢我干什么，本来就是我害你的。”

孙永离开之后，程远就感觉到了问题的严重性，一个地级市的市委书记和市长公开闹翻，这会严重影响到市里的正常工作的。这种状态是不能持续下去的，必须赶紧加以制止。他就让秘书通知徐正，让他马上到省委来，说自己要找他谈话。

徐正接到通知，不敢耽搁，马上赶去了省里程远的办公室。

程远看了看徐正，问道：“徐正同志啊，知道我找你干什么吗?”

徐正心中对程远找自己干什么心中并没有底，不过他知道孙永来省里找过程远，猜测应该跟孙永有关系，但是他并不想把自己和孙永的矛盾公开在省委面前，所以他也就不想提孙永这个茬。

徐正摇了摇头，说：“程书记，我不知道。”

程远笑笑，说：“孙永同志找过我了，你们俩最近闹得很不愉快是吗?”

徐正一听，就认为孙永肯定是恶人先告状了，也不知道孙永跟程远说过什么，反正孙永肯定是不会说什么好话的。本来是他找自己的麻烦，自己都已经忍气吞声了，这家伙竟然还变本加厉，先来找省委书记告状。

徐正有些急了，此刻他也顾不上有些话是不能随便说的，连忙为自己分辩道：“程书记，你不要相信孙永，他把那个海通客车的辛杰控制起来，让检察院刻意逼供，好把一些莫须有的罪名安在我身上。”

程远愣了一下，徐正的反应让他意识到问题似乎不像孙永说得那么轻松，甚至比他预想的更严重。看来这个问题不是批评批评徐正就能解决的。

程远决定还是先听听徐正的意见，再来决定下一步要做什么，便笑笑说：

"徐正同志，你是不是对孙永同志有什么误会啊？"

徐正看程远似乎完全站在孙永的立场上说话，心中更加着急，说："程书记，您可不能光听孙永一面之词啊，据检察院内部一些为我抱不平的干部向我反映，孙永让检察长故意把责任往我身上引，他那是故意诬陷，我在海通客车和百合集团的合作上清清白白，根本就没有那种事情。"

听徐正一个劲地为自己辩解，说孙永是在诬陷他，这跟孙永说的基本相符，徐正真的是误会孙永利用检察院这个案子在整他，而且孙永说的没错，这徐正果然打听过检察院办案的情况。

程远的脸沉了下来，徐正为什么要打听这个案子，难道徐正真的跟这个案子有联系？还是这徐正真的被人挑唆得对孙永有了极大的意见？不管怎么样，这个苗头绝不能允许发展下去。

程远语气严厉了起来，看着徐正说："徐正同志，你这是什么意思？什么检察院为你抱不平的干部？哪来的抱不平的干部？抱的又是什么不平？你打听检察院的办案情况干什么？"

徐正马上意识到了自己犯了一个不该犯的错误，低下了头说："程书记，是有同志跟我反映了一些情况。"

程远说："反映什么情况？你不知道你作为一个党的干部是不能去干涉司法调查的吗？你以为检察院调查就是刻意要整你吗？你这个同志怎么这么看问题？"

徐正说："不是，程书记。"

程远说："什么不是，你知道孙永同志到我这里说了些什么吗？他说在检察院的调查过程中倒是涉及到你了，就是在你知道那份笔录当中，可是他认为那并不是说你有什么问题，那可能只是你对同志的一种鼓励。同时孙永同志还认为这份笔录传播出去对你影响不好，因此要求检察院保密，这错了吗？"

徐正愣住了，他根本想不到孙永会这么说，他看了看程远，问道："程书记，孙永真是这么说的？"

程远冷冷地看了看徐正，说："你这个同志啊，怎么这么多疑啊？你以为孙永同志会怎么说你？你把同志当成了敌人了吧？"

徐正低下了头，他知道自己再一次被孙永算计了，他根本没想到孙永会反其道而行之，跑到程远这里说什么维护自己的话。他认为孙永跑到程远这里一定会添油加醋，大说自己的坏话，没想到孙永一句坏话没说。相反自己急急忙忙地争辩，还说孙永诬陷他，两相比较之下给程远造成一个极为恶劣的印象。

程远看徐正低着头不说话，就接着说道："你这个同志工作方法也是有问题的，什么是你的人，什么你会庇护他们，你把我们的干部队伍当什么了？土匪的山头？我看你真是要好好反省一下了。这一点上你要好好跟孙永同志学习，他感觉你对他有些误会，特别找到我，想让我帮他跟你解释一下，还说他愿意跟你道歉。你看孙永同志这是什么态度？"

徐正心中气到了极点，可是还不能发作出来，他哑巴吃黄连地苦笑了一下，说："程书记，事情真的不是孙永说的这样子的。"

程远看了看徐正，他能看出徐正心中还是愤愤不平的，不禁暗自摇了摇头，看来徐正和孙永这对搭档的问题真是不可调和了，是不是应该要考虑将他们其中一个调离了？

程远看了看徐正，说："不管是什么样子，有些原则是必须遵守的。你对检察院的调查工作有所怀疑，可以通过正当的途径反应。检察院是国家的司法机关，并不是哪一个人的小衙门，组织上如果发现他们有什么错误，会依法纠正的。你到孙永同志那里拍桌子发脾气算是怎么回事？你眼里还有没有组织纪律了？你这么一闹你们这个领导班子还怎么在一起工作？徐正同志，你好好想想吧。不要老是觉得别人在找你的麻烦，我相信只要心中无私，谁找你麻烦都是不用怕的。"

徐正此时已经明白，自己再争辩下去也是无益，反而会让程远越发反感。他也知道能屈能伸的道理，强笑了一下说："程书记，对不起，我知道自己做错了。"

程远说："知道错了还不行，要知错就改。孙永同志说为了能够让工作顺利进行，他愿意跟你道歉，我看他这件事情上并没有做错什么，却还有这种高姿态，这一点很值得你学习。"

程远的意思已经很明白了，他是想让徐正主动想孙永道歉，上演一场将相和。徐正不是没听明白，可是他这一次已经被孙永算计得很惨了，火都顶在脑门子了，只是碍于对程远这个省委书记的尊重才没发作出来，再想让他去跟孙永道歉，那是万万不能了。

徐正含糊地说道："我知道了，程书记。"

程远是什么人，一看就明白徐正说这话心不甘情不愿，是迫于自己这个省委书记的压力才说的。看来这徐正虽然是能干点事，可是多疑、刚愎自用，听不进别人的意见，实在不是一个帅才。

程远知道再说什么也是没用，看了看徐正说："行了，你先回去吧。回去后要跟孙永同志好好配合，不要因为这件事情影响了工作。"

徐正离开了，程远开始思考下一步孙永和徐正搭档的班子要如何调整了。他知道徐正是带着情绪回去的，这个样子两人的关系是相处不好的，即使徐正说得很好听。

海川市是东海省的一个工业大市，这里的工作可是乱不得的，这俩人必须要进行调整，只是要如何调整呢？

程远心中明白自己在东海省的日子已经可以屈指可数了，这个麻烦是要在自己手里解决，还是放给下一任领导去解决呢？

他已经向中央推荐了郭奎接替自己省委书记的位置，中央对郭奎同志也是很认可的，没什么大的意外，郭奎必然会接任省委书记。孙永和徐正这件事情看来要跟郭奎同志交流一下意见，看他想怎么办。

徐正满心沮丧地回到了海川，他明白自己这一次算是被孙永狠狠地耍了一通，程远虽然话说得很婉转，可是对他的语气已经很不客气了，显得对自己很失望。显而易见，程远在自己跟孙永这一场争执之中，支持的是孙永，而对自己的表现十分不满。

徐正知道，给省委书记造成了这样一个恶劣的印象，会让今后的工作变得被动起来，起码在一定程度上他不敢再跟孙永直接地对抗。一旦形成直接的对抗，程远到时候第一反应肯定是自己这个市长还是对孙永有误会，不肯好好配合孙永的工作，那时候受到责备的一定是自己。

想到这里，徐正也不得不佩服孙永的政治智慧，手法高明，竟然借一个本来与自己没什么关联的辛杰挪用公款的案子，巧妙地挪转腾移，把本来自己在海川大好的局面瞬间转成了被动，起码在眼下，徐正就不得不看孙永的脸色行事。

还是暂且忍下这一切吧，反正程远在东海省的日子也没有多少了，可能接替程远的郭奎省长对自己的印象还是很不错的，到那个时候看孙永怎么办。

孙永很快就得到了徐正在程远面前被严厉呵斥的消息，虽然这结果不尽让他满意，可是这相对来说还是迈出了可喜的一步，起码在省委那里徐正大好的势头受到了重挫，徐正已经无法再凭着良好的业绩在海川市肆意妄为了。

程远对徐正的训斥，也给了孙永叫板徐正的底气，他很明白在这个节骨眼上徐正没有跟自己对抗的本钱。

于是在接下来的常委扩大会议上，孙永对徐正和李涛提出了措辞十分严厉的批评，批评他们没有认真考察好百合集团的实力，只是为了追求政绩就盲目地跟百合集团达成合作；批评他们达成合作协议之后就以为万事大吉了，根本不去监管合作协议的执行情况，让海通客车和百合集团的合作项目长期处于一种监管的空白状态，从而导致辛杰挪用公款一个亿这种恶劣的后果；批评他们被眼前的短期利益所蒙蔽，忽视海通客车的主业，转而利用海通客车厂区去进行什么汽车城房地产项目开发，而且盲目地求大求全，现在海通客车和百合集团合作项目搁浅，汽车城项目眼看就要烂尾，旧的问题还没解决，新的问题却又形成了。

孙永批评完后说道："这个教训惨痛啊，如果不是北京检察院及时发现高丰其他的犯罪行为，高丰罪恶的企图就会得逞，到那个时候高丰不但可以将百合集团的出资全部抽逃，还可以一分钱不花地拿到海通客车的股份，掌控海通客车的经营，而我们市里却只能哑巴吃黄连，眼睁睁看着这一切发生。这一切如果真的发生了，将是我们海川市国有资产的重大损失，我们在座的这些同志将如何面对我们海川市的广大市民？其他同志我不知道他们是怎么想的，我知道我作为市委书记是无法向广大人民交代的。"

孙永说这些话的时候，徐正面色铁青地低着头坐在那里。

孙永讲完，看了看徐正，问了一句："徐正同志还有什么要说的吗？"

此时徐正心中沮丧至极，也打不起精神，只是场面话地说道："孙书记对我们市政府批评得很对，这些问题确实存在，我们开完会之后一定会认真反省自己的问题，同时对市里的相关企业加强监管，避免再有类似辛杰这种事件发生。"

孙永笑笑说："徐正同志这个态度是正确的，有错就要改嘛。市委提出批评，也是为了我们市里的各项工作顺利地进行，避免再有重大损失发生。”

孙永这个以家长口吻说的话，听在徐正的耳朵里分外刺耳，他心中越发恼火，却也无可奈何。

常委扩大会议上发生的事情很快就在海川市不胫而走，敏感的人很快就察觉了海川市政坛风向的这一转变。人们在添油加醋八卦孙永和徐正这一段政治斗争的同时，大多数人倾向于认为孙永得到了省委相当程度上的支持，因此才敢在会议上对徐正提出那么不顾情面的批评。于是靠拢孙永的人多了起来，而很多人开始疏远徐正了。

吴雯的西岭宾馆是一个海川市政商两界名流常来常往的地方，也是海川市政坛八卦的集散地，自然很快知道了徐正现在尴尬的处境。她一直很感激徐正为她拿地提供的帮助，因此也为徐正的处境着急。

这天恰好徐正在西岭宾馆有应酬，而吴雯并没有去工地，在宾馆处理一些事务。徐正要离开的时候，服务员通知了吴雯，吴雯出来送客。

徐正在这段时间的挫折之下，早没有了那种志得意满的张扬，面色显得灰灰的。看来这人还真是有气运的，没有了这种气运，徐正看上去就一副倒霉像，也许看相的就是根据这个判断一个人的兴衰吧。

吴雯匆忙赶到了徐正的面前，笑着说：“徐市长，你这就要走啊?”

徐正看到了吴雯，虽然他最近一直心情很不爽，可是看到这个美丽的女人他还是感到了一种愉悦，漂亮女人什么时间出现都是养眼的。

徐正笑笑，说：“最近可是很少看到吴总啊?”

吴雯笑笑说：“最近一段时间工地上的事情多了点，很多时候都在工地那边。”

吴雯送徐正上了车，就在徐正要离开的时候，吴雯说：“徐市长，有些事情只是暂时的，我相信吉人自有天相，这些不愉快很快就会过去的。”

徐正看了吴雯一眼，吴雯脸上笑意盈盈，便知道这女人已经知道了最近海川市发生的一切，知道了自己目前的尴尬，她这么说是想向自己表达一种支持。

徐正心中感受到了一种暖意，这个时候给予他支持是难能可贵的。他向吴雯笑着点了点头，表示他知道了吴雯想表达的意思。

过了几天，吴雯在跟干爹刘康聊天的时候，无意中说起了这件事情，她说：“干爹，你说现在这个世道真是的，好人做事就是那么难，坏人却每每猖狂得意。”

刘康笑了，说：“这是自然，好人要守很多规矩，动辄得咎，每每都把自己的手脚束缚住了。而坏人却不用，他们很多时候做事都无所不用其极，这样看来做好人是吃亏的。怎么了，有什么事惹到了你，让你发这么大感慨?”

吴雯笑笑，说：“徐正市长最近跟孙永发生了一场很大的冲突，结果被省委书记训斥了一通，现在整个人都蔫了，他不是帮我拿地了吗，所以我替他抱不平。”

吴雯原本就是顺口发发感慨而已，没想到刘康会这么关心这件事情，就把她这段时间了解的情况详详细细地说了。

刘康听完，半天才说：“看来这徐正的市长位置有点危险了。”

吴文愣了一下，问道：“你怎么这么说?”

刘康说：“通常市委书记和市长闹到这种程度，省里面是不会坐视不管的，一定会调走其中一个，而通常调走的一般情况下都是处于弱势的那个。现在这个形势看上去明显是孙永占上风，徐正落在了下风。”

吴雯说：“徐正虽然暂时落到了下风，可我以前听他们说徐正这个市长做得还是很不错的，来海川市做了不少事情，海川市老百姓对他的印象还不错，省里难道不会考虑这一点吗?”

刘康笑了，说：“这些倒不是不考虑，但不是主要的，要从政治的角度去考虑这个问题，徐正跟孙永闹，就是不服从领导，这是官场上的大忌，除非有很强大的理由，否则没有领导愿意再起用这个不服从上级的干部。更何况在这件事情上，徐正也是站不住脚的。如果我做省委书记，肯定会选择将徐正调开的。”

吴雯说：“徐正在这里做市长，对我们公司是有很大帮助的，他的离开是我们公司的一大损失。”

刘康说：“这倒也是，徐正继续做这个市长对我们来说是最有利的。”

刘康没有明说的是，他其实对徐正还有更深远的打算，更不愿意徐正被孙永挤走。

吴雯说：“徐正可能马上就会被调走吗?”

刘康说："我估计暂时还不会，我听到消息，东海省省委书记可能马上就要换人，这个时候程远调动孙永和徐正中的一个的可能性不会太大，他一定会选择暂时稳定的。这估计也是徐正虽然闹得很不像样，却仍然待在海川市的原因。估计程远大概要把这件事情留给后任省委书记来处理了。"

吴雯说："那可不可能后任省委书记选择留任徐正，而调走孙永呢？"

刘康说："这种可能性不是没有，据我得知的消息，这一次接任程远省委书记职务的很可能是省长郭奎，郭奎这个人很欣赏实干型的干部，从海川市调走的曲炜市长就是从他手里用起来的。所以选择留任徐正，调走孙永也是可能的。但是这种可能性相对来说较小，更大的可能是后任省委书记将徐正调离。因为后任省委书记上台之后，也面临着一个稳定干部队伍的问题，如果让他选择，我想他肯定会优先选择市委书记留任的。更何况这件事情本身徐正就做得不对。对了小雯，我记得你跟我说过你手里有当初王妍行贿孙永的录像？你还留着吗？"

刘康心中既然对徐正还有所打算，那将徐正调离海川对他来说也是不可接受的。孙永和徐正已经彻底闹翻了，在官场上闹到这种地步的两个人显然是水火不容的，这俩人共存于海川一定会相互掣肘，这对他即将展开的计划也是不利的。

因此刘康觉得无论从哪个角度上来看，再把孙永留在海川都是不利的，看来用那盘录像的时机到了。

老谋深算的刘康马上想到，这盘录像是不能从北京和海川寄出去的，从北京或者海川寄，人们很容易就联想到了吴雯，吴雯是从北京回去发展的，又跟王妍有过一定的瓜葛，这马上就会让敏感的人联想到她。孙永也算在海川经营有些时日，就算他被搞掉，他的一些部属还在，如果让他们知道是吴雯在背后搞鬼，会给吴雯制造些麻烦的。而且也没有人会愿意跟一个曾经告过密的人来往，他们一定会害怕这个曾经告过密的人将来会告发他们。只要有这种可能，他们就会对这样的人敬而远之。

吴雯就赶回了北京，把录像交给了刘康，让刘康去处理举报的事了。做完这件事情之后，吴雯想起有些日子没跟傅华联系了，她在海川听说前段日子傅华出了点事情，不过很快就没事了，也不知道他现在什么状况，便打了电话去驻京办找傅华，结果驻京办的人说傅华不在，他休假了。

吴雯拨通了傅华的手机，笑着说："傅主任啊，你倒好悠闲啊，还专门休假，比我们这些商人好命多了。"

傅华笑笑说："你以为我是自己想要休假啊？我是被逼的，我的主任被代理了，我现在没办法回去。"

吴雯说："那你这样下去也不是办法啊？你是怎么打算的？"

"我也没什么打算，别谈我了，你说徐正最近跟孙永之间闹冲突，究竟是怎么一回事啊？"傅华最近很少跟海川市里面的人联系，因此对海川市这一最新的动态并不了解，也想借此岔开话题，就问道。

吴雯就跟傅华说了徐正和孙永最近发生的一系列冲突，傅华听完感觉这海川政坛真是风雨欲来，比起这个来，自己的事情实在不算什么，也就更不想让吴雯帮他找什么人了。

聊完这些，吴雯又闲扯了几句，告诉傅华她目前在海川的情况。听了吴雯的近况，傅华很为她欣慰，这个女人果然是精明能干，不但是房产和宾馆都管理得不错，竟然还可以自信地说要给自己跟徐正打招呼，看来跟市长的关系也是处理得不错。

闲扯了一通之后，吴雯邀请傅华出来吃饭，傅华拒绝了。

吴雯笑了，说："对了，海川那边有什么需要帮忙的，言语一声。"

傅华笑笑，说："我倒很想看看徐正最后如何来处理这件事情。"

傅华是不想在徐正面前低头，他骨子里是很傲的，绝对不是可以任人摆布的人。虽然表面上他似乎对徐正这么对他显得很淡然，内心中其实他是很介意的，想要他求徐正，他很难接受。他说自己很想看徐正如何来处理这件事情，这是他真实的想法，他倒是很想看看徐正最后如何来收拾这个场面，驻京办并不是一个随便什么人都可以来做领导的地方，想要玩转北京这些部委，林东还没这个能力，傅华现在估计林东连海川大厦这边都玩不转。

下午，傅华和赵婷去了高尔夫球场，郑莉和徐筠先到了。

徐筠有一段时间没在这些朋友的聚会上露面，傅华以为她在为跟董升的事情伤情呢，今天见到她，看上去气色还不错，只是略显瘦了一点，看来董升带给她的伤害不是那么好过去的，她也是过了一段煎熬的日子。

赵婷见到徐筠很高兴，笑笑说："徐筠姐，最近可是有些日子没见你了，还好吧？”

徐筠点了点头，淡然一笑。

郑莉笑笑说：“是我拉徐筠来的，这家伙这些日子都没出来玩了，我担心她自己在家里闷坏了。”

徐筠笑笑，说：“郑莉你就是瞎担心，难道没了董升，我就不活了？”

见徐筠主动提起了董升，傅华知道她已经可以坦然面对这一切了，便笑笑说：“我看徐筠姐的气色还不错，想来董升出事你已经知道了吧？”

徐筠看了傅华一眼，说：“不怕跟你说句实话，董升就是我举报的。只是不好意思傅华，我也没想到把你给牵连进来了，还害得小婷担心了那么长时间。”

傅华不禁打量了徐筠，原来这引起轰动的大案是起源于眼前这个女人，这可是他想都没想到的。

听徐筠这么说，赵婷的脸色变了，说：“徐筠姐，这件事情原来是你搞出来的，那你怎么也不跟我们说一声呢？你害得傅华进去被协助调查了十多天，职务都被人家代理了。”

徐筠歉意地看着赵婷说：“小婷，我真的不知道傅华会被牵连进去，加上我当时实在太恨董升了，也没考虑太多。对不起。”

傅华倒是可以理解徐筠这种被辜负了的女人的心情，董升实在是伤她太厉害了，她怎么报复也不过分，至于自己被牵连在其中，那可能是徐筠事先并没有想到的，所以她才会这么歉疚。

徐筠过去拉着赵婷的手，说：“小婷，谢谢你肯原谅我，晚上我请你们两口子吃大餐赔罪。”

赵婷笑笑，说：“不用了徐筠姐，其实换到你的立场，我可能做得更不顾后果，这么一想，我就没事了。”

傅华笑了，说：“小婷，你这是威胁我吗？”

赵婷瞪了傅华一眼，说：“怎么了，你不能威胁啊？”

傅华吐了吐舌头，笑着说：“怎么不能威胁啊？我现在失业了，还需要你养活我，什么还不是你说了算。”

赵婷笑笑，说：“不要说得这么可怜，我想让你去爸爸的公司看看，看看什么位置你觉得合适，你都不去。”

郑莉这时说："话说到这里，傅华啊，你已经休了一段时间的假了，究竟是怎么想的？如果真的不想做驻京办主任了，应该早一点该干什么干什么，一个大男人成天无所事事，不成体统的。你如果还想做回驻京办主任，我可以跟我爷爷说说，让他去找你们的省委书记程远，让程远帮你找找场面，恢复你的职务。相信只要我爷爷出马，这件事情马上就解决了。"

傅华笑着摇了摇头，如果他想用程远压服徐正，那他早就去找郑老了，他笑笑说："你不要去麻烦郑老，我自己的事情自己能解决。实话说那个驻京办主任我并不是太在乎，我只是现在还没想好下一步要做什么。"

徐筠看了看傅华，说："你如果想好了要做什么，跟我说一声，我想我多多少少还是可以帮上一点忙的，也算我对你的一点弥补。"

傅华笑了，说："徐筠姐。你不要老觉得歉疚，你又不是有意的。"

赵婷说："徐筠姐，傅华又没真的出什么事情，你也不要再拿这件事情当回事了。"

徐筠笑笑说："这是你们夫妻大度，我可不能让这件事情就这么过去了。"

傅华笑笑说："真的不需要了。其实那董升实在伤你太深，你这么做大家都可以理解。这一次董升怕是要在监狱待上几年了。"

徐筠苦笑了一下，说："我朋友说，董升的情节在里面不是最重的，他可能不用十年就会出来了，反而崔波是最严重的，便宜董升这王八蛋了。"

徐筠脸上的恨意还是很明显，看来就算董升身陷囹圄，她还是觉得没有十分地解气。

傅华不用想也知道崔波一定是里面最严重的，其他人实际上就是在围绕崔波的权利在运作，崔波是其中的核心，他的权力最大，能够用权力带给别人的利益也是最多的，法律对他的约束也是最大的，相应他的罪责也是最大的。这就难怪当初他那么在意董升和徐筠关系的好坏，他肯定是知道，如果徐筠要整董升的话，他是一定会被董升所牵连的。

徐筠这个女人也确实让崔波不敢忽视，她爱就死心塌地对董升好，恨就想尽一切办法要致董升于死地。

这女人啊，真是不好招惹，她们心狠起来，就是毁灭一切都在所不惜的。谁会知道这一场惊天大案竟然是起源于徐筠这看上去还很柔弱的女子的红颜一怒呢。董升之所以会有今天这个下场，除了自作孽之外，实在是与他过于轻视女人有关。如果他当初能想到徐筠能送他进监狱，估计打死他也不会对徐筠不好的。

不过董升和崔波并不是这件事情中最惨的，这件事情目前看来最惨的还是百合集团的高丰，高丰也是被牵连进来了的，现在已经被公开报道出来的消息面显示，高丰这一次涉及了挪用资金、虚假注册、操纵股市等一系列罪名，初步估计很可能获刑十五年至无期。

人生的际遇还真是有些无常，想当初傅华就是在这个球场跟高丰谈起了海通客车，后来将高丰引去了海川市。那时候的高丰是多么趾高气扬啊，傅华跟他介绍过两次自己是做什么的，高丰都没往心里记。现在沦为阶下囚了，不知道是否还会将眼前刚认识的人马上就忘记？真是此一时彼一时啊。

傅华这几天都在想也许当初他不将高丰领去海川，高丰是不是就不会有这样的下场了呢？也许不会，没有海通客车他可能就是想操作，也没有操作的基础；也许会，以高丰这种人的个性来看，他是耐不住寂寞的，就算没有海通客车，他也会寻找一个别的什么类似海通客车的企业。这些都是有可能的，只是现在事情已成定局，高丰难逃坐牢的命运，事情因他而起，傅华心中也是多少有些歉疚的。

这时章凤匆忙赶了过来，赔笑着说："不好意思，我来晚了，酒店有点事情耽搁了。哎，徐筠姐，你也来了。"

章凤也是有些日子没见徐筠了，就凑过去跟徐筠聊天，傅华在旁边有些不耐烦了："真受不了你们这些女人，你们是来打球还是来聊天的，边打边聊不好吗？"

几个人就开始打球，徐筠有些日子没来了，先发球。这时傅华站在章凤身边，问道："章总，林东最近还找过你吗？"

章凤笑笑说："还是来说什么他要来当董事长的事情，被我直接回绝了，我说傅主任现在回来了，他就是海川大厦的董事长，现在又没有法定的改选董事长的理由，就更没改选董事长的必要了。"

傅华笑了，这章凤确实是一个不好对付的角色，林东想跟她斗还不是对手，他说："林东肯定气坏了吧？"

章凤点了点头，说："气坏了也是活该，他以为董事长是那么好当的啊？我对他也很不客气，他打着驻京办旗号找到酒店来的一些事情都让我给他推了，说这些事情需要请示董事长，你去找董事长批准吧，让他去找你。你没看他当时那个样子，嘴都气歪了。”

傅华呵呵笑了起来，章凤这也确实是够坏的了，让林东来找自己，目前这个状态估计林东躲都躲不及，还会来找自己？

不过傅华有些担心会误了驻京办的正事，便说道：“章总，驻京办有些事情应该办还是要办的。”

章凤说：“你不用担心了，我分得清轻重的，我推回去的都是林东打着驻京办旗号的他自己的事情，真正你们驻京办需要办的事情我都给他办了。”

一旁的赵婷这时看了傅华一眼，说：“驻京办这些乱事你还问来干什么，你是不是还想着回驻京办啊?”

章凤笑笑说：“小婷啊，你就别怪傅华了，海川大厦是傅华从无到有一手创建起来的，每一个细节他都参与过，这就好像他的孩子一样，你想让他一下子就放下来，哪会这么容易?”

赵婷说：“他这种心情我是可以理解，可是海川大厦毕竟不是他个人的，他就是再在乎也没用，海川市政府那些人可是憋着劲想赶他走呢。”

章凤叹了一口气，说：“这也是没办法的事，我想傅华过了这段时间就会没事了。”

赵婷也叹了一口气，说：“但愿吧。”

剩下来的时间里，傅华都是满脸严肃地在打球，而且刻意离章凤远远的，似乎想表示他跟驻京办已经没有了关系一样。

打完球，徐筠坚持要请众人吃饭，傅华和赵婷知道她有赔罪的意思，知道不去吃这顿饭徐筠一定会更不好意思，略微推辞了几句，就接受了下来。

晚宴很丰盛，徐筠刻意点了几个酒店最贵的菜，几个人叽叽喳喳吃得很高兴，也聊得很高兴，只有傅华有些落寞，一来其他人都是女人，只有他一个男人，他很难融入女人的话题中，二来他最近的心情确实也无法用愉快来形容。

傅华是一个事务型的人，整天忙忙碌碌不但不会让他烦，反而乐在其中，现在整天闲着，除了玩就是玩，真的不适合他。老话说，没有受不了的罪，只有享不了的福，确实他现在真的是很难享受到了这种清闲的福。在这一点上，他就很佩服赵婷，赵婷每天无所事事，除了逛街就是玩，偏偏每天都是乐呵呵的。

中组部一位负责人到了东海省，在领导干部大会上宣布了中共中央关于调整东海省主要领导职务的决定：郭奎同志任中共东海省省委书记；程远同志不再担任中共东海省省委书记、常委、委员职务，另有任用。

中组部的负责人在会议上说，这次东海省省委主要领导同志的变动，是中央根据工作需要，通盘考虑、慎重研究决定的。在程远同志领导东海省工作期间，是东海省历史上发展最快的时期之一，为实施国家规划和加快推进全面建设小康社会进程奠定了良好的基础。这其中，凝聚了程远同志的心血和汗水，是与程远同志的辛勤工作分不开的。

在肯定了程远的工作成绩之后，中组部的负责同志说，郭奎同志政治坚定，有较高的政策理论水平，注意结合东海实际，认真贯彻执行党的路线、方针和政策，自觉与党中央保持高度一致。担任省长后，贯彻落实科学发展观的要求，认真执行国家宏观调控政策，按照省委的部署，重点抓项目建设和国有企业改革，保持了东海省经济持续稳定协调发展……

在中组部负责同志讲完话之后，程远也讲了话。这一次调整比程远预期的来得早了一点，不过他也明白这一次职务的更替是势在必行的，因此高兴地表示完全拥护中央的决定，坚决服从中央对他的工作安排，非常感谢中央的关心。程远深情地说："我和东海的百姓产生了深厚的感情，和东海的干部产生了深厚的感情，和东海的一草一木产生了深厚的感情，同广大干部群众相处得十分融洽，工作上省心、顺心、放心。我非常留恋这里的工作氛围，今天真的要离开，真是有些恋恋不舍。"

随即郭奎讲了话，他表示完全拥护中央的决定，衷心感谢党中央的信任，感谢同志们和广大干部群众的厚爱。他肯定了程远在东海省期间的工作成绩，表示一定在打好的基础之上带领东海省人民更上一层楼。

送走了中组部负责同志之后，程远在和郭奎办理交接手续的时候，谈起了海川市市委书记和市长之间的矛盾问题。

程远说："老郭啊，关于海川市的领导班子问题，我想跟你谈一下。前段时间孙永和徐正闹矛盾闹到了我这里……"

程远就将事情的经过讲了一遍，然后说："这件事情原本我想过些日子再跟你谈的，现在这一次中央调整了我的工作，所以我必须跟你交代一下。”

郭奎跟程远搭档期间，俩人一直配合默契，这一次顺利接任省委书记，程远对他也是帮助不少，因此他对程远是很尊重的。

郭奎笑笑说：“程书记您是什么意思？”

程远笑笑说：“我是觉得这两个人的矛盾很难调和，海川市是东海的工业重镇，如果任由他们这样下去，肯定会影响海川市的经济发展的。现在是你主政东海了，要怎么做就看你的了，我就不好再参与意见了。”

程远话说得很有分寸，对郭奎给予了应有的尊重。郭奎笑了，说：“程书记您这么快就见外了？您就是不在东海省任职了，您也是我的老领导，给我点参考意见吧？”

程远笑笑，说：“你真的想听我的意见？那你先告诉我你对这两个人是怎么看的？”

郭奎笑笑说：“孙永这个人我感觉规规矩矩的，是一个保守型的人物，开拓性不足。至于徐正，我觉得这个人还是能做点事情的，到海川市任市长之后，也是作出了一些成绩的。”

程远看了郭奎一眼，笑着问道：“你的意思是想调走孙永，留任徐正？”

郭奎点了点头，说：“我是这么想的。”

程远摇了摇头，说，老郭啊：“你这还是一个从省长角度的做法，而不是一个省委书记的做法啊。”

郭奎看了看程远，问道：“程书记你认为我这么做不妥当？”

程远说：“是有些不妥当，省委书记和省长的任职视角是不同的，省长主要目标是发展经济，而省委书记则要着眼全局，不光从经济角度去考虑问题。省委书记要掌控全局，主要一点是要用好干部。要用好干部就要做到不偏不倚，公正公平。你想过没有，你这样做会给其他干部留下一种什么印象？”

郭奎马上就明白了程远的意思，徐正是他当初提议接任海川市市长的，在东海省干部眼中是他自己的人。孙永这些年都是比较紧靠程远的，他调走孙永，留任徐正，肯定会给东海省其他干部留下一种护短或者培养自己势力的印象。就好像程远一走，他就着手打击程远现有的势力的样子。

郭奎知道，这些年虽然他和程远关系处理得相当不错，俩人算是合作愉快，可是私底下很多干部还是愿意帮他们分出谁是程远的人，谁是郭奎的人。

这种拉帮结派的思想似乎根深蒂固，并不因为郭奎和程远相处很好就可以消除。他动了孙永，肯定会让那些自以为是程远一派的人不安心，他们必然会产生一种一朝天子一朝臣的抵触情绪。

这个在郭奎来说可是不能接受的，他想的是平稳过渡。

郭奎笑笑说："程书记您的意思是说我这么做有失公平?"

程远点了点头，说："孙永和徐正这件事情可能各自都有不对的地方，但是摆在台面上，孙永是占理的，并且他是市委书记，徐正是应该对他给予相应的尊重的。你将孙永调开，一来会让别人认为你处事不公，二来你这么做岂不是在鼓励市长跟市委书记对抗吗?"

郭奎说："我明白了。"

程远说："老郭啊，有时候看人也不仅仅看他是不是有能力，据我观察，徐正这个同志有点能力不假，可是有些刚愎自用、多疑、气量狭小，他勉强算得上是一个将才，而不是帅才。今后你要用这个人的时候，要注意他这些弱点，要扬长避短。"

交接完毕不久，程远到全国人大去任职了。郭奎全面接管了东海省的工作，他开始着手考虑调整海川市的领导班子，虽然他很认可程远说的那些道理，可是他对徐正的印象也是很不错的，要选择一个能够安排好徐正的位置不是很容易，让他很费了一番脑筋。正当郭奎为此犯难的时候，一个意外事件发生了，有人替他解决了这个难题。

中纪委接到了一封署名王妍的检举信，检举海川市市委书记孙永受贿，信里面附有孙永收受王妍贿赂的录像，可谓证据确凿，中纪委将检举信批复到了东海省，要东海省严肃查办，东海省检察院随即依法对孙永采取了强制措施。

原本孙永已经听说省里面有意思要将徐正调离海川，心里还在为送走这尊瘟神而庆幸呢，他满以为送走了这尊瘟神，他的大好前途就不远了。哪里想到风云突变，他被省检察院反贪局直接宣布刑事拘留。

在审讯室里，孙永开始还强作镇定，一再为自己分辩，说自己一向勤勤恳恳为党工作，不贪不占，不知道检察院怎么会说他受贿?

检察官看孙永这么抵赖，就用王妍这个名字来提醒他。

孙永听到了王妍这个久违的名字，已经有些淡忘的事情又清晰地浮现在脑海里，他惊讶地叫了起来："你们抓到了王妍？你们可不要相信那个女人的胡说八道，我根本就没拿她任何钱物，是她骗了吴雯的钱逃走的，不关我的事情。"

检察官笑了："你怎么知道王妍一定会说你拿了她的钱物？"

孙永心里七上八下的，如果王妍被抓到了，肯定会将他受贿的事情交代出来，不过他估计事情已经过去这么长时间了，如果王妍手中有证据，她早就应该将自己检举出来的，之所以这么长时间内王妍一直没有什么动作，就是王妍拿不出什么证据来，那就干脆否认到底，便说："我只是这么觉得，当初这个女人求我帮她，我看她要办的事情是违法的，就坚决拒绝了，这个女人当时就怀恨在心，说要去告我。现在被抓了，肯定想借诬告我来脱身。我可真的没拿她的钱啊，你们要相信我。"

检察官摇了摇头，说："孙永啊，我还是第一次见到像你这么无赖的官员，你说有的人吧，收了别人的贿赂，事情办不成就老老实实把贿赂给人退回去，虽然这种行为也是违法的，可总算是盗亦有道，谁像你没办事不说，还抵赖收了贿赂，你可真够黑的。"

孙永说："检察官同志，你不要这么说，我真的没拿她什么贿赂。"

检察官笑笑说："孙永啊，你不要以为自己聪明，你想没想过，王妍送你那么多钱能不想法儿留点把柄吗？再说，为什么你被直接刑事拘留，如果我们没有一定的证据，又怎么会直接对你采取强制措施呢？你好好想想吧，别自作聪明了，早一点坦白还能赚个好态度。"

检察官见他有顽抗到底的架势，就把录像放了出来。孙永一看录像中出现王妍办公室的影像，心里一下子明白检察官为什么抓他了，原来当初王妍为了防他一手，特别将整个行贿过程录了下来。孙永再也扛不住了，瘫软在地上。

孙永交代了自己受贿的经过，到这个时候他已经彻底崩溃，不但交代出来王妍行贿，还讲了曲炜的前秘书，现在的海西县副县长余波向他行贿买官的事情。

余波随即就被双规了，很快就交代了自己向孙永行贿的经过。公平地说，余波到海西县任副县长做得还是不错的，主抓了几个项目都做得有声有色，在海西县风评不错。此次被孙永牵连，仕途算是彻底终结了，不少人为这个硕士感到惋惜，惋惜他的才华没有用到正当的地方去。

孙永和余波先后转捕，等待他们的将是法律的严惩。孙永待在看守所里懊恼之余，不禁又琢磨起王畚大师给他写的那个“正”字，他认为自己就是没有能够将徐正早日从身边赶走，才会有今天这一场这么大的祸事的。

孙永的被捕，让省委书记郭奎不需要再去考虑如何将徐正调离海川的问题了，现在要考虑的是由谁来接替孙永市委书记的位置。

由于有程远对徐正的刚愎自用、多疑、气量狭小、不是帅才的评价，郭奎首先就将他排除在继任人选之外了。合作这么多年，郭奎对程远的识人之明还是很佩服的。再说海通客车这个项目中，徐正也是负有领导责任的，而且孙永成为市长时日尚短，资历也不够。

权衡再三，郭奎选择了海川市市委副书记张林。张林任职副书记已经有一段时间了，对海川市的情况比较熟悉，由他来担任市委书记是比较合适的。于是郭奎向省委建议由张林接任海川市市委书记。经过一番组织程序，张林被正式任命为海川市市委书记。

几乎在不经意间，东海省和海川市的政治格局就有了很大的变化。但这一切似乎与远在北京的傅华毫不相关，而且因为忙于政局变动，领导们都在为自己奔走，就更没有人来理会傅华的复职问题了，他几乎被海川市的领导们淡忘了。

张林出任了市委书记，海川市便有了一个市委副书记的空缺。相比与市长来说，市委副书记的权利少了一些，可是对于秦屯来说，这也是很有吸引力的。副书记是常委之一，比他这个排名靠后的副市长权利是大很多的。而且秦屯在徐正领导下的市政府系统中很受排挤，原本他还有孙永的支持，还可以不在乎徐正，此刻孙永已经倒台了，他少了强有力的靠山，在市政府这一边更是势单力孤，不得不夹着尾巴做人了。

秦屯自然不甘心这种状态持续下去，他再次想到了北京许先生这条线，当初他可是拿出了几十万资金给许先生买了瓷瓶孝敬了某某领导的，这个时候他想许先生应该会伸出援手，让他脱离苦海。

于是，秦屯再次跑到了北京，找到了许先生。许先生听秦屯讲完他目前的状况，笑笑说：“你现在这个境况确实是很尴尬。”

秦屯说：“许先生，你是不是可以帮我去找找某某，让他想想办法？”

许先生笑笑说："不是不可以，只是我不好空着手去见某某吧？"

秦屯一听，有些急了，说："我上一次不是给了你三十万买了一个瓷瓶送给了某某了吗？怎么这样还不行？再说上次某某答应的事情也没办成啊。"

许先生笑了，说："我不知道这话该怎么说，三十万也许在你眼中算是一笔钱，可是到了某某眼中算什么？零花钱都算不上。你还想着他把这件事情记一辈子啊？"

秦屯想想也是，三十万就是在他这个副市长眼里也不能说是一个很大的数目，更别说在某某高级别领导的眼里了。也许那个瓷瓶早就不知道被搁到什么地方去了，自己这个时候再去求某某，那三十万的情分不仅没了，再提起说不定还会引起反感，以为自己事事都记账。

看来要想办成这件事情，还是要出血的。秦屯看了看许先生，问道："那许先生你的意思是想怎么办？"

许先生笑笑，说："秦副市长，你不要显得这么不太情愿，说实话，你多送一点给某某对你是有好处的，你想啊，某某这一次拿到了你的东西，说不定会想起以前你还送过东西，就是他想不起来，我也会在送东西给他的同时适当地提醒他一下的，他就会觉得你这个人真是够意思，对你有好感。如果某某对你有了好感，那以后的好处就不用我说了吧？"

秦屯一想也是，送一次礼物只可以办成一件事，如果给某某留下一个很好的印象，那以后他不知道会如何提携自己呢？想到这些，秦屯不禁心痒了起来。

秦屯说："许先生你说得也对。那这一次你准备送什么？"

许先生看了看秦屯，说："前几天我在琉璃厂看了一个昌化鸡血石雕的玉山子，精美绝伦，当时我就想如果拿这个做礼物，某某一定会很喜欢。"

秦屯说："那需要多少钱呢？"

许先生说："我问了一下价，要八十万。"

真要动起真金白银来，秦屯就不是那么痛快了，他也爱财如命，一下子拿出这么多钱比要了他的命还难受。他皱了下眉头，八十可不是一个小数目，并且上一次许先生帮他活动市长职务也不过要了三十万，加上帮许先生付清了酒店的账款，也就四十万不到的样子，现在活动一个比市长位置还低的市委副书记，这家伙张口就要八十万，也够敢要的，这许先生事情还没办成一桩，胃口可是见长，秦屯心中很不情愿。

秦屯的表情许先生都看在眼里，见他为难便说：“黄金有价玉无价，我只是问问价，那老板知道我有钱，可能是狮子大张口想赚我个狠的，想来如果认真还价四十万总可以拿下来的。”

四十万对秦屯来说也不是一个小数目，他还是不想付，就咧了咧嘴，说：“许先生，有没有价格低一点点的。”

许先生说：“我觉得这个最合适不过了。”

秦屯说：“可是我四十万一下子真拿不出来的。”

许先生笑笑，说：“秦副市长，你这不是说笑话吗？堂堂一个副市长，四十万拿不出来？”

秦屯苦笑了一下，说：“你不知道许先生，我这几年一直在走背字，分管的都是无关紧要的，没什么油水，手头真没多少钱。”

许先生看似乎真的挤不出四十万，便笑笑说：“那这样吧，我跟那家古董行的老板还有点交情，我想办法再给你砍掉十万块，三十万，可不能再少了。”

秦屯感觉这价也砍得差不多了，再砍下去这许先生可能会不太愿意了，虽然说是帮某某买的，可是这许先生肯定在中间是有些赚头的，不然他也没兴致做这种中介，就笑笑说：“那我谢谢许先生了。”

秦屯心中担忧会不会像上一次那样，半路被人截胡，就笑笑说：“许先生，加上这一次，我可是花了六十万了，你可不能再办不成了。”

许先生笑笑说：“放心吧，放心吧，这一次再没有办不成的道理。哎，对了，秦副市长，有个事情我要事先跟你说一下。上次给你办市长那桩事情，你失败虽然是因为有人跟程远打了招呼，可这并不是全部的原因，还有一方面因素可能你忽视了。”

秦屯说：“什么因素啊？”

许先生说：“你们东海省里面你是不是没有找人啊？”

秦屯说：“是啊，我以为你帮我找了某某，我就不需要再找什么人了。”

许先生说：“这就难怪了，你不能眼光只看着北京这边，副书记的任命省里是有决定权的，你省里面一点不找人也不行啊，最好是某某从上面打招呼，省里也有人对你表示支持，这么上下一起使劲，事情才能百分之百的成功。”

秦屯说："某某一个人搞不定吗?"

许先生说："某某倒是搞得定，可是就怕到时候省里面有人捣乱，这样上下配合不是更保险吗?"

第二天，秦屯就给了许先生三十万，随即赶回省里，开始找省里的关系，为做市委副书记四处奔走。

在家里看书的傅华接到了贾昊的电话，贾昊劈头就说："小师弟，你这个人真是不应该啊。"

傅华笑了，说："师兄，我怎么了，怎么没头没脑的。"

贾昊说："你既然知道我是你师兄，受了委屈为什么就不跟我说? 主任都被人代理了，自己闷在家里也不来找我玩?"

原来是贾昊知道了自己被代理的事情了，因此才打来电话。傅华心里有些感动，这个师兄不管做事怎么样，还是很关心自己的。

傅华笑笑，说："师兄知道这件事情了，我这里不过是海川市里出了点麻烦，小事情而已。"

贾昊说："事情是不大，可是没这么欺负人的。原本我和刘杰都知道崔波出事把你牵连了，后来知道你没事，我们就放心了，以为一切都照常了。今天刘杰见到去发改委送文件的高月，聊了几句才知道你被代理了。刘杰很生气，就把这个情况跟我说了。小师弟啊，我们都是张凡老师门下的弟子，在京城提起张凡老师谁不知道，你们海川市政府竟然敢这么欺负你，连我都感觉脸上无光。"

实际上，贾昊和刘杰很早就知道崔波出事把傅华牵连进去了，也知道傅华不久就没事出来了，他们都是跟崔波走得很近的人，一直没跟傅华联系也有避嫌的意思，生怕被检察院关注到。

傅华笑笑说："也不算什么欺负了，我正好也借机休息一下。"

贾昊说："你这个人啊，总是从好处去想别人，什么不算欺负，你被搁置这么长时间，他们就是想逼你走。你也是的，就这么听任他们捉弄，怎么不找你们市委交涉一下?"

傅华说："师兄啊，你不知道情况，我们市里最近变动很大，市委书记孙永被抓了，新的市委书记刚上任，在这个节骨眼上，我去找人闹也不合适。"

贾昊说："这倒也是，每每这种领导班子更替的时候，是政治斗争最激烈的时候，你不闹也是对的，不要被人利用成为一派整另一派的工具。不过，你也真沉得住气，能等这么长时间，是不是有什么别的想法啊？"

傅华说："这段时间我也在想是不是干点别的什么，我觉得现在顺达酒店的连锁经营方式很不错，很想投身于这个行业。不过目前只是一个思路，还没考虑清楚，也不知道我岳父会不会支持我。"

贾昊说："你不用急着走，就是要离开你们驻京办，你也不能这么不清不楚地离开。你这样离开算什么，逃兵吗？还是犯了错误了？这么离开会给你造成十分恶劣的影响，别人到时候会用有色眼镜来看你的，也不利于你未来的发展。"

傅华笑笑，说："别人怎么看我无所谓，我自己心安就可以。我已经被不闻不问两个月了，觉得再待下去也没什么意思，与其这么无谓地耗下去，还不如自己去做点什么实在。"

贾昊说："要离开也要等别人给你一个公正的评价才能离开。再说这个驻京办的局面完全是你开拓出来的，你就甘心这么放手？岂不是便宜了那些王八蛋？你先等等吧，我想你们市里很快就会找你了。"

傅华笑了，说："师兄啊，你要做什么？"

贾昊说："不是我要做什么，也不用我做什么，有人要帮你出这口气。要让他们知道你傅华不是可以轻易欺负的，也要他们知道你们海川驻京办只有你傅华能玩得转。"

傅华愣了一下，说："师兄啊，不值当跟那些人计较的。"

贾昊说："小师弟啊，你要知道这社会上有时候做人不能光做好人，也需要恶一点才会不受欺负。行了，你别管了，我和刘杰知道怎么做的，你就等着你们市长找你就好了。"

傅华说："师兄，真的没必要。"

贾昊说："北京这些关系都是你一手建立的，你们驻京办在北京的局面都是你打开的，凭什么他们可以那么不重视你，想怎么玩就怎么玩你。人家都这样对你了，你还要忍受下去吗？就算你能忍受下去，也不能把你辛苦建立的人脉留给他们。再说，这些人本来就是基于对你的信任才跟驻京办建立联系的，你这么离开，他们是无法继续信任驻京办那帮人的。"

泥人也是有土性的，傅华心中也对徐正这一次的做法很是反感，见贾昊坚持，他也就没继续反对，笑笑说："师兄，只是别玩得过火了。"

贾昊说："你放心吧，我自有分寸。"

徐正虽然坐稳了市长的宝座，可是他最近一段时间的心情实在不能说是很好。东海政局发生了更替，程远离开了东海省，郭奎接任了省委书记，这本来对他来说应该是一种利好，因为郭奎以往是很赏识他的，他甚至一度觉得郭奎会更加重用自己，自己的仕途一片光明。可是随即就从省里传出郭奎因为他跟孙永的矛盾，想要将他调离海川的消息，这不能不说是一个打击，他自认为是郭奎的人，但事实证明，他已经在某些方面失去了新任省委书记郭奎的信任。

徐正当然明白，这都是因为自己跟孙永的那一场争执。这一场争执不但让他在海川市的局势变得艰难，而且也让他彻底失去了程远的信任。这个影响蔓延到现在，甚至连郭奎也对他不信任起来。徐正很明白失去省委领导的信任对他的未来意味着什么：他将会被这个势利的官场所孤立，他将失去本来看好的仕途。

徐正眼看着他在海川市这大好的局面就要让给别人了，心中更加愤恨，但除了恨之外，他几乎也无计可施。

有时候天意就是这样无常，就在很多人都认为徐正即将败走海川市的时候，孙永反而先出事了——他因为受贿被抓了。

孙永被抓彻底扭转了海川市的政局。但徐正明白，自己虽然坐稳了市长宝座，可是危机并没有完全过去。郭奎提议让市委副书记张林出任市委书记就很能说明这一点。

徐正觉得无论是从政绩还是能力上来说，自己都是比张林要胜一筹的，而郭奎选择张林而不选择他，完全是他跟孙永这场斗争给郭奎带来的心理阴影。

现在，徐正很需要做出一点成绩来给郭奎看看，好让郭奎知道，他还是那个能办事很忠心的徐正，他要重新赢得郭奎的赏识。